rororo

Die deutsch-französische Autorin Safia Monney wurde 1979 in Saarbrücken geboren. Sie studierte Schauspiel am Konservatorium der Stadt Wien und Kommunikationswissenschaft an der LMU München. Als Schauspielerin war sie unter anderem an den Münchner Kammerspielen zu sehen, spielte in diversen deutschen Film- und Fernsehproduktionen, gab literarische Lesungen und wirkte in einem Hörspiel mit. Seit 2008 lebt Safia Monney in Paris.

Safia Monney

HARTE ZEITEN FÜR ECHTE KERLE

Roman

Rowohlt Taschenbuch Verlag

Für Rike
und für die echten Kerle.

Originalausgabe
Veröffentlicht im Rowohlt Taschenbuch Verlag,
Reinbek bei Hamburg, August 2018

Redaktion Katharina Rottenbacher
Umschlaggestaltung FAVORITBUERO, München
Umschlagabbildung PHOTO FUN/shutterstock.com
Typografie Farnschläder & Mahlstedt, Hamburg
Druck und Bindung CPI books GmbH, Leck, Germany
ISBN 978 3 499 29164 7

MIX
Papier aus verantwortungsvollen Quellen
FSC® C083411
FSC
www.fsc.org

Das für dieses Buch verwendete Papier ist FSC®-zertifiziert.

Leidenschaft, die
Substantiv, feminin

1 sich in emotionalem, vom Verstand nur schwer zu steuerndem Verhalten äußernder Gemütszustand (aus dem heraus etwas erstrebt, begehrt, ein Ziel verfolgt wird)

2 große Begeisterung, ausgeprägte [auf Genuss ausgerichtete] Neigung, Passion für etwas, was man sich immer wieder zu verschaffen, was man zu besitzen sucht, für eine bestimmte Tätigkeit, der man sich mit Hingabe widmet

3 sich in starkem Gefühl, in heftigem, ungestümem Besitzverlangen äußernde Zuneigung zu einem Menschen

Definition laut Duden, Deutsches Universalwörterbuch, 8. Auflage, 2015

PRACHTEXEMPLAR

Koffein, Kartoffeln und Tinder mal anders

Eine staubige leere Straße. Geil. Umgeben von Steppe, trockenen Gräsern, Steinen und Sand. Darüber der grenzenlos blaue Himmel, über den ein einsamer Kondor segelte. Geiler Scheiß. Der Horizont flimmerte in der gleißenden Hitze. Aus dem Kühler seines Rennwagens stieg Rauch auf. Auf der Motorhaube räkelte sich eine argentinische Schönheit. *Hola*. Hammergeiler Scheiß. Strahlend blaue Augen, langes dunkles Haar und sonnengebräunte Haut. So ein Gisele-Bündchen-Typ. Sexy, aber mit Charakter. Hunderfach geiler Scheiß. Aber, Moment mal, war die nicht Brasilianerin? War doch völlig schnuppe. Heiße Frau. Er stieg aus dem Wagen. Kavinskys *Nightcall* aus dem Film *Drive* erklang, und die Hitze verschlug ihm einen Moment den Atem. Klar, die Hitze. Die Hübsche winkte ihn zu sich. Die Musik wurde immer lauter, ein Wummern und Vibrieren mischten sich dazu. Er näherte sich der Schönen, ihrem hübschen, vor Hitze erröteten Gesicht, durstig nach ihren vollen feuchten Lippen. Das Vibrieren der Musik wurde arhythmisch, unerträglich, nahm dem Moment allen Sex. Ein Vibrieren. Ein lautes Vibrieren …

Clemens reißt die Augen auf. Weg ist die argentinische Steppe. Inklusive fremder Schönheit. Stattdessen starrt ihm das schielende Antlitz von Ronnies bärtigem Bärengesicht mit dicker Brille auf dem Display seines Handys entgegen. Der ruft nämlich gerade an. Guten Morgen, Deutschland, es ist neun Uhr in Berlin-Schöneberg. Clemens' rechte Hand, die im Schlaf etwas mit seinem Penis gemacht hat, ist verklebt mit dem, was sein Penis daraufhin ejakuliert hat. Warum das so ist, versteht er nicht, kam er doch nicht mal dazu, die Hübsche aus dem Traum zu berühren. Jedenfalls kann er nicht abheben. Mit links telefonieren geht gar nicht. Außerdem geht in genau drei Stunden sein Flug. Und spätestens da wird er Ronnie sowieso sehen. Jetzt muss er packen. Clemens schlägt die Bettdecke beiseite und steht auf. Er duscht. Lange und heiß. So viel Zeit muss sein. Dabei erinnert er sich noch mal kurz an die Hübsche aus dem Traum, aber sie ist schon ziemlich verblasst. Andere Gedanken setzen sich durch. Gedanken wie das Ladegerät und die Zahnbürste beim Packen nicht zu vergessen. Und die Frage, wo sein Reisepass eigentlich ist. Nach dem Duschen geht er ins Schlafzimmer, rubbelt sich mit dem Handtuch die kinnlangen rotbraunen Locken trocken und wirft es aufs ungemachte Bett. Dann sieht er in den Kleiderschrank. Lange dauert das nicht. Erstens weil da nicht viel drin ist. Wo ist denn das ganze Zeug eigentlich hin? Egal. Denn zweitens: Mode interessiert Clemens nicht. Begriffe wie Colorblock, Trendfarben oder Lifestyle-Statements müsste er erst mal nachschlagen. Es geht um Funktionalität. Und solange es gut riecht und nicht zu viele Löcher hat, funktioniert für ihn aus seiner Garderobe eigentlich alles. Im Übrigen hat ihm neulich eine Frau gesagt, dass er sogar in einem Kartoffelsack gut aussehen würde. Seitdem macht er sich noch weniger Gedanken über Klamotten als zuvor. Verdammt, es gibt wirklich wichtigere Dinge auf der Welt. Er zieht ein paar karierte Boxershorts, eine beigefarbene Jeans und ein graublaues T-Shirt an. Hat nur ein winziges Loch an der rechten Schulternaht. Dazu den grauen Pulli, den ihm Mutti letzte Weihnachten gestrickt hat. Der hält warm und stinkt nie. Dann reißt er so ziemlich alle Fenster in der Wohnung auf, kalte Januarluft weht in den Altbau herein. Er holt Zelt, Schlafsack und Seesack aus der Abstellkammer neben der Wohnungstür. Packen.

Oder vielleicht erst mal eine rauchen und die Sportnews checken. Kaffee wäre cool, aber den gibt's hier ja nur selten. Da muss er echt mal wieder dran denken, so was einzukaufen. Überhaupt einzukaufen. Andererseits könnte Ulf das auch mal erledigen. Ulf ist Clemens' Mitbewohner. Rein äußerlich erinnert der an die gängigen Abbildungen von Jesus im Jahr seiner Kreuzigung, ist auch in etwa in dem Alter, aber arbeitslos und ungefähr so hilfsbereit und sozial, wie Jesus das wohl als Säugling war. Immerhin steht im Kühlschrank noch eine Fritz-Kola rum. Ist ja auch Koffein. Und richtigen Kaffee wird Clemens in Tegel bekommen. Mit der Fritz-Kola setzt er sich aufs Sofa im Wohnzimmer. Also, das hat er eigentlich vor. Aber da liegt Tom. Genau genommen nur Toms Beine. Der Rest von ihm pennt auf dem davorliegenden Flokati-Teppich, das Gesicht in den Flusen vergraben. Tom ist für Clemens das, was pubertäre zahnspangentragende Teen-Girls *BFF* – best friends forever – nennen würden. Clemens kickt sachte gegen Toms Bein. Tom grunzt daraufhin und dreht sich mit einem Gesichtsausdruck zu ihm, als hätte er gerade saure Milch getrunken.

«Guten Morgen», sagt Clemens.

«Guten Morgen», stöhnt Tom und sieht sich blinzelnd um. «Shit, welcher Tag ist heute?»

«Samstag», sagt Clemens und setzt sich aufs Sofa.

Tom seufzt erleichtert und steht auf.

«Dachte schon, es wäre Sonntag. Ich schlaf hier immer so gut.»

Da weiß Clemens nie, ob Tom das ironisch meint. Das sagt er jedes Mal, wenn er hier und in dieser Position pennt.

«Ich hab von Gisele Bündchen geträumt», sagt Clemens.

«Geiler Scheiß», sagt Tom.

Clemens bietet ihm von der Cola an. Tom winkt ab.

«Ich zieh los. Muss noch ein Mood Board fertig machen.»

Tom ist Creative Director für ein Frauenmagazin. In der Wohnzimmertür bleibt er stehen und fragt: «Hey, Honey Bunny, solltest du nicht am Flughafen sein?»

«Hab noch über 'ne Stunde», sagt Clemens.

«Scheiße.» Tom stößt absichtlich mit dem Kopf gegen den Türrahmen. «Ich muss Anja erklären, wo ich übernachtet habe.» Er überlegt. «Ich sag ihr einfach die Wahrheit. Ich sag, dass ich mit 'ner eins achtzig großen breitschultrigen rotbärtigen Pussy die ganze Nacht durchgevögelt habe, und in den frühen Morgenstunden kam Gisele Bündchen dazu.»

Clemens fasst sich an die Wangen. «Bart?»

«Ja, oder Stoppeln halt», sagt Tom. «Klingt aber nicht so sexy. Außerdem fragt sie dann bestimmt, ob's gekratzt hat.»

«Hat's denn gekratzt?», fragt Clemens grinsend.

«Alter, ich war so feucht, ich hab nichts gespürt.»

Clemens schmeißt sich weg vor Lachen. Dann setzt er sich wieder auf.

«Moment mal, das ist nicht kohärent. In deiner Story war ich die Muschi.»

«Vielleicht war ich ja auch eine Muschi. Muschi-Threesome mit Gisele Bündchen, dir und Bartstoppeln.»

Clemens lässt sich das durch den Kopf gehen und verzieht das Gesicht.

«Sorry, Tom, aber ich will keine Muschi sein», sagt er. «Schon gar nicht bei einem Threesome mit GB.» Er nimmt eine Zigarette aus der Schachtel Camel, die vor ihm auf dem Sofatisch liegt, und klopft das Ende mehrfach gegen die Glasplatte.

«Kann ich verstehen. Ich brauch dein Alibi eh nicht. Sie wird die Story sowieso schlucken», sagt Tom. «Anja schluckt alles.»

Clemens will gerade die Zigarette anzünden. Jetzt hält er inne und schüttelt grinsend den Kopf. Geiler Scheiß.

«Anja ist also keine Investigativ-Journalistin», sagt er.

«Nö. Eher Testleserin für Rosamunde-Pilcher-Drehbücher.» Seit neuestem fragt Tom seine Flirts nicht mehr, was sie beruflich tun. Lieber phantasiert er darüber.

«Nicht eher *Publikum*? Das ist doch 'ne Serie, oder?»

«Die Bilder macht sie sich im Kopf. Sie ist sehr kreativ, wenn du verstehst, was ich meine.»

«Was hat sie sonst noch für Argumente?»

«Sie kann ziemlich spannende Sachen mit ihrem Mund.»

«Trotzdem willst du, wie heißt sie noch, Anja? Die willst du loswerden.»

Tom zuckt mit den Achseln. «Ich muss das Mood Board bis Montag fertig haben.»

«Worum geht's da?»

«Ach. Ein Männerspezial. Eine Fotostrecke zum modernen Mann.»

«Der moderne Mann?», fragt Clemens belustigt.

«Also, soweit ich das verstanden habe, ist der moderne Mann emotional, sportlich schlank und ernährt sich bio.»

«Der moderne Mann flennt, macht Yoga und geht nie zu Burger King.»

«Wir sind am Aussterben, Clemens. Und ich muss mir das Setting für die Newcomer überlegen. Das ist, als würde ich mein eigenes Todesurteil unterschreiben.»

«Lass es und mach dir ein kreatives Wochenende mit Anja.»

«Anja kann ich vergessen. Die wird mir nie glauben, dass ich die Nacht bloß am Zocken war.»

«Dann schluckt sie doch nicht alles.»

«Leider nicht.»

Clemens ist verwundert. «Hieß die von letzter Woche nicht Tanja?»

Tom überlegt. «Stimmt.»

Sie grinsen.

«Wer weiß, vielleicht heißt die von nächster Woche ja Nja», sagt Tom. «Nja Nguyen, asiatische Molekular-Forscherin mit Mandarin-Brüstchen und untenrum komplett enthaart. Geil. Ich freu mich. Nja, nja, njaaa.»

Clemens, der gerade von der Cola getrunken hat, verschluckt sich fast.

«Ich halt dich auf dem Laufenden, Honey Bunny. Und du, meld dich, wenn du zurück bist. Du hast übrigens was auf der Stirn», sagt Tom und geht.

Clemens wischt mit der Hand über die Stirn und prüft seine Finger, entdeckt aber nichts und denkt nicht weiter darüber nach. Er zündet die Zigarette von vorhin an und checkt die News auf seinem Handy.

«Cool. Krieg ich auch 'nen Schluck?» Der lange dünne Ulf mit den langen dünnen Haaren steht in nichts als einen Slip gekleidet in der Wohnzimmertür. Ein Slip, der Clemens irgendwie bekannt vorkommt.

«Ist das meiner?», fragt er Ulf.

Ulf sieht an sich hinunter.

«Hab ich im Bad gefunden.» Gähnend lässt er sich neben Clemens aufs Sofa fallen und nimmt einen großen Schluck Cola. Clemens rückt ein Stück von ihm weg, das ist zu viel Ulf für ihn am frühen Morgen, und widmet sich seinem Smartphone.

«Du musst mir dein Geheimnis verraten. Bei mir wird das sonst nichts mehr mit dem Sixpack», sagt Ulf und presst das nicht vorhandene Fett an seinem Bauch mit Daumen und Zeigefinger zu einer Wurst.

Clemens sieht ihn verwundert an. Das versteht er echt nicht. Es scheinen sich mehr Leute, vornehmlich Frauen, für seine Körperkultur zu interessieren als er selbst. Und nun wohl auch Ulf. Dabei gibt's gar kein Geheimnis. Die Muskeln sind halt einfach da. Aber alle Welt tut sich schwer damit, ihm zu glauben, dass er nichts dafür tut. Jedenfalls nicht gezielt. Er sitzt bloß selten still wie jetzt. Da ist nun mal dieser Bewegungsdrang, er spielt gern und viel – am liebsten irgendwas mit einem Ball. Ulf rülpst. Und Clemens blickt schleunigst wieder auf sein Handy. In einer Zigarettenlänge erfährt er Triathlon- und Skiweitsprungergebnisse, dass sich Messi den linken Zeh verstaucht hat, sieht, dass er, Clemens, zwei neue Matches auf Tinder hat, und entdeckt auch fünf Anrufe in Abwesenheit von ‹AlLah›, also Anna Lena. Ulf sitzt daneben und liest mit. Für einen Kerl wie Ulf, der vorgibt, gegen die NSA und für die Freiheit von Julian Assange zu sein, findet Clemens das ziemlich dreist. Bei den Abwesenheitsnachrichten sieht Ulf ihn wehleidig von der Seite an.

«Von gestern Abend», murmelt Clemens, als würde das irgendetwas entschuldigen. Aber stimmt ja auch, da hat er nur einfach vergessen zurückzurufen! Und jetzt ist die Zigarette sowieso schon aufgeraucht. Clemens steht auf.

«Cool. Kann ich 'n bisschen?», fragt Ulf. Damit will er wissen, ob er sich auf Tinder umsehen darf. Ulf hat kein Smartphone. Da ist er aus ökologisch-ökonomischen Gründen dagegen. Irgendwas von wegen Kinderarbeit in China oder Unterdrückung des Proletariats und der Frauenrechte in Indien, irgend so was halt. Aber wenn es um Girls geht, scheint ihm das plötzlich egal zu sein.

«Okay», sagt Clemens und gibt ihm das Handy. «Aber halt dich bitte mit dem liken zurück. Echt, Ulf, mir gehen die Argumente aus.»

«No problemo, Mann, ich guck nur.» Ulf tindert nämlich mit Clemens' Profil. Und Clemens muss sich dann jedes Mal überlegen, wie er den Frauen klarmacht, dass nicht er, sondern Ulf auf eine Begegnung scharf ist. Selten klickt Ulf Clemens' Geschmack an. Ist eigentlich auch besser so, denn die paar Male, als das vorkam, entbrannten ewig lange Debatten, wer von beiden die jeweilige Süße kontaktieren durfte.

Das Chaos in der Wohnung fällt Clemens immer nur dann auf, wenn er im Aufbruch ist. Dass einfach nichts an seinem Platz liegt. Vermutlich kommt in anderen Momenten ein effektiver Verdrängungsmechanismus zum Einsatz wegen seiner Putzphobie. Andererseits, wann soll er auch zum Aufräumen kommen, so selten, wie er da ist? Weshalb Ulf nie putzt oder aufräumt, fragt er sich schon lange nicht mehr. Jetzt ärgert Clemens einfach nur die Unordnung. Und dass er den Wecker um acht Uhr verschlafen hat. Die Mikrowellenuhr in der Küche zeigt 10.34 Uhr Moskauer Zeit an, sprich 9.34 Uhr hier in Berlin. War natürlich Ulfs Idee, russische Zeit in die Küche zu bringen. Anfangs fand Clemens das gut, weil er seltener zu spät kam. Aber seit er sich selbst dabei durchschaut hat, funktioniert das nicht mehr. Vielleicht sollten sie mal ganz radikal auf chinesische Zeit umstellen. Jedenfalls ist packen unter Zeitdruck blöd. Und dann auch noch ohne etwas zu finden. Hätte er das bloß am Vorabend erledigt. Aber da waren ihm *Assassin's Creed* und Tom dazwischengekommen. Bei seiner Rückkehr wird er aufräumen und Wäsche waschen. Vielleicht sollte er seinen Boss Alfie auch endlich mal nach dessen Putzfrau fragen. Egal, ob Ulf dann wieder den Einwand erhebt, putzen für andere sei eine menschenunwürdige Arbeit. Jetzt muss Clemens aber erst mal packen. Und zwar schleunigst. In spätestens einer Stunde muss er in Tegel sein. Aus dem Schrank räumt er einfach eine ganze Regalzeile in den Seesack. Viel hat dort nicht gelegen: zwei T-Shirts und zwei Boxershorts. Er braucht dringend mehr Klamotten! Im Bad fischt er ein paar Teile aus der Maschine, riecht daran. Das meiste davon lässt er zurückgehen. Vieles gehört Ulf. Nur drei Teile halten der Prüfung stand und schaffen es in Clemens' Tasche. In dem Moment klingelt sein Telefon. Das hört er, weil Ulf plötzlich neben ihm steht und es ihm vors Gesicht hält. Vor der Waschtrommel kniend, den Seesack über der Schulter, erblickt Clemens auf dem Display wieder Ronnie. Der ist bestimmt schon am Flughafen. Ronnie ist immer mindestens drei Stunden vor Abflug dort. Er muss eine masochistische Ader haben. Ronnie hat nämlich Flugangst. Clemens greift nach dem Handy und nimmt den Anruf entgegen.

«Warum tue ich mir das an?», fragt Ronnie.

«Weil du auf anspruchsvolle Bilder scharf bist», sagt Clemens, zieht eine Socke aus der Maschine, riecht daran und lässt sie sogleich zurückwandern. Ulf sieht neugierig zu.

«Eine Boeing, Clemens, eine verfickte 767-300ER.»

Damit meint Ronnie den Langstreckenflug, den sie heute in Frankfurt erwischen müssen.

«Ach, Schnuffi, das Gespräch hatten wir doch schon», sagt Clemens, während er nun ein weißes T-Shirt prüft.

«Laut Unfallstatistiken ...»

«Alles Auslegungssache, Baby.» Clemens wirft das T-Shirt in die Tasche. Ulf beobachtet das und verschwindet dann wie ein Windhauch irgendwo im Flur. Gut so. Hauptsache aus dem Blickfeld. Ulf geht eigentlich erst ab 18 Uhr. Mit mindestens einem Pils intus.

«Ich hab übrigens die Akkreditierungspapiere verloren», sagt Ronnie jetzt. «Muss vorhin in der S-Bahn passiert sein. Als mich die Bullen gefilzt haben.»

Clemens rollt mit den Augen. «Mann, Ronnie.»

Er sieht vom Bad rüber ins Wohnzimmer, wo der Drucker unterm Schreibtisch steht. Verstaubt und vorwurfsvoll zurückblickend wie eine verschmähte Geliebte. Bis er den in Gang gebracht hat, ist der Flieger schon in der Luft.

«Das schaffen wir auch ohne», sagt Clemens. Er hört, wie Ronnie laut einatmet und protestieren will. «Mach dir nicht ins Höschen, Schnuffi.» Clemens greift erneut in die Trommel und steckt dieses Mal alles ein. Also, grob geschätzt eben das, was ihm gehört. Viel ist das auch nicht. Irgendwie fehlen hier signifikante Teile seiner Garderobe! Egal. Das hier wird für die erste Woche südamerikanische Hochsommer allemal ausreichen. Und dann wird er es im Hotel einfach in die Reinigung geben. Wie immer.

«Ich brauch gar nicht erst loszufliegen. Die Security wird sowieso meine Objektive konfiszieren», sagt Ronnie.

«Warum sollten die so was tun? Denk mal nach, wir sind Journalisten, keine Dealer.»

«Da wäre ich mir nicht so sicher, Clemens. Beim *Burning Man* haben die letztes Mal auch alles eingesackt.»

«Das war auf dem Rückflug, Ronnie, weil du dich weihnachtlich mit neuen Fotoapparaten eingedeckt hattest, ohne dem US-Zoll Bescheid zu geben», sagt Clemens. Er geht ins Wohnzimmer und steckt das Päckchen Zigaretten ein, das dort noch auf dem Sofatisch liegt. «Und dass du die Quittungen dabeihattest, war der Sache nicht förderlich.» Auf dem Tisch findet er auch seine Kreditkarte, einen Fünfziger- und ein paar Zwanzigerscheine, Münzen und ein Clipper-Feuerzeug. Bis auf die Münzen wandert alles in seine Hosentaschen.

«Ich hab Flugangst, Clemens.» Das ist Ronnie kurz vor Boarding.

«Ja», sagt Clemens. Durch die Glasplatte des Tisches hindurch erblickt er seinen Presseausweis, der dort auf dem Teppich liegt. Fragt sich nur, wo sein Reisepass hin ist. «Ich ruf dich von unterwegs an, Ronnie.»

«Aber, bist du etwa noch …?»

«Ich muss hier jetzt Gas geben», sagt Clemens und legt auf.

Er schließt die Fenster, zieht die Lederjacke an, die in der Küche über einem Stuhl hängt, und nimmt das Handy-Ladegerät von der Küchenzeile, das dort zwischen unzähligen angeschnittenen blau gefärbten Kartoffeln liegt. Im Bad vergisst er wie immer die Zahnpasta, denkt aber daran, in sein Zimmer zurückzugehen, um den Laptop vom Nachttisch zu holen, stopft den auf dem Weg zur Tür in eine Ledertasche, die im Flur liegt, schnappt sich auch den Seesack, das Zelt und den Schlafsack, schlüpft in seine Sportschuhe, steckt die Schlüssel von der Ablage ein und:

«Scheiße.»

Nirgends findet sich sein Reisepass.

«Ommmm», hört er Ulf summen.

Gleich gegenüber der Wohnungstür befindet sich dessen erstaunlich ordentliches, spartanisch eingerichtetes Zimmer. Ein Reich, in dem es nicht viel mehr als eine Matratze sowie Billy-Regale voller kommunistischer Manifeste gibt. Ulf steht dort auf einem Bein und mit aneinandergelegten Händen am Fenster, einen Stapel Bücher auf dem Kopf balancierend. Das scheint wohl Yoga zu sein, denkt Clemens und wirft einen Blick auf Ulfs Kleiderstange, ob da nicht eventuell ein paar seiner Klamotten …? Nein. Nur Leinenhemden und Wickelhosen.

Ulf sagt: «Shanti, shanti.»

Und Clemens lässt das Gepäck sinken. On top des Bücherstapels auf Ulfs Schädel erblickt er ein als Dach aufgestelltes Büchlein, das verdächtig nach einem Reisepass aussieht.

«Ist das meiner?», fragt er.

«Ommmm.» Clemens geht auf Ulf zu, um den Pass vom Yoga-Turm zu heben, aber der sagt: «Warte.»

Ulf atmet tief ein, und Clemens' Handy klingelt und vibriert.

Er braucht gar nicht nachzusehen, es wird wieder Ronnie sein. Und wenn der ein drittes Mal anruft, ist es höchste Zeit, zum Flughafen zu fahren. Warten wird Clemens jetzt also ganz sicher nicht, er schnappt sich das Dokument von Ulfs Kopf. Die Bücher fallen dumpf zu Boden. Ulf sieht Clemens an, als würde er ihn jetzt erst wahrnehmen.

«Das sollte eigentlich eine Überraschung für deinen Geburtstag werden», sagt Ulf und tippt auf den Reisepass.

«Versteh ich nicht», sagt Clemens.

Ulf grinst, und Clemens zieht die Augenbrauen zusammen. Jetzt muss er doch mal nachsehen. Er öffnet den Pass und blättert Seite für Seite um. Da ist wenig Platz. Die meisten Seiten sind gefüllt mit Stempeln all der Länder, in die Clemens in der letzten Zeit gereist ist: Südafrika, Indonesien, Bangladesch, Nepal ...

«Ganz hinten», sagt Ulf grinsend.

Tatsächlich, auf der vorletzten Seite ist etwas eingetragen, das definitiv nicht in einen Reisepass gehört: der Stempelabdruck eines Globus mit der Aufschrift *«Weltbürger – gegen Abschiebung und für offene Grenzen»*, Hammer und Sichel inklusive. Clemens spürt, wie sein Puls zu rasen beginnt.

Wenn Ulf eines kann, dann sind das Stempel. Die macht er für sein Leben gern. Damit will er sich selbständig machen. Als Stempelkünstler. Deswegen steht bei ihnen in der WG auch immer ein Sack Kartoffeln rum.

«Soll man zwar nicht, so eine Woche vorher, aber herzlichen Glückwunsch zum 35., Clemens», sagt Ulf.

«Was hast du dir dabei gedacht?» Clemens muss sich zusammenreißen, Ulf keins überzuziehen. Außerdem ist sein Geburtstag erst in einem *Monat.* «Ich muss damit heute die peruanische Grenze passieren!»

Ulf überlegt einen Moment.

«Also, Südamerika dürfte kein Problem sein.»

«Auf welchem Planeten lebst du eigentlich?!»

«Steigst du in den USA um?», fragt Ulf.

«Nein.»

«Na dann. Alles paletti.»

Clemens muss fort, bevor er hier schlimme Dinge anstellt. Die Frage kann er sich jedoch nicht verkneifen: «Erinnere mich doch bitte noch mal daran, warum wir eigentlich zusammenwohnen.»

«Wir sind eine Zweck-WG. Dank mir kannst du dich in der Außenwelt mit deinem Engagement für Minderheiten wie mich brüsten, und dafür darf ich hier gratis wohnen. Ich bin der arbeitslose Vorzeigeproletarier gegen dein schlechtes Kapitalistengewissen – Scherz. Natürlich weil wir Freunde sind!»

Clemens versagt es einen Moment die Stimme. In Ulfs Augen liegt derart viel Unbekümmertheit, dass es fast schon an Frechheit grenzt. Clemens will Einspruch einlegen, aber in seiner Hosentasche vibriert und klingelt es erneut, und seine innere Stimme rät ihm, die Debatte zu vertagen, um den verdammten Flug nicht zu verpassen.

«Bringst du mir was mit?», fragt Ulf jetzt.

«Ulf. Halt einfach die Fresse.»

«*Dulce de leche* wäre cool!», ruft der ihm nach.

Und das Handy läutet noch immer.

«Bin unterwegs, Ronnie.»

«14 Stunden, Mann. Das überlebe ich nicht! Ich kann nicht in den Flieger.»

«Verdammt noch mal, reiß dich zusammen! Geh in die Lounge, kipp 'nen Gin Tonic und nimm deine Pillen! Verdammte Scheiße.»

Clemens greift nach Seesack, Zelt und Ledertasche und will los. Wieder klingelt es. Aber dieses Mal ist es die Tür.

War sowieso nichts auf Strecke

Das großzügige Dekolleté bis zum Ansatz ihrer Brüste, die sich in einem Spitzen-BH, von einer transparenten weißen Bluse verhüllt, gegen einen randvollen Wäschekorb pressen, den sie in den Armen hält. Das ist das Erste, was in Clemens' Blickfeld gerät, als er die Wohnungstür öffnet. Das Zweite ist ihr leicht geöffneter Mund, der nach Atem ringt. Anna Lena. Also die Frau, deren Nummer Clemens unter ‹AlLah› gespeichert hat und die er auch gern Alla nennt. Warum trägt die einen offensichtlich derart schweren Korb die ganzen drei Etagen bis hier hinauf?

Er legt sein Zeug ab und nimmt ihr den verdammten Wäschekorb ab. Der wiegt gefühlt eine Tonne. Und weil er selbst nicht weiß, was er damit tun soll, stellt er den ebenfalls neben sich ab.

«Das sind deine Sachen», sagt Anna Lena. «Ich mach Schluss, Clemens.»

Ah, ah, ah. Clemens registriert vor allem den ersten Satz. Bei Alla also waren all seine Klamotten!

«Wie cool, danke», sagt er.

Er reißt sogleich den Seesack auf und beginnt die Schmutzwäsche gegen die frischen, ordentlich gefalteten Klamotten aus dem Wäschekorb auszutauschen. Zu seiner Überraschung findet er darin auch sein Boule-Set und David Foster Wallace' über 1000-Seiten-Roman *Unendlicher Spaß* in Hardcover-Version. So viel zum Gewicht des Wäschekorbs. Bedenklich ist, dass er diese Dinge gar nicht vermisst hat. An Foster Wallace war er ungefähr bei Seite 400 gescheitert – anfangs war's cool, da ging's noch um Tennis, aber dann wurde es einfach zu konfus, als plötzlich jemand den Kopf in eine Mikrowelle steckte. Und die Boule-Kugeln? Die sind zuletzt im Dezember bei einer Beachparty in Toms Kreuzberger Loft zum Einsatz gekommen und anschließend offenbar bei Alla gelandet. Er hat Tom nie gefragt, wie er den Sand wieder aus der Wohnung bekommen hat. Und dann ragt da ein riesiger vergoldeter Bilderrahmen mit einer wilden Collage aus Fotos von ihm und Alla und ganz schön vielen rosa Herzchen aus dem Korb. Stimmt. Das war ihr Weihnachtsgeschenk für Clemens. Damit hält er sich jetzt lieber nicht länger auf und ist dankbar, darunter ein Paar Socken zu finden, die er in die Reisetasche packen kann.

«Du verreist?», fragt Anna Lena. Ihre Stimme bebt.

Clemens blickt von der Tasche zu ihr hoch. Zu seinem Entsetzen hat sie Tränen in den Augen. Weinende Mädchen. Scheiße. Das ist wie eine Bombe, bei der man nicht weiß, ob man nun das grüne oder das gelbe Kabel durchtrennen muss, damit die nicht explodiert. Da fühlt er sich einfach überfordert. Und das hat nichts mit seinem momentanen Zeitdruck zu tun. Würden sie sich seit zwei Wochen auf den Malediven langweilen, seine Reaktion wäre dieselbe. Schleunigst blickt er wieder auf die Reisetasche und sagt schlicht: «Hm.»

«Das hast du mir gar nicht gesagt. Wohin verreist du?», fragt Anna Lena.

Noch ehe Clemens den Mund öffnen kann, liefert Ulf die Antwort: «Nach Peru.» Der steht jetzt hinter Clemens und grinst bis über beide Ohren Richtung Anna Lena.

«Ich fliege zur Dakar», bestätigt Clemens.

«Aber das liegt doch in Afrika», sagt Anna Lena.

«Die Dakar-Rallye», sagt Clemens, während er den Wäschekorb in die Wohnung schiebt, sein Gepäck schultert und aufsteht. «Vierzigstes Jubiläum, zum zehnten Mal in Folge in Südamerika, darüber soll ich berichten, und da muss ich jetzt hin.»

«Aber ...», sagt Anna Lena.

«Ich meld mich, wenn ich zurück bin, Alla», sagt Clemens.

«Aber ich hab doch eben Schluss gemacht.»

In Clemens' Kopf ist gerade nur noch Platz für das Bild einer Startbahn mit einer riesigen Boeing, die dort jeden Moment abheben wird. Einer Boeing, in der er verdammt noch mal auch sitzen will. Überlegungen zu Beziehungskram gehen jetzt gar nicht. Also sagt er nur: «Okay. Pass auf dich auf, Süße.»

Er streicht sich die Locken aus dem Gesicht, drückt Anna Lena einen Kuss auf die Stirn und will an ihr vorbei. Schluss gemacht. Was meint sie damit überhaupt? Und weshalb sieht sie ihn mit einem Mal so merkwürdig an?

«Hast du heute schon mal in den Spiegel geschaut?», fragt sie.

Clemens überlegt.

«Nicht wirklich.»

«Was ist das?», fragt Anna Lena und fährt mit dem Finger über Clemens' Stirn. «Wie Ruß ... oder Tinte ...»

Hinter sich hört er Ulf kichern und allmählich dämmert ihm, was da auf seiner Stirn ist: ein Stempel. Wie ihm Ulf den aufgedrückt hat, ist Clemens schleierhaft. Vermutlich gestern Nacht, als sie sich im Flur spontan einen Karatekampf geliefert haben.

«Danke, Arschloch», sagt Clemens, ohne Ulf eines Blickes zu würdigen. Lieber konzentriert er sich auf Alla. Sonst verliert er die Nerven.

Die öffnet ihre Handtasche und holt ein rosafarbenes Fläschchen und Taschentücher hervor. Auf der Flasche erkennt Clemens eine Hand mit roten Nägeln und einen kleinen Totenkopf. Clemens ist fasziniert. Was Frauen nicht alles aus ihren Handtaschen zaubern. Anna Lena befeuchtet ein Taschentuch mit der Flüssigkeit und tupft ihm damit vorsichtig die Stirn ab.

Süß, wie sie ihm den Stempel so wegtupft, mit leicht geöffnetem Mund, ein paar blonde Haarsträhnen im Gesicht, total konzentriert auf seine Stirn, so ganz sachte tupfend, fast zärtlich.

«Alla?», fragt Clemens. «Wieso eigentlich Schluss?»

Anna Lena hält inne und sieht ihn mit weit aufgerissenen Augen an.

«Ich meine, waren wir zusammen?», fragt Clemens.

Anna Lenas Unterlippe bebt jetzt. Dann holt sie plötzlich aus und knallt ihm eine Ohrfeige.

«Mistkerl», sagt sie.

Clemens reibt sich überrascht die linke Wange. Okay, hier gibt es wohl einige Missverständnisse, und die werden heute nicht zu klären sein.

«Danke für die Wäsche», sagt er, nimmt seine Sachen und zieht an ihr vorbei.

«Danke für die Wäsche?», fragt Anna Lena. «Mehr hast du nicht zu sagen?»

Sie folgt ihm das Treppenhaus hinunter.

«Deine Aussage war doch klar. Ich wüsste nicht, was es noch groß zu sagen gibt», sagt Clemens und fragt sich, warum Ronnie denn nicht einfach mal jetzt anrufen kann.

«Wir sehen uns seit zwei Monaten, Clemens, du hast die Hälfte deiner Garderobe bei mir liegen lassen, und du hast die Schlüssel zu meiner Wohnung!», sagt Anna Lena. «Und dann behauptest du ernsthaft, wir sind nicht zusammen?!»

«Das habe ich nie gesagt. Es war eine Frage. Zerbrich dir nicht den Kopf, Alla.»

«Du bist echt mies. Ich bin doch nicht blöd, Clemens! Natürlich hast du das so gemeint!» Jetzt hört sich ihre Stimme so an, als würde sie weinen. Clemens will nicht hinsehen. Das war echt nicht seine Absicht. Warum ist das immer so kompliziert mit den Mädels? Und nun kommt ihm auch noch Frau Schmidt, Rentnerin, über 70, voll beladen mit Einkäufen entgegen.

«Wie konntest du all die Dinge tun und zu mir sagen, wenn wir nie zusammen waren?», fragt Anna Lena.

«Guten Morgen, Frau Schmidt», sagt Clemens.

«Guten Tag, Clemens», sagt die erfreut und schwer atmend. «Na, wieder auf Weltreise?»

«Haben Sie die Postkarte vom letzten Mal bekommen?», fragt er, wirft seine Sachen auf die Stufen und nimmt Frau Schmidt den Rentnerporsche ab. Frau Schmidt die Einkäufe hochtragen, das ist für Clemens wie duschen: So viel Zeit muss sein.

«Oh ja, die mit dem Papagei aus ... wo waren Sie da noch?», fragt Frau Schmidt und richtet sich die Frisur.

«Südafrika», sagt Clemens, während er mit ihr die Treppen zu ihrer Wohnung hochgeht. Als er an Anna Lena vorbeimuss, versucht er ihren Blick zu meiden.

«Südafrika, genau, traumhaft! Sie kommen ja richtig viel rum, junger Mann!», sagt Frau Schmidt.

Clemens lächelt, stellt die Einkäufe vor ihrer Tür ab und verabschiedet sich.

«Behandeln Sie mir den Clemens gut, junge Dame», sagt Frau Schmidt zu Anna Lena. «Der ist ein Prachtexemplar von einem Mann.»

Jetzt sieht Clemens Anna Lena doch an. Die nickt Frau Schmidt nur zu, während sie sich das verlaufene Make-up von den Augen wischt. Es bricht ihm das Herz.

«Schönen Tag, Frau Schmidt», sagt Clemens. Er nimmt Alla bei der Hand, zieht sie die Treppen hinunter, hebt unterwegs seine Sachen von den Stufen und läuft mit ihr aus dem Haus.

Draußen ist es richtig kalt. Gefühlt minus zehn Grad.

«Das muss doch nicht so sein zwischen uns», sagt Clemens und wischt ihr eine Träne von der Wange. «Du machst dir echt zu viele Gedanken.»

«Ich will eine Beziehung», sagt Anna Lena, und weitere Tränen fließen.

«Das haben wir doch», sagt Clemens leise und sieht ihr dabei in die Augen.

«Nein, ich meine eine richtige Beziehung. Ich will, dass wir *zusammen* sind.»

«Süße», sagt Clemens und löst sich von ihr. «*Zusammen* … Das ist ein Wort, mit dem ich nichts anfangen kann.»

Mist. Jetzt weint sie noch mehr.

«Was ich sagen will», sagt Clemens, «warum muss man immer alles definieren? Solange wir eine gute Zeit haben, verstehe ich nicht, warum wir darüber reden müssen.»

Endlich. Anna Lena hört zu weinen auf. Obwohl. Das ist nicht unbedingt gut. Sie blickt ihn mit einem Mal ziemlich wütend an.

«Genau. Manchmal frage ich mich, warum *du* Journalist bist.»

«Wieso?»

«Journalisten stellen Fragen und sind neugierig.»

«Bin ich doch auch.»

«Mich fragst du nie, wie's mir geht!!», kreischt sie.

Clemens fühlt sich, als wäre soeben eine Granate vor ihm detoniert, und nimmt Abstand zu Alla.

«Okay», sagt er. «Wie geht's dir?»

«Scheiße!»

«Hör mal. Alla. Es tut mir leid, wenn ich deine Gefühle verletzt habe.»

«Und wie du mich verletzt hast!», sagt Alla. «Hast du dir nie Gedanken gemacht, wie das für mich ist, wenn du dich eine Woche lang nicht meldest oder wegfährst, ohne Bescheid zu geben?»

«Alla, wir kennen uns doch erst zwei Monate.»

«Eben, da solltest du mir mal sagen, wie ernst es dir mit mir ist! Ich dachte, ihr Journalisten denkt über Dinge nach ...!»

«Dass ich mir Gedanken mache, heißt doch nicht, dass ich darüber reden muss. Außerdem bin ich Reporter.»

«Ihr analysiert und definiert ständig alles! Und dann schwafelt ihr seitenlang irgendeine intellektuelle Kacke, die eh niemand versteht, der nicht mindestens drei Jahre studiert hat!»

«Also, ich würde meinen Job bei *Playtime* nicht unbedingt als intellektuell ...»

Clemens kommt nicht zum Ende. Sie fällt ihm ins Wort: «Du willst Journalist sein und nicht mal fünf Minuten über Beziehung sprechen?! Dann bist du der mieseste Journalist, den ich je kennengelernt habe!»

Damit ist für Clemens der Punkt erreicht, an dem er das Gespräch abbrechen möchte.

«Okay. Wenn du das so siehst», sagt er.

«Ja. Das sehe ich so. Tschüss, du Arschloch.» Anna Lena dreht sich weg und geht mit entschlossenen Schritten fort. Plötzlich hält sie an und dreht sich zu ihm.

«Hey, Clemens!»

Er blickt zu ihr.

«Das mit dir, das war sowieso nix auf Strecke!», kreischt sie über die ganze Straße und zeigt ihm den Stinkefinger. Ein Passant mit Hund bleibt stehen und glotzt.

Alla kehrt Clemens den Rücken zu und dampft ab. Klack, klack, klack machen ihre Absätze. Klack, klack, klack. Und der blonde Pferdeschwanz macht wink, wink, wink.

Nix auf Strecke. Eine Frechheit, eigentlich. Das sind normalerweise seine Worte.

«Gut. Das wäre dann auch geklärt», sagt Clemens zu sich. Er schüttelt verwundert den Kopf. Echt. Das mit den Frauen, das wird er nie verstehen. Warum das immer so kompliziert sein muss. In dem Moment fährt ein Taxi vorbei. Clemens winkt es zu sich, und es hält direkt vor ihm. Er steigt ein, begrüßt den Fahrer, der ihn fragt, wo er hinwill. Clemens sagt: «Tegel.» Der Fahrer fragt: «Stört die Musik?» Clemens sagt: «Nö.» J-Lo singt aus den Boxen: *«I ain't your mama!»* Und Clemens findet das gut. Schweigend, von J-Los Gesang begleitet, fahren sie durch Schönebergs Straßen gen Flughafen.

Das war einfach. Unkompliziert. Warum kann das bloß mit den Frauen nicht auch so sein?

Fliegen mit Ronnie

«Herr Clemens Voss und Herr Ronald Can werden umgehend zu Gate 69 gebeten. Mister Clemens Voss and Mister Ronald Can, please proceed to gate 69 immediately for boarding!», schallt es in Tegel aus den Lautsprechern.

Jetzt fängt Clemens dann doch mal an zu laufen. Mit Ronnie im Schlepptau. Den musste er erst noch aus der Frequent Traveller Lounge abholen. Und der bockt. Blockiert total wegen seiner Flugangst und dem Effekt, den die Pillen dagegen in ihm ausgelöst haben. Clemens packt ihn am Arm und zieht ihn mit sich zur Sicherheitskontrolle. Und da ist eine Riesenschlange. Clemens schleift Ronnie an den Wartenden vorbei und unter Absperrbändern hindurch. Um ihn herum beginnen Leute zu pöbeln und werden ganz hektisch. Ehe es zum Eklat mit einem bierbauchigen Touristen kommt, eilt ihm eine freundlich lächelnde Angestellte des Bodenpersonals mit knallroten Lippen zu Hilfe. Endlich mal etwas Positives an diesem bislang eher schrägen Tag.

Sie blickt flüchtig auf den Boardingpass, den Clemens ihr auf dem Display seines Handys präsentiert. Aus den Lautsprechern wird sein Name erneut aufgerufen.

«Das bin ich», sagt er.

Die Angestellte öffnet Absperrbänder für ihn und Ronnie und führt sie direkt an das Fließband der Sicherheitskontrolle.

«Flüssigkeiten? Laptop?», fragt hier eine andere Angestellte, die zwar keinen rot geschminkten Mund hat, dafür aber wahnsinnig gut duftet.

Bei *Flüssigkeit* muss Clemens ungewollt an Sperma denken und bei *Laptop* an Pornos, vermutlich weil ihm der ganze Stress seit heute früh derart auf die Nerven geht, dass er jetzt gern woanders wäre. Kurz huscht ihm Alla durch den Kopf. Wie traurig eigentlich, dass sie sich nicht mehr sehen werden.

«Flüssigkeiten? Laptop?», fragt die Sicherheitskontrolleurin erneut.

Clemens sagt: «Ja.»

«Bitte in den Korb.»

Clemens tut, was von ihm verlangt wird, und erledigt das auch für Ronnie, der wie ein Schluck Wasser in der Kurve am Fließband hängt.

«Alles in Ordnung?», fragt die Kontrolleurin Ronnie.

«Flugangst», sagt Clemens, weil Ronnie nur ein schlaffes «Jo» ausstößt.

Die Angestellte lächelt mitfühlend und lässt das Handgepäck durch die Kontrolle fahren. Trotz erneutem Aufruf ihrer Namen kommen Clemens und Ronnie nicht drum herum, ihre Schuhe und Gürtel ausziehen zu müssen. Doch dann geht alles zügig. Niemand stellt Fragen zu den vielen Objektiven und Fotoapparaten im Gepäck, kein Schwein verlangt nach ihren Presseausweisen, und sie erreichen Gate 69 gerade noch rechtzeitig, bevor es schließt.

Alle Fluggäste sitzen bereits, als sie einsteigen. Kleine Maschine, Clemens und Ronnie haben eine Dreier-Sitzreihe für sich. Berlin–Frankfurt. Von dort aus werden sie über Bogotá nach Lima weiterfliegen. Yep. Zweimal umsteigen. Mit Ronnie … Lieber nicht weiter drüber nachdenken.

Clemens überlässt Ronnie wie üblich den Fensterplatz. Der soll mal pennen. Das wird er zwar leider nicht, trotz Pillen und Gin Tonic auf nüchternen Magen. Aber Clemens will die Hoffnung nicht aufgeben. Und für einen Moment ist tatsächlich Ruhe. Erleichtert sinkt er in seinen Sitz zurück. Jetzt darf er aufatmen, sich entspannt das Sicherheitsballett der Stewardessen reinziehen, und dann rollt der Flieger auch schon gen Startbahn los.

Clemens will die Gelegenheit nutzen und sich zwecks Beinfreiheit auf den freien Platz am Gang setzen, aber Ronnie ergreift seine Hand und sieht ihn mit panischen, rot unterlaufenen Augen an.

«Wird schon, Hasi», sagt Clemens, bleibt in der Mitte sitzen, während die Triebwerke immer lauter dröhnen und der Pilot per Lautsprecher letzte Infos zur Reiseroute durchgibt. Na, hoffentlich sagt der jetzt nicht an, dass es Turbulenzen geben wird.

«Es wird Turbulenzen geben», sagt der Pilot.

Clemens unterdrückt einen Schmerzensschrei, so fest hat Ronnie gerade seine Hand gedrückt. Clemens holt tief Luft und fährt sich mit der freien Hand übers Gesicht. Wenn Ronnie bei diesem Quickie-Flug schon so abgeht, wie wird es dann erst auf der zwölfstündigen Langstrecke mit der geilen Boeing 767-300ER nach Bogotá sein?

Die Maschine gibt Vollgas und rauscht los. Jeden Moment werden sie abheben. Ronnies Augen weiten sich noch mehr. Clemens nimmt eine Papiertüte aus dem Netz vor sich und drückt sie Ronnie in die Hand, damit der sich mit Atmen ablenken kann. Und Ronnie macht das mechanisch. Hält sich die Tüte vor den Mund und atmet tief ein und aus.

Ronnie. Ronald Aktürk Can. Er ist das Produkt eines Türken und einer Schwedin, die einst in Göttingen studiert und Liebe gemacht haben. Dort ist er auch aufgewachsen. Die Legende besagt, dass seine Eltern ihm als Säugling statt eines Schnullers einen Fotoapparat in die Hand drückten, um seine Zähne zu schonen. So begann Ronnies Karriere. Eine Zahnspange musste er trotzdem tragen. Kurzzeitig studierte er auch Jura, weil er sich in eine Juristin verguckt hatte, brach jedoch ziemlich bald ab und zog nach Berlin, um ernsthaft zu fotografieren. Vom Aussehen her kommt er weder nach seiner Mutter noch nach seinem Vater. Ronnie hat nämlich hellrotes Haar. So richtig hellrote kurze Locken und einen roten Vollbart. Viel eher würde er also als Clemens' korpulenter Bruder durchgehen. Wobei man bei Clemens das Rötliche erst beim zweiten Blick wahrnimmt. Seit acht Jahren kennen sie sich mittlerweile, sie haben zur gleichen Zeit bei *Playtime* angefangen. Clemens damals als Volontär, und Ronnie hing dort oft als Fotoassistent rum, für einen renommierten Aktfotografen, der mittlerweile an einem Herzinfarkt verreckt ist. Seither hat sich Ronnie als freier Fotograf einen Namen gemacht. Seine Motive sind zwar auch «in motion», aber bekleidet. Und seit nunmehr fünf Jahren sind Clemens und er im Job ein unzertrennliches Paar. *Playtime* ist das deutsche Pendant zum *Playboy*, sprich: ein monatlich erscheinendes Männermagazin. Okay, viele nackte Tatsachen, aber eben auch ziemlich gute und avantgardistische Artikel zu Wirtschaft, Kultur, Sport und Abenteuer. Letzteres ist Clemens' Bereich. Er hat sich im Laufe der Jahre zum Reporter hochgearbeitet. Überall auf der Welt, wo etwas stattfindet, das mit Nervenkitzel, Wildnis oder dem Gefühl purer Freiheit zu tun hat, berichtet er darüber. Und Ronnie fotografiert das. Es gibt in dem Job sicher Momente, die Clemens scheiße findet. Wie etwa fliegen mit Ronnies Flugangst. Und dass sie heute drei Maschinen nehmen müssen, weil es das günstigste Ticket war. Wie Clemens Ronnie dazu bewegen soll, interessiert kein Schwein. Bei *Playtime* wird nämlich neuerdings gespart. «Der erste Flug ist immerhin Lufthansa», hat Sanne heiter gesagt, als Clemens Einspruch einlegen wollte. «Und sonst können wir auch einen anderen Fotografen ...» Sanne ist Sekretärin bei

Playtime und nun auch für die Buchungen zuständig. Früher erledigte Clemens das selbst. Jetzt bleibt ihm bloß die Wahl zwischen stundenlangen Umsteigezeiten oder mehreren Zwischenstopps. Trotzdem würde er den Job für nichts auf der Welt aufgeben. Gespart wird ja momentan sowieso überall. Und wie cool ist es bitte, bei der Dakar in Südamerika dabei zu sein und dafür auch noch bezahlt zu werden? Die Maschine hebt und senkt sich abrupt. In der Kabine ertönt das Warnsignal. Gleichzeitig blinkt die Anzeige mit den Gurten über ihm. Und Ronnie krallt die Fingernägel in seine Hand. Turbulenzen. Die Boardchefin bittet per Ansage darum, sich wieder anzuschnallen. Das möchte Clemens auch tun, aber Ronnie wirft sich panisch gegen seine Brust.

«Alter», sagt Clemens. «Bei Turbulenzen: aufrecht sitzen.»

Das interessiert Ronnie nicht. Stur presst der sein Gesicht gegen Clemens' Brust. Der Flieger fällt ruckartig ab und schüttelt sie durch.

«Cabin Crew, bitte den Service einstellen», sagt der Pilot, und alles wackelt. Clemens wird von links nach rechts geschaukelt, während Ronnie hartnäckig bleibt und sich nicht rührt. Eine Stewardess kommt vorbeigewankt. Süße Maus.

Sie fragt: «Alles in Ordnung?»

«Flugangst», sagt Clemens, weil Ronnie bloß ein durch Clemens' Pulli ersticktes «Jo» ausstößt.

Den Dialog haben er und Ronnie mittlerweile echt gut drauf. Die Stewardess lächelt mitfühlend. Clemens lächelt zurück. Ihr Blick ändert sich daraufhin, sie sieht sich um, wirkt zögerlich. Die Maschine ruckt erneut, stärker als zuvor, und die Stewardess stürzt beinahe. Sie setzt sich auf den freien Platz neben ihm und schnallt sich an. Clemens setzt sich etwas auf, also so gut das bei den Turbulenzen und mit Ronnie an der Brust eben geht. Die Stewardess wirkt aufgeregt, blickt immer wieder in den Gang. Amüsiert beobachtet Clemens das. Als sie das bemerkt, hält sie inne, sieht ihn an. Clemens blickt unschuldig fragend zurück. Ihr Blick wandert zu seiner freien Hand, die zwischen ihnen auf der Lehne ruht. Die Maschine ruckt erneut. Sie lehnt sich zurück, blickt geradeaus. Dann nimmt sie seine Hand, ergreift die einfach und legt sie auf ihrem Schenkel ab. Genau da, wo ihr kurzer Rock endet oder beginnt …

Geiler Scheiß. Berlin – Frankfurt. Und das ist jetzt kein Traum.

Transitverkehr

Getränke oder jeglichen Snack-Service gab es bei den Turbulenzen natürlich nicht mehr. Aber wer will schon Pepsi, wenn's stattdessen Pussy gibt? Noch etwas benommen von dem Flugerlebnis läuft Clemens durch die unendlichen Weiten der Transitzone des Frankfurt International Airport und steuert zielstrebig auf die erste Raucherkabine zu, die er sieht. Ronnie folgt ihm, ebenfalls benommen, aber, nun ja, aus anderen Gründen.

Clemens betritt die Nebelkiste und kramt Zigaretten und Feuerzeug aus seiner Jackentasche. Ronnie bleibt mit seinem Rollköfferchen vor der offenen Schiebetür stehen.

«Cool», sagt der, einfach so, und blickt auf seine Sneakers. Das ist ganz Ronnie, der sich freut, wieder festen Boden unter den Füßen zu haben.

«Wann geht der nächste Flug?», fragt er dann.

«Die Boeing 767-300ER?«, fragt Clemens, und Ronnie wirft ihm einen bösen Blick zu..

Clemens zündet sich die Zigarette an und sieht auf sein Handy.

«Wir haben noch über eine Stunde.» Das Display zeigt außerdem an, dass sein Chefredakteur angerufen hat. «Alfie hat angerufen.» Clemens drückt auf Rückruf.

«Samstags?», fragt Ronnie und gähnt. «Seit wann ist der am Wochenende in der Redaktion?»

«Vielleicht hat er den Heli doch durchgekriegt», sagt Clemens, während es läutet.

Ronnie horcht auf, und Clemens drückt die Daumen. Die härteste Motorsportprüfung der Welt vom Helikopter aus mitzuverfolgen, und sei es nur für eine Stunde, das ist geiler, als einen Sieg der Borussia von der Südkurve aus mitzuerleben. Und das will für Clemens etwas heißen, der dort bereits mitfieberte, als sein Vater ihn noch auf den Schultern trug und der Boden noch bei jeder La Ola bebte. Geil. Aber Heli ist geiler. Damit sind sie überall die Ersten vor Ort, und Clemens kann den Fahrern Fragen zu Situationen stellen, die er am Boden selten mitbekommen würde. Er kann über das übliche Fragenraster hinausschießen. Das ist spannend. Das gibt Tiefe. Und genau so lief das auch in den letzten Jahren. Aber leider ist das nicht nur geiler, sondern auch teurer als ein Ticket für ein BVB-Heimspiel. Und weil *Playtime* ja seit neuestem spart, stehen die Chancen dieses Mal für einen Heli denkbar schlecht. Zumindest laut der ominösen Kalkulationstabellen aus der Finanzabteilung, die ihm Alfie Ende des Jahres mit traurigem Hundeblick unter die Nase gehalten hat. Lauter unverständliche Zahlen, manche davon rot eingekreist. Vor allem eine Zahl sprang Clemens damals ins Auge, eine mit mehreren Nullen. Die war nicht nur rot umkreist, sondern hatte auch gleich mehrere Ausrufe- und Fragezeichen. Die Zahl war es dann zufällig auch, die Alfie wie ein resignierter Meister Yoda erklärte: «Zu teuer der Heli ist.» Aber Clemens will nicht aufgeben. Das ist wie Fußball: Manchmal kassierst du ein Tor, doch die Hoffnung, die stirbt nie.

Bei Alfie springt nur der Anrufbeantworter an. Clemens lässt das Handy wieder in der Hosentasche verschwinden.

«Ich probier's später noch mal», sagt er zu Ronnie.

«Jo», sagt der. «Der Heli wäre echt mal gute News.»

So absurd es klingt: Auch Ronnie will einen Helikopter. Hammergeile Fotos hat er dank dessen in den letzten Jahren geschossen. Trotz Flugangst. Denn sobald Ronnie durch ein Objektiv blickt, wird er furchtlos. Da legt sich ein Schalter um. Düstere Absturzszenarien sowie sein Misstrauen in die Luftfahrttechnik werden dann einfach ausgeblendet, zugunsten von Belichtungszeit und Brennweite, Blickwinkel und dem richtigen Moment, auf den Auslöser zu drücken. Cool, dachte sich Clemens, als er das herausfand, und drückte Ronnie dann mal bei einem gewöhnlichen Flug einen Fotoapparat in die Hand. Hat aber nicht funktioniert. War sogar schlimmer als sonst. Da gab's nix zu fotografieren. Was auch? Den Vordersitz? Wie üblich ist Ronnie also panisch geworden. Und dann hat er Clemens mit dem Fotoapparat auch noch eins übergezogen. Da hält Clemens dann doch lieber ein bisschen Händchen und hat ihn zuweilen an der Brust hängen.

«Was ging eigentlich mit der Stewardess?», fragt Ronnie.

Clemens hält inne.

«Das hast du mitgekriegt?»

«Oh, Mann. Sag nicht, dass das wahr ist.» Ronnie sieht müde vom Boden zu ihm auf.

«Ich habe nichts getan, Ronnie. Nichts! Es ist einfach *passiert.*»

«Was ist passiert?»

«Meine Finger in ihrer Vulva.»

Einer der Raucher neben Clemens stellt spontan das Qualmen ein, und Ronnie steht der Mund offen.

Er dreht sich einmal um sich selbst und geht dann einfach weg. In dem Moment klingelt Clemens' Handy. Das Display zeigt einen sonnengebräunten Mann Ende fünfzig mit blondem, zurückgegeltem Haar, der in Nadelstreifen-Sakko und skeptischer Denkerpose in die Kamera blickt.

«Alfie, was gibt's?», fragt Clemens.

«Lebt Ronnie noch?», fragt Alfie.

Ronnie steht jetzt ein paar Meter weiter an einem Fahrsteig und glotzt auf einen News-Screen, der direkt darüber angebracht ist, lässt dabei einen Fuß am Rollband etwas in den Spagat fahren, zieht ihn wieder zurück und beginnt von vorne.

«Ronnie geht's blendend», sagt Clemens. «Wie geht's dir?»

Alfie lässt sich mit der Antwort Zeit. Ungewohnt von ihm.

«Gut», sagt er schließlich. «Hör mal, Clemens ...»

Wieder eine Pause. Clemens hört Alfie laut atmen. Was hat der denn heute?

Alfie ist für Clemens ein Held, ein Vorbild, sein Mentor. Ob Krieg oder Klimakatastrophe, der Kerl war als Reporter in den brenzligsten Gebieten der Welt unterwegs, hat Dinge erlebt und Orte bereist, die bis dahin kein Schwein kannte, hat einheimische Stämme interviewt, ohne vorher zu wissen, ob die überhaupt Lust auf eine Begegnung mit ihm hatten und die so entlegen leben, dass man selbst heute nur schwer dorthin kommen würde. Und dann kann er auch noch schreiben. Alfie verkörpert für Clemens das Ideal des Abenteuer-Reporters. Stundenlang kann Clemens ihm bei seinen Anekdoten von früher zuhören. Das tut er auch oft. Fährt mit 'nem Packen Bier zu Alfie an die Krumme Lanke raus und verbringt dort den Abend mit ihm am Kamin. Dort lebt Alfie, seit er mit fünfzig die Krisenberichterstattung gegen den Posten als Chefredakteur bei *Playtime* eingetauscht hat. Das lag nicht am Alter, sondern an der Geburt seines ersten Kindes. Um als Daddy anwesend zu sein. Bullshit. Nach etwa drei Pils rückt Alfie dann nämlich mit der Wahrheit raus. Erzählt von den Dingen, die er nicht mehr erleben will. Scheißsituationen, in denen man sich vor Angst anpisst. Bilder, die einen schweißgebadet aus dem Schlaf aufschrecken, «Mutti» wimmern und ins Zimmer des Sohnes eilen lassen, um sicherzugehen, dass der nicht erdrosselt dort liegt wie einst die porzellanblassen

Kinderleichname in jener Turnhalle im Nahen Osten. Die Vaterschaft hat ihn traumatisiert, ihm das Ausmaß des Wahnsinns bewusst gemacht. Alfie kann nicht mehr. Da überlässt er das Parkett lieber den frischen Jungs. Diese Haltung zeigt für Clemens Größe. Und als Chefredakteur fordert Alfie ihn zudem ständig. Immer verlangt er mehr von ihm. Nie ist er zufrieden. Auch das findet Clemens gut. Aber dass Alfie so rumdruckst wie jetzt, das ist Clemens fremd.

«Hast du den Heli durchgekriegt?», fragt er.

«Was? ... Nein.»

«Da geht wirklich gar nichts?»

«Nein.»

«Nicht wenigstens 'ne Stunde?»

«Nein! Clemens, verdammt noch mal!»

Okay. Das klingt jetzt wie Alfie. Aber ein Alfie, der es nicht geschafft hat, sich durchzusetzen? Clemens drückt die Zigarette in einem der Aschenbecher aus. Besonders fest drückt er die aus. Erstickt jegliche Glut.

«Schade», sagt er.

«Dank mir stellt euch Mercedes einen Pick-up! Hast du eine Ahnung, was das kostet?!»

Sicher ist ein eigenes Gefährt cooler, als mit hundert anderen aufgedrehten Journalisten, Gaucho-Hütchen und *Cumbia*-Mucke im Pressebus von Etappe zu Etappe gekarrt zu werden. Vor allem, wenn da wieder einer drunter ist, der nach drei Pisco glaubt, Panflöte spielen zu können. Was das jetzt kostet, ist Clemens aber schnuppe. Solange es nicht bedeutet, dass er plötzlich nur und ausschließlich positiv über Benz berichten muss. Aber in der Hinsicht ist auf Alfie Verlass. Eher würde der sich vom Mercedes-CEO überfahren lassen, bevor er die Integrität seiner Redaktion aufs Spiel setzt.

«War im Übrigen schon hart genug durchzuboxen, dass Ronnie mitdarf!»

«Wieso?»

«Na, was denkst du denn? Liebend gern hätte dich der Verlag allein mit einer Kamera losgeschickt!»

Im Gegensatz zu Clemens ist Ronnie nicht fest angestellt. Er wird pro Auftrag engagiert, was bisher aber nie Probleme bereitet hat.

«Krass.»

«Und das war nur Plan B! Ursprünglich wollten die dich mit dem Rallye-Live-Stream hier in eine Kammer sperren und warten, bis du eine Geschichte dazu zusammenreimst!»

Clemens blickt ungläubig auf den metallenen Aschenbecher vor sich und lässt ihn verschwimmen. Da geschehen neuerdings Dinge im Verlag ...

«Verstehe», sagt er und reibt sich über die Stirn. «Danke, Alfie.»

Alfie sagt nichts.

«Okay, Alfie, ich muss los, zum Anschlussflug.» Clemens verlässt die Raucherkabine. «Ich meld mich, wenn wir in Lima sind.»

«Warte mal, Junge, was ich noch sagen wollte ...»

«Ja?»

«Denk an *Inside.*»

Inside Dakar. Der *Playtime*-Online-Blog. Da soll Clemens wie letztes Jahr täglich etwas zur Rallye posten. Nur vergisst er das gern mal.

«Klar, Chef», sagt Clemens und will auflegen.

«Junge!», ruft Alfie.

«Ja?»

Wieder Stille.

«Falls du deine Visage ins Bild hältst», sagt Alfie, «dann bitte rasiert, ja?»

Clemens versagt es für einen Moment die Stimme. «Wie bitte?»

«Vergiss es. War nur so ’ne Anfrage von der Verlagsleitung.»

«Aber hallo, und wie. Außerdem bin ich rasiert.»

«Ach, die wollten was Glattes. Wie gesagt: Scheiß drauf.»

Clemens kratzt sich am Kopf. «Okay. Bis dann, Alfie.»

«Eine letzte Sache.»

Clemens kehrt in die Nebelkiste zurück. Jetzt muss er noch eine rauchen. Irgendwie stresst ihn Alfie gerade. Und das tut er eigentlich nie. Also nicht auf diese Weise. «Schieß los», sagt Clemens, während er sich die Zigarette anzündet.

«Ronnie und du ... Ihr Jungs macht großartige Arbeit.»

Clemens fällt die Kippe fast wieder aus dem Mund.

«Ernsthaft. Ich glaube an euch und ... Junge, das wollte ich einfach mal gesagt haben.»

Clemens ist versucht, auf dem Display zu prüfen, ob das wirklich Alfie ist, der hier anruft. Ronnie muss das unbedingt mit anhören. Wo ist der überhaupt? Autsch. Da ist wohl jemand zu tief in den Spagat gegangen. Ronnie ist gerade am Fahrsteig auf die Fresse geflogen. Nun entfernt er sich liegend. Eine Passantin hilft ihm auf. Echt Panne. Wie letztes Jahr bei der Dakar. Zu den guten alten Heli-Zeiten, könnte man ja jetzt fast sagen. Da hat er sich auch einmal für eine Aufnahme zu weit rausgelehnt und wäre fast rausgekippt. Clemens konnte ihn im letzten Moment festhalten. War das ein Stress. Ganz zu schweigen vom Ärger, den es daraufhin in der Redaktion gab, als die das geblickt haben.

«Sag mal, Alfie, bist du erkältet oder so?», fragt Clemens.

«Warum?»

«Wir machen großartige Arbeit? So redest du nie.»

«Wie rede ich denn sonst?»

«Ich weiß nicht. Ist das erste Mal, dass ich so was wie Lob von dir höre. Also, so explizit.»

Wieder Stille am anderen Ende. Clemens sieht, dass Ronnie jetzt wie zum Abschied das Geländer des Fahrsteigs streichelt und dann in seine Richtung zurückschlendert.

«Stimmt», sagt Alfie schließlich. «Dann steck dir das mal EXPLIZIT in den Arsch! Ich weiß auch gar nicht, was ich noch sagen soll. Außer vielleicht: Genießt es?»

Dann legt er auf. Genießt es? Ganz schön durch den Wind, der Alte. Das war mit Abstand das schrägste Gespräch, das er je mit Alfie geführt hat. Toppen können das eigentlich nur Alfies Erzählungen von den diversen Sexpraktiken, in die er im Laufe seiner Weltreisen eingeweiht worden ist. Muss sich Clemens Sorgen machen? Ehe er weiter darüber nachdenken kann, kommt Ronnie auf ihn zu und sagt: «So ein Quatsch.»

Clemens sieht ihn fragend an.

«Das mit der Stewardess», sagt Ronnie.

Clemens stößt mehrere Rauchringe in die Luft. «Alfie hat uns gerade 'ne Liebeserklärung gemacht.» Er muss darüber kichern und verschluckt sich fast am Rauch.

«Echt? Vielleicht wird er alt.»

«Kann sein.»

«Und der Heli?»

«Vergiss den Heli. Wird cool mit dem Mini. Richtiges Rennfahrer-Feeling, Ronnie.»

Ronnie blickt enttäuscht in die Ferne.

«Du verarschst mich», sagt er dann..

«Nee, wirklich.»

«Ich rede von der Stewardess.»

«Ach, Hasi.» Clemens schüttelt belustigt den Kopf und hält ihm die rechte Hand hin. «Willst du riechen?»

Ronnie weicht augenblicklich zurück.

«Hau ab, bloß nicht!»

Clemens kichert.

«Danach hab ich mir natürlich die Hände gewaschen.» Schade eigentlich. Er prüft, ob nicht doch noch etwas von ihrem Duft an seinen Fingern haftet. Nichts. Leider seifenneutral. Und was geht mit Ronnie? Der sieht aus, als würde er ihm gleich vor die Füße kotzen. Dabei ist Muschi doch der geilste Geruch der Welt. «Echt. Ronnie.»

«Und das hat niemand mitgekriegt?»

«Sie hat ihr Halstuch über meine Hand gelegt.» Clemens drückt die Zigarette aus und geht los. «Komm, Hasi, vielleicht kriegen wir unterwegs zum Gate noch was zu futtern.»

«Und du ... ich meine, hat sie dich etwa auch ...?», fragt Ronnie, der ihm samt Rollköfferchen folgt.

«Sie hatte zwei freie Hände und brauchte etwas zum Spielen», sagt Clemens, während sie den Fahrsteig entlanglaufen, auf dem sich Ronnie vorhin abgelegt hat.

Der bleibt jetzt stehen und sagt: «Aber ... Ich war gerade mal dreißig Zentimeter entfernt. Mit meinem Kopf ...» Er tastet sich Gesicht und Nacken ab. Dann sieht er Clemens entsetzt an. «Bist du ...?»

Clemens wendet sich ab und geht weiter.

«Sag schon!» Ronnie läuft ihm hinterher.

«Wenn's dich beruhigt: während *du* meinen Brustkorb zerquetscht hast, ist nur sie gekommen.»

Ronnie holt auf und geht neben ihm. «Und dann?»

Clemens zuckt mit den Schultern. «Dann waren die Turbulenzen vorbei, und sie ist an ihre Arbeit zurückgekehrt.»

«Und du hast dir die Hände gewaschen?»

«Ja, Mann. Ich hab dich vorsichtig von mir weggeschoben

und bin aufs Klo. Erinnerst du dich nicht mehr? Du hast protestiert.»

«Doch, klar. Mit welcher Hand?»

«Wie, mit welcher Hand?»

«Mit welcher Hand hast du mich weggeschoben?» Ronnie prüft seine Kleidung von allen Seiten.

Clemens rollt mit den Augen und hält die Linke hoch. Ronnie wirkt erleichtert.

«Mach das nicht wieder, Clemens. Und falls doch, erzähl's mir anschließend gefälligst nicht.»

«Du hast danach gefragt.»

«Mann, ich hab jetzt überhaupt keinen Appetit mehr.»

Nach schier endlos langen Fahrsteigen und Laufgängen erreichen sie die schrille, auf Hochglanz polierte Shopping Area der Transitzone. Clemens setzt sich mit Ronnie in den nächstbesten Coffee Shop, bestellt einen doppelten Espresso, ein Thunfischbagel, Country Potatoes, einen Schokomuffin. Ach ja, zudem ein großes Mineralwasser – für Mutti. «Schön viel trinken, gell, Cleeli? Fliegen dehydriert», sagt die immer zu ihm. Mutti ist in ihrem Leben zwar erst einmal geflogen, nach Fuerteventura, und hat also eine Flugerfahrung, die gegen null tendiert, aber: Mutti hat immer recht.

Bis auf den doppelten Espresso bestellt Ronnie das Gleiche. Ronnie steht eher auf Latte.

Clemens behält die Fluganzeige im Auge. Ronnie tut das zwar auch, aber dass der wirklich zum Gate will, wagt Clemens zu bezweifeln. Viel Zeit zum Essen bleibt ihnen nicht. Während sie auf die Bestellung warten, fährt Ronnie sich ständig durch den Bart und wippt derart mit dem Bein, dass die Tischplatte wackelt.

«An der Zugspitze ist ein Ehepaar verunglückt», sagt er unvermittelt.

Clemens sieht ihn fragend an.

«Lief vorhin in den News», sagt Ronnie. «Erfroren.»

«Aha. Arme Schweine.»

«Vor allem ziemlich verantwortungslos. Die Retter wären bei der Suche nämlich auch fast draufgegangen.» Er blickt zu Clemens. «Wie dein Intermezzo mit der Flugbegleiterin.»

Clemens sieht ihn verwundert an. «Wie ist das zu verstehen, Schnuffi?»

«Na, dass eine Flugbegleiterin so was bei Turbulenzen macht.»

«Natürlich bei Turbulenzen. Wann sonst? Wären die nicht gewesen, hätte sie den Flug damit verbracht, Saft durch die Gegend zu schubsen.»

«Aber wie hätte sie im Notfall reagiert? Bitte gedulden Sie sich einen Moment. Ich komme gleich!?»

Clemens muss lachen. «Mann, Ronnie.»

«Stimmt doch.»

«Ganz ehrlich, wenn's zu einem Absturz kommt, ist sowieso niemand mehr zu retten. Und die Süße hat das geblickt.»

Mist. Ronnie wird kreidebleich.

«Der Verlag will, dass ich mich rasiere», sagt Clemens.

Interessiert Ronnie nicht. Okay. Dann halt ein bisschen Schweigen, bis die Angstwelle verflogen ist.

Hinter Ronnie registriert Clemens eine Werbetafel, auf der alle paar Sekunden ein neues androgynes Geschöpf auftaucht, um ein Produkt an den Mann zu bringen.

«Findest du nicht auch, dass die überhaupt nicht aussehen wie Männer?», fragt er Ronnie.

Der blickt kurz hinter sich und zuckt bloß mit den Schultern. Das fällt Clemens in letzter Zeit immer häufiger auf. Komplex gegelte Frisuren, oftmals filigrane Figuren und immer ohne jegliche Körperbehaarung. Ab und an mal ein kunstvoll gezähmter Bart, aber das war's dann auch. Die Lippen sind entweder blasbereit geöffnet oder zum Duckface geschürzt, und allen steht ‹Ficken› ins Gesicht geschrieben. Es gibt den Fick-mich-aber-tu-mir-dabei-bitte-nicht-wieder-weh-Blick, den Ich-will-dich-ficken-aber-hallo-und-zwar-hardcore-Blick oder auch den Fick-mich-ist-mir-schnuppe-denn-ich-muss-mal-eben-über-die-unerträgliche-Leichtigkeit-des-Seins-nachdenken-Blick. Die Fick-mich-Blicke werden vielfältig dekliniert. Offen bleibt nur, mit wem die eigentlich ficken wollen. Verwirrt darüber, ob man sich denn nun als Mann angesprochen fühlen sollte, vergisst man ganz, welches Produkt eigentlich beworben wird. Klar ist nur, dass keiner von den Typen in der Lage wäre, die Welt zu retten, wenn's denn drauf ankäme. Und das war früher nicht so. Früher, als Werbung, *Knight Rider* und *MacGyver* noch cool waren. Früher, als Clemens noch volle Kanne zu *Jump Around* von *House of Pain* abging, die Bässe so laut aufgedreht, dass die Hauswände wummerten, seine einstige Dosensammlung und Muttis Kristall bedrohlich erzitterten, während er mit Tom Brust an Brust hüpfte, einander *Jump! Jump! Jump!* zubrüllend, so bekloppte Dinge tat, wie spontan die Matratze vom Obergeschoss in Muttis Blumenbeet zu werfen und sich selbst voller Enthusiasmus hinterher. Ob die Zeiten damals besser waren, sei mal dahingestellt. Ebenso ob Mutti daraufhin wegen seines gebrochenen Arms oder wegen der plattgewalzten Primeln in Ohnmacht fiel. Klar ist eigentlich nur, dass die Männer auf den Werbeplakaten damals so aussahen, als könnte man die problemlos in der Wüste aussetzen – sie würden überleben, ganz gleich ob dank physischer oder intellektueller Fähigkeiten.

«Wer bleibt denn da noch übrig, um die Welt zu retten?», fragt Clemens.

«Häh?», fragt Ronnie.

Clemens' Magen knurrt. Er sieht auf seinen Bestellcoupon und blickt dann zur Theke. Wird das heute noch mit dem Essen? Andererseits: Den traurigen Plastik-Croissants in der Auslage nach zu urteilen, wird es hier sowieso nicht besser schmecken als im Flieger. Dann fällt ihm ein, was er Ronnie die ganze Zeit unbedingt fragen wollte: «Wusstest du, dass Lufthansa Kondome macht?»

Ronnies Augen weiten sich.

«Lusthansa macht Kondome?»

«Ja, *Lust*hansa macht Kondome.» Clemens bricht vor Lachen weg und Ronnie ebenso, als er den Versprecher bemerkt.

Gut so. Ein lachender Ronnie ist ein Ronnie ohne Flugangst.

«Aber ...», sagt er dann. «Heißt das, ihr habt ...?»

«Hm», sagt Clemens, spielt mit dem Bestellcoupon, streicht ihn auf der Tischplatte glatt. «Auf'm Klo.»

«Wie? Nach den Turbulenzen?»

«Genau. – Sag mal, Schnuffi, glaubst du, die haben unsere Bestellung vergessen?»

Ronnie geht gar nicht darauf ein: «Da ist sie doch an ihre Arbeit zurück!»

Für Ronnie scheint das Bild der Flugbegleiterin als allzeitbereite Retterin über den Wolken nun vollends zerstört.

«Okay», sagt Clemens, legt den Coupon weg und stützt die Ellbogen auf die Tischplatte. «Auf dem Klo wollte ich vor allem erst mal das zu Ende bringen, was sie angefangen hatte, und mir *dann* die Hände waschen.»

«Und?»

«Na ja, ich war voll dabei, mittendrin», sagt Clemens, «und plötzlich klopft jemand an die Kabinentür.»

«Aha.»

«Sie fragt: Sie haben um Hilfe gebeten?»

«Du hast Hilfe gerufen?»

Clemens kneift die Augen zusammen. «Nein. Und darum geht's überhaupt nicht. Mann, Ronnie. *Sie* war es. Die Stewardess. Stand vor der Tür.»

«Okay, okay, ich schnall's jetzt: Dann hast du sie reingelassen, und ihr habt wie wild gerammelt.» Er lehnt sich im Stuhl zurück und reibt sich den Nacken. «Und? War's gut?»

Clemens nickt, in Gedanken bei der Lusthansa-Nummer.

«War eng.»

«Eng. Hm.» Ronnie kratzt sich am Bart. Dann hält er inne. «Wie jetzt? Die Kabine, das Kondom oder die Vulva?»

Clemens trommelt gedankenversunken mit den Fingern auf die Tischplatte. «Alles.» Dann blickt er zu Ronnie. «Schnuffi, ich glaub, die haben wirklich unser Essen vergessen.»

Ronnies Augen weiten sich.

«Funky.»

Das sagt Ronnie immer, wenn er nicht weiß, was er sagen soll.

In dem Moment werden ihre Namen per Lautsprecher aufgerufen. Yep. Solche Tage gibt es. Mit leerem Magen sowie Ronnie und Rollkoffer im Schlepptau eilt Clemens zum Gate. Dabei muss er an Alfies seltsamen Spruch denken: «Genießt es.»

Klar, Alter, und wie. Jede verdammte Sekunde.

Rallye-Zirkus und Reissalat

In Peru wär's ja eigentlich cool, mal den Machu Picchu zu besichtigen. Aber das hat Clemens nach der Erfahrung der letzten Jahre aufgegeben. Gerädert von der langen Reise und sechs Stunden Zeitverschiebung kommen sie irgendwann mitten in der Nacht im hochsommerlich schwülen Lima an und fühlen sich so fresh wie labberige Chicken Nuggets aus der Mikrowelle. Clemens zumindest fühlt sich so, aber er findet, dass Ronnie auch entsprechend aussieht. Außerdem müssen sie gleich am nächsten Morgen früh raus, um den ganzen Terz für die Rallye-Akkreditierung hinter sich zu bringen. Sprich: den Pick-up am Hafen abholen, anschließend ins Biwak, der mobilen Zeltstadt der Rallye, dort stundenlanges Anstehen an der Presse-Akkreditierung mit Hunderten Kollegen, darunter einige alte Bekannte, mit denen man in diversen Sprachen Witze reißt, die vermutlich keiner versteht, aber alle lachen, und andere, denen man lieber aus dem Weg geht, wegen vergangener Meinungsverschiedenheiten, Rangeleien oder einfach weil die riechen wie Puma.

Hasta siempre, Machu Picchu. Das ist so wie die Fahrten bei Temperaturen von fünfzig Grad, die Sandstürme, die geringe Anpassungszeit an die gefährlich dünne Luft in den Anden, die streikenden Benzinpumpen, das zuverlässige Versagen des GPS und die todeslustigen Fans, die alljährlich von vorbeirasenden Rennautos erfasst werden, weil sie mal eben dieses *eine* Selfie ganz nah dran machen wollten – es gehört zu den Dingen, die sich auf der Dakar wohl nie ändern werden.

Aber wenn sich ein Rennwagen mitten in der Steppe zig Mal überschlägt, auf dem Dach aufkommt und Feuer fängt, ein Konkurrent gleich darauf eine Vollbremsung hinlegt und aussteigt, sein Leben und seinen Sieg aufs Spiel setzt, um das Feuer zu löschen und die Kollegen aus dem Auto zu befreien, mit aller Kraft, entgegen aller Vernunft, trotz drohender Explosionsgefahr – dann ist klar: Hier geht es um mehr als einen Pokal.

Dafür nimmt Clemens es in Kauf, täglich 800 Kilometer zurückzulegen, Sand zu fressen und sich einen abzuhetzen, um rechtzeitig am Etappenziel einen O-Ton von den Rennfahrern zu bekommen, bevor die ins Biwak abdüsen. Da liegt das Adrenalin der zurückgelegten Strecke noch in der Luft, der Duft von Benzin, Schweiß und heißgefahrenen Reifen. Und die Fahrer, benommen davon, die sind fix und fertig, Feuer und Flamme, sprechen frei und unzensiert.

Mittlerweile haben sie Peru hinter sich gelassen und sind bei der achten Etappe des Rennens, im bolivianischen Hochland. Heute essen sie ihre Lunchpakete auf dem Salar de Uyuni, der weltgrößten Salzwüste, auf 4600 Metern Höhe. Mal ehrlich, wo sollte es aufregender sein, Reissalat zu essen als hier? Vor allem, wenn die Wüste größtenteils unter Wasser steht.

Clemens isst stehend am Wagen, happy darüber, seine polarisierende Sonnenbrille nicht vergessen zu haben, und blickt auf die unendliche, betonharte, nasse Fläche, die vor ihm liegt. Alles spiegelt sich in ihr, die gleißend hellen Wolken, der Wagen, er selbst, die paar Flamingos, die in der Nähe stehen. Die Erde wird zum Himmel, verschmilzt mit ihm, und Clemens versucht vergeblich, einen Horizont auszumachen.

«Geiler Scheiß.»

In Kürze werden sich hier Rennfahrzeuge und Helikopter spiegeln. Hundertfach geiler Scheiß.

«Krass, dass die Reissalat ins Lunchpaket getan haben. Quinoa wäre viel logischer», sagt Ronnie, der auf der Motorhaube sitzt und ebenfalls isst.

«Ich kann kein Quinoa mehr sehen», sagt Clemens.

Das gab's in den acht Tagen Rallye mindestens sechsmal.

«Geil. Noch eins!», sagt Ronnie. Gemeint ist kein Rallye-Fahrzeug, sondern ein Lama. Ronnie greift nach seinem Fotoapparat. Das Lama stakst lahm an ihnen vorbei und bleibt mit kritischem Blick bei den Flamingos stehen. Clemens schüttelt nur den Kopf. Ronnie hat in den letzten Tagen vermutlich mehr Wildlife als Rennfahrzeuge abgelichtet. Guanakos, Nandus, Andenschakale, Kondore, Flamingos ... was es nicht alles gab.

«Wenn die Tage noch ein Puma aufkreuzt, bin ich endglücklich», sagt er breit grinsend, als er an den Wagen zurückkommt. Stolz präsentiert er Clemens die Aufnahmen auf dem Display der Kamera.

«Toll, Ronnie. Vielleicht kannst du die Strecke ja an *Vier Pfoten* verkaufen.»

«Das ist gar nicht so abwegig. Wenn das Gerücht um *Juicy Assets* stimmt, bricht mir bald 'n guter Kunde weg.»

«*Juicy Assets* geht's dreckig?»

Ein Konkurrenzblatt. Gute X-Sportreportagen haben die – vor allem, wenn Ronnie die Fotos dazu liefert. Selten liegt es jedoch zuoberst auf Clemens' Stapel Klolektüre. Dafür sind ihm die Körbchengrößen der Playmates zu heftig. Vom bloßen Hingucken kriegt er da einen verstauchten Finger.

«Die haben ziemliche Anzeigenverluste erlitten», sagt Ronnie, während er das Objektiv seiner Kamera gegen ein anderes auswechselt. «Jetzt steht offen, ob die insolvent gehen oder sich ganz neu erfinden und ein Trendmagazin für Hipster werden. Mode statt Erotik, Lifestyle statt Extremsport und so.»

«*Brigitte* für Männer? Krasse Scheiße, Schnuffi.»

Clemens hört auf zu essen. Helikoptergeräusche. Er blickt in den Himmel. Kurz darauf sieht er ihn, so winzig wie eine Fruchtfliege, weit weg. Darunter wird nun der Horizont erkennbar, endlich, aus der Ferne nähern sich mehrere schwarze Punkte, flimmernd, surreal, die immer größer werden und mit ihnen der Helikopter und dessen Lärm.

Clemens wirft den Becher Reis in den Wagen und zieht Notizbüchlein und Kuli aus der Hosentasche. Wind kommt auf, er blickt zu Ronnie, der mit dem Fotoapparat bereits aufs Dach des Wagens geklettert ist und nun dort steht, schwer atmend – bei der dünnen Luft war er wohl zu hastig. Doch dann geht's wieder, und er stellt sich bereit, um gleich auf den Auslöser zu drücken.

Die Szenerie hat was von *Mad Max*. Die fünf Motorräder und drei Quads, die nur wenige Augenblicke später an ihnen vorbeiflitzen, Wasser aufspritzend und Flamingos aufscheuchend, die sehen aus, als würden sie mit lautem Krawall durch Wolken brechen. Und dann sind sie auch schon wieder weg.

«Die hatten mindestens 120 Sachen drauf», sagt Clemens und notiert eilig die Eindrücke, bevor sie fort sind. Seit sie die 3000-Meter-Höhengrenze passiert haben, braucht er für alles doppelt so lang. Echt schwer, sich zu konzentrieren. Dann hält er inne und blickt auf seinen Stift. «Fuck.»

«Fuck?», fragt Ronnie, der sich jetzt auf dem Dach hingesetzt hat und sein Objektiv mit einem Tuch sauber wischt. «Das war mega! Solche Motive hab ich bisher nicht in den Kasten gekriegt.»

«Inside Dakar», sagt Clemens. «Scheiße.»

«Wie *inside*? Wir sind inside. Mehr inside geht nicht – Du klingst schon wie Alfie.»

«Nein. Der Blog. Ich hab den Blog ... Wieso Alfie?»

«Hat mir vor 'n paar Tagen eine SMS geschickt: *Inside!!!*»

«Er hat dir ’ne SMS geschickt?» Clemens’ Handy hat seit ihrer Ankunft keinen Empfang. Für Anfragen oder Anschisse der Redaktion ist Ronnie Ansprechpartner. Zumindest dachte Clemens, dass das zwischen Ronnie und ihm klar sei. «Warum hast du mir das nicht erzählt?»

«Keine Ahnung, klang nicht dringend. Dachte, der Alte freut sich einfach, dass wir dabei sind.»

«Mann, Ronnie. *Inside Dakar*! Der Blog.»

Ronnie blickt von der Kamera hoch zum Himmel.

«Ach, ja», sagt er dann. «Funky.»

Clemens’ Puls pocht bis zum Anschlag.

«Ist doch eh zu spät jetzt, oder?», fragt Ronnie. «Ich meine, in ein paar Tagen ist die Rallye vorbei.»

Wie war das noch? Clemens ist ein verantwortungsvoller Reporter, der jeden Tag ein paar Zeilen, Bilder oder Videos auf dem *Inside Dakar*-Blog postet. Das hatte er sich am Vorabend der Rallye mehrmals vor dem Einschlafen aufgesagt. War ein Tipp von Ronnie. Die ersten drei Tage hatte das tatsächlich Wirkung gezeigt. Und dann: Nichts mehr. Ab Etappe vier einfach mal schön vergessen, weggeweht wie Wüstensand. Da waren sie aber auch echt fies in der Schlammpfütze stecken geblieben, nachdem Clemens hatte vollbremsen müssen, damit Ronnie pissen gehen konnte. Nach Anbruch der Dunkelheit. Bei minus fünf Grad Celsius. Was ein Stress. Ein Support-Truck hatte den Wagen wieder rausziehen müssen. Von da an hatte die Obacht auf der Strecke einfach Priorität, und er hatte *Inside Dakar* nicht mehr auf dem Schirm. Außerdem geht ihm das Crossmediale auf den Sack. Schließlich ist er in erster Linie hier, um eine Reportage zu schreiben. Diese News-Fetzen, das ist wie Twitter: komprimierte Kacke.

Halbherzig zieht Clemens dann doch das Handy aus der Hosentasche, stellt den Kamera-Modus ein und nimmt sein Spiegelbild inmitten der Wolken ins Visier. Als er auf Aufnahme drücken will, hört er Ronnie vom Wagendach aus kichern.

«Ruhe bitte», sagt Clemens und startet die Kamera. «Hallo, hier ist euer Clemens, *Inside Dakar* ...» Er bricht ab.

Ronnie kichert noch mehr. «*Euer* Clemens ...!»

Clemens fährt sich mit dem Handrücken über die Stirn, dann hält er das Handy erneut auf sein Antlitz, das sich in der Wasserfläche spiegelt.

«Hallo, hier ist Clemens. *Inside Dakar.* Heute aus dem Salar de Uyuni, der mit Abstand gefährlichsten Etappe. Warum?» Nun richtet er die Kamera direkt auf sich und entfernt sich einige Meter vom Wagen. «Durch die Spiegelung fehlt der Horizont – Dimensionen sind schwer einzuschätzen. Seht ihr?» Clemens weiß, dass der Wagen jetzt wie ein Spielzeugauto wirkt, das direkt neben ihm in den Wolken steht. Dafür hat er vorhin schon genug Fotoexperimente mit Ronnie und einem Miniatur-Dino gemacht, den die einem hier in den Souvenirshops hinterherwerfen. «Von den Motorradfahrern liegt momentan der KTM-Racer Walkner ...» Macht das Sinn, wenn er die Story doch erst heute Abend posten kann? Scheiß Höhenluft. Er richtet das Handy wieder auf das Spiegelmeer vor sich. «Also, der liegt eh seit Tagen vorn, Van Beveren auch, und jetzt warten wir auf den Rest vom Tross, bald dann die Autos, Peterhansel und so. Ach ja: Nicht jeder wird heute ans Ziel kommen. Denn Wasser und Salz zerfressen die ... die – so ein Scheiß.» Die Kamera hat nicht aufgezeichnet. Clemens geht an den Wagen zurück und hält Ronnie das Handy hin. «Hier. Du bist Mister Foto.»

Bevor Ronnie danach greifen kann, zieht Clemens es zurück. Motorenlärm. Am Horizont nähern sich neue Punkte. Mehr Punkte als zuvor. Bestimmt an die zwanzig.

«Wir fahren mit», sagt Clemens.

«Wir fahren mit?», fragt Ronnie, dann grinst er breit. «Wir fahren mit! Wir fahren mit!»

Schleunigst rutscht er die Windschutzscheibe runter und springt vom Wagen, wo er nach Atem ringend die Hände auf die Knie stützt. Clemens setzt sich hinters Steuer, startet den Motor und wartet, bis Ronnie neben ihm Platz genommen hat. Die Punkte nähern sich rasch, umgeben von Wassernebel, begleitet von Donnern. Sie nähern sich rasch, ja, aber wie weit entfernt oder wie nah sind sie? Clemens vertraut auf seinen Instinkt. Und als er sie nah genug vermutet, fährt er los, Wasser spritzt, Flamingos fliegen auf, Clemens gibt richtig Gas und reiht sich mit rasanter Geschwindigkeit in den Motorrad-Schwarm ein.

Ihr schon wieder

Es ist eine Sache, sich die Zeit auf der Spiegelfläche mit optischen Gags zu vertreiben, Ronnie auf Zwerggröße in einem Wolkenmeer schrumpfen zu lassen und dann mit angehaltenem Atem zu glotzen und Notizen zu machen, wenn Rennfahrzeuge vorbeirauschen. Eine andere Sache ist es, plötzlich voll Karacho selbst durch diesen Himmel zu schießen.

Es ist bekloppt. Vor allem, wenn man versucht, mit Rennfahrern mitzuhalten, selbst aber nur mal alle paar Monate hinterm Steuer sitzt. Kein Wunder, dass Clemens fast ins Schleudern gerät, als er an den Schwarm heranfährt und vor allem einige Biker von oben bis unten mit Salzwasser nass spritzt. Ein Motorradfahrer zeigt ihm daraufhin den Vogel. Ein anderer hupt. Dass die jetzt scheiße drauf sind, kann er verstehen, ist aber vorerst nebensächlich. Clemens beschäftigt vielmehr, ob die fette Wolke vor ihm Teil des Himmels oder Spiegelung ist? Rast er da jetzt rein, oder werden sie jeden Augenblick mit dem Wagen abheben?

«Halt dich mehr links!», ruft Ronnie ihm zu. Der wackelt und ruckt neben ihm, so wie auch Clemens selbst und der gesamte Wagen aufgrund der Geschwindigkeit über die betonharte feuchte Fläche poltern.

Clemens zieht nach links rüber. Der Motorradschwarm liegt rechts, mittlerweile leicht vor ihnen, so schnell flitzen die. Ronnie nestelt an seinem Sechs-Punkt-Gurt und hängt sich dann mit dem Fotoapparat aus dem Fenster. Gar nicht einfach wegen dem Stallkäfig, den zwei Navigationsbildschirmen und tausend Kabeln, dem ganzen elektronischen Kram, der in der Kiste rumhängt – damit sie bloß eine sichere Rallye haben.

Der Pick-up holpert über eine Bodenwelle, driftet nach links, und dann geht alles ganz schnell, der Wagen dreht sich mehrfach um sich selbst, Clemens hat Mühe, das Lenkrad zu halten, Ronnie wird ins Wageninnere zurückgeschleudert und stößt sich den Kopf an der Fensterverkleidung, als sie zum Stehen kommen. Clemens umfasst noch immer das Lenkrad, starrt geradeaus, versucht zu verstehen, was gerade passiert ist. Er wirft einen Blick auf Ronnie. Scheiße. Der blutet.

«Du blutest, Ronnie.»

«Was?» Ronnie fasst sich an die Stirn und starrt ungläubig auf das Rot an seinen Fingern. «Hauptsache, die Fotos sind Hammer.»

Clemens blickt über die Salzfläche. Die Motorradfahrer sind kaum mehr zu sehen. Er reibt sich übers Gesicht. Dann beugt er sich zu Ronnie rüber und sieht sich die Wunde genauer an.

«Harmlos. Nur 'n Kratzer», sagt er.

Er fährt wieder an, jetzt aber eher im Sonntagsfahrer-Stil, und das geht gut, zumal sie bald auch trockenen Boden erreichen, über riesige fünfeckige Salzwaben fahren, alles bestens, als plötzlich ein kurzes Surren ertönt, so ein Surren, bei dem man weiß, irgendwas stimmt nicht mit der launigen Elektronik – schlagartig werden beide Navigationsbildschirme schwarz. Clemens blickt entsetzt von den Monitoren zu Ronnie. «Alter!»

«Scheiße», sagt Ronnie.

Clemens hält an, drückt alle Knöpfe des GPS. Ronnie drückt solidarisch auch ein paarmal. Nichts tut sich.

«Probier mal dein Handy», sagt Clemens.

Ronnie öffnet das GPS auf seinem Smartphone, hält es in verschiedensten Verrenkungen in die Höhe, ehe er es wieder sinken lässt. «Kein Empfang.»

«Fuck.» Clemens stößt den Kopf gegen das Lenkrad.

«Wie wär's mit Papa Charlie?», fragt Ronnie.

Das ist die Kontrollstation der Dakar. Die retten einen, wenn man ein Problem hat. Wie etwa vor ein paar Tagen, als sie in der Schlammpfütze festhingen. Tja. Genau deswegen hat Clemens wenig Lust, da schon wieder anzurufen.

«Wir finden auch ohne die ins Biwak», sagt er und fährt weiter. «Analog.»

«Ich weiß nicht.» Skeptisch holt Ronnie eine Landkarte aus der Beifahrertür und faltet sie auf. «Ich will echt nicht im Kreis fahren.»

«Mach dich locker, Schnuffi, wir sind eh nur noch ein paar Kilometer vom Ziel entfernt.»

Schön wär's. Die Strecke zieht sich. Außerdem fährt niemand mehr an ihnen vorbei. Keine Rennfahrer, keine Support-Trucks, nix, was auf den richtigen Weg deuten könnte.

«Ich werd in zwei Monaten Vater», sagt Ronnie.

Clemens sieht zu ihm rüber. «Das weiß ich doch, Hasi.»

Nun ja, so genau weiß er das nicht. Er weiß nur, dass Ronnies Frau, Anke, hochschwanger ist. Und das schon eine ganze Weile. Zumindest kommt es Clemens so vor. Als sei die seit Lichtjahren hochschwanger. Egal. Schlimm findet er eigentlich bloß, wenn Ronnie sagt: «*Wir* sind schwanger.» Aber das sagt man wohl neuerdings so.

«Mann.» Ronnie räuspert sich.

«Hasi. Vertrau mir.»

In dem Moment bricht der Boden unter dem Wagen weg, nichts geht mehr voran, sie schwimmen schlagartig in einer trägen Masse. So in etwa stellt sich Clemens Treibsand vor.

«Scheiße, Scheiße, Scheiße!» Panisch springt Ronnie aus dem Wagen. Er jault auf. Irgendwie muss er falsch aufgekommen sein.

Clemens bleibt ruhig. Tiefer wird der Wagen eh nicht sinken. Also, das vermutet er jetzt einfach mal. Vorsichtshalber steckt er das Satellitentelefon ein und holt auch Wasser sowie die Kiste mit Stirnleuchten, Sauerstoff und Wärmedecken von der Ladefläche – was man halt so zum Überleben braucht.

«Ruf Papa Charlie an.» Ronnie kauert am Boden und reibt sich mit schmerzverzerrtem Gesicht den Knöchel.

Clemens sieht sich den Fuß an. Der ist vom Salz total aufgeschürft und schwillt stark an. Er breitet die Decken aus, damit Ronnie es sich einigermaßen bequem machen kann. Dann wagt er sich erneut an den Pick-up, um den Erste-Hilfe-Beutel aus dem Handschuhfach zu holen – den hat er nämlich vergessen. Für einen Moment setzt sein Herz aus, als er wadentief in die salzträge Masse einbricht. Es kostet ihn einige Kraft, wieder rauszuwaten. Und nasse Füße hat er jetzt auch noch. An den Wagen will er jedenfalls vorerst nicht mehr. Er verarztet Ronnies Wunde mit einem Kühlgel. Dann greift er zum Satelliten-Telefon. Lange starrt er darauf, bevor er sich überwinden kann, den Anruf auch tatsächlich zu machen. Danach setzt er sich zu Ronnie.

«Wird ’ne Weile dauern.»

«Hm.» Ronnie blickt schmollend zur Sonne, die mittlerweile tief im Westen steht.

«Tut mir leid, Ronnie.»

«Wissen die überhaupt, wo wir sind?»

Clemens nickt. «Die haben uns über den Iritrack lokalisiert.»

Er zieht die Schuhe aus, kramt aus der Survival-Kiste ein Handtuch hervor und trocknet sich damit die Füße.

«Aber was, wenn der Standort nicht stimmt, wegen dem Kurzschluss?» Ronnie gerät ins Stocken.

«Stimmt.»

«Wir werden sterben.»

«Hey, hey, Hasi. Alles gut, die werden uns schon finden.»

Ronnie starrt Clemens angsterfüllt an. «Ich will nicht sterben.»

«Wirst du auch nicht – jedenfalls nicht hier und heute.» Clemens lässt sich auf die Decke sinken. Er kramt seine Zigaretten hervor, zündet sich eine an und verschränkt einen Arm hinterm Kopf. Die Kippe schmeckt salzig, aber egal. Vor seinen Augen verschmilzt die Sonne jetzt mit dem Horizont, der gesamte Himmel ein einziges feuerfarbenes Spektakel von Rot bis in die zartesten Rosétöne, darunter die Salzebene, die sich allmählich blau verfärbt. Wunderschön.

«Dieses Jahr stehen die Sterne scheiße.»

«Ach ja?», fragt Clemens. In Wirklichkeit interessiert ihn gerade aber nur der abgefahrene Sonnenuntergang.

«Sagt Anke.»

Ronnies Frau, echt. Seit er mit der zusammen ist, bastelt die an und in ihm rum, pflanzt allen möglichen Schwachsinn über Esoterik und Gesundheit in seinen Kopf. Und der merkt das gar nicht. Aber Clemens darf sich die Scheiße dann anhören. Anke steht jedenfalls auf Tierkreiszeichen und den ganzen Astrologie-Humbug. «Du bist ein richtiger Fische, sieht man dir auf Kilometer an. Sehr einfühlsam, aber sobald dich jemand packen will, flutschst du einem zwischen den Fingern hindurch – außerdem bist du ein Arschloch. Also, mit Frauen.» So hatte ihre Analyse zu Clemens' Persönlichkeit gelautet. Ganz lapidar hatte die ihm das vor den Latz geknallt wie einen frischen Fang Sardinen, bei einem Anke-will-den-Kollegen-Clemens-kennenlernen-Pasta-Abend, als Ronnie mal eben Wein in der Küche dekantieren war und gefühlt drei Stunden wegblieb. «Ein richtiger Fische.» Was für ein Müll. Wenn überhaupt, dann ist Clemens *einer* und nicht mehrere. Und *glitschig* will er erst recht nicht sein. *Gleitend*, ja, das vielleicht. Im entsprechenden Kontext, versteht sich.

«Sie fehlt mir.»

«Anke?», fragt Clemens.

Ronnie nickt. «Sie ist ...»

«Hochschwanger, ich weiß.»

«Ganz allein, in Berlin. Und ich hock hier am anderen Ende der Welt mit 'nem verstauchten Knöchel. Ich meine ... Was für ein Vater werd ich bloß ...?» Ronnie bricht ab.

Bitte nicht auch das noch. Er flennt. Das war's dann wohl mit dem Sonnenuntergangglotzen. Seufzend setzt sich Clemens auf.

«Hey, Hasi ...» Unbeholfen tätschelt er Ronnies Schulter, etwa so, wie er an eine Tür klopfen würde, von der er weiß, dass sowieso niemand dahintersteht. Dann lässt er es sein, streicht sich das Haar aus dem Gesicht und zündet eine weitere Zigarette an. «Mach dir keinen Kopf. Wirst 'n super Daddy.»

Ronnies Brustkorb bebt, aber immerhin reibt er sich jetzt die Tränen aus den Augen und zieht den Rotz hoch.

«Ich liebe sie. So sehr.»

Eigentlich möchte Clemens wenigstens den letzten Fetzen des verdammten Sonnenuntergangs genießen, statt über Ronnies Liebe zu reden, geschweige denn darüber nachzudenken. «Haben wir nicht ein krasses Glück, Hasi? Zieh dir die Farben rein.»

Die Sonne verabschiedet sich nun vollends, hinterlässt einen roten Streifen am Horizont. Wölkchen und pastellfarbener Himmel spiegeln sich in einer fernen Wasserfläche. Die Salzwüste nimmt verschiedenste Blautöne an. Allein das war's wert, stecken zu bleiben.

«Wann kommen die uns holen?», fragt Ronnie.

«No lo sé.»

Kalt wird es jetzt. Clemens rollt sich in seine Decke, und Ronnie macht das nach.

«Du weißt gar nicht, wie das ist», sagt der unvermittelt.

«Was denn?»

«Na, wenn ich sage: Ich liebe sie.»

«Zum Glück. Ist ja deine Frau.»

«Ich meine nur, manchmal frage ich mich: Warst du jemals verliebt?»

«Was ist denn das für 'ne Frage?»

«Ich rede von Liebe, Mann. Hast du schon mal so richtig Liebe empfunden? Sodass du dachtest: *Hey, die Frau will ich auch mit siebzig noch auf 'nen Latte einladen.*»

Clemens muss lachen. «Kaum gibt's ein bisschen Sonnenuntergangsromantik, wird Hasi sentimental.»

«Kann sein.»

«Und warum denn *Latte*? Wohl eher ein Eis. Erstens: Um abzukühlen, weil zweitens: Eine Frau, die Eis schleckt, das ist heiß.»

«Meinetwegen, du geiler Bock. Und? Hast du so was mal für eine Frau empfunden?»

Clemens sinkt wieder auf den Rücken und blickt in den Himmel, wo die ersten Sterne auftauchen. Verliebt sein. Liebe *empfinden. Liebe.*

«Weiß man das so genau? Fühlt sich doch jedes Mal anders an. Ein Eis mit siebzig wollte ich jedenfalls noch keiner kaufen.»

«Siehste.»

Clemens blickt zu Ronnie.

«Das kann nur jemand sagen, der nie geliebt hat.»

Clemens lässt sich das durch den Kopf gehen. Der Himmel füllt sich mit Sternen. Und dann erscheint ihm dort plötzlich das Gesicht eines Mädchens. Va... Va... Vanessa.

«Vava...»

«Hm?»

«Nichts.»

Sachen gibt's. An die hat Clemens seit Jahren nicht mehr

gedacht. Niemand wusste, dass sie verliebt waren – weder die Freunde noch die Eltern. In der Schule knisterte die Luft jedes Mal, wenn er ihr im Flur über den Weg lief, er flüchtig ihre Hand im Vorbeigehen streifte, sich ihre Blicke kreuzten. Wie alt war er da? Fünfzehn, sechzehn? Jede Nacht stahl er sich aus dem Fenster, kletterte hinaus, schlich durch die leeren, dunkelblauen Straßen bis zu ihrem Haus, kletterte über die Regenrinne auf ihren Balkon und in ihr pinkfarbenes Zimmer hinein. Allein das war aufregend. Noch aufregender war, was sie in jenen Nächten miteinander anfingen. Mit Vanessa war alles neu, alles das erste Mal. Alles probierte er mit ihr aus. Krass – wirklich alles. Drei Monate. Drei heiße Sommermonate. Und dann zog sie einfach weg. Ihr Vater war versetzt worden, irgend so was. So genau hat er das damals nicht mitbekommen, weil er lieber die Regenrinne so schnell hinabrutschte, dass er sich die Hände wund brannte, bevor sie zu Ende gesprochen hatte. Und als sie dann wirklich fort war – Mann, hat das wehgetan. Also, nicht die Brandblasen.

«In dem Job ist es eh besser, nicht verliebt zu sein.»

«Na, danke», sagt Ronnie.

«Stimmt doch.»

Ronnie grunzt unzufrieden.

Clemens horcht auf. Aus der Ferne hört er ein Motorengeräusch. Er blickt in die Richtung, aus der er es zu vernehmen glaubt.

Winzige Lichter rollen auf sie zu. Clemens knipst die Stirnleuchte an und steht auf. Gemeinsam mit Ronnie ruft und winkt er das Fahrzeug zu sich. Kurze Zeit später hält tatsächlich ein Support-Truck der Dakar vor ihnen. Quietschend fährt das Fahrerfenster runter. Zäh Kaugummi kauend nimmt der Fahrer sie einen Moment lang ins Visier, rotzt vor ihre Füße und sagt: «Ihr schon wieder.»

Hast du Feuer?
(Schlimmer als ein Auffahrunfall)

«Fühlt sich irgendwie gut an, wieder in Berlin zu sein», sagt Ronnie.

Clemens sieht sich um, obwohl er Tegel nur zu gut kennt und eigentlich auch nicht besonders spannend findet. Er zuckt mit den Schultern. Für ihn ist Heimkehren wie der Katertag nach einer Party. Irgendwie alles trüb und trostlos. Vor allem nach *der* Dakar. Mann, war das dieses Jahr 'ne geile Rallye. Okay, abgesehen davon, den Pick-up geschrottet zu haben und dass sie anschließend mit den ganzen Nasen im Pressebus von Etappe zu Etappe tingeln mussten, das war weniger cool, tja, und ebenso Ronnies Verletzung. Dessen Fuß ist jetzt in Mull gewickelt, und Krücken hat er auch. Aber Clemens vermutet, dass das vor allem Show ist, um in Anke etwas auszulösen, das ihm besonders viele Zärtlichkeiten einbringen dürfte.

«Na dann, ich halt mal Ausschau nach 'nem Taxi», sagt Ronnie.

Clemens will ihm mit dem Koffer helfen, aber Ronnie winkt ab. «Das schaff ich schon, Alter.»

Clemens klopft ihm auf die Schulter. «Man sieht sich, Hasi.»

Das sagt er ihm immer zum Abschied. Als Ronnie fort ist, tastet Clemens nach seinen Zigaretten und begibt sich zum Ausgang. Auch das ist Ritual: Bei der Rückkehr erst mal eine rauchen. Draußen ist es so kalt, als würde er in ein Gefrierfach steigen. Er stellt den Kragen seiner Jacke auf und will sich gerade die Zigarette anzünden, als sein Blick an etwas hängenbleibt, das ihn stocken lässt. Etwas? Eher *jemand*. Hockt dort auf dem Bordstein. Scheiße, sieht die gut aus. Also, nicht modelhübsch gut, im Gegenteil. Anders hübsch. Wunderhübsch. Clemens lässt das Feuerzeug in der Jacke verschwinden und will auf sie zugehen. Er kommt nicht weiter als einen Meter. Dann machen seine Füße kehrt und führen ihn schnurstracks in die Haupthalle zurück, wo er hinter der Drehtür stehen bleibt. Was ist denn nur los mit ihm? So kennt er sich gar nicht. Sein Puls geht so schnell, ist ja nicht mehr feierlich. Und warum starren ihn die Leute an, die an ihm vorbeilaufen? Bestimmt ist er knallrot im Gesicht. Er reibt sich über Wangen und Kinn. Dann blickt er durch die Glasfassade, und sein Puls beschleunigt erneut. Sie sitzt noch dort, mit dem Rücken zu ihm. Neben ihr einen riesigen Backpacker-Rucksack. Die muss doch doof sein. Backpackerinnen sind meistens doof. So öko. Hippies halt. Die gehen immer alles ganz gechillt an und sind so arrogant, als hätten sie die Welt gecheckt, weil sie mal von Dortmund-Lücklemberg nach Köln-Kalk getrampt sind. Da steht Clemens eigentlich gar nicht drauf. Außerdem, wie kann die den bloß tragen, diesen Rucksack. Der ist ja doppelt so groß wie sie. Und was hat die überhaupt für ’ne Figur, kann man gar nicht sagen, weil sie so eine total dicke Winterjacke trägt und dazu eine ausgebeulte weite Stoffhose. Die ist bestimmt total fett. Oder hat Cellulite. Oder beides. Sie blickt zur Seite, rauchend, und er sieht ihr Profil. Okay. Jetzt muss er einfach mal alle Vorurteile verwerfen, die er bislang über Backpackerinnen hatte. Ist vielleicht scheißkitschig, aber auf ihrem Gesicht liegt ein Strahlen, das ist so … beruhigend. Das war es auch, was ihn vorhin so umgehauen hat. So ein Scheiß. Liebe auf den ersten Blick. Gibt’s doch gar nicht. Liegt wohl eher an den zwei Wochen Dakar – Staub fressen, Aufregung, Adrenalin. Genau. Er will jetzt bloß ein wenig kuscheln. Ihre Ausgeglichenheit … Sie wirkt in sich ruhend, sieht so zufrieden aus. Als wäre die im Leben noch nie schlecht drauf gewesen. Soll er sie das fragen? Rausmarschieren und locker flockig sagen: «Hey Süße, du siehst aus, als wärste im Leben noch nie scheiße drauf gewesen.»

Was auch immer – da muss er jetzt durch. Sonst ist die gleich weg. Clemens nimmt tief Luft, geht durch die Drehtür hinaus – Mann, ist das kalt – und auf sie zu.

«Hast du Feuer?»

Sie sieht ihn an. Blickt ihn einfach einen Moment lang an, dann legt sich ein Lächeln auf ihr Gesicht. «Klar.»

Was hat die denn bitte für eine geile Stimme? Überhaupt nicht piepsig wie die meisten Frauen. So samtig, irgendwie geerdet. Kann man das sagen? Jedenfalls könnte die ihm die Steuererklärung vorlesen, und er würde ihr an den Lippen hängen, als wär's der spannendste Action-Thriller.

Sie zieht ein Feuerzeug aus ihrer aufgeplusterten Jacke und reicht es ihm. Clemens zündet die Zigarette an und gibt es ihr zurück.

«Was hast du denn vor mit mir?»

«Wie?»

«Na ja, du siehst nicht aus wie einer, der kein Feuer hat.»

Sie blickt lächelnd in die Ferne. Ihre Augen funkeln, als hätte sie gerade was angestellt. Krass hübsche Augen. Strahlend grün. Baby. Solche Augen hat er bisher noch nicht gesehen.

Clemens stockt. Was soll er erwidern? Er muss grinsen. Hier läuft ja wirklich nichts wie gewohnt. Er setzt sich neben sie auf den Bordstein. Ein Bus fährt bedrohlich nah an ihnen vorbei, doch sie zuckt nicht zusammen, bewegt sich nicht mal. Völlig unerschrocken, die Süße.

Sie hat langes hellbraunes Haar, ein paar Strähnen fallen ihr über die Wange, und sie streicht sie zurück. Er muss an diesen surrealen Musikclip zu *Wicked Game* denken, in dem ein wunderhübsches Mädchen inmitten von Wolken am Strand rumtollt. Da wäre er jetzt auch gern mit ihr, und sie würde sich an ihn schmiegen und der Kälte trotzen wie das Girl in dem Video. Gut. Immerhin weiß er, was er will. Bloß, wie kommt er jetzt dorthin? Seine Zigarette brennt viel zu schnell runter.

«Welche Straßen hast du denn überquert, um so furchtlos zu sein?», fragt er. Was Besseres ist ihm nicht eingefallen. Er riskiert einen Blick zu ihr. Glück gehabt. Ihre Augen leuchten noch.

Sie legt den Kopf zur Seite, und die Haarsträhnen fallen ihr wieder ins Gesicht. «Hanoi», sagt sie.

«Vietnam. Cool, da war ich auch schon. Der Trick ist loszugehen, ohne zu zögern, stur über die Straße und dabei Blickkontakt mit den Scooter-Schwärmen zu halten, die auf einen zurasen. Irgendwie umfahren die einen dann.»

Scheint sie nicht zu interessieren. Warum muss er so was auch erzählen? Das weiß die doch schon, wie's dort läuft. Sie zieht jedenfalls völlig unbeeindruckt an ihrer Zigarette und sieht dem Rauch nach. Verdammt, alles an ihr ist sinnlich. Vermutlich sieht die auch sexy aus, wenn sie sich 'ne Butterstulle schmiert. Das würde er gern sehen. Wie sie sich morgens Marmelade von den Fingern schleckt, ohne sich bewusst zu sein, wie heiß das rüberkommt. «Hey, Hanoi. Da hab ich Schlangenherz gegessen.»

Jetzt blickt sie doch mal zu ihm. Clemens lächelt.

«Kein Scheiß. Die haben die Kobra einfach vor meinen Augen aufgeschlitzt, das Herz rausgerissen und es mir dann in 'nem Shooterglas mit Alkohol serviert.»

Belustigt zieht sie an ihrer Zigarette. «Du bist ja ganz schön mutig.»

«Das Herz schlug noch, als ich es getrunken habe. Aber hat im Grunde bloß nach Wodka geschmeckt.»

«Widerlich ist vor allem die Gallenblase.»

Clemens schüttelt sich. «Die kam mir fast wieder hoch.» Er hält inne. «Hast du etwa auch 'ne Kobra …?»

Ihre Augen funkeln.

«Krass», sagt Clemens. «Dann erübrigt sich die Frage, ob du allein durch Vietnam gereist bist – oder sogar ganz Asien?»

Sie nickt. «Einmal um die Welt. Ich war ein Jahr unterwegs.»

Clemens stellt sich vor, wie die Kleine Kuriositäten auf dem Suq in Casablanca bestaunt, über staubige Straßen in Indien läuft, mit afrikanischen Kindern am Niger spielt, in Feuerland über den Beagle-Kanal schippert. «Mit *dem* Rucksack?»

Verwundert sieht sie ihn an. «Was stimmt denn damit nicht?»

«Na. Der ist ziemlich groß.»

«Ich steh auf groß.»

Clemens verschluckt sich am Rauch seiner Zigarette und muss husten, und plötzlich lacht sie.

«So meinte ich das gar nicht.» Sie schüttelt sich vor Kichern. «Ich bin völlig hinüber, ein Tag in Jakarta plus die neunzehn Stunden Flug haben mich erledigt.»

Mann, wenn sie lacht, sieht sie noch hübscher aus. Er möchte die Zeit anhalten, für immer mit ihr hier sitzen, es gibt so vieles, was er sie fragen will, und dann auch wieder nicht, weil ihm gerade das Mysteriöse an ihr gefällt. Am liebsten möchte er nicht mal ihren Namen kennen. Denn ist es nicht so? Sobald er zu viel über eine Frau weiß, verliert er das Interesse. Aber irgendwas sagt ihm, dass es bei ihr anders wäre – die Frau hat *Schlangenherz* gefuttert. Vermutlich könnte er alles über sie erfahren und würde immerzu staunen. Ob das gut ist?

«Smart», sagt er. «Hätte ich nach einem Jahr Weltreise wahrscheinlich auch getan, in Jakarta enden. Danach fällt's einem leicht heimzukehren.»

«Ist keine Rückkehr, Berlin ist ein Neuanfang.»

Sie drückt die Zigarette aus, und einen Moment lang spricht niemand. Clemens wippt mit den Beinen und wirft verstohlen immer wieder einen Blick auf sie. Sie sieht in die Ferne, vielleicht nach Katmandu oder Sibirien, vielleicht auch in die Zukunft, und streicht sich immer wieder Haarsträhnen aus dem Gesicht, obwohl da gar keine mehr sind. Ihre Schulter berührt nun seine, und er hat das nicht geplant, er tut es einfach, streichelt ihr mit der Hand über die Wange, ganz sachte, sie schmiegt sich sanft daran, ihm ist, als würde sein Herz gleich zerspringen, er fasst nach ihrem Kinn und zieht ihr Gesicht an seines heran. Abwartend sieht sie ihn an. Er küsst sie. Zärtlich. Ein Mal. Zärtlich? Ja! Aber, was geht??! Die Berührung ist wie eine Explosion, er fühlt sich in die Luft katapultiert, in Lichtgeschwindigkeit durch Raum und Zeit geschleudert, in eine ferne Galaxie, und kann doch jedes Atom in Zeitlupe wahrnehmen. Ist intensiver als ein Auffahrunfall. Das sagt er jetzt aber nicht. Er lässt die Hand sinken und sieht ihr in die Augen. Alles ist neu, und zugleich kennt er sie ewig, er ist wieder sechzehn und gleichzeitig schon hundert Jahre alt, in Farbe in Tegel, an einem Strand in Schwarzweiß, ist völlig egal, wo, alles, was zählt, ist ihr Blick und die Aufmerksamkeit, die sie ihm schenkt. Plötzlich sinkt sie an seine Schulter, vergräbt den Kopf in seiner Halsbeuge, er spürt ihren warmen Atem auf seiner Haut. Das ging ja leichter als gedacht. Seltsam. Das hätte er von ihr nicht erwartet. Wo ist der Haken? Vorsichtig legt er den Arm um sie und streichelt ihren Kopf. Ganz weiches Haar, es duftet, ist aber kein Parfüm, ist ihr ganz eigener Duft, riecht so gut, macht ihn ganz benommen. In ihm prickelt alles, sein Körper ist elektrisiert von ihrer Nähe. Er möchte ihr die Kleider vom Leib reißen, die doofe Daunenjacke ausziehen, ihre nackte Haut auf der seinen spüren, ihre Küsse und den Hauch ihres Atems auf seinem gesamten Körper. Ebenso spontan, wie sie sich an ihn geschmiegt hat, löst sie sich mit einem Mal von ihm und blickt ihn prüfend an. Ihre Pupillen weiten sich für den Bruchteil einer Sekunde, sie wirkt verblüfft, als hätte sie sich gerade an etwas erinnert. Sie steht auf.

«Ich muss los.»

Sie hält Ausschau nach etwas, vielleicht nach einem Taxi.

«Wohin?», fragt Clemens und springt auf. «Wir können uns die Fahrt teilen.»

Sie lächelt ihn an, wieder so, als hätte sie etwas angestellt. «Wie heißt du?»

Clemens grinst. «Wenn ich's dir verrate, fährst du dann mit mir?»

«Wohin?»

«Wohin du willst.»

Sie beißt sich auf die Lippe, blickt Richtung Taxistand. «Ich muss jede Menge erledigen. Allein meine Wohnung, die habe ich bisher nur auf Fotos gesehen, und dort steht momentan nicht viel mehr als ein Bett drin.»

Na, ist doch perfekt, denkt er, behält das jedoch lieber für sich. «Du kannst mit zu mir.»

Sie lacht. «Du verlierst keine Zeit, was?»

Das Gleiche könnte er zurückgeben, von wegen sich einfach so an einen fremden Mann schmiegen. «Das Leben ist kurz.»

Sie legt den Kopf zur Seite und blickt ihn an, aber so, als würde sie durch ihn hindurchsehen. «Vielleicht ist es besser, es bei dem Moment zu belassen.»

«Warum? Hast du einen Freund? Bist du verheiratet?»

Sie lächelt bloß, fährt sich durchs Haar. Dann nimmt sie ihren Rucksack, das Riesending, und will den stemmen, was sich als total umständlich erweist, überall Gurte und Schnallen, die sich verheddern, und schwer wirkt der auch. Clemens fängt ihn auf und hilft ihr.

«Ich will dich wiedersehen», sagt er.

Endlich sieht sie ihn noch mal an. «Du *willst?*»

Warum sagt sie das so komisch?

«Ja. Das will ich ... also, natürlich nur wenn du Lust dazu hast.»

Sie sieht ihn forschend an.

«Du hast phänomenale Augen», sagt er und könnte sich auf die Zunge beißen – das erzählt ihr bestimmt jeder. «Und ... also, da lief gerade etwas zwischen uns, das ...» Soll er es wirklich aussprechen? Sie sieht ihn abwartend an. «Du hast mich ins Weltall geschossen.»

«Ins Weltall?»

«Ja», sagt er, reckt das Kinn und die Brust noch mehr hervor. «Keine Ahnung, wie ein Komet ... oder als wäre ich plötzlich in einem Kometen*gewitter* – Auf der Milchstraße?»

Sie zieht die Brauen ungläubig hoch. Versteht er nur zu gut, er kann ja selbst kaum fassen, was er da gerade von sich gegeben hat. So was hat er echt noch nie zu einer Frau gesagt. Hoffentlich läuft er nicht rot an. Sein Puls geht ziemlich schnell, und am liebsten würde er einfach abtauchen. Ihre Augen funkeln jetzt intensiver als Smaragde. In ihr scheinen tausend Gedanken kreuz und quer zu schießen. Dann schüttelt sie lächelnd den Kopf. Findet sie das jetzt einfach nur lustig, oder empfindet sie nicht so wie er? Oh Mann. Warum hat er sich diese Blöße gegeben?

Sie reibt sich über die Schläfe, ein winziges Muttermal hat sie dort, total schön, und dann sagt sie: «Plus eins ...»

Clemens versteht nicht sofort, aber, hey, sie beginnt gerade ihre Telefonnummer aufzusagen. Eilig zieht er sein Handy hervor, wiederholt die Ziffern und notiert dabei.

«Eine amerikanische Vorwahl?»

Sie wirft ihm einen herausfordernden Blick zu. «Find's heraus, *Space Cowboy.*» Sie wendet sich zum Gehen.

Eilig blickt er aufs Display. Bei der letzten Ziffer ist er nicht sicher.

«Acht, ja? Und ... wie heißt du denn überhaupt?»

Tja. Manchmal wäre es dann doch besser, den Namen frühzeitig in Erfahrung zu bringen.

«Ja, ja, ruf mich an, Clemens», sagt sie bloß im Fortgehen.

Moment mal. Hat sie gerade *Clemens* gesagt? Woher weiß sie das denn? Das hat er ihr doch gar nicht verraten.

«Hey!»

Krass, fast hätte sie sich jetzt hingelegt, mal eben übern Bordstein abgerutscht, aber ansonsten reagiert sie nicht, überhört ihn einfach und folgt zielstrebig der Straße runter Richtung Taxistand, ihm kommt es sogar vor, als würde sie das Tempo beschleunigen.

«Hey!», ruft er erneut. Nichts.

Ruf mich an, Clemens. Und wie er die anrufen wird, und zwar jetzt, sofort. Es läutet, während er seinen Seesack und das Zelt schultert und beginnt, ihr zu folgen. Sie hebt nicht ab, vielleicht hat sie ihm eine falsche Nummer gegeben, oder er hat eine Ziffer vertauscht. Die Mailbox springt an.

«*You have reached the voicemail of* – Wayra Petersen – *Please leave a message.*» Piep.

Wayra Petersen. Ist die das jetzt oder nicht? Soll er eine Nachricht hinterlassen? Clemens legt auf.

Das ist die. War ja klar, dass die 'nen coolen Namen haben muss. Wayra.

Sie ist am Taxistand angelangt. Clemens beginnt zu rennen. Aus dem vordersten Wagen steigt der Fahrer und öffnet den Kofferraum. Wieder umständliches Hin und Her, um den bekloppten Rucksack auszuziehen. Immerhin gibt es Clemens Zeit aufzuholen. Als er am Taxi ankommt, sitzt sie bereits drinnen, er klopft an die Scheibe, sie blickt in eine andere Richtung, reagiert nicht oder tut wenigstens so, und der Wagen fährt an. In das dahinterstehende Taxi will gerade eine Familie einsteigen, aber Clemens springt einfach zwischen Vater und Tür ins Wageninnere. «Folgen Sie dem Taxi.»

Der Fahrer dreht sich mit offenem Mund zu ihm um. «Also, erst mal heißt es *Tach* und *Bitte* und dann: Anschnallen.»

«Ja, ja, ja, guten Tag.» Clemens schnallt sich an. Wayras Taxi hat sich nun auf die Fahrbahn geschleust, ein Privatwagen liegt bereits zwischen ihnen, aber Clemens' Fahrer geht die Verfolgungsjagd gemächlich an und sucht erst mal nach einem Radiosender. «Nun fahren Sie schon los, sonst verlieren wir die.»

«Wie sacht man?»

Clemens rollt mit den Augen. *«Bitte.»*

Das Radio springt auf einen Feten-Hits-Sender, Bum-Bum-Mucke bollert aus den Boxen, und der Fahrer nickt. Endlich fährt er los.

Während der Wagen in krassem Missverhältnis zu den rasanten Dance Beats durch den Flughafenverkehr schleicht, wählt Clemens erneut Wayras Nummer.

«I want you to love me, like I'm a hot ride», stöhnt Rihanna so laut, dass Clemens es kaum läuten hört.

«Können Sie das leiser drehen?», fragt er den Fahrer.

«Nö», sagt der.

«BITTE.»

«Hören Sie mal, Sie wollen 'ne Verfolgungsjagd? Dann auch mit allem Drum und Dran.»

Gerne würde er fragen, was Rihanna mit schnellen Autos zu

tun haben soll, der Fahrer gibt aber plötzlich Gas und zieht auf die linke Spur rüber, sodass Clemens in den Sitz gedrückt wird, Rihanna kreischt: *«Want you to make me FEEL! LIKE I'M THE ONLY GIRL IN THE WORLD!»* Bum, bum, bum, Clemens fährt sich übers Gesicht, warum ausgerechnet dieses Taxi?! Und Wayra hebt ab: «Petersen.»

«Wayra?» Clemens setzt sich auf, drückt das Handy fest ans Ohr und hält das andere zu. «Hey, hübscher Name.»

«Wie bitte?»

«Hübscher Name!» Er sucht nach ihrem Taxi. Sie sind dabei, auf die Autobahn zu fahren, Clemens' Wagen zieht direkt auf die Überholspur, aber Wayra kann er nicht finden. «Ist Quechua, oder? Also, Peruanisch?»

Kurze Pause. Bei ihr wummert es auch ziemlich im Hintergrund. Scheint eine neue Berliner Mode zu sein. Europas Dancemetropole empfängt schon ab dem Flughafen mit Party-Sound. Vielleicht vertickt sein Fahrer ja sogar 48-Stunden-Tickets fürs Berghain – inklusive Abholung, so sonntags gegen 14 Uhr. Egal. Endlich entdeckt er Wayras Wagen etwas weiter vorne auf der rechten Spur.

«Du sprichst Quechua?!», fragt sie.

Clemens grinst.

«Nein, aber ich war gerade in Peru! Dort gab's diesen Piratensender! Radio Wayra!» Der hatte ihn eine ganze Weile in den Anden über schwindelerregende Serpentinenstraßen begleitet und vor dem Einschlafen bewahrt. «Bedeutet ‹schneller als der Wind›.»

Erst sagt sie nichts und dann: «Wo bist du?»

Ganz sanft sagt sie das, klingt wie: *«Ich möchte jetzt in deinen Armen liegen»*, kommt durch die lärmenden Beats hindurch und trifft ihn ins Herz.

«Im Wagen hinter dir», sagt er.

Durch die Windschutzscheibe sieht er, wie sie sich im Heckfenster zu ihm umdreht.

«Verrätst du mir, woher du meinen Namen kennst?», fragt er.

Sie dreht sich wieder weg.

«Wayra …? Bist du noch dran?»

«Hallo? Ich höre dich nicht mehr.»

«Ich bin noch …» Er bricht ab. Sie hat aufgelegt. Er atmet laut aus, nimmt Rihannas Lärm wieder wahr und beugt sich zum Fahrer vor. «Bitte, das reicht jetzt mit der Musik.»

Der reagiert nicht. Clemens zieht einen Zwanzig-Euro-Schein aus der Hosentasche und wedelt damit neben dessen Gesicht.

«Ich dachte schon, der kommt nie», sagt der Fahrer und steckt den Schein ein.

Clemens möchte gern wissen, in welchem Film je ein Chauffeur während einer Autojagd bestochen wurde, um Rihanna abzuschalten.

Überhaupt, *abzuschalten*. Schön wär's. Er dreht bloß die Lautstärke runter. Na ja, immerhin. Clemens sinkt in den Sitz zurück, blickt auf sein Handy. Fährt sich übers Gesicht. Zögert. Blickt auf die vorbeiziehende triste graue Winterlandschaft. Blickt aufs Handy. Ruft Wayra erneut an. Das Freizeichen ertönt.

«Lass mich raten», sagt er, als sie abhebt. «Du hast in New York gelebt und dich totgearbeitet. Also hast du den Job geschmissen und dir ein Jahr Auszeit genommen.»

«Warum New York? Vielleicht war ich in L.A.?»

Clemens sinkt tiefer in den Sitz, hält das Handy ganz dicht ans Ohr. «Keine Ahnung, aber nach Kalifornien bist du auf deiner Reise als Erstes gefahren, du hast dort alle Hippiedörfer an der Küste besucht. War enttäuschend, weil dort nur noch alte Säcke leben. Las Vegas hast du ausgelassen, die Art Party gefällt dir nicht, lieber hast du einen Abstecher ins Death Valley gemacht, gehofft, dass dein Wagen in der Wüste absäuft, weil du auf den Nervenkitzel stehst.»

Pause, dann: «Und?»

Clemens' Puls geht schneller. Krass. Sie springt drauf an.

«Äh, hat nicht geklappt. Du warst zu gut vorbereitet.»

Er hört einen gedämpften Lacher. Als er einen Blick nach vorn wirft, sieht er, dass Wayra sich im Heckfenster wieder zu ihm umgedreht hat.

«Wohin bin ich anschließend?», fragt sie.

Er setzt sich auf. «Du bist im Norden gestartet, Seattle, und dann immer Richtung Süden, bis nach Baja runter.» Mit dem Finger fährt er an der Rückseite des Vordersitzes entlang, als würde er die Route abfahren. «Alleine. In einem Mustang.»

Er hört sie lachen.

«Nicht schlecht. Aber es war ein Spider», sagt sie.

«Siehst du, ich bin gut im Raten. Bloß woher du meinen Namen kennst, das bleibt mir ein Rätsel.»

«Wie heißt du denn?»

«Nein, nein, nein, Süße, so nicht. Du hast mich vorhin Clemens genannt.»

Langsam taucht ihr Kopf wieder im Heckfenster ab.

«Heißt du wirklich so?»

Sie fahren jetzt von der Autobahn runter in den Berliner Stadtverkehr hinein.

«Wedding?», fragt er. Ein Ortsteil, mit dem Clemens bloß Wohngegend, graue Siedlungen, tote Hose assoziiert. Seit Jahren sagen alle, der Wedding wird *das* neue Szeneviertel. Wird es aber nicht. Und falls es das doch mal wird, dann will er da sowieso nicht hin, weil er von Gentrifizierung, veganen Dönern und Hipsterclubs nichts hält.

«Woanders hab ich nichts gefunden.»

«Und mein Name?»

«Zufall.»

Das ist so dreist, dass Clemens darüber nur den Kopf schütteln kann. Okay, Strategiewechsel.

«Warum legst du nicht einfach auf?», fragt er. Sein Taxi fährt nun auf gleicher Höhe neben ihrem, und er kann sie durchs Seitenfenster sehen. «Na, wenn du mir nicht sagen willst, woher du mich kennst, dann leg doch einfach auf. Ich kann das sowieso googeln. Im Recherchieren bin ich auch ziemlich gut.»

«Ich weiß», sagt sie.

«Aha. Schön. Dann leg auf.»

Sie blickt in eine andere Richtung, bleibt aber dran.

«Wir arbeiten in der gleichen Branche», sagt sie dann. «Ich … ich bin Redakteurin.»

«Wo? Bei welchem Blatt?»

«Ist doch egal.»

«Nö, mich interessiert das.»

Sie blickt kurz rüber und gleich wieder weg, und dann dauert es eine ganze Weile, bis sie sagt: «Bei *Glamour …*?»

Clemens verschlägt es die Sprache. Gut, dass beide Taxen jetzt an einer Ampel halten. Er kramt einen weiteren Zwanziger hervor, greift nach seinem Gepäck.

«*Glamour*, ja?» Sein Puls geht bis zum Anschlag.

«Ja.»

Unfassbar. «Dann bist du mal eben in die falsche Stadt gezogen, Süße – Condé Nast sitzt in *München.*»

Er legt auf, drückt dem Fahrer den Schein in die Hand und steigt aus. Zielstrebig geht er auf ihren Wagen zu, die Ampel springt auf Grün um, er reißt die Tür auf, sieht ihr verblüfftes Gesicht, als er bei ihr einsteigt, der Fahrer ruft: «Besetzt!», durch wummernde Bässe hindurch, hier allerdings Flashback zu den

Gitarrenriffs von *Kiss*, «I was made for lovin' you», auch nicht besser, und Wayra sagt: «Schon gut.»

Clemens schlägt die Tür hinter sich zu, Seesack und Zelt landen mangels Platz auf seinem Schoß, die Musik vibriert ihm in den Ohren, er fühlt sich eingeengt, aber geht halt nicht anders, und blickt zu Wayra. Die soll ihm jetzt mal erklären, was hier eigentlich abgeht. Doch sie sieht ihn bloß kichernd an und beißt sich dabei auf den Daumen. Er findet das gar nicht komisch.

«Wer bist du?», fragt er.

Wayra hört auf zu kichern, sieht ihn nachdenklich an, den Daumen noch immer am Mund. Verdammt. Weiß die, wie sinnlich das aussieht? Jedenfalls wird die ihm heute nichts mehr verraten. Vielleicht auch niemals. Und ist es wirklich so wichtig? Er wollte es doch mysteriös, oder?

«Du hast da was», sagt er.

«Wo?», fragt sie, ohne sich zu rühren.

«Da.» Er beugt sich zu ihr vor, umständlich über das Gepäck hinweg, das gegen den Brustkorb drückt, egal, nimmt den Daumen von ihrem Mund und küsst sie, küsst, sie küsst ihn. Das Taxi gibt es nicht mehr. Berlin, München oder New York, wen interessiert's?

Manchmal ist es echt besser, nicht zu reden.

MACH DICH KRASS

Wedding

Sie hat ein kleines Muttermal unter der rechten Brust und eine winzige Narbe am linken Knöchel, sie murmelt im Schlaf, und am nächsten Morgen ist sie einfach fort. Dabei ist es ihre Wohnung.

Die sind ja immer schwierig, diese Morgen danach. Da weiß er beim Augenaufschlag erstens nie, *wo* er ist, und zweitens, ob er das denn auch gut findet, da gelandet zu sein, was verhältnismäßig selten der Fall ist. Okay, nach dieser letzten Reise weiß er sowieso nicht mehr, wo er ist. Würde ihm auch ohne Frau und in seiner eigenen Wohnung passieren. Seltsam findet er jedoch, dass sie ihm fehlt. Also, *fehlen* ist übertrieben ... aber ... dass er gleich beim Aufwachen nach ihr getastet hat und es merkwürdig fand, dass sie nicht neben ihm lag.

Es versetzt einen doch in diesen fiebrigen Zustand, den ganzen Tag und die Nacht hindurch den Körper einer Frau zu erkunden, konstant euphorisiert durch die kleinsten Berührungen, alles neu und aufregend, dieses Nicht-voneinander-lassen-Können. In einer Art Trance, einem Schwebezustand, bei dem die Sinne jedes Detail wahrnehmen und alles andere verschwimmt, irgendwo zwischen Traum und Realität. Und dann mit dieser Frau. Sein Körper muss irgendwelche chemischen Substanzen ausgeschüttet haben, um ihn in diesen Zustand zu versetzen, den er sonst wohl nur mit starken Psychopharmaka erlangen könnte. Plus: Der Jetlag hat das verstärkt.

Geiler Scheiß.

Jetzt liegt er also allein im Bett, sein nackter Körper dürftig von der klammen Daunendecke bedeckt – warm ist es hier nicht –, milchiges Licht strömt zum Fenster herein, dieses typische Berliner Januardiffus. Die Tür steht halb offen, und er hört Geräusche aus dem Flur: schwere Schritte, Ächzen, Dinge, die über den Boden geschoben werden, dazu Ausrufe und Ansagen einer Männerstimme: «Andy, dort rechts ins Zimmer. Pass uff, nee, rechts.»

«Und den hier?»

«Keine Ahnung, Körner!»

«Kitchen drei steht druff.»

«Wo soll'n der hin, Madam?»

Pause. Dann: «In die Küche.» Das ist Wayras Stimme. Cool, die hat sich also nicht aus dem Staub gemacht.

Er lässt sich in die Laken zurückfallen, die nach Sex riechen, duften. Wie das wohl wäre? Wenn sie jetzt hier gemeinsam einziehen würden? Wenn sie überlegen würden, wo welche Möbel hinsollen, sich nicht einigen könnten und sich stattdessen einfach in jedem Zimmer lieben würden. Er lacht. Die Nacht hat's wohl echt in sich gehabt. Abgesehen davon wäre sowieso alles besser als eine WG mit Ulf.

Dann sieht er sie: drei robuste Männer, die ihn gar nicht mitkriegen, weil sie ziemlich verschwitzt und zielstrebig an der Schlafzimmertür vorbei Richtung Ausgang marschieren, gefolgt von Wayra, die ihnen gemächlich hinterherschlendert und an der Tür zu ihm stehen bleibt. Sie trägt nichts als ein Lächeln, eine Kaffeetasse und ein Hemd. Sein Hemd. Möchte er ihr am liebsten sofort ausziehen. Die Möbelpacker aussperren, die Tür zuknallen, über Wayra herfallen.

«Steht dir», sagt er.

«Möchtest du Kaffee?», fragt sie.

Er nickt. Sie setzt sich zu ihm, reicht ihm die Tasse. Instant-Kaffee. Bitter. Er spürt, dass sie ihn beim Trinken beobachtet. Dann steht sie auf.

«Ich muss dich bitten zu gehen.» Sie zuckt mit den Schultern. «Du hast es ja selbst gesehen. Hier ist gerade viel los.»

Klingt wie ein aufgesagter Theatertext.

«Körner, Andy und Robben kriegen das doch nie allein gebacken», sagt Clemens und stellt die Tasse neben dem Bett ab.

«Robben?»

«Ja, von Robben & Wientjes.»

Versteht sie nicht.

«Die Sprintervermietung, mit der alle Berliner umziehen», sagt Clemens.

«Ah. Ich bin keine Berlinerin.»

Was du nicht sagst, Schätzchen. Süß.

«Ich kann jedenfalls mithelfen. Hab heute frei.»

Sie lächelt, dann reibt sie mit der Hand über ihre Schläfe und bekommt wieder diesen Blick, den sie schon am Flughafen hatte, als würde sie durch ihn hindurchsehen. «Danke, aber ich brauche jetzt Zeit für mich.»

«Kein Problem. Zieh dich aus.»

Sie reißt die Augen verwundert auf. «Wie bitte?»

«Äh, mein Hemd.»

Wayra sieht an sich hinunter. «Oh ja.»

Und, schwups, zieht sie es aus und ist splitternackt. Aus dem Treppenhaus hört Clemens Körner und Andy ächzen und schon wieder hochkommen. Er springt auf und läuft an die Schlafzimmertür, um sie zu schließen. Das bringt Wayra zum Lachen.

«Du bist ja ein richtiger Beschützer.»

Clemens muss grinsen. War das jetzt ein Kompliment? Irgendwie macht ihn das verlegen, auch dass er nackt vor ihr steht und spürt, wie sie ihn abcheckt. Er nimmt Wayra das Hemd ab, will es überstreifen, und dann vergisst er das komplett, weiß nicht mal mehr, ob er es noch in den Händen hält, weil er es plötzlich viel anziehender findet, sie um die Taille zu fassen, zu berühren, an ihrem Nacken zu riechen und sie zu küssen.

«Robben ist jeden Moment zurück», flüstert sie in sein Ohr.

«Hm», sagt Clemens und küsst ihren Nacken, ihre Brüste, diese unglaublich perfekt geformten, straffen Brüste ...

Dann reißt er sich zusammen und löst sich von ihr.

Er zieht sich an. Als er an der Wohnungstür in seine Schuhe schlüpft, schleppen Andy und Körner einen riesigen Schrank an ihm vorbei.

«Moin, Moin!»

Er nickt ihnen zu, greift nach seinem Seesack, vergisst fast das Zelt und will dann los.

«Hey», sagt Wayra, die nun in einem Abendkleid vor ihm steht. Eines dieser Kleider, die ihn in eine Starre verfallen lassen und total fertigmachen. Zum einen weil die Frau darin noch hübscher aussieht, zum anderen weil diese Art Kleid so kompliziert geschnitten scheint, dass er gar nicht wüsste, wo er anfangen sollte, um es ihr auszuziehen. Knallrot, mit so 'nem Knoten über der Brust und dann bauchfrei bis zur Taille, wo wieder eine Schlaufe verläuft, und als sie sich kurz umdreht, um Andy oder Körner zu sagen, dass der Schrank bitte schön ins Wohnzimmer soll – wen interessiert denn hier noch der fucking Schrank?? Auch Körner und Andy nimmt ihr Anblick dermaßen mit, dass die beinahe vom Möbel erschlagen werden –, sieht Clemens, dass das verdammte Kleid im Rücken ebenfalls tief ausgeschnitten ist. Tief, tief ausgeschnitten. Der leuchtend rote Stoff bringt ihren Teint zum Strahlen und hebt das Grün ihrer Augen hervor. Die Überforderung scheint Clemens ins Gesicht geschrieben, denn sie sagt belustigt: «Alles andere ist in der Wäsche.»

«Nö, also, sieht gut aus», sagt er, räuspert sich und wendet den Blick ab. Wie soll er denn jemals freiwillig hier fortkommen?

«Hör mal», sagt Wayra, «ganz gleich, was jetzt folgt … oder passiert … Es war wirklich schön mit dir.»

Immerzu diese kryptischen Aussagen. Wayra Schlangenherzfrau, von der Backpackerin zur Femme fatale, spricht in Rätseln – aus ihr wird er wirklich nie schlau werden. Klingt jedenfalls nicht so, als würde sie ihn wiedersehen wollen oder *können*. Das will er jetzt aber wissen. So rein stolztechnisch gesehen.

«Ich sag dir, was passieren wird: Ich ruf dich an.»

Ihre Augen funkeln. «Und dann?»

«Dann hebst du ab.»

«Nein, Baby. Ich werde nicht abheben.»

Baby? Clemens stößt einen gedämpften Lacher aus. «Okay.» Herbe Ansage. Immerhin ehrlich. «Also hebst du nicht ab, und … das war's dann. Vielleicht ruf ich auch gar nicht an. Dann war's das sowieso.»

Letzteres findet er sogar ziemlich realistisch. Denn so wie er sich kennt, wird das Gefühl für sie in ein paar Stunden abflauen, und er wird sie abhaken. Wie bisher fast jede, die er gleich in der ersten Nacht flachgelegt hat.

«Vielleicht. Aber wir werden uns wiedersehen», sagt sie.

Clemens kneift die Augen zusammen. Blickt trotzdem nicht durch. «Wiedersehen?»

Sie nickt.

Er starrt ungläubig auf die Dielen, schlimmer als Alla, schießt es ihm durch den Kopf, und sagt: «Okay.»

Was soll er auch sonst noch groß sagen?

«Danke für die Nacht», sagt sie.

«Kann ich nur zurückgeben.»

«Gut.» Sie atmet laut aus, wirkt irgendwie erleichtert.

Er zögert, ob er sie noch mal küssen soll, entscheidet sich dann aber dagegen. Genug Rumgeschmuse. Und war doch irgendwie uncool, was sie gerade gesagt hat. Also lächelt er bloß, wirft einen letzten Blick auf dieses umwerfende, katastrophal mysteriöse Geschöpf und geht.

Zu Hause erwarten ihn Ulf und ein ungewohntes Gefühl von Leere. Alles ziemlich trostlos. Außerdem ist er todmüde. Aber schlafen kann er nicht. Sobald er die Augen schließt, liegt Wayra in seinen Armen, er spürt, wie sich ihr warmer Körper in dem kalten Zimmer an ihn schmiegt, ihren schnellen Atem, die kreisenden Bewegungen ihres Beckens, jede Berührung der vergangenen Nacht durchfährt ihn erneut wie ein Stromstoß. Er reißt die Augen auf. Krass. Er will sie wiedersehen. Soll er ihr das schreiben? *Ich will dich wiedersehen.* Nö. Nicht nach der Schlangenbeschwörerinnen-Nummer im Abendkleid. Und dann spürt er etwas Fremdes an seinem Schenkel. Etwas, das in einem Bett vermutlich nichts verloren hat. Ruckartig fasst er unter die Decke und zieht es hervor – unfassbar. Eine Kartoffelschale. Er schlägt die Decke beiseite und entdeckt weitere Schalenstücke.

«Ulf!!!»

Der ist natürlich nicht mehr da. Hat sich in weiser Vorahnung verdünnisiert. Clemens wirft die Schalen in den überfüllten Mülleimer. Die schlechte Laune bleibt.

Was dagegen hilft, ist eine ausgiebige Dusche und die Vorfreude auf Toms Geburtstag. Wie jedes Jahr hat der dafür ein Häuschen an der Ostsee gemietet. Männerwochenende. Nur die engsten Kumpel, viel Bier und zocken bis zum Morgengrauen.

«Ich hol dich um 17 Uhr ab, Honey Bunny», sagt Tom, als er anruft.

Das lässt Clemens genug Zeit, eine Ladung Wäsche zu waschen, umzupacken, Ulf bei seiner Rückkehr zu fragen, was die Schalen in seinem Bett verloren hatten, und ihm mit Rausschmiss zu drohen, den Laptop hochzufahren, um sich dann doch gegen Schreiben und für eine Folge *Vikings* zu entscheiden sowie mehrfach sein Handy anzustarren und zu überlegen, ob er Wayra anrufen soll. Ha! Flaut noch immer nicht ab, das Gefühl, sie anziehend zu finden. Dabei hat er sie so was von gevögelt. Vielleicht liegt's an ihrer Verwirrungsstrategie von vorhin – von wegen «nicht anrufen, Baby, wir sehen uns auch so wieder». Aber einzig daran kann's nicht liegen. Es muss etwas Körperliches sein. So 'ne krasse physische Anziehung. «Hm, was Körperliches», sagt er zu sich.

«Was ist körperlich?», fragt Ulf, der in Clemens' Zimmertür steht.

«Zwischen dir und mir, Ulf. Das muss körperlich sein. Denn psychisch gesehen bist du eine wahre Zumutung.»

«Du hast mir gefehlt.»

Gut, dass in dem Moment Tom anruft. «Ich warte unten, Honey Bunny.»

Wusste gar nicht, dass es so ein Gefühl gibt

«Klassizistische Bäderarchitektur», sagt Tom, als sie am frühen Abend in dessen Bugatti die Villa auf Usedom erreichen.

Typisch Tom, hat einen übersanierten Altbau mit hochmodernen Designermöbeln, römisch angehauchtem Innenpool und Panoramablick aufs Meer gemietet. Als Clemens auf die windverwehte Veranda hinaustritt, kann er es rauschen hören.

Wie das Wayra wohl gefallen würde? Mit ihr bei Sonnenuntergang 'nen Pisco auf der futuristischen Ledercouch schlürfen und anschließend im dampfenden Pool vögeln, auf dem breiten Mahagonitisch, der Wendeltreppe, dem Fell vor dem Kamin? Vielleicht sollte er sich ohrfeigen. Tun die doch immer in Filmen, um wieder einen klaren Kopf zu kriegen. Andererseits, ist mal ganz schön, an eine Frau zu denken.

Bässe wummern durchs Haus. *Notorious B.I.G.* Kurze Zeit später treffen Phil und Jan mit zehn Kilo Limetten ein. Und dann auch eine ganze Riege junger Frauen.

«Männerwochenende?», fragt Clemens, als er Tom in der zum Wohnzimmer hin offenen Küche trifft, um sich ein Bier zu holen.

Tom zieht einen Mundwinkel in die Höhe. «Hey, Honey, zocken können wir auch nächste Woche bei dir.»

Jedes Jahr dasselbe. *Männer*wochenende wird beschworen. *Nur wir, unter uns. Wie früher!* Und dann bringt doch immer jemand Mädels ins Spiel. Sei es das neue Girlfriend oder eine Braut mit ihren Freundinnen, die einer der Jungs am Vorabend in einem Club aufgegabelt hat. Und seit Aufkommen der ganzen Dating-

Apps liegen die Prognosen für einen wahren Männerabend sowieso bei null.

«Schau mal, die Blonde, die steht auf dich.»

«Hm.» Clemens spült unbeeindruckt einen Schluck Bier runter.

«Nicht dein Typ?», fragt Tom ungläubig.

Clemens zuckt bloß mit den Schultern.

«Was'n los mit dir?»

«Kommt Hagen?»

Tom nickt. Immerhin. Hagen hat's seit drei Jahren nicht mehr zu einer Party geschafft, weil er Papa geworden ist und angeblich nie einen Babysitter findet. Noch so eine tragische Wendung, die das Erwachsensein mit sich bringt. Obwohl Clemens ja eher vermutet, dass Hagens böse Freundin Dagmar dahintersteckt. Wahrscheinlich redet die ihm ein schlechtes Gewissen ein, von wegen dass er seinen Vaterpflichten nicht nachkommt, und tut das bloß, weil sie Schiss hat, Hagen könnte fremdgehen. Skrupellos missbraucht die hier Gleichberechtigung als Druckmittel. Aber da sind die Jungs selbst dran schuld. Weil die sich nicht an die Abmachung *Männer*abend halten. Ginge es nach Clemens, würde er auch die nächsten zwanzig Jahre nur Jungsabende mit Fußballgucken und Zocken verbringen. Kriegt sein Vater ja schließlich auch hin. Und Mutti will da nie dabei sein. Aber, tja, so was kann eben nur Mutti. Klar, Mädels sind cool, aber halt in anderen Momenten. Mann.

Er holt seine Playstation aus der Reisetasche und schließt die an den Flachbildschirm im Wohnzimmer an. Sofort bietet sich Phil an, *FIFA* mitzuspielen. Unterdessen shaked Jan tanzend Pisco Sour, und Tom flirtet mit einem Girl, das so viel Gel in den Haaren hat, na, die werden später wohl kein Gleitmittel benötigen. Vielleicht hat sie die Ostsee inspiriert, nach dem Motto nasses Haar wie in *Baywatch*. Hatte Pamela Anderson überhaupt je nasses Haar? Kann er sich nicht dran erinnern. Wohl aber an andere Aspekte ihrer, nun ja, Persönlichkeit. Hat Wayra …? Nö, sagt das Display seines Handys. Hat nicht angerufen, und Phil verpasst ihm ein Tor. Scheiße. Ist bereits das zweite.

«Alter, was war'n das?», ruft Phil lachend. «Du hast mir grad 'nen roten Teppich ausgelegt!»

«Hab 'n Momentum», sagt Clemens. Nennt man so, wenn der Controller nicht reagiert und die Spieler machen, was sie wollen. Ist natürlich gelogen.

Irgendwie ist hier zu viel Ablenkung, der Raum mit einem Mal voller Leute, die er nicht kennt. Clemens drückt zu fest auf die Knöpfe seines Controllers. Der Ball schießt gnadenlos weit am Tor vorbei – obwohl er den mit Aubameyang kickt! Phil springt vor Freude auf, macht sich über ihn lustig, Clemens lässt den Controller sinken, und jetzt setzt sich auch noch die Blondine, die ihm Tom schmackhaft machen wollte, neben ihn, glotzt ihn an und nimmt den Strohhalm ihres Drinks provokativ tief in den Mund. Endlich kommt Hagen. Also, wenn der Typ mit der Halbglatze wirklich Hagen ist – so lange haben sie sich nicht gesehen?! Er ist es. Stürzt sich sofort auf den Controller in Clemens' Schoß, sucht Halt daran, als würde er gerade ertrinken.

«Kriegt bloß niemals Kinder», sagt er zur Begrüßung.

Phil nickt, und: «Tooor!!»

Clemens starrt auf den Controller, der noch immer in seinem Schoß liegt und den sowohl er als auch Hagen umklammern.

«Berichtigung», sagt Hagen. «Niemals Kinder mit *Dagmar.*»

«Hier. Ich besorg dir 'nen Pisco», sagt Clemens und überlässt ihm den Controller ganz. Das zaubert ein schmales Lächeln auf Hagens Gesicht. Was man nicht alles für die Freunde tut.

In der Küche stellt Clemens fest, dass ihm die Blondine gefolgt ist, wieder oder noch immer am Strohhalm saugend. Hat 'nen geilen Mund. Sie hält ihm ihren Drink hin. Clemens starrt aufs Glas. Was Wayra wohl gerade macht? Ob die auch auf einer Party abhängt? Und dann erinnert er sich, wie er letzte Nacht spontan ihre Stirn geküsst hat, als sie sich im Schlaf zu ihm gedreht und an ihn geschmiegt hat. Ihm ist, als würde er den Moment erneut erleben und damit ein Gefühl – intensiver als 'ne schnelle Nummer. Schöner. Aufregender. Überrollt ihn. Krass. Dass es so ein Gefühl gibt.

Wow.

Darüber vergisst er völlig, dass hier gerade ein Mädchen vor ihm steht, das ihm ihren Strohhalm anbietet. Er streicht ihr keine Haarsträhne aus dem Gesicht, beugt sich nicht vor, um ihr etwas ins Ohr zu flüstern, das sie zum Kichern bringen würde, um sie anschließend zu küssen. Nö. Tut er nicht. Er hält Ausschau nach Tom, muss ihm unbedingt von der Entdeckung erzählen. Bloß hat der mittlerweile das Wetlook-Babe auf dem Schoß sitzen und wirkt ziemlich absorbiert von ihr. Und vielleicht ist es besser, das Gefühl erst mal für sich zu behalten. Fühlt sich irgendwie zerbrechlich an, als müsste er es beschützen. Also kämpft er sich mit den frischen Drinks an unbekannten Visagen zu den Jungs an die Playstation zurück. Die ganze Nacht zockt er mit Hagen, Phil und Neugierigen, die Lust auf 'ne Runde haben, während die Party um sie herum ihren wilden Verlauf nimmt, getanzt, gesungen und gelacht wird.

Du hast sie nicht gegoogelt??

Am Sonntagmorgen sind die meisten Gäste fort. Als Clemens das Wohnzimmer betritt, sind dort inmitten von Konfetti und schwebenden Luftballons – hat irgendwer am Samstag in den Raum geworfen – um die fünf Mädels sowie Phil und Jan mit Aufräumen beschäftigt. Es wird immer mehr Mädchen als Jungs geben. Immer. Popmusik läuft, jemand dreht lauter. Es ist kühl, die Verandatür steht offen. Clemens hebt eine leere Flasche Champagner vom Boden, geht damit zum Mülleimer an der Kochinsel und wirft sie weg. Jan klopft ihm auf die Schulter, Phil grüßt ihn, und Clemens schenkt sich eine Tasse von dem Kaffee ein, der dort steht. Die Szenerie hat etwas Meditatives, alle sind in ihre Tätigkeit versunken, im Einklang mit der Musik, untermalt vom gleichmäßigen Geräusch eines Besens, mit dem jemand fegt, ab und an klirren Bier- und Weinflaschen, die in einem Müllbeutel landen.

«Wem gehört der denn?» Grinsend hält eines der Girls ein Stück rosafarbene Spitze in die Höhe.

Sie bewirft Jan damit, der gerade auf dem Sofa steht und versucht, den schiefhängenden Lampenschirm wieder gerade zu rücken. Er wirft ihn einer anderen zu, eine Schlacht bricht aus, alle werfen mit irgendwelchen Dingen um sich. Bis ein Luftballon zerplatzt, der Song wechselt und die ersten Beats von Ed Sheerans *Shape of You* erklingen. Plötzlich wird es still, die Girls wippen mit den Hüften zum Rhythmus der Musik, die Jungs halten inne und sehen zu, reiben sich verlegen die Stirn, vor allem, als die Mädels zu singen beginnen. Mit hellen, klaren Stimmen.

Wunderschön.

«Schade, dass sie nicht hier ist.» Tom steht neben ihm.

«Wer?»

«Die Frau, die freitags nicht kann.»

Clemens sieht Tom mit zusammengezogenen Brauen an.

«Komm schon, Clemens, unentwegt starrst du auf dein Handy, als würdest du den Anruf deines Lebens erwarten. Normalerweise steckt es gut verstaut in deiner Hosentasche.»

Clemens reibt sich hinterm Ohr, guckt weg. «Tja.»

«Du hast jemanden kennengelernt.»

Clemens schüttelt grinsend den Kopf. «Vielleicht», sagt er und geht Richtung Veranda.

Tom folgt ihm nach draußen und wirft ihm eine Wolldecke zu – die hat er wohl unterwegs vom Sofa mitgenommen. «Wen? Wer ist sie?», fragt er, selbst auch in eine Decke gehüllt.

Clemens legt sich die Decke um, kramt seine Zigaretten hervor. «Der Fick des Jahrhunderts», sagt er und muss selbst drüber lachen, als er sich eine ansteckt.

«HA!» Tom boxt ihn so fest gegen die Schulter, dass es wehtut. «Ich wusste es!» Er nimmt ihn in den Schwitzkasten und schrubbt ihm mit der Faust über den Kopf. «Honey Bunny hat's erwischt!», ruft er ins Wohnzimmer.

Interessiert niemanden.

«Alter!» Clemens kämpft sich von ihm frei und legt die Wolldecke wieder über die Schultern. Aus den Augenwinkeln nimmt er den Strand wahr – stimmt, den gibt's hier ja auch noch, hält den Atem an und sieht genau hin: Sand und Meer sind zu großen Teilen zugefroren, von Eis und Schnee bedeckt.

«Ich will Details», sagt Tom.

«Gibt's nicht.»

«Wie?»

Clemens lehnt sich gegen die Fensterfront, den Blick auf das Eismeer gerichtet. Das muss in der Nacht passiert sein. Mit einer Hand kämmt er sich das Haar zurück. «Ich hab sie erst Donnerstag kennengelernt. Da gibt's nicht viel zu erzählen.» Er zieht stark an der Zigarette, pustet den Rauch geräuschvoll aus.

«Du bist ja total nervös – die hat dir den Kopf verdreht.» Tom lehnt sich neben ihn. «Wie heißt sie denn?»

Clemens lässt die Landschaft vor sich verschwimmen, bis alles diffus und milchig ist. «Wayra. Wayra Petersen.»

«Geiler Name.»

«Hm.» Nicht das Einzige, was an ihr geil ist. Bei dem Gedanken an sie wird Clemens von einer heißkalten Welle überrollt, ihm ist, als würden seine Wangen glühen.

«Geiler Scheiß.» Tom wuschelt ihm grinsend durchs Haar.

«Mann, Tom!» Clemens entfernt sich von ihm und setzt sich an den Verandatisch.

Natürlich setzt sich Tom dazu.

«Und wo lernt man Wayra kennen? Im Flieger?», fragt er.

Clemens zieht mehrfach an der Zigarette, raucht sie heiß. «Am Flughafen», sagt er still, fast wie für sich. In Gedanken ist er wieder dort.

«Warum hast du sie nicht hierher eingeladen?»

Clemens sieht ihn fassungslos an. «Tom. Männerwochenende??»

«Jaaa.» Er macht eine wegwerfende Bewegung.

«Sie will nicht, dass ich sie anrufe. Meinte, wir würden uns auch so wiedersehen.»

Tom hebt verwundert die Brauen. «Ist die erst achtzehn? Oder kommt die vom Land?»

«Nee. Wieso?»

«So 'nen Spruch bringt man doch nur, wenn man glaubt, noch alle Zeit der Welt vor sich zu haben oder in Rammelsbach lebt.»

«Rammelsbach?»

«Keine Ahnung. Hab ich grad erfunden – 'n Kaff halt, wo man der gesamten Anwohnerschaft auf dem Weg zum Bäcker begegnet.»

Clemens checkt es auf seinem Handy. «Gibt's wirklich.»

Er hält Tom das Display vor die Nase. Sie lachen beide.

«Hol sie ab», sagt Tom. «Rette dat junge Ding aus ihrer Doppelhaushälfte in Rammelsbach!»

Clemens schüttelt kichernd den Kopf.

«Im Ernst», sagt Tom. «Macht euch 'nen schönen Tag am Strand. Hey, gefrorene See – wenn das nicht zieht. Das Haus ist eh noch bis morgen gemietet.»

«Ich werd nicht schlau aus ihr.» Er drückt die Zigarette im Aschenbecher vor sich aus, zögert, dann sagt er: «War merkwürdig. Sie wusste, wer ich bin. Also, sie kannte meinen Namen, noch bevor ich ihn genannt habe.»

«Woher?»

«Wollte sie nicht verraten.»

«Aha.» Tom zieht ein letztes Mal an seiner Zigarette und drückt sie nun ebenfalls aus. «Was sagt Google über sie?»

«Keine Ahnung.»

Tom mustert ihn verwundert. «Du hast nicht nachgesehen?»

Clemens zuckt mit den Schultern. «Nö.»

«Mann, Clemens! Google sie! Oder nicht – wenn du auf den Kitzel stehst.» Tom schüttelt verständnislos den Kopf.

«Hey, du fragst deine Bräute noch nicht mal, was sie beruflich tun.»

Tom sieht Clemens eindringlich an. «Die Lady weiß, wer du

bist, noch bevor du dich vorgestellt hast, und will dir nicht sagen, warum? Das ist unheimlich. Und *das*, Clemens, ist ein guter Grund, sie zu googeln.»

«Keine Sorge, die ist harmlos, 'ne ganz Süße», sagt Clemens.

«Die Gremlins waren auch süß.»

«Süß ist vielleicht falsch. Heiß. Sie ist heiß.»

«Ist ja noch schlimmer.» Tom zieht sein Handy aus der Hosentasche. «Catherine Tramell war heiß.»

«Wer?»

Tom rollt mit den Augen. «Sharon Stone, Fick des Jahrhunderts, *Basic Instinct.*»

Damit kann Clemens was anfangen.

«Hat sie nicht davon abgehalten, ihre Typen mit einem Eispickel abzuschlachten», sagt Tom.

«Michael Douglas blieb verschont.»

«Weiß man's? Der Film endet doch genau dann. Heute liegt seine Leiche bestimmt im Garten ihrer Villa verbuddelt – also, fiktiv, nicht der echte Michael Douglas.»

Tom scrollt übers Display und öffnet den Browser.

«Was machst du?»

«Ich tu dir 'nen Gefallen», sagt er, während er ins Display hackt. «Wayra wie noch? Wie schreibt man das überhaupt?»

«W-A-Y-R …»

«Hab sie schon», sagt Tom.

«Na, das ging ja fix – Google wird echt immer intrusiver.» Clemens lehnt sich zurück, wippt auf zwei Stuhlbeinen. «Was auch immer du findest, behalt's für dich.»

«Auch wenn sie eine Serienkillerin ist?»

«Insbesondere dann.» Clemens blickt zum Wohnzimmer hinüber. Sind noch immer alle schwer am Aufräumen.

«Die hat 'nen Wikipedia-Eintrag.»

Jetzt wird Clemens doch neugierig. «Ach ja?»

Tom glotzt weiterhin aufs Handy, der Mund steht ihm offen.

Clemens lässt den Stuhl auf alle vier Stuhlbeine zurückkippen. «Was steht denn da?»

«Krass hübsch», sagt Tom. «Und auch sonst … krasse Frau.»

«Zeig mal her.»

Tom behält das Handy jedoch in der Hand und liest vor: «In Hamburg geboren … Vater ist Deutscher, Mutter Peruanerin … beide Ärzte ohne Grenzen …» Er hält inne. «Ist älter als du.»

«Wie viel?»

«Zwei Jahre.»

«Damit kann ich leben.»

«Ist viel rumgekommen, die Maus, hat in Kanada Journalismus und Marketing, Schwerpunkt Consumer Psychology, studiert …» Tom blickt vom Display auf. «Okay, jetzt wird's krass: Volo bei *National Geographic*, dann Auslandskorrespondentin für den *Guardian* in New York fucking City, aber nur kurz, drei Monate … und dann: Einstieg als Redakteurin bei *Reader's Interest*, Beförderung zur Textchefin, stellvertretende Chefredakteurin, und …» Tom sieht Clemens abwartend an.

«Chefredakteurin?»

«Jackpot.» Tom scrollt weiter runter. «Tja, bis 2017. Seitdem nichts mehr – hat sie ein Kind?»

Clemens verneint. «Also, glaub nicht. 2017, da war sie auf Weltreise.» Er lässt sich Wayras Laufbahn durch den Kopf gehen. «Nicht schlecht. Ambitioniert.»

«Aber hallo.» Tom legt das Handy auf den Tisch. «Vor allem hat sie *Reader's Interest* aus den roten Zahlen gerettet.»

«Echt?»

Tom nickt und zündet sich eine weitere Zigarette an. «Ging doch vor ein paar Jahren durch die Presse, die US-Filiale war insolvent. Sonst hätte die Lady auch keinen Wiki-Eintrag.» Er bläst den Rauch aus. «Ist 'ne Marketing-Queen. Verlagsseite.»

Clemens hat Mühe, das zu glauben.

«Doch, doch, Honey Bunny, für die zählen Worte nur, wenn sie Gewinn bringen.»

«Ach komm, das kannst du doch nicht nach einem Wiki-Eintrag beurteilen.» Clemens greift nach dem Handy und ruft andere Seiten auf: überfliegt Wayras LinkedIn-Profil, bleibt an einem Foto von ihr hängen, verliert sich für einen Moment in ihrem magnetischen Blick, liest dann Infos über sie auf der *Reader's Interest*-Homepage und ein Interview in einem amerikanischen Online-Magazin, das er nicht kennt. Die Daten stimmen mit dem überein, was Tom bereits vorgelesen hat. Clemens legt das Handy wieder weg.

Schweigend starren er und Tom auf die Tischplatte. Dann fragt Tom mit einem Mal: «Ist die nur zu Besuch hier? Oder was macht sie in Berlin?»

«Ist gerade hierhergezogen, genau genommen Donnerstag.»

Tom blickt zu ihm, überlegt. «Fatal.»

«Fatal?» Clemens setzt sich auf.

«Für die Redaktion, die die abbekommt.»

«Vielleicht soll sie bei *Juicy Assets* aufräumen.»

«Hm. Bleibt die Frage, warum sie dann deinen Namen kannte.»

Clemens zuckt mit den Schultern. «Um mich abzuwerben?»

Tom fährt sich mit der Hand über den Mund, presst die Lippen aufeinander, sieht ihn nachdenklich an. «Ich weiß nicht, Honey Bunny, irgendwas ist da faul.» Er zögert, dann beugt er sich zu ihm. «Vielleicht solltest du dir lieber eine andere Aphrodite suchen.»

Clemens blickt ungläubig zu Tom.

«Gibst du mir mal eben dein Telefon?», fragt Clemens dann.

Tom sieht ihn prüfend an.

«Klar.»

Müde schüttelt er den Kopf, als Clemens es nimmt und aufsteht.

«Dich hat's echt erwischt.»

Clemens geht ins Haus zurück, in eines der Schlafzimmer hoch. Durch das Fenster hat er auch hier einen Blick auf das Eismeer. Das muss ihr doch gefallen. Er setzt sich aufs Bett, öffnet das Adressbuch seines Handys und gibt eine Nummer in Toms Telefon ein – klar, Wayras Nummer.

Es läutet.

Sein Puls geht schneller. Es ist eine Mischung aus Aufregung und Nervenkitzel. Der Reporter in ihm will herausfinden, warum sie wirklich in Berlin ist. Und als Mann, nun ja, als Mann will er sie halt ... wiedersehen? Sie über den eisverwehten Strand tragen? Ihr die Gänsehaut wegküssen? Ein Leuchten in ihre Augen zaubern, wenn er ihr das weiße Meer zeigt?? Scheiße. Wer hätte je gedacht, dass er mal solche Gedanken haben würde. Vielleicht sollte er auflegen.

Sie hebt ab.

Clemens springt auf, weiß nicht, wohin mit sich, rauft sich das Haar. Okay. Eine Frage, eine einfache, simple Frage stellen. Jetzt.

«Warst du auf deiner Reise an der Ostsee?»

Er hört, wie sie den Atem anhält. Dann: «Nein.»

«Dann komm hierher.»

Sie erstickt einen Lacher. «Clemens?»

«Ja.»

«Du bist an der Ostsee?»

Cool, sie legt nicht auf. «Tut gut, deine Stimme zu hören.» Mit dem Ellbogen lehnt er sich auf die niedrige Fensterbank und sieht hinaus. «Die ist gerade zugefroren, die See. Passiert echt selten, wunderschön. Warte.» Er öffnet das Fenster und macht ein Foto mit dem Smartphone. «Ich hab dir grad ein Bild geschickt. Siehst du's?» Er wartet einen Moment, streicht mit dem Finger über das Fensterglas. Lustig, da sind Eisblumen. «In echt sieht das natürlich tausendmal cooler aus. Und das Haus liegt direkt am Meer.» Er lässt sich wieder aufs Bett fallen. «Was meinst du? Ich hol dich ab.»

«Du lässt nicht locker, was?»

Er fährt sich mit der freien Hand durchs Haar. «Du hast gesagt, dass wir uns wiedersehen. Dann lass uns das auch tun.»

Sie atmet laut aus. Nach einer Weile fragt sie: «Wann kommst du zurück?»

Häh? Er richtet sich im Bett auf. «Heute Abend. Warum?»

«Damit ich weiß, wann ich wieder heimkomme.»

«Heißt das ... Also, soll ich dich abholen?»

«JA.»

Sie legt auf.

Clemens starrt aufs Display. Geiler Scheiß. Sie hat ja gesagt.

Alfie muss mittagessen gehen

Nur zähneknirschend hat Tom die Schlüssel zu Bugatti und Villa rausgerückt und Clemens dabei angeglotzt, als hätte er soeben ein Rendezvous mit Catherine Tramell inklusive Eispickel-Finish zugesagt. Dass Clemens mit der Aktion auch investigative Motive verfolge, um mehr über Wayra zu erfahren, das hat Tom ihm nicht abgenommen. Aber egal. Jedenfalls sind sie los, unterwegs hat er Tom zu Hause abgesetzt, und als er bei Wayra ankam, musste er so dringend schiffen, dass er in ihre Wohnung hoch ist. So dringend, dass er einfach an ihr vorbeistürmte, als sie ihm die Tür öffnete. Und als er aus dem Bad wieder rauskam, tja, dann wurde das nichts mehr mit der Ostsee.

Erst hat sie sich über sein Borussia-Dortmund-Trikot lustig gemacht, das er extra angezogen hatte, weil er auf einmal dachte, für *die* Frau muss er sich schön machen – ein Glück, dachte er, dass er das Shirt zufällig dabeihatte! Das Shirt, bei dem Mutti ihn immer «Mein Engel» nennt, wenn er es trägt. Und Wayra? Kicherte, als sie ihn darin erblickte. In dem Moment hat er echt kurz überlegt, wieder zu fahren. Aber dann hat sie sich ihm genähert, so ganz langsam, hat dabei seinem Blick standgehalten, bis ihr Kopf fast seine Brust berührte, Haarsträhnen seinen Hals kitzelten, er in der stillen Wohnung seinen eigenen Herzschlag wahrnahm, während sie sanft über den Stoff des Shirts strich, ihn neugierig befühlte, mit den Fingern über seine Brust fuhr, an seinem Schlüsselbein entlang, an seinem Arm hinunter und sich schließlich vorbeugte, um den Duft des Shirts einzuatmen. Da wollte er nicht mehr gehen. Hat sie am Haar und um die Taille gepackt, ihr einen Moment in die Augen gesehen – ihre lachenden, funkelnden Augen – und sie zum Bett getragen.

War eh schon sechzehn Uhr.

Blöd ist nur, dass er darüber ganz vergessen hat zu recherchieren, was sie denn nun in Berlin so vorhat – von wegen Spionage oder anderer düsterer Machenschaften, die ihn laut Tom in Gefahr bringen könnten. Hat er vergessen.

«War schön mit dir an der vereisten Ostsee», murmelt sie halb verschlafen am frühen Morgen vom Bett aus, als er bereits geduscht und angezogen in der Tür steht.

Yep. Irgendwann muss er schließlich mal wieder in die Redaktion.

«Stürmisch», sagt Wayra.

Clemens lächelt. Spontan drückt er sich vom Türrahmen ab, geht zu ihr und küsst sie zum Abschied.

Auf dem Weg in die Redaktion macht er einen kurzen Abstecher nach Hause, holt Arbeitsunterlagen, Laptop und eine Tüte mit Mitbringseln aus Südamerika, düst dann direkt weiter und fühlt sich einfach nur supergut. Überfliegergut. Geile Rallye. Geiles Wochenende. Geile Frau. Und deswegen wird er jetzt verdammt noch mal auch 'ne geile Reportage schreiben. Alfie zeigen, wie motiviert er ist. Das Versäumnis mit dem *Inside Dakar*-Blog wettmachen. Auch den Autoschaden in der Salzwüste. Er wird Alfie zeigen, dass er ein Reporter ist, auf den er sich verlassen kann. Ein Reporter, der solide Arbeit liefert.

Der Aufzug spuckt ihn im siebten Stock am Empfang aus, wo er wie gewohnt Mirja zuzwinkert, die hinterm Pult steht und telefoniert, rot wird und ihm zulächelt, während es drum herum ununterbrochen läutet, auf Tastaturen gehackt wird, die Graphiker im Büro gegenüber quatschen, Kopiergeräte surren und rattern. Mirja ist zwanzig und sieht heiß aus – muss sie. Ist schließlich das Erste, was Gäste, sprich Anzeigenkunden, zu Gesicht bekommen, wenn sie die Redaktion betreten. Da muss es krachen. Also, Mirja: wilde blonde Ringellocken, Sommersprossen und eng anliegende Retrokleider. Rührt er aber nicht an. Gehört zu seinen Vorsätzen: nicht mit Mäusen aus der Redaktion. Also, seit Alfie ihm gesagt hat: «Junge, halt mal deinen Schwanz unter Kontrolle, ich kann doch nicht alle naselang neues Personal einstellen!»

Seitdem wird bloß noch gezwinkert.

Er macht kehrt, holt einen Becher *dulce de leche* aus der Tüte und stellt den Mirja auf den Tresen. Mirja klemmt den Hörer zwischen Ohr und Schulter, hält beide Hände ans Herz und formt mit dem Mund ein lautloses «Danke». Im Flur kommt ihm Nana entgegen, die jeder so nennt, weil sie alle bemuttert wie der gleichnamige Hund in *Peter Pan*, aber eigentlich heißt sie Lana, ist Chefin der Bildredaktion und sieht eher aus wie Elvira aus der *Addams Family* – immer elegant in Schwarz gekleidet, Ende vierzig. Und eigentlich, eigentlich sollte Sanne, die Sekretärin, den Job der Redaktionsmutti innehaben wie in den meisten Blättern üblich. Aber die kann hier keiner leiden.

«Darling! Du hast es überlebt», sagt Nana im Vorbeigehen.

«In der Salzwüste hätte Ronnie deinen Beistand gebraucht!», sagt er.

Sie haucht ihm einen Kussmund zu.

Er folgt dem Flur weiter, vorbei an den gerahmten Coverbildern vergangener *Playtime*-Ausgaben, Regalen voller Bücher und vereinzelten Trophäen aus den auflagenstarken Jahren – die jüngste wird hier seit den 90ern staubfrei gehalten –, dringt immer tiefer ein in die Seele der Redaktion, eine Zeitreise ins pulsierende Herz des Magazins, das Open-Space-Büro, klopft unterwegs Max auf die Schulter, der hier über Kultur schreibt und sich gerade ein Wasser am Spender an der Flurgabelung zieht, biegt nach links, hilft Jakob dabei, tausend Papiere aufzusammeln, weil der sich soeben mit 'ner Ladung Ordner über Doping im russischen Wettschwimmen auf dem Teppich abgelegt hat, und hört dann, wie Müller hinter ihm schnarrt: «Ich hatte letztes Wochenende mehr Pussy als du.» Der sitzt in der Buchhaltung und kommt gerade mit einem Kaffee aus der Redaktionsküche. Clemens macht kehrt, nimmt ihm die dampfende Tasse ab, sagt: «Freut mich, dann brauchst du den nicht, du weißt schon, das Herz», und will dann zum Open Space weiter.

«Voss!», knurrt Maaßen jedoch vom anderen Ende des Flurs und bedeutet ihm, bei Fuß an seine Tür zu kommen.

Das macht Clemens natürlich nicht, bleibt lieber in sicherer Entfernung stehen. Achim Maaßen: stellvertretender Chefredakteur, und seit das Internet für die Presse wichtig wurde, hat er sich bei *Playtime* auf die Online-Redaktion gestürzt, als sei es sein Baby. Nicht etwa weil er Internet so geil findet, sondern weil es weder Alfie noch sonst wen in der Redaktion antörnt und er glaubt, dort Macht ausüben zu können. Und genau darin liegt auch das Problem: Es interessiert hier keine Sau – abgesehen vielleicht von Heiko, dem Textchef. Aber auch bloß weil der auf Maaßens Druck eingeht. Maaßen glaubt jedenfalls immer, dass er zu kurz kommt, und zieht 'ne Fresse, als hätte er seit fuffzig Jahren nicht mehr gefickt. Manchmal fragt sich Clemens, ob es daran liegt, dass ihm seine Eltern das *Jo* im Vornamen vorenthalten haben.

«Ach, guten Morgen, Herr Maaßen!», ruft Clemens und zieht schleunigst weiter, bevor der ihn auf den vermasselten *Inside Dakar*-Blog anspricht, aber Maaßen, der Mistkerl, folgt ihm.

«Voss! Wir müssen ein ernstes Wörtchen reden», ruft er

über den Flur. «Was haben Sie sich dabei gedacht?! Das geht so nicht …»

«Ja, ja, ja», sagt Clemens und rettet sich in Alfies Büro. Einfach rein. Schließt die Tür hinter sich und steckt sich erst mal eine Zigarette an. Wie üblich telefoniert Alfie.

«Ich rufe zurück», sagt er, und Clemens muss grinsen. Ist wie im Film, wo die Bürohengste auch immer schwer beschäftigt an der Strippe hängen und plötzlich auflegen, weil jemand im Büro erscheint.

«Als Nächstes will ich was über 'ne Heavy-Metal-Band in Bagdad machen», sagt Clemens.

«Junge, nicht hier drin rauchen», sagt Alfie, steht auf und reißt das Fenster auf.

«Du qualmst doch auch hier.»

«Am *Fenster.*» Er lehnt sich an den Schreibtisch. «Die Zeiten vernebelter Büros und Branntwein am Morgen sind vorbei – Bagdad?»

Clemens geht ans Fenster, raucht dort weiter. Unten pulsiert Berlin. Autolärm, Presslufthammer, Bauarbeiten. Wird das je was mit dem Potsdamer Platz?

«Dort gibt's fünf Girls, die dem IS mit Tattoos und Gitarrenriffs den Stinkefinger zeigen.»

Alfie greift nach dem Briefbeschwerer, der auf dem Tisch liegt, und wiegt den in den Händen – eine Schneekugel, in der ein Babyfoto seines mittlerweile zehnjährigen Sohnes abgebildet ist.

«Ich sollte dich anbrüllen», sagt er.

«Ach ja?»

«Was war das für 'ne Nummer mit dem Pick-up? Mercedes hat Freitag angerufen. Die Reparatur hat die mehr gekostet als die Überfahrt nach Peru!!»

«Scheiße.»

«Du sagst es!»

«Die sollen sich mal nicht so haben. Bei 'ner Rallye durch die Wüste kommt kein Wagen unbeschadet davon.» Clemens schnippt die Zigarette zum Fenster hinaus und schließt es.

«Kommt drauf an, ob man in vernünftigem Tempo durchfährt. Oder wie ein Vollidiot direkt in ein Wasserloch rast!»

«Ojo.»

«Wie bitte?»

«Nennt man so, ein Wasserauge. Und es war 'ne super Erfahrung. Für die Reportage, das werd ich gut verwenden können, vor allem ...»

«Genau. Wie Ronnie, den kann man jetzt auch *gut verwenden*! Auf Krücken nach Berlin zurück?! Dass der Kerl nach all den Jahren an deiner Seite überhaupt noch lebt, ist mir ein Rätsel!»

«Und du wirst es mir danken.»

«Danken?!»

«Weil's ein geiler Text wird. Mit geilen Fotos.»

«Du bist geil.» Alfie legt den Briefbeschwerer auf den Tisch zurück. «Ich will einen Brandy.»

Er reibt sich müde übers Gesicht. Dann öffnet er eine Schublade und zieht seine Zigaretten hervor.

«Freitag war hier Bombendrohung.»

«Was?»

«Hm. Das ganze Gebäude weiträumig abgesperrt. Komplette Evakuierung. War natürlich ein Fehlalarm. Päckchen ohne Absender.» Er zieht eine Zigarette aus der Schachtel.

«Haben sich Saalbeck und Thieme Dildos bestellt?», fragt Clemens. Das sind die grauen Eminenzen der Chefetage.

Alfie zündet sich die Zigarette an. «Sowas besitzen die doch schon.»

«Vielleicht waren die Batterien leer.»

Alfie lacht auf. «Kann sein.» Er öffnet das Fenster erneut, setzt sich dann aber in seinen Sessel. So viel zum Rauchen am Fenster …

«Oder sie haben dir ein Latexkostüm bestellt.»

«Mir?»

«Als Bonus. Oder als Ansporn, fürs neue Jahr.»

«Hm.» Alfie lacht in sich hinein, schlägt die Beine übereinander und wird dann nachdenklich, sieht dem Rauch nach, der zum Fenster hin fortschwebt.

Merkwürdig ist vor allem, dass er dann die Zigarette einfach auf dem Schreibtisch ausdrückt. Ganz langsam, mit absoluter Ruhe.

«Alfie …»

Verschmitzt grinsend blickt er zu Clemens auf.

«Junge. Wie wär's? Schreib du mal deinen *geilen* Text.» Er schnippt den Stummel zu Boden.

«Okay.» Clemens wendet sich zum Gehen, bleibt dann in der Tür stehen. «Gehen wir nachher Mittag essen?»

Alfie fegt den letzten Rest Asche vom Tisch, wischt sich die Hände und sagt: «Klar.»

«Dreizehn Uhr wie immer?», fragt Clemens und deutet wie ein Cowboy mit dem Finger auf ihn.

«Wie immer», sagt Alfie müde lächelnd.

«Ach, und sag mal, kennst du eine Wayra Petersen?»

Alfie lehnt sich in den Sessel, überlegt. «Nicht persönlich. Wieso?»

«Du weißt, wer sie ist?» Clemens lässt die Türklinke los und tritt wieder in den Raum.

Alfie faltet die Hände über dem Bauch. «Die war doch mit, äh, Chris A. Colvington, mit dem war die liiert.»

«Der Fotoreporter?»

Der ist vor ein paar Jahren in Syrien bei einem Raketenangriff ums Leben gekommen. Ein Brite, renommierter Kriegsberichterstatter, gerade mal achtunddreißig Jahre alt.

Alfie greift zur Maus und tippt *Colvington Ehre* in die Tastatur seines Computers.

«Genau, sie hat diese Rede gehalten», sagt er dann, auf den Bildschirm blickend. «Bei der Trauerfeier. Ich hab das Video damals gesehen, ziemlich rührend.» Er lässt die Hand sinken und lehnt sich wieder in den Sessel. «Was ist mit ihr?»

«Nichts, nicht wichtig.» Clemens wendet sich zum Gehen. «Bis nachher.»

Wayra war also durchaus schon mal scheiße drauf – er will gar nicht wissen, wie dreckig es ihr da ging. Und: Sie steht auf Reporter. Aber auf die Hartgesottenen. Verglichen mit denen ist er eine Wurst. Begibt sich alle Lichtjahre mal in ein Krisengebiet. Das muss sich ändern. Er wird ihr zeigen, dass er allemal so mutig ist wie ein Chris A. Colvington. Erst Bagdad – da hat Alfie ja schon so gut wie zugesagt. Und dann ... Na, wo ist es denn gerade sonst noch besonders gefährlich?

Krieg Giftgas Chaos gibt er bei Google ein. Kommt natürlich Syrien raus. Hätte er gar nicht zu googeln brauchen. Gut, dann wäre das auch geklärt. Jetzt muss er aber erst mal die Dakar runterschreiben.

Sein Notizheft liegt aufgeschlagen neben der Kaffeetasse auf seinem Schreibtisch sowie haufenweise Gekritzel auf Hotelpapier, Wortschnipsel auf Servietten, argentinische und bolivianische Zeitungen, die Papierrolle des Roadbooks der Uyuni-Etappe, der Plastikdino sowie ein Päckchen Kokablätter – Mitbringsel zur Inspiration. Auf dem großen Bildschirm hinter seinem Laptop sind zudem Ronnies Fotos geöffnet. Clemens setzt sich

Kopfhörer auf, ruft die Seite von *Radio Wayra* auf, und beginnt zu tippen.

Die Zeit vergeht wie im Flug. Gegen Mittag legt er die Kopfhörer ab und streckt sich. Sein Blick schweift durch das Großraumbüro, über die Kollegen, die an den vielen Schreibtischinseln hier im Raum verteilt sitzen, konzentriert lesen oder tippen. Einige unterhalten sich mit gedämpften Stimmen, in der Ferne das Telefonkonzert des Empfangs.

«Holst du mir 'nen Kaffee?», fragt Clemens Wiebke, die links von ihm sitzt und über die Auto- und Motorwelt berichtet.

Sie hat gerade irgendwas in ihrer Schublade gesucht, jetzt blickt sie ausdruckslos zu ihm auf und fährt in aller Ruhe den Mittelfinger aus.

«Alles klar», sagt Clemens und steht auf. Die ist bloß beleidigt, weil sie nie zur Dakar darf. Dabei hat er ihr ebenfalls *dulce de leche* mitgebracht. Im Gegensatz zu Mirja war Wiebkes Reaktion jedoch ein Naserümpfen mit dem Kommentar: «No Carbs, Clemens.» Keine Kohlenhydrate …

«Willst du auch 'nen Kaffee?», fragt Clemens. «Ich bring dir einen mit.»

«Ich trinke Lindenblütentee», sagt Wiebke kalt. «Seit drei Jahren.»

«Okay.» Clemens schneidet im Weggehen eine Grimasse. Max, der an der gegenüberliegenden Insel sitzt, bekommt das mit und grinst. Clemens schlendert durch den langen Flur am Konferenzraum und an Alfies Büro vorbei Richtung Redaktionsküche. An der Abzweigung zum Empfang vernimmt er das vertraute Läuten des Fahrstuhls, zwinkert Mirja zu, sieht, wie sich weiter hinten der Aufzug öffnet, und bleibt unvermittelt stehen.

Die grauen Eminenzen.

Was führt die denn hierher? Die kommen höchstens mal zur

Weihnachtsfeier vorbei. Obwohl die bloß eine Etage höher sitzen, schneien die nie spontan auf 'nen Kaffee herein.

Jetzt kommen sie in ihren maßgeschneiderten Anzügen und polierten Schuhen zielstrebig den Flur entlang und auf ihn zu. Clemens geht ein Stück beiseite, wirft einen Blick zu Mirja, die ebenso verwundert wirkt wie er. Die Herren Saalbeck und Thieme grüßen höflich im Vorbeigehen – dabei wissen die bestimmt nicht mal, wie er heißt –, Clemens grüßt knapp zurück und sieht ihnen nach.

Alles klar, es geht in Alfies Büro. Eigentlich muss das nix heißen. Aber Clemens wird mulmig zumute. Er schleicht an den Wasserspender schräg gegenüber von der Bürotür und tut so, als würde er ein Glas ziehen. Durch die offene Tür beobachtet er, wie die grauen Eminenzen an Alfies Schreibtisch treten, ihm die Hand schütteln, Worte mit ihm wechseln. Was genau, kann er von hier aus nicht verstehen, wohl aber Alfies Reaktion sehen. Erst lächelt er, gibt irgendwas zurück, vermutlich seinen typischen Smalltalk. Dann klopft ihm Thieme auf die Schulter. Schlagartig wechselt Alfies Gesichtsausdruck. Er wird matt. Schwerfällig erhebt er sich, blickt auf den Briefbeschwerer, fasst den an, als wollte er ihn anheben, und lässt es dann bleiben, streichelt nur einmal darüber. Thieme und Saalbeck treten an die Tür, warten dort auf ihn. Alfie glättet den Kragen seines Sakkos, setzt ein künstliches Lächeln auf und folgt ihnen.

Überrascht darüber, dass sie so plötzlich aus der Tür sind und schon wieder auf ihn zukommen, drückt Clemens auf den Wasserspender, vergisst aber, das Glas darunterzuhalten, und verschüttet Wasser über seine Schuhe. Thieme, der das wohl gesehen hat, wirft ihm einen verächtlichen Blick zu. Clemens will sich lässig an den Wasserspender lehnen, nach dem Motto «Was guckst du? Ist doch alles voll fly hier», verliert aber den Halt, weil das Scheißding nachgibt und fast umstürzt. Da sind Thieme und Saalbeck jedoch schon an ihm vorbei. Und solche Typen drehen sich nicht um. Für die gibt's nur *vorwärts*. Immer dem Goldstrom nach.

«Irgendwann muss jeder mal Mittag essen, Junge», sagt Alfie im Vorbeigehen.

Clemens' Herz rast, als er sieht, wie sie in den Aufzug steigen.

«Hey, Alfie!», ruft er. Dann versagt ihm die Stimme. Die Situation ist zu absurd.

Müde lächelnd reckt Alfie den Daumen in die Höhe, die Tür schließt sich. Er ist fort.

Clemens blickt zu Mirja. Die ahnt auch, was hier gerade abgeht. Steht steif wie eine Puppe hinterm Pult und starrt ihn mit bebenden Lippen und tränengefüllten Augen an.

Plötzlich läutet das Telefon. Hat bestimmt die ganze Zeit geläutet, aber jetzt ist es schrill, durchdringt die dumpfe Glasglocke, in der Clemens sich bis eben befand. Und Mirja reißt die großen Augen noch weiter auf. Eine Träne kullert ihre Wange hinab. Das Telefonklingeln bohrt sich weiter durch die Stille, wird unerträglich. Mirja hebt ab. Hört sich das an, was ihr am anderen Ende gesagt wird, legt auf. Zitternd greift sie in den Schlüsselkasten an der Wand, ignoriert die Tränen, die über ihr hübsches Gesicht fließen, kommt hinterm Pult hervor, geht an Alfies Bürotür, sperrt die ab und bricht zusammen.

Clemens zerquetscht den Pappbecher in der Hand, läuft mehrfach im Kreis, auf und ab, kreuz und quer, rauft sich das Haar. «Scheiße, Scheiße, Scheiße!» Wütend kickt er gegen den Wasserspender.

Der gluckert unbeeindruckt zurück.

Wie soll das denn gehen, *Playtime* ohne Alfie?

Redaktionsblues und Gerüchteküche

Die Neuigkeit verbreitet sich wie ein Lauffeuer. Erstickt die für gewöhnlich gute Stimmung in der gesamten Redaktion, dämpft jeglichen Arbeitselan. Im Open Space hat der Schock die Leute mitsamt ihren Stühlen von den Bildschirmen fortgeschwemmt, und viele sind an Clemens' Schreibtischinsel gestrandet, wo sie die Köpfe zusammenstecken und zu begreifen versuchen, was gerade passiert ist und was das für ihre Zukunft bedeutet.

Zwischendrin lässt sich Maaßen blicken, pfeift die Leute an die Arbeit zurück, versucht es zumindest. Der hält sich wohl jetzt schon für den neuen Chefredakteur. Ein paar Leute tun das auch, befolgen seine Befehle, aus Angst, ihren Job zu verlieren. Andere hingegen legen eher Revoluzzer-Verhalten an den Tag, klopfen Sprüche wie: «Das ist das Ende des freien Journalismus! *Playtime* ist nur noch auf Profit aus!», «Ohne Alfie hat *Playtime* keine Seele mehr!» oder «Wenn Alfie weg ist, dann geh ich auch!»

Sie bleiben trotzdem.

Am Nachmittag verfliegt schließlich jeder noch so kleine Hoffnungsschimmer, dass Alfie wirklich bloß Mittag essen war. Ein paar Typen von der Haussicherheit kommen und räumen sein Büro leer. Privates aus den Schubladen, Persönliches aus den Regalen und vom Tisch landet in Kartons, darunter auch der Briefbeschwerer.

«Drecksäcke», sagt Jakob. «Das dürfen die gar nicht.»

Clemens sieht ihn fragend an.

«Ist Privatzeug», sagt Jakob. «Eigentlich darf das nur Alfie persönlich abholen.»

Clemens will die Kerle aufhalten. Aber Jakob hält ihn am Arm zurück, schüttelt langsam den Kopf.

«Tu's nicht. Wenn die mit Alfie so 'ne Nummer fahren, werden die nicht mit der Wimper zucken, um dich ebenfalls vor die Tür zu setzen.»

Clemens sinkt in den Sessel zurück. Fegt mit dem Handrücken eine Tasse voller Schreibutensilien vom Tisch.

«Darling», sagt Nana und steckt sich eine Zigarette an, obwohl hier seit Jahren Rauchverbot herrscht. «Das ist ganz Alfie. Er hat sich sicher geweigert, seine Sachen abzuholen.»

«Trotzdem dürfen die das nicht», sagt Jakob.

Nana zieht achselzuckend an der Zigarette und reicht sie dann Clemens.

An Arbeiten ist an dem Tag jedenfalls nicht mehr zu denken. Manche weinen, andere fluchen, vor allem aber wird viel geredet. Plötzlich hat es jeder Dritte geahnt – hat eine Anekdote zum Besten zu geben, voller Anzeichen für den unvermeidlichen Rausschmiss. Clemens könnte mit dem merkwürdigen Telefonat auf der Reise zur Dakar-Rallye punkten. Tut er aber nicht. Ist ihm zu blöd, sich mit so was Seichtem, Faktenlosem zu profilieren. Lieber will er wissen, wie es Alfie jetzt geht. Mehrfach versucht er ihn anzurufen. Der hebt nicht ab. Natürlich nicht. Er braucht erst mal Zeit für sich.

Alle erhalten ein Memo für eine außerordentliche Redaktionssitzung am kommenden Morgen.

Es wird viel spekuliert.

«Maaßen? Im Ernst?», fragt Max und wirkt schon bei der Frage nicht überzeugt.

Nana schüttelt müde den Kopf. «Maaßen ist zu bieder und

nicht durchsetzungsfähig genug. Wenn ihr mich fragt, holen die jemand Neues rein.»

«Aber warum dann schon morgen eine außerordentliche Sitzung?», fragt Wiebke. «In dem Fall wäre Maaßen doch nur logisch: fließender Übergang.»

Nana schüttelt langsam den Kopf und nippt an ihrem Kaffee.

«Ficken», sagt Max dann und starrt ungläubig ins Leere. «Sie haben es einfach schon 'ne ganze Weile geplant. Insgeheim gecastet. Verhandlungen geführt – mir kommt das Kotzen.»

«Ist bloß die Frage, wen? Wer wird's sein?», fragt Timo, der über Hightech und Wissenschaft schreibt. «Ich hab jedenfalls nichts gehört, nicht das kleinste Gerücht. In den letzten Wochen hat sich alles um *Juicy Assets* gedreht. Die Hoppe hat wohl gezögert, ob sie von *GQ* weggeht, auch der Thalbach vom *Matador* und weiß der Geier wer, aber die bleiben wohl doch alle hübsch in ihren Häusern.»

«Vielleicht Faltmeyer oder wie der heißt, von *Men's Health*?», fragt Max.

«Faltermeyer?», fragt Wiebke. «Nee, *der* geht doch jetzt zu *J.A.*»

«Echt?», fragt Timo.

«Ich tippe auf Heiko», sagt Jakob genau in dem Moment, als Textchef Heiko voller Elan das Open Space betritt.

«Was ist mit mir?», fragt der und bleibt am Tisch stehen.

«Dass du der neue Chefredakteur wirst», sagt Clemens.

«Ach, wirklich?» Heiko nickt nervös und wirkt keinesfalls erfreut. «Ich sag euch, was ich zuerst werde: euer Albtraum! Leute! Wir haben hier ein Online-Tagesgeschäft zu erledigen. Die Siebziger sind vorbei!»

Abwartend starrt er sie an. Niemand rührt sich. Alle blicken verwundert zurück.

«Na, die Siebziger!!», schreit er. «Wo man sich alle paar Wochen mal 'nen Artikel fürs Print aus der Nase gepopelt und den Rest der Zeit behaarte Mösen gepoppt hat!» Er haut mit der Faust auf den Tisch und dampft wieder ab.

«Was ist denn in den gefahren?», fragt Jakob und atmet laut aus.

«Vielleicht hat Maaßen ihm mit Analsex gedroht», sagt Max.

Wiebke zieht die Brauen zusammen und schüttelt den Kopf. «Heiko wird's nicht. Der macht seinen Job zu gut.»

Niemand geht an die Arbeit zurück.

«Stimmt. Wir gehorchen ihm absolut», sagt Max.

«Darum geht's doch gar nicht», fährt ihn Wiebke an. «Ich meine *generell.* Wenn hier halt nicht gerade Weltuntergang ist. Heiko ist tough, aber umgänglich, er kann gut mit uns und mit der Chefredaktion – zu gut. Die werden ihn nicht befördern.»

«Aber wer wird's dann?», fragt Jakob. «Bleiben nicht mehr viele übrig.»

«Jemand, der gut aufräumen kann. Neuen Wind reinbringt, um die Auflagen wieder zu erhöhen.» Nana zuckt mit den Schultern und streicht sich durch das lange tiefschwarze Haar.

Nach und nach kehren die Leute an ihre Schreibtische zurück, arbeiten ein wenig – jedes Wort ein zäher Prozess, als wäre epidemisch eine Kreativitäts- und Schreibblockade über die Redaktion hereingebrochen. Irgendwann zaubert jemand Schnaps aus einer Schublade, und alle genehmigen sich einen.

Besser wird's dadurch nicht. Besser als mit Alfie, das wissen hier alle, wird's bei *Playtime* nie wieder.

Ihm geht's nämlich noch dreckiger

Den Bugatti musste er noch bei Tom abgeben, ist dort aber bloß fünf Minuten geblieben – Tom war auf dem Sprung, und Clemens hatte sowieso keine große Lust zu reden. Einen Döner um die Ecke bei Rüyam, und anschließend ist er direkt heim und unter die Bettdecke gekrochen. Hat eine Nachricht von Ronnie ignoriert und auch die Anrufe von Kollegen anderer Magazine. Netflix hat er angeworfen, und während der zweiten Folge *Suits* ist er eingeschlafen, so erschöpft war Clemens von dem Tag.

Er erwacht betrübt, weiß nicht sofort weshalb, und dann fällt es ihm ein: Alfie.

Ist wie ein Faustschlag. So morgens, um acht, auf nüchternen Magen. Er sollte echt mal Frühstückskram besorgen, Müsli oder so was. Um für derartige Situationen gewappnet zu sein. Lust auf die Redaktion hat er jedenfalls keine. Aber vermutlich würde sowieso keine Schrippe der Welt etwas daran ändern. Clemens rafft sich trotzdem auf. Er fährt zum Potsdamer Platz, betritt das Verlagsgebäude, wird mit dem morgendlichen Flow an Angestellten in den Fahrstuhl gespült und wie gewohnt im siebten Stock ausgespuckt, wo er Mirja zuzwinkern will.

Bloß steht die nicht am Empfang.

Er entdeckt sie fünf Meter weiter vor Alfies … also, dem Büro der Chefredaktion, mit einer Mappe in der Hand, und sie steht dort, also, sie redet mit … Nö.

Clemens bleibt wie angewurzelt stehen. Er spürt das Pochen in der Halsschlagader, wie es schneller wird. Blickt weg. Kratzt sich hinterm Ohr. Sieht erneut hin. Ist keine Einbildung. Die steht dort wirklich. Sein Puls beschleunigt noch mehr. Und es liegt nicht am morgendlichen Kaffee. Den hat er ja noch nicht gehabt. Er überlegt einen Moment, ob er nicht einfach kehrtmachen soll. Nach dem Motto «Nicht mein Film, nicht mein Leben, da mach ich nicht mit». Einfach mal in ein anderes Stockwerk fahren, gucken, was dort so abgeht, ob ihm das nicht eher zusagt. Vielleicht ist er auch einfach falsch ausgestiegen. In so 'ne Parallelwelt, wo eine *andere* Mirja –

Verdammt, das kann doch nicht wahr sein!

Die Frau, die dort steht und sich mit Mirja unterhält. Die Frau, die wichtig zu sein scheint, weil Mirja unentwegt Notizen in ihre Mappe kritzelt und zu allem nickt, was sie sagt. Die Frau. Ist.

Blöde Bitch.

Klar, könnte er sich jetzt einreden, die ist nur zu Besuch hier, wollte mal Hallo sagen, alles ganz harmlos. Aber sein Instinkt sagt ihm etwas anderes. Und wenn er sich auf eines verlassen kann, dann darauf.

Zielstrebig steuert Clemens auf sie zu. Mirja ist so überrascht, als sie ihn plötzlich neben sich bemerkt, dass ihr fast die Mappe aus den Händen rutscht. Vor allem, weil Clemens ihr nicht wie gewohnt grinsend zuzwinkert. Er versucht Fassung zu wahren, sich die Wut nicht anmerken zu lassen. Scheint nicht ganz zu funktionieren.

«Oh, Clemens ...», stottert Mirja. Sie wendet sich an die Bitch, die gerade irgendwas in ihrem Smartphone checkt. «Das ist Clemens V...»

«Clemens Voss», sagt die und blickt vom Handy auf, so völlig selbstverständlich. Starrt ihm direkt in die Augen. «Ich freue mich auf unsere Zusammenarbeit.»

Sie hat diesen Blick. Diesen Emoblick, den Hollywoodschauspielerinnen immer in Filmen haben, wenn sie jemand Totgeglaubtes oder so wiedersehen. So ein strahlendes Lächeln in den großen Augen, hinter dem sie starke Gefühle, ja, vielleicht Tränen zu verbergen versuchen. So glotzt die ihn gerade an.

Alles klar, Wayra Schätzchen.

Die soll sich jetzt mal ruhig mies fühlen, aber bitte schön so richtig mies. Ihm geht's nämlich noch dreckiger.

«Ich habe deine Reportagen gelesen», sagt sie jetzt.

«Genau», sagt er. «Und du bist?»

Er spürt Mirjas zitternde Hand an seinem Arm, als hätte sie Angst, dass er gleich auf Wayra losgeht. «Frau Petersen ist die neue ...»

«Mir gefallen deine Erzählansätze und Perspektiven», sagt Wayra.

«Wer bist du?», fragt Clemens.

«Die neue ...», sagt Mirja.

«Ich will's von ihr hören», sagt Clemens. «Sag doch mal, Frau Petersen. Was machst du hier?»

«Du kannst schreiben», sagt Wayra.

«Chefredakteurin!», ruft Mirja. «Sie ist die neue Chefredakteurin.»

Clemens' Puls schlägt jetzt so stark, als würde seine Halsschlagader jeden Moment explodieren. Er presst die Lippen aufeinander, nickt fassungslos. «Chefredakteurin.» Er schluckt. «Na dann. Sicher ist meine Arbeit nicht so beeindruckend wie die eines Chris Colvington.»

Ha. Getroffen. Jetzt bröckelt ihre Fassade. Damit hat sie wohl nicht gerechnet.

«A», sagt sie bloß.

«Wie *A*?»

Wayra blinzelt, braucht einen Moment. «Chris *A.* Colvington.» Ihre Augen glänzen feucht. «Das war ihm immer wichtig.»

«Aha.»

Sie atmet ein und hält sich kerzengerade, sieht jetzt noch anmutiger aus.

«Seine Bilder waren stark», sagt sie ruhig. «Du schreibst besser.»

Clemens nickt, reibt sich übers Kinn. «Danke.»

Er will weg, fort von dieser Frau. Dann überlegt er es sich anders, macht kehrt und fragt forsch: «Wofür steht denn das überhaupt? Das A?»

Wayras Blick signalisiert ihm: *Bitte. Bitte hör auf damit.*

Clemens will aber nicht aufhören, unruhig wippt er von einem Fuß auf den anderen. «Das hab ich mich nämlich immer gefragt», sagt er. «Das A.» Er hält inne, sieht ihr direkt in die Augen. «Steht das für *Alfie*?»

Ein dumpfes Geräusch. Mirja ist die Mappe nun wirklich aus den Händen gefallen. Hektisch sammelt sie die Blätter auf, murmelt Dinge wie «Oh nein, Entschuldigung …».

Wayra starrt ihn bloß an. Erwidert nichts. Er wirft ihr einen letzten Blick zu, einen, mit dem er ihr sagen will, dass sie für ihn gestorben ist. Dann wendet er sich ab und nimmt den Flur Richtung Open Space. Will nicht mal mehr ’nen Kaffee aus der Redaktionsküche besorgen. Da müsste er ja ein weiteres Mal an ihr vorbei.

Nein, danke.

Soweit es möglich ist, wird er dieser Frau aus dem Weg gehen.

Jakob ist so freundlich, ihm einen Kaffee mitzubringen. Und an der Tasse hält er sich fest, als sie sich um kurz vor zehn zur Redaktionssitzung aufmachen.

Der große Konferenztisch ist schon fast komplett besetzt, als Clemens den Raum betritt. Und irgendwie sind hier mehr Leute als sonst. Also auch solche, die überhaupt nicht fest zur Redaktion gehören.

Mandy und Cindy etwa.

Das sind Playmates. Sie hatten Furore mit der Weihnachtsausgabe 2015 gemacht. Eigentlich hätte *Playtime* dafür jede Menge Preise abräumen sollen. Doch die Fotostrecke war zu skandalös. Niemand hat sich getraut, ihr Werk zu honorieren. Mandy und Cindy hatten sich lasziv in verschiedenen Gottesstätten ablichten lassen. War natürlich alles fake und Studio. Genauso fake wie ihre Titten, Lippen, Wangenknochen. Bloß hatten der betreffende Fotograf und die Bildredaktion – sprich Nana – dermaßen gute Arbeit geleistet, jedenfalls weitaus bessere als Mandys und Cindys Schönheitschirurgen. Das Setting sah also dermaßen echt aus, dass sämtliche Priester, Imame und Rabbiner daraufhin auf die Barrikaden gingen. Sogar die *Bild* berichtete darüber. Angeblich wurde auch eine Fatwa gegen die Girls erlassen. Aber da ist sich Clemens nicht ganz sicher. Andererseits werden diese Fatwas ja heutzutage gegen jeden Furz ausgerufen. Ganz sicher ist er sich jedoch, dass die Girls auf einer Redaktionssitzung nichts zu suchen haben.

Müller rempelt ihn an. Entschuldigt sich natürlich nicht. Aber Clemens ist das egal. Der könnte ihm heute sogar in den Arsch kneifen, er würde nicht reagieren, so was von überhaupt keine Lust hat Clemens auf die Sitzung. Er hockt sich in die hinterste Ecke, auf einen der Stühle, die eigentlich gar nicht mehr am Tisch stehen. Neben Jakob und Timo, in die Nähe von Mandy und Cindy. Die Girls blicken scheu und eingeschüchtert um sich. Verbreiten mit jeder Bewegung eine schwere dicksüßliche Parfümwolke, vermutlich um sich unsichtbar zu machen. Bewirkt natürlich genau das Gegenteil. Alle Journalisten nehmen sie wahr, stutzen dann oder suchen erklärende Blicke bei den Kollegen.

Aktuelle Bestandsaufnahme: Wayra hat Alfie vom Thron gekickt und ist Chefredakteurin. Mandy und Cindy sind feste Redaktionsmitglieder.

Fazit: Schlimmer kann's nicht werden.

Clemens greift sich eines der Blätter zum Sitzungsablauf, die gerade rumgereicht werden, lehnt sich in den Stuhl zurück und wedelt damit den Mandy-und-Cindy-wir-haben-Angst-Duft weg. Versucht es zumindest. Lässt dabei auf sich einprasseln, was Saalbeck und Thieme zu ihrem neuen Zugpferdchen zu sagen haben. *Playtime* braucht frischen Wind, und wer wäre da besser geeignet als Fräulein Schlangenbeschwörerin, frisch eingeflogen vom Big Apple, bla bla bla – die Sabbatical-ich-muss-über-Chris-AAA-Colvington-hinwegkommen-Weltreise lassen sie natürlich aus.

«Frau Petersen, die Frau, die weiß, was Männer mögen und brauchen», schließt Thieme die Vorstellung ab.

Und Saalbeck korrigiert: «Die Frau, die weiß, was der *moderne* Mann braucht.»

«Genau», murmelt Clemens. Er könnte kotzen.

«Sieht sympathisch aus», flüstert ihm Jakob zu.

Clemens könnte doppelt kotzen.

Am anderen Ende des Tisches ordnet Wayra ihre Unterlagen, bedankt sich bei Saalbeck und Thieme, räuspert sich. Mirja wirft eine PowerPoint an die dahinterliegende Leinwand. Das *Playtime*-Logo erscheint in großen Lettern.

«Ich freue mich auf die Herausforderung», wendet sich Wayra an die Leute, natürlich mit ihrem hübschesten Lächeln und ihrer geilsten Stimme. «Es wird eine spannende Zusammenarbeit. Ich habe richtiges Glück, in einem derart talentierten Team gelandet zu sein.» Strahl, strahl. Fotze. Im Hintergrund wechselt

Mirja passend die Präsentations-Slides. «Jede und jeder von Ihnen bringt außerordentliches Talent und Know-how mit ...»

Clemens versucht wegzuhören. Nicht auf ihre betörende Stimme einzugehen. Diese Ihr-hört-gut-zu-und-nickt-zu-allem-was-ich-sage-weil-ihr-genau-wisst-dass-keine-euch-so-gut-blasen-kann-wie-ich-Stimme. Fick dich, Wayra.

«Oh Mann, wenn die so anfängt, uns Honig ums Maul zu schmieren – kein gutes Zeichen», murmelt Timo, während er sabbernd nach vorn starrt. Überhaupt wirken alle gebannt von ihr. ALLE – bis auf Jakob. Aber der hat 'nen Tinnitus.

«Ist die Kommunistin?», fragt der. Clemens sieht ihn verwundert an.

«*Team, zusammen ...*» Er rollt mit den Augen. «Und warum bedient sie den Beamer nicht selbst?»

Clemens muss grinsen.

«Let's face facts», sagt Big-Big-Apple-Wayra, «*Playtime* ist in den roten Zahlen, die Auflagen waren nie so niedrig, die Anzeigenkunden schauen sich woanders um. Aber –» Sie macht so 'ne beschissene Kunstpause. Blickt jeden in der Runde an, nach dem Motto: Ihr seid mir alle unglaublich wichtig. Dreifaches Kotzen. «Dank unserer kollektiven Intelligenz und Kreativität werden wir gemeinsam ...»

«*Rot, kollektiv ...*», murmelt Jakob skeptisch. Und Clemens lehnt sich zu Mandy und Cindy rüber und fragt: «Was macht'n ihr hier?»

Die beiden gaffen ihn an, als sei er ein Ufo.

«... weg vom Fenster zur Welt», sagt Wayra jetzt, und da muss Clemens aufhorchen. Fenster zur Welt. Das ist sein Revier. Und natürlich glotzt sie bei den Worten in seine Richtung. Clemens zieht die Augenbrauen zusammen, spitzt die Ohren. «... hin zum Mann im Alltag. Denn genau dort müssen wir den Leser abholen. Es ist Zeit für Neues. Wir müssen uns den Bedürfnissen des modernen Mannes anpassen.»

«Den Bedürfnissen des Mannes oder der Anzeigenkunden?», wirft Max in den Raum.

Allgemeines Gemurmel.

Max, der weiter vorn an der linken Tischseite sitzt, lässt sich also ebenfalls nicht von Wayra betören. Er spielt mit einem Kugelschreiber, dessen Spitze er wiederholt auf die Tischplatte fallen lässt, rümpft die Nase und schiebt seine Nickelbrille hoch.

«Ich denke, wir sind uns einig», sagt Wayra, «dass kein Leser je ein Magazin wegen der großartigen Autowerbung darin gekauft hat – höchstens vielleicht in den 90ern.» Ein paar Leute lachen. «Und selbst dafür möchte ich die Hand nicht ins Feuer legen. Umgekehrt jedoch durchaus: Je mehr Leser wir gewinnen, desto mehr Anzeigenkunden und desto mehr zahlen die. Und je mehr Anzeigen – na, das erklärt sich wohl von selbst.» Pause. Dann: «Wir werden die Blattlinie umdenken.»

Absolute Stille.

Thieme und Saalbeck nicken zustimmend.

Die Blattlinie umdenken. Clemens sieht vor seinem inneren Auge, wie ihn androgyne Models mit Hipsterbärten, umgeben von *Juicy Assets*-Playmates, schadenfroh angrinsen. Die Hipster prosten ihm mit Babyflaschen zu, und die Playmates pressen kichernd ihre Brüste zusammen, zischend strömt Luft aus ihren Nippeln, ihre Ballons erschlaffen …

In Wirklichkeit sind es Mandy und Cindy. Die kichern verunsichert, weil Wayra sie wohl gerade angesprochen hat und jetzt alle Anwesenden ihre Blicke auf sie richten.

«Ressort Abenteuer geht komplett online. Neues Format. Sexy Girls suchen den Nervenkitzel», sagt Wayra und nickt den Mädels zu. «Wöchentliche Posts auf *Inside* und Instagram.»

Clemens' Rachen fühlt sich trocken an, er blickt zu den Playmates und dann zu Wayra, hebt die Hand und sagt, noch bevor er dazu aufgefordert wird: «Wie ist das zu verstehen?»

Wayra sieht ihn mit klaren Augen an.

«Wie ich schon sagte: ein neues Format. Mandy und Cindy werden sich künftig um die Reportagen ...»

«Ich bin für Abenteuer zuständig. Das ist mein Ressort.»

«Nun.» Sie räuspert sich. «Jetzt nicht mehr.»

Clemens schluckt. Hat er richtig gehört? Ihn durchfährt eine Welle des Zorns. «Wie bitte?»

«Die derzeit mehr als desolate Situation von *Playtime* erfordert drastische Maßnahmen sowie die Bereitschaft eines jeden von uns, sich neuen Herausforderungen zu stellen.»

«Sie wollen Mandy und Cindy in Krisengebiete schicken? Das ist keine Herausforderung. Das ist leichtsinnig und verantwortungslos. Ebenso gut können wir sie gleich hier aus dem Fenster werfen.»

Mandy und Cindy sehen ihn mit dem angsterfüllten Blick von Zuchtkaninchen an, die man soeben in der freien Natur ausgesetzt hat.

«Wann waren Sie zuletzt in einem Kriegsgebiet, Herr Voss?», fragt Wayra.

Clemens will vor Wut an die Decke springen. Sein Herz rast.

«Seien wir realistisch, Herr Voss. Wenn ein Kerl heute die Wahl hat zwischen Indiana Jones und dem neuesten Action-Streifen mit Scarlett Johansson – welchen Film wird er wohl wählen?»

Allgemeines Gelächter.

«Mandy und Cindy in abenteuerliche Situationen zu schicken ist nicht leichtsinnig», fährt Wayra fort. «Es ist ein frischer Erzählansatz. Sex *und* Adrenalin. Das dürfte eine Menge Männer ansprechen.»

Saalbeck und Thieme nicken wieder. Wie diese solarbetriebenen Püppchen, die zu wippen beginnen, sobald man sie ins Licht stellt. Wayra signalisiert Mirja, die nächste Präsentationsfolie an die Wand zu werfen.

«Der Leser braucht ’ne Identifikationsfigur. Klar, Scarlett Johanson findet er geil, mit der will er ficken. Aber identifizieren wird er sich mit Indiana Jones», sagt Clemens. «Meinetwegen sollen sich Mandy und Cindy online austoben. Aber meines Erachtens ist es essenziell, im Print das bisherige Abenteuerformat beizubehalten. Mit Reportagen aus *Männer*perspektive.»

«Einen frisch gewordenen Vater interessiert nicht, ob es in Afrika das letzte Dorf der freien Liebe gibt oder wie man an den Nordpol radelt. Der will bloß wissen, wie andere Männer mit der Elternzeit umgehen, ob er noch Sexappeal hat, wenn er einen Kinderwagen vor sich herschiebt. Oder wie er trotz schlafloser Nächte und Windelwechseln die Libido nicht verkümmern lässt.»

«Mich interessiert das nicht», sagt Clemens trocken.

«Es geht darum, den Bedürfnissen des *modernen* Mannes entgegenzukommen, damit das Blatt weiterhin existieren kann. Wir müssen uns unserer Zeit anpassen.»

«Ich bin ein Mann», sagt Clemens.

«Herr Voss. Ihre Männlichkeit wird nicht in Frage gestellt. Im Übrigen bin ich nicht hier, um mit Ihnen zu debattieren.»

«Doch keine Kommunistin», murmelt Jakob neben ihm.

Clemens stützt die Ellbogen auf die Schenkel und fasst sich an den Kopf.

«Gut», sagt Wayra. «Nun, da das geklärt ist ...»

Aber für Clemens ist nichts gut und nichts geklärt. Sein Magen dreht sich um. All die schönen Gefühle, die er für sie hatte, sind nun nichts als Schmerz, er fühlt sich wie ein verwundetes

Tier, dessen Unterleib mit einem Eispickel zerfetzt wurde. Wie hat er sich derart in Wayra täuschen können?

«Step out of your comfort zone», sagt sie und lächelt souverän in die Runde. Auf der Wand hinter ihr ist ein Schema mit dem Aufbau des Magazins zu sehen, für jedes Ressort eine andere Farbe. Mirja klickt auf die Fernbedienung, und mit jedem Klick verschwindet eine der Kategorien, bis die Leinwand jungfräulich weiß ist. Damit einhergehend kommt erneut Gemurmel im Saal auf.

«Um den modernen Mann anzusprechen, müssen wir in neuen Ressorts denken. Und genau so wird ab Juni unser neues Format aussehen.»

Das Gemurmel wird aufgebrachter. Wayra lässt sich nicht aus der Ruhe bringen. Sie nickt Mirja zu, mit den Slides fortzufahren. Mirja betätigt die Fernbedienung, ihre Hand zittert jetzt. Neue Farben werden an die Wand geworfen, mit neuen Ressortnamen, sortiert nach Print und Online. Clemens möchte den Saal auf der Stelle verlassen. Was vorhin bloß dahingesagt worden war, wird jetzt konkret: Abenteuer ist komplett online, *Abenteuer mit Mandy und Cindy.*

«Im Printbereich behalten wir die klassischen Themen, für die *Playtime* berühmt ist, sprich: hochwertige Erotik-Fotostrecken, Kultur, Auto- und Motorwelt sowie unsere investigativen Politikreportagen.»

Neben Clemens ballt Jakob die Faust zum Sieg. Sein Job bleibt gesichert. Und Clemens fragt sich, wo er bleiben wird. Auto- und Motorwelt wäre das geringste Übel und das Logischste. Immerhin kennt er sich in dem Bereich aus.

«Hinzu kommen drei neue Ressorts, speziell auf die *Needs* des Mannes im Alltag zugeschnitten», sagt Wayra. «Diese werden sowohl im Print- als auch im Online-Bereich abgedeckt werden.»

An der Wand erscheinen in Pink, Hellblau und Grau drei neue Themen. «Beauty & Wellness, Lifestyle & Mode sowie Leben & Liebe.»

Viele, vornehmlich die Männer unter den Redaktionsmitgliedern, beginnen zu kichern.

«Pussy geht auf Snapchat.»

Noch mehr Gelächter. Tja, manchmal geht's auf 'ner *Playtime*-Redaktionssitzung zu wie beim Sexualkundeunterricht für Teenies.

Wayra nimmt es gelassen.

«Alles, was dirty, gritty und skandalös ist», fährt sie fort, «wird in Form von Snaps und Storys gepostet. Weshalb?»

Sie blickt zu Timo. Zeigt damit, dass sie genau weiß, dass der für Hightech und neue Technologien zuständig ist. Über jeden hier im Raum weiß sie Bescheid. Hat sie alles genauestens recherchiert. Wie sie auch wusste, wer Clemens ist. Von Anfang an hat sie das gewusst.

«Snaps sind vergänglich, bloß einmal sichtbar, dann weg», sagt Timo achselzuckend. «Und es zieht junge Typen an.»

«Junge *Leute*», sagt Wayra. «Männer, Frauen, die Zukunft.»

Und Clemens' Zukunft?

«... Die Leitung für Beauty & Wellness übernimmt Herr Voss.» Sie grinst ihn fröhlich an.

Clemens, der bis eben wieder nur halb hingehört hatte, kippt die Kinnlade runter. Hat er gerade richtig gehört? Beauty & Wellness?? Was ist das überhaupt? Was soll er damit anfangen? Er schüttelt fassungslos den Kopf, steht mechanisch auf, schiebt sich an den dicht aneinandergedrängten Stühlen und verwundert glotzenden Visagen vorbei Richtung Tür.

«Herr Voss? Wo wollen Sie hin?», fragt Wayra mit einem festgefrorenen Lächeln. «Herr Voss ...?»

Clemens starrt sie bloß apathisch an, wischt dabei mehrfach mit der Hand vor dem Gesicht, während seine Beine ihn zum Ausgang bringen.

Als er die Tür hinter sich schließt, fällt eine Last von ihm. Der stille Flur wirkt augenblicklich beruhigend auf ihn. Das Geräusch seiner Schritte wird angenehm vom Teppichboden verschluckt, er fühlt sich in Sicherheit, mit jedem Schritt mehr, den er sich vom Konferenzrauminferno entfernt. Am Wasserspender schenkt er sich ein Glas ein. Sein Blick fällt auf die Tür zu Alfies ehemaligem Büro. Noch gestern um diese Uhrzeit war es sein Reich. Irre, wie schnell die Dinge umschlagen können. Von einer Sekunde zur nächsten. Alles anders. Clemens prostet in Gedanken Alfie zu und leert das Glas in einem Zug. Mutti wäre stolz auf ihn. *Beim Fliegen viel trinken*. Aber das hier ist kein Flug. Es ist ein Absturz. Eine Bombe namens Wayra ist mal eben in sein bislang eigentlich ganz cooles Leben eingeschlagen. Das kühle Wasser erfrischt ihn, macht ihn wach, schärft seine Sinne. Es geht hier um mehr als bloß um ihn. Denn wenn es nur das wäre, dann könnte er einfach kündigen und bei der nächstbesten Zeitschrift anheuern. Zack. Problem gelöst. Aber es geht hier um mehr. Es geht um den Mann an sich. Wie der heutzutage zu sein hat, wie der sich verhalten soll, was der darf und was der nicht alles braucht, um überhaupt sein zu *dürfen*.

Hat sich der Wandel nicht in der letzten Zeit, gar in den letzten Jahren bereits angekündigt? Vor seinem inneren Auge sieht Clemens die androgynen Männer aus den Werbekampagnen, die Filme mit den verweichlichten Helden, die er sich diesen Winter mit Alla hatte reinziehen müssen, hört, wie sich Tom über die sonderbaren Modetrends für Männer auslässt, denkt an Hagen, der einfach mal gar nichts mehr darf. Er könnte sich ohrfeigen, nicht eher alarmiert gewesen zu sein. Aber bisher hat es ihn ja auch nicht direkt betroffen. Bisher hat ihn niemand dazu verdonnert, über Männerpflege oder Wellness-Oasen zu berichten.

Sein Blick fällt auf die Bildergalerie der früheren *Playtime*-Cover an der gegenüberliegenden Wand. Ein Magazin, das für provokative, die Gesellschaft hinterfragende und aufwühlende Beiträge berühmt wurde – seien es die Fotostrecken oder die Artikel – und das die Leute aufregte, verstörte und letztlich dadurch zum Nachdenken brachte. Dieses Magazin will sich nun dem Diktat der Konsumindustrie unterwerfen, brav mit dem Strom schwimmen, mit dem Ziel – ja, mit welchem Ziel? Hallo, Aktienkurse und Globalisierung. Natürlich. Um möglichst viel Profit zu machen. Er geht hinüber, sieht sich jedes Cover der vergangenen Jahrzehnte ganz genau an. Nicht bloß die sexy Girls, die darauf prangen, sondern auch die Titelthemen und Aufhänger. *Per Anhalter zum Prager Frühling. Überleben als Lachsfänger in Alaska. Die düsteren Geheimnisse des Amazonas. Touri-Business am Mount Everest. Spaziergang durch Fukushima.* Bisher haben *sie*, sprich die Redaktion, entschieden, was den Mann interessieren könnte. Jetzt diktiert es der Markt, genau genommen die Anzeigenkunden.

Mit zusammengekniffenen Augen blickt er auf das *Playtime*-Cover November 1999. Playmate Aglaia grinst zurück. War vor seiner Zeit hier. Aber er erinnert sich noch genau, wie er dieses Cover mit sechzehn Jahren im Werkzeugschuppen seines Vaters entdeckt hat. Wie er sich daraufhin verstohlen umsah und es unter seinem Sweatshirt rausschmuggelte, damit er es mit einer Taschenlampe unter der Bettdecke lesen konnte. Aglaia. Für die ging damals eine Menge Zewa Wisch & Weg drauf. Vor allem aber waren da neben Aglaias heißen Posen auch Artikel drin, die spannend waren. Ein Interview mit Ed Norton über *Fight Club*. Damals sein Lieblingsfilm, ach was, ein Film, der Clemens'

Weltsicht veränderte! Und dann war da diese Reportage. Über den umstrittenen Bundeswehreinsatz im Kosovo. Zuvor hatte Clemens nicht viel über den Krieg in Jugoslawien nachgedacht. Wusste bloß, dass es da übel zuging. Aber in der Aglaia-Ausgabe der *Playtime* las er von einem furchtlosen Reporter, der sich in das Kriegschaos begeben hatte und alles, was in den gängigen Medien darüber berichtet worden war, kritisch hinterfragte. Ein Reporter, der sich in die Krisengebiete gewagt und Zivilisten begleitet hatte. Das war der Auslöser. Nachdem er die Reportage damals gelesen hatte, stand für Clemens fest: So einer wollte er auch werden. Ein Reporter, der genau hinsieht, wie es wirklich ist in der großen weiten Welt. Und nebenbei natürlich Frauen wie Aglaia vögeln, also, in echt vögeln, damit Mutti nicht mehr nachfragen muss, wo denn das ganze Zewa hin ist.

Hätte man ihn jedenfalls *vor* diesem *Playtime*-Schlüsselerlebnis gefragt, welche Bedürfnisse er als Leser so hat, er hätte geantwortet: «Titten.» Wie dankbar ist er also, dass die Redakteure damals lieber selbst entschieden, was sie den Lesern – abgesehen von Titten – sonst noch vorsetzten. Stimmt doch. Woher soll man wissen, dass man etwas mag, wenn man vorher gar nicht wusste, dass es das gibt?

Er reibt sich übers Gesicht.

Beauty & Wellness? Okay. Wenn es das ist, was Wayra will. Die Welt hat er in den letzten Jahren genug bereist. Jetzt kriselt es hier, in der Männerwelt –

«Beauty & Wellness.»

Er schüttelt ungläubig den Kopf. Na, die kann sich auf was gefasst machen, die Frau Petersen. Er wirft den Becher in den Müll und marschiert entschlossen auf den Konferenzsaal zu.

Beauty & Wellness. Der Kampf hat gerade erst begonnen.

Sie wollten mich sprechen?

Natürlich sieht sie scheiße gut aus. Und natürlich fühlt er sich noch zu ihr hingezogen. Ressentiments hin oder her. Allein wie sie nun am Fenster steht und ihm ihr hübsches Profil zeigt. Ein Kippchen raucht und gedankenversunken auf den Potsdamer Platz hinausblickt.

Immerhin gibt es Traditionen, die in diesem Büro fortgeführt werden.

«Du wusstest es schon am Flughafen», sagt Clemens. «Warum hast du nichts gesagt?»

Sie zieht an der Zigarette und dreht sich zu ihm um. Ein fast schüchternes Lächeln liegt auf ihrem Gesicht, sie wirkt verletzbar. So gar nicht die starke Businessfrau, die sie eben noch in der Redaktionssitzung gegeben hat.

«Was hätte ich sagen sollen, Clemens?», fragt sie mit brüchiger Stimme. Sie blickt wieder zum Fenster hinaus. «Guten Tag, Herr Voss, ich finde Sie unglaublich heiß. Ach, und übrigens, ich bin Ihre neue Chefredakteurin?»

«Immerhin besser, als nichts zu sagen», sagt Clemens.

Sie blickt wieder zu ihm. «Und was wäre dann deiner Meinung nach passiert?»

Clemens kommt es vor, als würden sie einander ewig in die Augen starren. Zwischen ihnen spult sich all das ab, was nie geschehen wäre, wenn er von Anfang an gewusst hätte, wer sie ist. All die intimen Momente, die Blicke und Berührungen, die intensiven Gefühle.

Als der Film vorbei ist, schnippt Wayra die Zigarette zum Fenster raus und schließt es.

«Bereust du es?», fragt sie.

Clemens schürzt die Lippen, blickt vor sich auf den Boden, tut so, als würde er überlegen. Ha. Natürlich lautet die Antwort Nein. Aber das wird er ihr nicht sagen.

«Wir hatten beide Lust darauf. Es war wunderschön. Was also soll daran falsch gewesen sein?», fragt sie.

Clemens blickt noch immer zu Boden, presst die Lippen aufeinander. Er ist wütend, traurig, enttäuscht. Er atmet laut aus, blickt ihr in die Augen. «Sie wollten mich wegen des Ressorts sprechen, Frau Petersen?»

Sagt er so. Kalt. Und sie? Schluckt. Blinzelt. Streicht sich ein paar Strähnen aus dem Gesicht.

«Ganz richtig», sagt sie und beugt sich zum Schreibtisch vor. Da liegen jede Menge Unterlagen. Hat sich ganz schön schnell hier breitgemacht, die Frau Petersen. Aber Alfies Brandloch, das prangt dort noch immer. Und Clemens muss grinsen. «Das sind die Infos für die Produkte, die in die Juni-Ausgabe müssen.»

Sie reicht ihm einen ganzen Batzen Prospekte.

Betretenes Schweigen. Peinliche Stille. Sein Blick bleibt an einer Reihe Zwergbäumchen hängen, wo gestern noch Alfies imposante Yucca stand. «Bonsai.»

Sie nickt knapp. Oh Mann. Er muss raus hier, er muss raus aus diesem Büro.

«Nun denn, Sie können sich mit Herrn Niedermayer absprechen, wer welchen Part übernimmt», sagt Wayra. «Insbesondere zur Reihe *Spas in the City.*»

«Spas …?»

«Na, wo es Massagen und Dampfbäder gibt.»

«Aha.»

Spas in the City, geht's noch? Aber, Moment mal: Herr Niedermayer??

«Wie?», fragt Clemens verwirrt. «Max ist doch bei Kultur.»

Wayra räuspert sich. «Oh. Sie waren nicht im Saal, als ich das angekündigt habe. Er ist künftig in Ihrem Team.» Sie lächelt, und zum ersten Mal, seit er sie kennt, ist es ein künstliches Lächeln.

«Ach ja? Und wer ist sonst noch so in meinem ... Team?»

«Herr Niedermayer», wiederholt sie.

«Okay.» Max dürfte ebenso vor Wut kochen wie er. Tolles «Team». Clemens nickt in sich hinein. Sein Rachen ist trocken. Ist irgendwie, als sei all die Flüssigkeit von dort gerade zu seinen Augen unterwegs. Scheiße unangenehm. Aber flennen wird er jetzt ganz sicher nicht. Weil er NIE flennt. Er wendet sich zum Gehen.

«Clemens», sagt Wayra.

Er bleibt stehen, dreht sich aber nicht zu ihr um. Für heute braucht er 'ne Wayra-Pause. «Ja.»

«Mirja hat ein paar Produkte für dich ... zum Ausprobieren. Und ...» Sie bricht ab.

«Ich höre?», fragt er.

Ihm kommt es vor wie eine Ewigkeit, bis sie sagt: «Alles Weitere bei der nächsten Redaktionssitzung.»

Schnell sagt sie das, superschnell, mit so einem unterdrückten Laut am Ende. Okay. Jetzt fühlt er sich schlecht. Die Maus hat wohl auch mit der Situation zu kämpfen. Für einen Moment möchte er sich zu ihr drehen, checken, ob's ihr gutgeht. Aber er kann nicht. Sein Stolz steht ihm im Weg. Tja. Es gibt wohl Momente im Leben, da muss man ein Arschloch sein. Also, Arschloch sein *und* dazu stehen. So rein überlebenstechnisch. Damit man das aushält, was einem den Boden unter den Füßen wegzieht und alles um einen herum zum Einstürzen bringt. Genau. So ist es und nicht anders. Das Wasser in ihm will noch immer zu den Augen raus. Also nickt er bloß und verlässt schleunigst das Büro.

Auf dem Weg zum Aufzug drückt ihm Mirja einen schweren Karton in die Arme. Während er voll beladen auf den Fahrstuhl wartet, kommt Max auf ihn zu.

«Alter, lass mich die Spas machen. Sonst lauf ich Amok. Und ich glaube, davon kann mich nur so 'ne beknackte Kuh-Shit-Massage abhalten.»

«Cowshed», sagt Mirja leise hinter ihnen.

Eine Kuhstall-Massage ...? Was es nicht alles gibt. Hier offenbart sich Clemens eine ganz neue Welt. Der Fahrstuhl öffnet sich, er steigt ein und nickt Max verständnisvoll zu.

«Danke, Alter.» Max klopft ihm auf die Schulter, als er Clemens in den Aufzug folgt. «Wir überleben das. Werden wir. Auf jeden.»

Wirklich überzeugt klingt er nicht.

Meine Fresse braucht kein Energy-Oxygen

Zu Hause weiß Clemens nicht, was er mit dem Karton voller Männer-Beauty-Kram anfangen soll. Das Zeug widert ihn derart an, dass er es sogar verlockender fände, das Klo zu putzen, als sich *damit* zu beschäftigen. Weil Putzen aber keine wirklich prickelnde Alternative ist, wirft er die Kiste in eine Ecke und sich selbst aufs Sofa, greift nach der Fernbedienung, die vor ihm auf dem Tisch liegt und schaltet ein. So viel zur Motivation für sein neues Ressort.

«Was machst du?», fragt Ulf, der das Wohnzimmer betritt.

«Sieht man doch», sagt Clemens. «Zappen.»

«Du guckst nie Fernsehen», sagt Ulf und lässt sich aufs Sofa plumpsen, genau dort, wo Clemens seine Beine liegen hat. Er kann sie gerade noch rechtzeitig anziehen. «Also, abgesehen von Sport.»

Clemens setzt sich auf, zuckt mit den Schultern, starrt auf die Fernbedienung in seinem Schoß. «Ich muss wissen, was mit den Männern abgeht.»

Eine Antwort hat er jedoch in der Stunde, die er hier fleißig mit dem Daumen zwischen Talkshows, Tier- und Reisedokus sowie Kindersendungen hin und her schaltet, bislang nicht gefunden.

«Den Männern?», fragt Ulf.

Clemens nickt und zappt zum nächsten Kanal. Wieder eine Talkshow. Doch die Frage lautet auch hier nicht, wer der moderne Mann ist, sondern ob Olaf Daphne betrogen hat, obwohl sie in einer offenen Beziehung leben.

«Geil», sagt Ulf und gluckst.

Clemens zappt weiter, ignoriert, dass ihn Ulf enttäuscht anglotzt.

«Ja, richtig. Männer», sagt der dann, verschränkt die Arme hinterm Kopf und fläzt sich hin. Mist. Will der jetzt hierbleiben?

Clemens zappt weiter, bleibt bei DMAX hängen.

«Ultra», sagt Ulf. «Meine Lieblingssendung.»

Damit meint er *Naked Survival – Ausgezogen in die Wildnis.* Ein Mann und eine Frau, die sich vorher nicht kannten und gemeinsam nackt in der Natur überleben sollen.

«Letztes Mal haben die Maden aus 'ner toten Gämse gegessen», sagt Ulf. «Ach, nee, das war *Ausgesetzt in der Wildnis.*»

Clemens sieht Ulf schräg von der Seite an. Interessant, was der sich so reinzieht, wenn er nicht da ist.

«Ist über 'nen Survival-Typ. Bei dem hab ich mir abgeguckt, wie man mit nichts als 'nem Messer, 'ner Wasserflasche und 'nem Feuerstein überlebt», sagt Ulf und grinst breit. «Ich bin bereit. Du?»

«Wofür?», fragt Clemens.

«Na, für den Blackout.» Ulf richtet sich im Sofa auf. «Wenn hier die komplette Stromversorgung und Elektrizität zusammenbricht, die Welt in Dunkelheit und Chaos versinkt.» Er blickt in diese düstere Zukunft und kratzt sich dabei unter den flaumbehaarten Achseln – ja, er trägt heute bloß ein Unterhemd. «Weil zu viele Leute snapchatten, twittern, Clouds überladen. Der Daten-Overkill.»

Clemens kneift die Augen zusammen. Okay. Ulf hat andere Sorgen als er. Ehe er weiter darüber nachdenken kann, klingelt es an der Tür.

Tom, ein Kasten Bier und Toffer stehen dort.

«Bereit zum Zocken?», fragt Tom grinsend, als er sich an ihm vorbei in die Wohnung schiebt.

Und Toffer, den Clemens nicht leiden kann, weil der ständig alles filmt, *filmt* das natürlich.

«Snapchat?», knurrt Clemens.

«Instagram», sagt Toffer, den Blick aufs Display geheftet.

«Ohne Filter?» Bedeutet im Klartext: Ich will weder mit Hunde- noch Hasenöhrchen im World Wide Web landen.

Ist alles schon mal vorgekommen. Unverschämt.

«Ohne, Mann.»

Toffer darf in die Wohnung. Skeptisch sieht ihm Clemens hinterher. Fehlt eigentlich nur, dass der Typ demnächst mit 'ner Drohne hier aufkreuzt.

Toffer ist *Influencer.* Noch so ein unnötiger Beruf. Beeinflusst Leute mit seinem YouTube-Channel, seinen Twitter-, Instagram- und Facebook-Accounts. Müllt seine Follower mit sinnlosem technischem Schnickschnack zu – *Haste nicht die Smart-Uhr? Oder die Workout-App? Was?? Du kennst Google Home Max nicht???* –, macht ihnen glaubhaft, dass sie ohne das Zeug im Leben nicht weit kommen werden. Und dafür kassiert er ordentlich Asche. Toffer ist der einzige Typ, den Clemens kennt, der von YouTube *bezahlt* wird. Und er versteht das nicht. Vielmehr sollte man die Leute bezahlen, die sich Toffers Clips reinziehen. Wie dem auch sei, Toffer ist nun mal Toms Kumpel. Und: Wenigstens kann er zocken. Dank Toffer sind sie bei *Assassin's Creed* richtig weit gekommen. Tja. Manchmal muss man eben Kompromisse eingehen. Also, solange keine Filter im Spiel sind.

Clemens will gerade ins Wohnzimmer, als es erneut klingelt. Aus dem Treppenhaus hört er ein Ächzen und Keuchen. Und dann erscheint dort eine vertraute Visage. Ronnie. Ohne Krücken. Dafür jedoch total verschwitzt und mit scharlachroten Wangen.

«Was ist denn mit dir passiert?», fragt Clemens.

Ronnie fasst sich ans Gesicht. «Ach. Hatte gerade 'ne Ausweiskontrolle in der U-Bahn.»

Okay. Clemens braucht gar nicht nachzufragen, was genau passiert ist. Es muss sich mal wieder um eine typische Episode zwischen Ronnie und den Behörden handeln.

«Komm rein, Hasi», sagt er.

«Als ich erfahren hab, was in der Redaktion …» Unvermittelt fällt Ronnie ihm um den Hals.

Clemens weiß nicht recht, wie er damit umgehen soll, hält einfach mal die Luft an.

«Ich hab mir Sorgen gemacht», sagt Ronnie. «Du rufst nicht zurück, du reagierst nicht auf meine SMS. Wie geht es dir??»

Vorsichtig löst sich Clemens von ihm. «Hasi. Wie soll's mir schon gehen? Zumal ich die neue Chefredakteurin noch vor ihrem ersten Arbeitstag flachgelegt habe.»

«Du hast *was*?»

Clemens zuckt mit den Schultern. «Und jetzt bin ich Ressortleiter für Arschfaltencreme und Kuhstall-Massagen.»

«Häh?» Ronnie blickt ungläubig. «Funky …»

«Wenn das nicht Ronald Can ist!», ruft Tom aus, als sie das Wohnzimmer betreten. Er öffnet zwei Bier und reicht sie Clemens und Ronnie. Sie plaudern ein wenig. Ronnie will natürlich haarklein wissen, was in der Redaktion gelaufen ist, und als Tom das mitbekommt, stellt auch der haufenweise Fragen. Ebenso Ulf. Dessen Fragen sind jedoch so abgefahren, dass nicht mal Siri eine Antwort parat hätte und entgegnen würde: *«Die Antwort liegt in dir, Ulf»* oder so was. Clemens ist ohnehin nicht sonderlich scharf drauf, sich an den Scheiß der vergangenen Tage zu erinnern. Von daher ist es cool, wenn Ulf querschießt, und noch cooler ist es, als Max aus irgendeiner Kneipe um die Ecke anruft und fragt, ob er vorbeischauen darf. Soll der den Jungs ein Resümee der Redaktionsereignisse liefern. Tut er. Max ist so leidenschaftlich dabei, dass seine Nickelbrille fast beschlägt und seine blonden Locken wippen, als würden hier Windböen durchs Wohnzimmer fegen. Dennoch kommt Clemens nicht umhin, erklären zu müssen, inwiefern Wayra in die Geschichte verstrickt ist. Weil ihn Tom damit löchert. Clemens kann noch so sehr versuchen, die Aufmerksamkeit auf die Speisekarte des Pizza-Express und essenzielle Zockerfragen zu lenken – schließlich haben sie sich hier für 'ne Session *Assassin's Creed* versammelt, oder nicht? Tom lässt nicht locker. Also speist er dessen Neugier mit einsilbigen Einblicken in die Wayra-Affäre. Max und Ronnie kippt nacheinander die Kinnlade runter, denn die wussten ja bislang noch nichts davon. Ulf auch nicht, aber der wirkt nicht verblüfft. Grinst bloß fasziniert, als hätte man ihm gerade verraten, dass er nicht erst bis zum Blackout warten muss, um in einer Frau ein Feuer zu entfachen. Und Toffer, der filmt das.

Toms Fazit lautet: «Diese Wayra-Ische hat dich arschgefickt. Aber so was von – Quattro Stagioni, Honey Bunny.»

Etwa ein Bier nach Max' Ankunft sind jedenfalls alle Anwesenden bestens im Bild über die *Playtime*-Situation, und Clemens hat immerhin eine Liste mit Pizzen, die sie bestellen wollen. Er ruft den Lieferservice an, und Toffer filmt das. Biertrinkend hält er auch drauf, als Clemens die Playstation an den Fernseher anschließt und spielklar macht. Auf DMAX läuft noch immer die Survival-Sendung mit dem nackten Pärchen. Muss die nächste Folge sein. Denn irgendwie sehen die anders aus. Und der Mann hat sich gerade einen fiesen Ausschlag eingefangen, flennt und jammert, während die Frau ihn mit irgendwelchen Kräutern zu pflegen versucht.

«Was ist denn das?», fragt Ulf und hält eine große tiefblaue Tube in die Höhe. «Huch?» In der anderen Hand hält er eine Packung, auf der ein Männerarsch zu sehen ist. Ulf hat die Kiste mit den Pflegeprodukten entdeckt, und die liegt nun auf seinem Schoß. «*Man Expert – High Energy*, yay, yay, yay», gluckst er, einen Tiegel Creme in der Hand.

Neugierig scharen sich die anderen um ihn.

Clemens greift in den Karton, zieht verschiedene Produkte hervor und verteilt sie an die Jungs: «Scheiße in der Tube, Scheiße im Tiegel, Scheiße als Puder und ...» Er begutachtet die Packung. «Scheiße aus Wachs.»

Ungläubig starrt Tom auf die Packung Kaltwachs, die ihm Clemens gerade in die Hand gedrückt hat.

«Zur Entfernung der Arschhaare ...?», fragt er verblüfft.

«Steht da echt *Arschhaare*?», fragt Ronnie.

Und Toffer filmt das.

«Nö, da steht *‹die sanfte Alternative für den Männerpo›*», sagt Tom. Amüsiert darüber, dass es so was wirklich gibt, tritt ein schelmisches Grinsen in seine Augen. Er reißt die Packung auf. «Wer will testen?»

«Niemand», sagt Max.

Tom wedelt mit einem Streifen vor den Gesichtern der Jungs. «Sicher? Niemand neugierig?»

«Ich würd ja gern, aber ich hab keine», sagt Ulf. «Arschhaare.»

«Du Glücklicher.» Tom blickt in die Runde. «Na, Ronnie?»

Der tritt ängstlich einen Schritt zurück und stolpert dabei beinahe über den Sofatisch. Clemens kann ihn gerade noch vor dem Fall bewahren. Dann nimmt er Tom die Packung weg und wirft sie in die Kiste zurück.

«Ich muss vielleicht darüber schreiben, aber ich werde mich hüten, das Zeug auch nur anzurühren und ihr ...» Er hält inne.

Sein Blick bleibt an Ulf hängen, der gerade dabei ist, an der tiefblauen Tube zu nuckeln. «Was tust du da …?»

«Da steht, dass da Passionsfrucht drin ist», sagt Ulf mit cremeverschmiertem Mund.

«Und?», fragt Max, der sich immer für Exotisches interessiert.

Ulf schmeckt dem nach, was er sich da gerade eingeflößt hat, überlegt und urteilt: «Lecker. Im Abgang irgendwie minzig. Oder Basilikum?»

Clemens sieht skeptisch zu den anderen, die ebenfalls nicht überzeugt wirken.

«Gib mal her», sagt Max und probiert ebenfalls. «Hm», sagt er nickend und reicht die Tube an Tom weiter.

«Geil», sagt der.

Jetzt probieren alle. Clemens als Letzter und auch irgendwie bloß weil er das Gefühl hat, dass hier irgendso ein beknackter Gruppenzwang am Laufen ist. Tom sieht ihn abwartend an.

Die süßliche Explosion der Passionsfrucht mit erfrischender Basilikum-Note lässt seine Geschmacksnerven aufzucken.

«Geile Scheiße.»

«Was ist denn das normalerweise?», fragt Max und sieht gleich selbst auf der Tube nach. «Bodylotion.»

«Das Zeug», sagt Tom und hebt mehrfach die Brauen, «im Intimbereich. Die Girls werden so drauf abfahren, überlegt euch das mal: never ending Fellatio.»

«Hm», sagt Clemens, zieht seinen Notizblock aus der Hosentasche und hält fest: never ending Fellatio. Vielleicht kann er damit was anfangen – ist zumindest mal ein Ansatz für einen Artikel über Beautypflege, oder?

«Mit Wodka», sagt Tom jetzt. «Mit Wodka ist das richtig geiler Scheiß.»

«Ey, jaaa», sagt Ulf mit großen Augen.

«Habt ihr welchen da?», fragt Max.

«Nö», sagt Clemens.

«Auf zum Späti!», ruft Tom.

Geschlossen marschieren sie durch den Flur zur Haustür.

«Glaubt ihr, dass das wirklich gut ist?», fragt Ronnie. «Vielleicht macht das impotent.»

Für einen Moment zögert Clemens. Und Toffer, na, der filmt das.

«So'n Quatsch», sagt Clemens dann, hält die Hand vor Toffers Kamera und geht zur Tür raus.

Ronnie hält die Stellung in der Wohnung. Irgendeiner muss schließlich auf die Pizzen warten. Im Späti um die Ecke besorgt Clemens mit den anderen Wodka und Gin.

Als sie in die Wohnung zurückkehren, wirkt Ronnie seltsam besorgt.

«Was'n los, Schnuffi?», fragt Clemens. «Sind die Pizzen noch nicht da?»

«Doch, also ... auch.» Ronnie räuspert sich und deutet Richtung Wohnzimmer.

Als Clemens dort nachsieht, ist klar, weshalb. Neben einem Stapel Pizzen sitzt Wayra auf dem Sofa und ist dabei, etwas von der Bodylotion auf ihrem Handrücken zu verteilen und daran zu riechen.

«Hola», sagt Tom und bleibt mit offenem Mund neben Clemens in der Tür stehen, verursacht einen Stau, in dem der Rest der Crew ebenso hypnotisiert stecken bleibt. Sogar Toffer lässt die Kamera sinken – plötzlich ist das Leben wohl auch ohne Filter schön.

«Hallo, Clemens», sagt Wayra, scannt die Jungs ab, erkennt Max und hält inne – mit dem hat sie hier wohl nicht gerechnet, nickt lächelnd und überlegt. Kratzt sich dabei wieder mal an dem blöden sexy Muttermal an der Schläfe. Sie ist ... seltsam gekleidet. Als hätte sie Hals über Kopf die Wohnung verlassen müssen. Sie trägt eine Art weiten Poncho, bunt gemustert und darunter irgendwie ... nichts. Okay, der Poncho geht bis zu den Knien. Und die Beine stecken in Stiefeln. Clemens versteht das nicht: Nix da mit tittenbetonendem Ausschnitt oder megaknappem Röckchen, und trotzdem findet er sie unverschämt heiß.

«Ist deine Waschmaschine noch immer defekt?», hört er sich fragen und könnte sich sofort dafür ohrfeigen.

Sie sieht ihn verwundert an.

«Die war nie defekt.»

Stimmt. Da muss er was verwechselt haben. Aber wie soll er hier auch nur einen klaren Gedanken fassen, bei dem Anblick? Das muss am Poncho liegen. Die Idee, dass *unter* dem Poncho eventuell ... Nein. Darüber denkt er jetzt nicht weiter nach. Außerdem: Himbeerroter Lippenstift. Offenes Haar. Vereinzelte Strähnen im Gesicht. *Kannst du bitte wieder gehen, Frau Petersen?* Plötzlich steht sie auf. «Sorry. Ich dachte, es wären nur du und Ronnie ...» Sie blickt auf den Riesenstapel Pizzaschachteln neben sich. «Und ein Bärenhunger.» Belustigt zuckt sie mit den Schultern. «Ich lass euch mit eurem Männerabend weitermachen. Wir können ein andermal sprechen.»

Während die Jungs Platz machen, um Wayra durchzulassen und sich erst ins Wohnzimmer wagen, nachdem sie es verlassen hat, hält Clemens sie im Flur zurück. «Moment mal.» Er zieht sie in die Küche und schließt die Tür hinter sich.

«Hab ich was verpasst?», fragt er. Sie sieht ihn fragend an. «Was gibt dir das Recht, einfach hier aufzukreuzen?»

Sie lacht auf, hält eine Hand an die Brust, blickt zu Boden. Dann sieht sie auf. «Ich wollte mich entschuldigen.» Sie schüttelt den Kopf und geht zur Tür, während er sich an die Arbeitsfläche lehnt, um sie vorbeizulassen. «Du hast völlig recht», sagt sie. «War eine blöde Idee, einfach vorbeizuschauen. Du hast allen Grund, verärgert zu sein.» Sie will die Tür öffnen.

«Es verärgert mich nicht!», ruft Clemens, drückt sich von der Arbeitsfläche weg und sinkt wieder dagegen. Wischt Brotkrümel von dort weg – wann hatten sie hier zuletzt Brot …? Egal.

Wayra lässt die Tür wieder zufallen und kommt auf ihn zu.

«Es verärgert dich nicht?», fragt sie.

«Es macht mich wütend», sagt Clemens leise und versucht woanders hinzusehen, bloß nicht in ihre Augen.

«Was genau macht dich wütend, Clemens?»

Sie tritt noch näher an ihn. So nah, dass er die Augen schließen muss. Ihre Nähe macht ihn benommen. Er möchte sie jetzt am Haar packen, an sich drücken, küssen, gleich hier in der Küche nehmen – sie küsst ihn aufs Augenlid. «Und das», flüstert sie, «macht dich das wütend?» Küsst das andere Lid. «Und das?» Küsst seine Stirn, seine Wange. Das … das ist nicht richtig, draußen warten seine Kumpel, *Assassin's Creed* wartet, seine Pizza wartet, wird kalt, Scheiße, Mann, genau, die Pizza … wird kalt … ganz kalt, aber auch so was von kalt, kalt, kaaaalt – Scheiß drauf. Mit beiden Händen packt er ihr Gesicht und küsst sie auf den Mund. Ein langer Kuss. Und spätestens dann ist die fucking Pizza vergessen. Er packt Wayra, fegt mit einem Arm den Küchentisch frei und legt sie dort ab, beugt sich über sie, küsst sie, gleitet mit den Fingern an ihren Beinen entlang, will ihr die Strumpfhose runterreißen, nee, Moment mal, ist keine, sind Feinstrümpfe, Scheiße, ist das heiß, gleitet weiter, über die zarte Haut ihrer Schenkel, dringt weiter vor, gleitet mit den Fingern unter ihren Slip, sie ist ganz feucht, er möchte winseln, jaulen, aufheulen, tut es auch irgendwie, reißt ihr den Slip runter, zieht ihren Poncho hoch, fummelt an seinem Hosenstall, will es tun, will in sie –

«Clemens? Clemens?!» Klopf, klopf. «Clemens?!»

Er hält inne, rollt mit den Augen. «JA?»

«Darf ich ’n Stück von deiner Funghi?»

Ulfs Stimme. Der steht hinter der Tür. Schwer atmend blickt Clemens zu Wayra runter, in ihre lachenden Augen, auf ihren sinnlichen Mund …

«Clemens?!»

«JA!»

Stille. Clemens will gerade wieder dort anschließen, wo er mit Wayra stehengeblieben war, aber dann hört er Geflüster und Gezische, als würden sich mehrere Leute gedämpft hinter der Tür unterhalten, irgendwas über einen Orkan, plötzlich singt ’ne schrille Frauenstimme *«Let’s get physical, physical!»,* muss aus einem Smartphone kommen, der Sound ist übel, jemand zischt: «Spinnst du?!» «Sorry», sagt Clemens zu Wayra, die Musik wird abgewürgt, und Ulf meldet sich erneut: «Äh … Heißt das jetzt ja? Also, darf ich die Funghi?»

«Die Gläser, Ulf!», zischt jemand anders.

Wayra hebt fragend die Brauen.

«Ja, Mann!», ruft Clemens. «Soll ich rauskommen und sie dir eigenhändig in den Mund schieben?!»

«Hä?», gluckst Ulf. «Nee! Aber, cool! Danke, Mann!»

«Alter, die Gläser!», zischt wieder jemand.

«Ja, Mann! Ähm, die Jungs, also …»

«Honey, wir brauchen Gläser!» Okay. Tom steht da also auch. «Aber lass dir Zeit, hat Zeit, Honey.»

Klopf, klopf. Stille. Endlich sind sie weg. Aber die Lust zu ficken irgendwie auch. Er sieht zu Wayra, die ebenfalls ernüchtert wirkt und sich aufrichtet. Er streift ihr den Slip wieder über, strafft ihr die Strümpfe und streicht ihr den Poncho glatt.

«Danke», sagt sie.

Er streichelt ihr über die Wange, streicht dabei ein paar ihrer Haarsträhnen zurück. Sie legt ihr Gesicht in seine Hand und küsst sie. Dann steht sie auf und geht zur Tür.

Clemens hat keine Zeit, darüber nachzudenken, ob das, was hier gerade zwischen ihnen lief, scheiße gut oder scheiße bekloppt war, vielleicht auch eher *wie* bekloppt es war – nö, die Zeit hat er nicht. Denn als Wayra die Tür öffnet, schmücken seine Kumpel den Türrahmen aus, mit Fressen, als würden sie auf ein Autogramm der Nationalelf warten. Ronnie rutscht vor lauter Überraschung fast am Rahmen ab. Max ist der Einzige, der den Anstand hat, wenigstens so zu tun, als sei er rein zufällig gerade im Flur. Der wendet sich nämlich voller Elan der Postkarte an der gegenüberliegenden Wand zu – ein Gruß, den sich Ulf aus Sankt Petersburg irgendwann selbst zugeschickt hat, und studiert die akribisch. Aber alle anderen? Vergiss es. Stehen belämmert in der Tür und gaffen blöd. Starren ihn und Wayra an sowie die Bratpfanne, das Besteck, das Küchentuch, die Kartoffeln und Zeitungen am Boden, die Clemens vorhin vom Tisch gefegt hat. Versuchen daraus in ihren Köpfchen eine Geschichte zusammenzureimen. Tom und Ulf glotzen sehnsuchtsvoll, Ronnie und Toffer eher verstört. Wayra lässt sich davon nicht aus der Fassung bringen, sondern sieht die Jungs in aller Ruhe an.

«Stimmt», sagt sie. «Ihr wolltet Gläser.» Sie wendet sich Clemens zu. «Wo finde ich die?»

Clemens fragt sich, was jetzt abgeht, stockt einen Moment und sagt dann: «Hier oben rechts.»

Wayra geht an den betreffenden Schrank und beginnt zu summen: *«Let's get physical, physical …»*, holt lässig sechs Wassergläser hervor, stellt die auf dem Tisch ab und verstummt. «Was trinkt ihr denn?», fragt sie trocken.

Die Jungs tauschen alarmierte Blicke. Clemens möchte an die

Decke springen. Wenn jetzt irgendeiner von denen «Bodylotion» sagt – Kandidaten dafür gibt es: Ulf etwa. Oder auch Ronnie. Clemens hat nicht die geringste Lust, hier jetzt eine Diskussion über Beauty & Wellness mit Wayra zu entfachen. Hinter ihrem Rücken versucht er den Jungs mimisch zu signalisieren, bitte schön die Fresse zu halten.

«Nichts», sagt Ronnie dann brav, und Wayra zieht die Brauen ungläubig zusammen.

«Doch», sagt Max. «Natürlich trinken wir was.»

«Wodka», sagt Tom. «Pur.»

«Trinkst du mit uns?», fragt Ulf.

Wayra nickt grinsend. «Keine Sorge», sagt sie. «Ich habe nicht die geringste Lust, mit euch zu trinken.»

Bam. Die Jungs schlucken. Und Wayra stolziert anmutig hinaus. Sie überlässt es ihnen, die Situation als peinlich zu empfinden. Clemens reibt sich übers Gesicht und zeigt den Jungs den Vogel, als Wayra zur Tür raus ist.

«Komm, Honey, wir haben dich gerettet», sagt Tom.

Verständnislos schüttelt Clemens den Kopf. «Mann, Alter, es steht nicht jeder drauf, beim Ficken Zuschauer zu haben.»

Er nimmt die Gläser vom Tisch und geht ins Wohnzimmer. Tom und die anderen folgen ihm.

«Und weil du sowieso gleich fragen wirst, Ronnie», sagt Clemens, während er sich aufs Sofa setzt und die Gläser auf dem Tisch verteilt. «Nein. Die Creme macht nicht impotent – zumindest nicht kurzfristig, was Erektionen anbelangt.»

Ronnie blickt ihn verwundert an. Der checkt natürlich mal wieder gar nichts. Oder er tut so. Denn der stand vorhin schließlich auch vor der Tür. Clemens krallt sich ein Stück Pizza aus einer der offenen Schachteln und beißt ab. Ist kalt, zäh. Er würgt es runter, wirft den Rest in die Schachtel zurück und fragt:

«Okay, wer von euch Säcken mixt jetzt hier 'nen guten Cocktail?»

Max erklärt sich bereit. Und Toffer, nun da Wayra nicht mehr da ist, braucht zum Leben wieder Filter und filmt das.

«Du hast dich mit dem Teufel eingelassen», sagt Tom. «Du solltest sie wegen sexueller Belästigung am Arbeitsplatz verklagen.»

«Bitte was?», fragt Clemens.

«Die Ische ist dabei, dein Leben zu zerstören!»

«Genau, Tom. Lass das mal meine Sorge sein.»

«Honey ...»

«Ich sollte *euch* verklagen! Wegen Missachtung der Privatsphäre!»

«Ich hab mir Sorgen gemacht, Honey.»

«Aus der Küche kamen Geräusche ...», sagt Ulf.

«Ich dachte, ihr bringt euch gegenseitig um», sagt Ronnie.

«Die Nummer war eiskalt kalkuliert!», sagt Tom.

«Kapitalistische Marketingbitch», sagt Max.

«Ein Orkan ...», sagt Ulf.

«Für die braucht man 'nen Waffenschein», sagt Toffer.

Super, wenn der jetzt auch noch anfängt.

«Hey, hey, hey!», ruft Clemens. Die Jungs halten verwundert inne. «Habt ihr euch mal zugehört?! Es reicht! Themenwechsel! Sofort!»

«Du nimmst sie in Schutz?», fragt Tom.

«Tue ich nicht», widerspricht Clemens. «Ich glaube bloß nicht, dass sie das wahre Problem für die Lage bei *Playtime* ist.»

«Alter! Wer, wenn nicht sie?», fragt Max. «Die Bitch hat den Laden umgekrempelt! Sie hat die Entscheidungen für die neuen Ressorts getroffen.»

Clemens springt auf. «Erstens ist sie keine Bitch. Zweitens hat sie das nicht allein entschieden – ich sag nur Thieme und Saalbeck. Und drittens: Überlegt doch –» Er bricht ab, wirft Toffer einen bösen Blick zu. «HÖR AUF ZU FILMEN!»

Toffer lässt das Smartphone sinken und glotzt Clemens überrascht an.

«Ja, genau. DU. TOFFER», sagt Clemens.

Ruhe. Seine Kumpel starren ihn an, als wäre er wahnsinnig geworden.

«Hey, Honey …», sagt Tom. «Gib dem Mann eine Verschnaufpause, er hat gerade einen Monat knallharte Silicon Valley hinter sich. Außerdem macht er bloß seinen Job.»

«Ach ja? Und dafür muss er jeden Furz filmen?», fragt Clemens.

«Ich …» Toffer zuckt mit den Achseln. «Ich zeig meinen Followers, dass ich 'ne gute Zeit habe.»

«Sein cooles Leben mit *uns*, hörst du? Ist doch nett.»

«Er hat uns bestimmt wieder irgendwelche Filter verpasst.»

«Hab ich nicht», sagt Toffer.

«Hast du doch.»

«Nein.»

«Zeig her.»

Toffer druckst rum, klammert sich an sein Handy, will es nicht hergeben. Clemens reißt es ihm aus den Händen und scrollt übers Display. Natürlich sind alle Videos gefiltert. Er sieht sich mal mit Hunde-Öhrchen, mal mit einem Heiligenschein und rosa Flügelchen.

«Arschgesicht», sagt Clemens und wirft ihm das Handy zu.

«Ich hab noch nichts davon online gestellt», sagt Toffer.

«Das will ich auch hoffen», sagt Clemens. «Typen wie du tragen dazu bei, dass der moderne Mann eine Plattform erhält!»

«Der moderne Mann?», fragt Ronnie.

«JA! Der Vollidiot, der auf pappsüße Karnickelfilter steht», sagt Clemens.

«Der Trottel, wegen dem wir jetzt über SO WAS schreiben müssen», sagt Max und deutet auf die Kiste.

«Aha», sagt Ronnie.

«Aber, hey!», ruft Max plötzlich. «Wenn wir uns über die Produkte lustig machen – vielleicht bringt ihn das zum Nachdenken, den modernen Mann?»

Clemens zieht die Brauen zusammen, überlegt. Damit hat Max nicht unrecht.

«Also, ich finde, die Bodylotion schmeckt wirklich gut», sagt Ulf.

«Heißt das, ich darf wieder filmen?», fragt Toffer.

«Kommt drauf an, auf wessen Seite du stehst», sagt Max. «Auf deren?» Er deutet auf die Kiste Beauty-Produkte. «Oder auf unserer?»

«Und eure Seite *ist*?», fragt Toffer.

«Die echten Kerle. Die letzten Überlebenden, Mann.» Clemens kneift die Augen zusammen, spürt, wie Wut in ihm aufkommt, und dann sagt er: «Der moderne Mann. *Der* ist schuld. Ohne den wäre ich bei *Playtime* noch Reporter. Max wäre noch in der Kultur, und Ronnie würde weiterhin für Abenteuer gebucht werden!»

«Wohl wahr, Honey Bunny», sagt Tom. «Und es geht derzeit nicht bloß bei *Playtime* so zu.»

Resigniert lässt er die Arme sinken.

«Scheiße», sagt Toffer und nimmt sein Cap ab. «Ich bin auf eurer Seite.»

Einen Moment starren alle betroffen vor sich, auf das Desaster, das der moderne Mann in ihrer Welt angerichtet hat.

«Iss dich pazifistisch: der testosteronarme Döner», sagt Max.

«Trendige Klamotten, die nicht dreckig werden: der perfekte Daddy-Look», sagt Tom.

«Welcher Barttyp sind Sie?», fragt Ronnie.

Clemens und seine Kumpel tauschen panische Blicke.

«Drinks», sagt Max mit ernster Miene. Eilig verteilt er Wodka und Bodylotion auf die sechs Gläser. Alle greifen zu.

Clemens blickt auf den bläulich milchigen Shot, als sei dies die Impfung, um ein echter Kerl zu bleiben.

«Auf was trinken wir?», fragt Ronnie.

Clemens braucht gar nicht zu überlegen und sagt: «Auf den modernen Mann. Dieses Arschloch.»

«Auf das moderne Arschloch», sagen die anderen und kippen die Shots in einem Zug.

Clemens wischt sich mit dem Handrücken über den Mund. Das Zeug hat's in sich. Gut so.

«Wer auch immer dieser moderne Armleuchter ist», sagt er, «wir holen uns das Weichei zurück. Indem wir ihm zeigen, was einen echten Kerl ausmacht und Regeln aufstellen – Next!» Er schiebt Max das Glas über den Tisch zu.

Sie trinken zwei weitere Runden. Und Toffer, na, der filmt das. Dann entdeckt Ulf, dass der Moschus-Geschmack eines Anti-Aging-Serums auch nicht schlecht schmeckt, und sie probieren eine Runde damit. Zwischendrin braucht es aber auch mal ein Bier, weil: «Geschmacksneutralisierend», wie Tom sagt.

Sie sehen nach, was die Kiste sonst noch zu bieten hat, entleeren den gesamten Inhalt auf dem Boden und wühlen darin wie Kinder in einem Haufen Nacktschnecken – fasziniert und angeekelt zugleich. Max fischt eine dicke schwarze Tube mit grüner Paste hervor, eine Gesichtsmaske mit dem vielversprechenden Namen *Killer Cleansing Clay*, und sie schmieren sich Zeichen als Kriegsbemalung auf die Oberkörper, machen dabei urige Geräusche und vergleichen ihre Bizepse. Zwischendurch zocken sie auch *Assassin's Creed*, nicht ohne sich vorher die Hände ordentlich mit einem Haarstyling-Puder einzureiben – «*PowWow Male Hair Pow(d)er verhindert Schweißfinger und ermöglicht somit einen präzisen Umgang mit dem Controller. Außerdem kann man seinen Gegner leicht außer Gefecht setzen, indem man ihm während des Spiels spontan eine Handvoll davon ins Gesicht wirft und den Überschuss ins Haar schrubbt – so beobachtet bei Testimonial Tom W. und eine wahre Win-win-Situation: Der Gegner erhält voluminöses Haar, und man selbst gewinnt Points*», notiert Clemens in seinem Heft.

Irgendwann liegt Ronnie mit entblößtem Hintern auf dem Sofa.

«Du erinnerst an dieses Kate-Moss-Foto, wo die nackt so daliegt – bloß in fett und behaart», sagt Toffer, der das filmt.

Ronnie reckt einen Daumen in die Kamera. Neben ihm stehen Max und Tom, je einen Wachsstreifen in der Hand. Toms Gesicht sieht noch immer so aus, als hätte man es mit rohem Pizzateig verwechselt – schön viel Mehl drauf, bevor es in den Ofen geht.

«Was tut ihr hier?», wendet sich Toffer ganz dokumentarfilmisch an Max, der völlig konzentriert auf das Startsignal wartet.

Max grinst in die Kamera: «Wir rupfen Ronnie die Arschhaare.»

«Das kitzelt», lallt der jetzt, weil Ulf mit einem Metermaß an seinem Hintern rumfummelt.

«Ein bis zwei Zentimeter», sagt Ulf in die Kamera.

«Bereit?», fragt Clemens. Tom und Max nicken ernst.

«Für die echten Kerle!», ruft Ronnie.

«Die echten Kerle!», rufen die anderen.

Clemens kniet sich neben Ronnie, mit der Hand hält er Ronnies Stirn an seine und schreit: «HuAAAHH! Wer sind die echten Kerle?!»

«Wir!», ruft Ronnie. «Wir sind die echten Kerle!»

«HuAAAHH! Die ECHTEN Kerle!»

«Wir lassen uns nichts bieten! ECHT!», schreit Ronnie inbrünstig.

«ECHT!!»

«HuaaahH!»

«HUAAAHH!!»

Plötzlich muss Clemens lachen, Ronnies todernste knallrote Birne sieht zu komisch aus, er kann sich kaum mehr halten, und auch Ronnie und die anderen prusten los. Clemens klopft ihm auf die Schulter und löst sich von ihm.

«Anlegen», sagt er dann.

Tom und Max legen die Wachsstreifen auf je eine Pobacke. Clemens hockt sich neben Ronnie und hält ihm die Hand.

«Glattstreichen!», sagt er.

Ronnie kneift die Augen zu, beißt sich auf die Lippen und krallt sich in Clemens' Hand fest.

«Sorry, Ronnie», sagt Tom in ängstlicher Vorahnung.

«Action!», ruft Clemens.

Ein lautes Reißen ertönt, Ronnie jault auf, als würde er lebendig gebraten, und Clemens glaubt, dass seine Hand abstirbt, so fest drückt Ronnie zu.

«Alles klar, Alter?», fragt Max und hockt sich neben ihn.

Auch die anderen scharen sich besorgt um Ronnie, während Toffer alles filmt. Erst als Ronnie ein schwaches «Funky» von sich gibt, wendet sich Clemens Toffers Kamera zu: «Merk dir das, du modernes Weichei: Steh zu deinen Arschhaaren. Es gibt nämlich Wichtigeres –»

Abwartend blickt er zu Max, der jedoch den Einsatz verpasst. Der starrt noch immer entsetzt auf die zwei knallroten haarlosen Rechtecke auf Ronnies Po. Clemens muss ihn mit dem Ellenbogen in die Seite stoßen, damit er reagiert und in die Kamera sagt: «Genau, Wichtigeres, nämlich: die Welt retten.»

«Cut», sagt Toffer und lässt das Handy sinken.

«Und?», fragt Tom.

«Geil», sagt Toffer.

«Zeig her», sagt Clemens und nimmt ihm das Handy ab.

«Ich will auch sehen!», ruft Ronnie.

Clemens und die Jungs setzen sich zu ihm und sehen sich das Video an. «Geiler Scheiß.»

Toffer nimmt das Handy wieder an sich, scrollt übers Display, klickt ein paarmal drauf und blickt daraufhin zu Clemens. «Online auf allen Kanälen, Alter.»

Clemens braucht einen Moment, bis die Information in sein vom Alkohol aufgeweichtes Hirn durchsickert. Dann muss er breit grinsen, die anderen johlen begeistert und fallen ihm in die Arme, sie geben sich High-Fives.

«Was tun wir als Nächstes?», fragt Ulf voller Enthusiasmus, er hält zwei Produkte hoch. «Den Nasenhaar-Trimmer oder die Patchmaske gegen ...», schielend betrachtet er die Verpackung, «... gegen Fältchen an Wangen und Augen?»

Und so geht es bis in die frühen Morgenstunden.

Tja. Wer hätte gedacht, dass Beauty & Wellness so viel Spaß machen kann?

Das sind keine richtigen Bäume

«… das Vitamin D hat uns die ganze Nacht wach gehalten und vielleicht auch dazu beigetragen, mehr Kills als je zuvor erreicht zu haben. *Men's Nightcare* hingegen hat sich vor allem als Drink bewährt. Sein Moschusgeschmack gibt dem Gin Tonic eine würzige Note. Um seine Intensität voll zu entfalten, sollte man ihn jedoch ganz simpel als Shot mit Wodka genießen …»

Clemens steht benommen in Wayras Büro, als er das vorliest. Sein Schädel fühlt sich an, als hätte den jemand zu Brei geschlagen, und ihm ist übel. Er lässt die Blätter sinken.

«Weiter», sagt Wayra knapp. Clemens muss die Augen zusammenkneifen, um sie scharf zu sehen. Funktioniert nicht. Sie sitzt in ihrem Chefsessel hinterm Schreibtisch, und ihm ist, als würde sie mitsamt dem Mobiliar auf einer Barke schaukeln.

«Weiter», sagt sie erneut.

Clemens schüttelt den Kopf.

«Das war's?», fragt sie.

Clemens nickt. Er fasst sich an die Stirn. Wann war ihm zuletzt so schlecht? Das müssen die Cremes sein. Vielleicht hat Ronnie recht, und jetzt ist er impotent …?! Nicht drüber nachdenken. Bereitet bloß mehr Kopfschmerzen.

Clemens wendet sich der Tür zu und will gehen. Wasser trinken. Aspirin einwerfen.

«Clemens?», fragt Wayra.

Auf halbem Weg hält er an und dreht sich wankend zu ihr. «Ja?»

Sie lacht ungläubig und schüttelt den Kopf, stützt einen Ellbogen auf den Tisch.

«Wo soll ich anfangen?», fragt sie. «Du hast mir diesen Artikel heute früh zugemailt.»

«Das ist richtig.»

Das war, nachdem Max, Ronnie sowie Toffer fort und Tom auf dem Sofa weggeratzt war. Da hatte Clemens plötzlich einen kreativen Impuls und hat den Artikel in einem runtergeschrieben, während Ulf ihm über die Schulter glotzte und dabei rohe Kartoffeln schälte.

«Ich habe ihn gelesen, noch bevor ich hier war», sagt Wayra.

«Okay.»

Sie räuspert sich. «Weshalb, glaubst du, habe ich dich gebeten, ihn mir trotzdem vorzulesen?»

Clemens überlegt, kratzt sich hinterm Ohr und lehnt sich gegen die Tür. «Keine Ahnung.»

«Streng dein Gehirn an.»

Welches Hirn? Haben *Wrinkle Wonder* und *Midnight Skin* letzte Nacht vernichtet. Clemens versucht sich dennoch zu bemühen. «Um deine Macht über mich zu verdeutlichen?»

«Bitte?»

Clemens lacht auf. «Nein, vielleicht nicht.»

Er lächelt sie an. Für einen kurzen Moment sind die Kopfschmerzen fort. Ein kurzer Moment. In der nächsten Sekunde melden sie sich umso stärker zurück.

«Können wir ein andermal darüber reden?», fragt er und versucht die Übelkeit zu unterdrücken.

Wayra fährt sich über die Schläfe.

«Nein», sagt sie.

Mann.

Clemens setzt sich ihr gegenüber an den Tisch.

«Ich hab dich vorlesen lassen, in der Hoffnung, dass dir bewusst wird, was für ein absoluter Müll das ist. Aber vermutlich bist du noch zu betrunken, um das zu verstehen.»

Clemens hört sich das an, starrt auf die Tischplatte und sagt lieber mal nichts.

«Der Artikel wird nicht gedruckt. Ich verlange eine ernsthafte Auseinandersetzung mit dem Thema. Keinen Erlebnisbericht über ein Teenage-Jack-Ass-Gelage.»

Sie lehnt sich im Sessel zurück.

Clemens fühlt Wut in sich aufsteigen, mit einem Mal ist er ziemlich ernüchtert. Er atmet tief ein und fährt sich über Kinn und Nacken.

«Dir ist schon klar, dass das beleidigend ist, was du gerade gesagt hast?», fragt er und sieht Wayra dabei geradewegs in die Augen.

«Ist dir klar, dass es beleidigend ist, mir einen derartigen Schund vorzulegen?», entgegnet sie, ohne seinem Blick auszuweichen.

«Schund», grinst Clemens und blickt weg. «Du redest wie 'n greiser Intellektueller.»

«Besser, als zu schreiben wie ein pubertierender Dreizehnjähriger.»

Clemens überlegt, ob er an die Decke gehen soll oder lieber deeskalieren. Letzteres hat er neulich auf *Deutschlandfunk* aufgeschnappt: *«Ausland: Bei der Stabilisierungsmission in Mali ist die Deutsche Bundeswehr nach wie vor um Deeskalation bemüht.»* Vielleicht sollte er das jetzt mal hier, im Kleinen, ausprobieren. Schaden kann's nicht. Und zumindest sein Kater, vielleicht auch sein Verstand oder das, was nach der Überdosis Bodylotion-Wodka davon noch übrig ist, rät ihm dazu.

«Ich weiß gar nicht, was du hast», sagt er also. «Der pubertierende Dreizehnjährige hat sich mit Beauty & Wellness befasst. Das ist doch, was du wolltest.»

«Das habe ich nicht gesagt. Ich habe nie gesagt, dass du ein pubertierender Dreizehnjähriger bist. Sondern *wie*. Dass du *wie* einer geschrieben hast.»

«Okay.» Clemens zuckt mit den Schultern und sieht weiterhin auf die Tischplatte, auf Alfies Brandfleck. «Für solche Feinheiten habe ich gerade keinen Kopf.»

«Gut», sagt Wayra. «Dann will ich ganz direkt sein: Der pubertierende Dreizehnjährige geht heim, schläft den Kater aus und überarbeitet seine Hausaufgaben noch mal. Oder –»

Sie macht eine Pause. Und Clemens' Kopfschmerzen greifen wieder an, sodass er das Gefühl hat, ihm platzt gleich der Schädel. Dementsprechend verzieht er das Gesicht, als er zu ihr aufblickt, um das Ende ihres Satzes zu hören.

«Mhhm?», fragt er fordernd.

«Oder er geht raus in die große weite Welt und sucht sich woanders einen Spielplatz.»

«Spielplatz?»

«Irgendwas, wo's Abenteuer, Tischfußball und eine PS4 gibt.»

«Und was soll ich dort?»

«Schreiben, über das, was dir gefällt, wie es dir gefällt.»

Clemens stützt die Ellenbogen auf den Schenkeln ab und kratzt sich am Kopf. Knallhart, die Maus. Sein Blick fällt auf die Bonsai-Bäumchen links von ihrem Schreibtisch. Wie provozierend die dort stehen und einen auf unschuldig tun.

«Ach, Clemens», sagt Wayra. «Du musst dir überlegen, ob du seriös über Beauty & Wellness schreiben willst. Vielleicht auch ob du das überhaupt kannst. Die Entscheidung liegt allein bei dir. Ich verstehe, worauf du mit … mit dem Artikel hinauswillst. Ich verstehe dich sogar.»

«Du verstehst mich?»

Sie nickt.

«Warum veröffentlichst du meinen Artikel dann nicht? Zeig der Welt, wie debil diese Produkte sind! Und wie sie Männer debil machen!»

Wayra lacht auf. «Du glaubst doch nicht ernsthaft, dass ich so was drucke.»

«Wieso nicht?»

Sie lehnt sich in ihrem beknackten Chefsessel zurück. «Der Markt diktiert etwas anderes.»

Clemens reibt sich die Schläfen, versucht das Pochen im Schädel loszuwerden. Und auch die Wut zu unterdrücken, die in ihm lodert. Er steht auf und stemmt beide Hände auf den Tisch. «Okay», sagt er nickend, mit aufeinandergepressten Lippen. «Dann erklär mir doch mal, Frau Petersen: Wer ist denn das überhaupt, der moderne Mann?» Er sieht ihr in die Augen. «Im Ernst, wer ist dieser ominöse Kerl? Dieser Typ, der uns Journalisten sagt, worüber wir schreiben sollen? Den gibt's doch gar nicht!» Er haut mit der flachen Hand auf den Tisch, macht einen Schritt zurück und stolpert fast über den Stuhl. Die Kopfschmerzen schlagen wieder zu, es nützt auch nichts, sich zum hundertsten Mal an die Stirn zu fassen.

«Es gibt Statistiken», sagt Wayra. «Ich kann den Artikel jedenfalls nicht durchgehen lassen.» Sie zögert, sieht dann zu ihm auf. «Vielleicht ein anderes Blatt. Vielleicht …» Sie räuspert sich. «Vielleicht wärst du dann glücklicher.»

«Bitte?» Clemens geht erneut zum Tisch. «Hör mal gut zu, Süße: Glücklich war ich, bis *du* in meinem Leben aufgetaucht bist.»

Wayra sieht ihn mit offenem Mund an.

«Sie sollten sich für den Rest des Tages frei nehmen, Herr Voss.»

Clemens nickt langsam. Er will zur Tür, doch dann fragt Wayra: «Ach, Herr Voss? Was soll das eigentlich?»

«Wie? Was das soll?»

Sie blickt einen Moment vor sich, dann zu ihm. «Was ist das für eine Beziehung, deiner Ansicht nach?»

Beziehung. Oh Mann. Clemens sieht zur Decke.

«Zwischen uns?», fragt er dann.

Wayra starrt emotionslos zurück, und er schluckt. Okay. Die Chefmaus will *jetzt* über Beziehung reden. Schön. Soll sie kriegen, das Gespräch. Er blickt um sich und greift kurzerhand nach der Schachtel Streichhölzer, die auf dem Schreibtisch liegt.

«Alles klar, pass auf, Süße», sagt er und nimmt ein Streichholz aus der Schachtel. «Das bin ich.» Er hält es in die Höhe. «Und das hier, das bist du.» Er deutet auf die Schachtel. Wayra unterdrückt ein Lachen.

«So ein dürres Hölzchen bist du?», fragt sie, um Ernsthaftigkeit bemüht.

Clemens findet das gar nicht komisch. Er wirft ihr einen möglichst bösen Blick zu, nimmt noch zwei weitere Streichhölzer aus der Schachtel und sagt: «Okay. *Das* bin ich.» Hält die gebündelten Hölzchen hoch. «Und das ...»

«Bin ich», sagt Wayra.

«Genau. Wir sind uns begegnet ...» Er entzündet die drei Hölzer an der Schachtel und legt sie brennend darauf. «Dann ist das passiert.»

Eigentlich will er, dass die Schachtel jetzt Feuer fängt, laut zischend explodiert, einen großen pyrotechnischen Effekt! Tja. Nichts dergleichen geschieht. Die Hölzchen verglimmen völlig unspektakulär.

«Okay», sagt Wayra und räuspert sich. «Ich hab das Bild verstanden.»

«Es hat ordentlich gekracht! War intensiv! Von kurzer Dauer! Und dann», sagt Clemens, gibt das in die Stimme, was die Streichhölzer an Effekt entbehrt haben, und hält inne: «Dann hast du mein Leben zerstört.»

Plötzlich zischt und funkt es, die Schachtel hat nun doch Feuer gefangen, sie zuckt, kleine Stichflammen blitzen auf, fressen züngelnd Karton und Hölzchen auf. Clemens sieht zu Wayra. Sie wirkt ebenso überrascht wie er. In ihren Augen funkelt aber auch etwas anderes, eine Art Freude, und auch er freut sich, über die Intensität, die Kraft des Feuers. Das geht nicht. Er will sich nicht freuen. Und da die Flammen nicht mehr ausgehen wollen und sich nichts Löschendes in greifbarer Nähe befindet, erstickt er es spontan mit den bloßen Händen. Haut mehrfach drauf wie ein Wahnsinniger. Verbrennt sich natürlich dabei, zeigt es jedoch nicht, bloß nicht, unterdrückt alles – Freude und Schmerz.

«Bumm. Zack. Aus», sagt er. «Und was übrig bleibt, die Asche, das war unsere … *Beziehung.*»

Das letzte Wort spricht er flüchtig weg, drückt sich die schmerzenden Handflächen.

«Ziemlich melodramatisch», sagt Wayra, die mit großen Augen auf die Asche blickt.

«Es gibt keine Beziehung zwischen uns», sagt Clemens.

Wayra nimmt ein halb abgebranntes Hölzchen und stochert damit in den schwarzen Streichhölzern und dem, was von der verkohlten Schachtel noch übrig ist, stochert vorsichtig darin herum, als sei sie auf der Suche nach einer überlebenden Glut oder Flamme. «Du hast sie erstickt», sagt sie leise, sucht weiter.

«Du erstickst mich.»

«Aber …» Wayra scheint gar nicht zuzuhören. Sie ist völlig konzentriert auf die abgebrannte Streichholzschachtel. «Das kann nicht sein …»

Er beugt sich zu ihr vor, ergreift ihr Handgelenk, damit sie endlich damit aufhört. Sie sieht überrascht zu ihm auf. «Du willst mich glücklich machen?», fragt er. Sie zieht die Brauen zusammen, wirkt geradezu mürrisch, dass er sie an ihrer Glutsuche hindert. «Verschwinde aus meinem Leben.» Er lässt sie los.

Sie streicht sich übers Handgelenk, blickt verblüfft vor sich, vielleicht hat er sie etwas zu fest gedrückt. Mist. Was hat er da nur angerichtet? Er geht um den Tisch herum, möchte das zurücknehmen, auch was er gesagt hat, dass sie aus seinem Leben verschwinden soll, er möchte sie in den Arm nehmen, ihr über den Kopf streicheln, mit ihr an einem Strand aufwachen, egal wo, irgendwo, wo es keine Redaktion, keine Männerkosmetik und keine Machtverhältnisse gibt. Abwehrend hält sie eine Hand hoch.

«Fass mich nicht an», zischt sie.

Clemens macht einen Schritt zurück.

«Es tut mir leid», sagt er. «Ich wollte dir nicht wehtun.»

Sie reagiert nicht. Er atmet laut aus, ruft sich in Erinnerung: deeskalieren. Keine weitere Diskussion. Raus hier. Aspirin. Und dann? Kündigen. Ist wohl die beste Option. Denn diesen Wahnsinn – innerlich schüttelt er entschieden den Kopf –, den Wahnsinn will er nicht täglich erleben müssen.

Wayra hat sich dem Bildschirm ihres Computers zugewandt, tut so, als sei er nicht im Raum, behandelt ihn wie Luft. Das macht ihn rasend. Tja. Und ganz deeskalieren kann er dann nicht.

«Ich bin ein echter Kerl, merk dir das», sagt er im Rausgehen. «Und *das* –» Er deutet auf die verfickten Bonsais. «Das sind keine richtigen Bäume!»

Damit reißt er die Tür auf und geht.

Von Frauen-Aficionadas und wegveganisierten Eiern

Im Großraumbüro hocken alle an ihren Schreibinseln, als sei die Welt in Ordnung. Als wäre alles beim Alten. Sehen die denn nicht, was hier gerade passiert?! Dass das Männerbild in diesem Magazin dabei ist, untergraben zu werden, auf brutale Weise entmannt zu werden? Die androgynen Models aus der Werbung haben sich zusammengeschlossen, um echte Kerle wie Clemens auszumerzen und die Weltherrschaft an sich zu reißen. Sogar Wiebke schreibt plötzlich mit einem Lächeln auf den Lippen über Familienautos, obwohl bei der normalerweise nix unter 400 PS läuft.

«Es tut so gut, dass die Gleichberechtigung endlich auch hier angekommen ist», sagt sie, als er sich zu ihr an den Schreibtisch setzt.

«Bitte?», fragt er.

«Dass wir jetzt eine Chefredakteur*in* haben. Finde ich gut.»

Okay. Clemens sagt dazu lieber mal nichts, er hat sich heute schon genug aufgeregt, wirft den Rechner an und kramt eine Packung Aspirin aus der Schublade.

«Natürlich ist es schade, dass Alfie fort ist», sagt Wiebke. «Aber es ist wichtig, Frauen in Führungspositionen zu lassen.»

Clemens richtet sich im Sessel auf. «Weißt du, Wiebke», sagt er. «In ein paar Jahren spielt das sowieso keine Rolle mehr.» Sie sieht ihn fragend an. «Wenn wir Männer zu Frauen geworden sind. Dann interessiert es keine Sau mehr, ob der Boss eine Muschi oder einen Schwanz hat – oder soll ich *die* Boss sagen?»

Er schmeißt gleich zwei Aspirin, würgt die runter.

Wiebke starrt ihn mit einem eiskalten Lächeln an.

«Mandy und Cindy fliegen heute übrigens nach Borneo», sagt sie. «Für ein Spezial über bedrohte Arten.» Sie zuckt mit den Schultern und wendet sich wieder ihrem PC zu.

Clemens hat das Gefühl, dass ihm die Tabletten gerade im Hals stecken geblieben sind. Mangels Wasser greift er nach der Tasse kalten Kaffee, die noch von gestern hier steht und trinkt einen großen Schluck. Dann ruft er Alfie an.

«Steht die Redaktion noch?», fragt Alfie, als er abhebt.

«Steht noch. Fragt sich, wie lange – du fehlst uns», sagt Clemens und sieht, wie Wiebke geradezu verliebt auf ihren Bildschirm starrt und wie besessen in die Tastatur hackt. Er hofft, dass sie mit einem potenziellen Fick chattet und es nicht der Artikel über Familienautos für den modernen Mann ist, der sie so erfüllt. Lieber nicht weiter drüber nachdenken. Er dreht den Sessel von ihr weg. «Tut gut, deine Stimme zu hören.»

Clemens hört Alfie am anderen Ende belustigt glucksen.

«Acht Jahre und ein Rausschmiss, um diese Worte aus deinem Mund zu hören.»

«Ich glaube, lange halte ich's hier auch nicht mehr aus», sagt Clemens leise und behält dabei Wiebke im Auge, um sicherzugehen, dass die das nicht mitbekommt.

«Wo willst du hin?», fragt Alfie.

«Keine Ahnung. Wo gehst du denn als Nächstes hin?»

Alfie seufzt in den Hörer. «Junge, ich glaube, ich brauch erst mal Zeit, um mich zu orientieren. Machen wir uns nix vor, momentan sieht's überall miserabel aus.»

«Hm.» Clemens presst die Lippen aufeinander. Wenn jetzt sogar Alfie die Lage so einschätzt.

«Wie geht's dir denn?», fragt Clemens.

«Um die Wahrheit zu sagen, Junge: Ich bin erleichtert. Gegen

Ende hatte ich es satt, denen da oben die Eier kraulen zu müssen.»

«Hast du das je getan?»

«Nein. Deswegen bin ich ja jetzt weg.»

«Wie lief das eigentlich genau ab?»

«Saalbeck und Thieme haben Shrimps-Cocktail bestellt und Thieme hat gefragt: Was hast du gegen unsere Eier? Und Saalbeck hat hinzugefügt: Die sind doch so schön, unsere Eier.»

Clemens muss grinsen.

«Glatt rasiert, zart und nach Sandelholz duftend, dank einer speziellen Hodenverjüngungslotion?», fragt er.

Alfie lacht dreckig in den Hörer, und Wiebke sieht Clemens irritiert an. Mann. Darf man jetzt nicht mal mehr offen über Eier reden? Er dreht den Sessel noch weiter von ihr weg und hält die Hand über die Sprechmuschel.

«Hör mal, Alfie, kann ich nach der Arbeit vorbeikommen?»

«Klar.»

Anschließend wählt Clemens die Nummer eines Kollegen bei einem Konkurrenzmagazin.

Der Kerl furzt ihm erst mal gehörig in den Hörer, sodass Clemens beinahe befürchtet, der Gestank könnte durch die Muschel bis zu ihm vordringen. Dann gackert Frank und sagt: «Na, Voss? Welch eine Ehre.»

«Hallo, Frank», sagt Clemens. «Hast dich nicht verändert, wie ich höre.»

«Monatelanges Intensivtraining, um für den Moment bereit zu sein, in dem du mich mit einem Anruf beglückst.»

«Zufrieden?», fragt Clemens.

«Sehr», sagt Frank. «Womit kann ich dienen?»

«Vielleicht ruf ich einfach so an. Um zu wissen, wie's deiner Prostata geht?»

«Du rufst nie einfach so an, Voss. Würd ich dich sonst anfurzen?»

«Wieso?»

«Das letzte Mal, als du angerufen hast, wolltest du die Nummer meiner Ex. Und als du mit der fertig warst, hast du mir meine damalige Freundin ausgespannt.»

«Ne, ne, ne, Frank. Ich hab dir ...» Mist, ihm fällt ihr Name nicht mehr ein. «... Die hat mich im Berghain auf'm Klo festgenagelt. Da liegt 'n feiner Unterschied.»

«Fick dich, Voss.»

Dann ist die Leitung tot. Frank hat aufgelegt. Clemens starrt auf den Hörer, kratzt sich etwas verlegen hinterm Ohr, sieht auch mal zu Wiebke rüber – gut. Die hat das nicht mitgekriegt. Er wählt eine weitere Nummer. Ein anderer Kollege, bei einem ziemlich angesagten Blatt.

Jörn ist guter Dinge, als er abhebt. Sie smalltalken, reißen ein paar Witze. Dann sinkt Clemens tief in den Sitz, bis fast unter den Schreibtisch, rutscht dann wieder etwas höher, weil ihn Wiebke kritisch beäugt, und genau das will er ja vermeiden, er rollt mit dem Stuhl bis an den äußersten Rand des Schreibtischs, so weit wie möglich von ihr weg, blickt sich um wie ein Geheimagent, und als er sich unbeobachtet wähnt, schildert er Jörn flüsternd die für ihn unzumutbare Situation bei *Playtime*, woraufhin der ihm sein Beileid ausspricht. Einen freien Reporterposten gibt's bei Jörn zurzeit allerdings nicht.

«Es sei denn, du willst aus der Sicht eines jungen Vaters schreiben. Da ist gerade die Kolumne frei geworden.»

«Frei geworden?», fragt Clemens. «Hat der Typ sich umgebracht?»

«Nein. Der Typ ist in Elternzeit gegangen.»

«Ich hab keine Kinder.»

«Vielleicht doch. Vielleicht bin ich die Mutter deiner unehelichen Tochter.»

«Und damit rückst du jetzt erst raus?»

«Na klar. Ich wollte warten, bis ich nicht mehr abtreiben darf.»

«Wie alt?»

«Gestern geschlüpft.»

«Und jetzt?»

«Jetzt zwing ich dich zum Vaterschaftstest, und dann kassier ich ordentlich Alimente.»

Clemens kneift die Augen zusammen.

«Bist du gerade dabei, mir deine eigene Story zu erzählen, Jörn?»

Jörn seufzt. «Ich sollte ein Buch darüber schreiben. Hanna ist jetzt vier. Gesehen habe ich sie bislang aber nur auf einem Foto. Echt, Mann, was Kinderkriegen anbelangt, liegt die Macht bei den Frauen, Gleichberechtigung ist auf dem Gebiet einfach tabu. Und darüber redet fast niemand.»

«Tut mir leid, Jörn.»

«Schon okay. Aber, hey, um auf die Kolumne zurückzukommen: Wäre ratsam, tatsächlich Vater zu sein.»

Clemens überlegt. Eine Kolumne über den Alltag eines jungen Daddys. Das törnt ihn sicher nicht so an wie eine Reportage über Mexikos Drogenkartelle. Dennoch: Es ist weniger schlimm als über Beauty zu schreiben. «Ich könnte ja so tun, als ob.»

Jörn lacht auf. «Du kannst es versuchen. Aber dein Ruf eilt dir voraus, Voss.»

Clemens sieht ein, dass er wohl auch bei Jörns Magazin nicht unterkommen wird. Nach dem Anruf braucht er erst mal einen frischen Kaffee, schlurft gedankenversunken in die Redaktionsküche, überlegt, welche anderen Zeitschriften für ihn noch in

Frage kommen und notiert die heimlich auf einer Serviette. Bis Mittag tut er so, als würde er den Satire-Artikel über die Pflegeprodukte überarbeiten. Als Wiebke dann zum Essen in die Pause geht, zieht er seine Serviettenliste aus der Hosentasche und wählt die erste Nummer. Zwar ein nicht ganz so prestigereiches Blatt wie die, bei denen Frank und Jörn arbeiten, aber auch nicht zu verachten. Sowieso alles besser, als bei *Playtime* zum weichgespülten Wellness-Experten zu mutieren.

Außerdem furzt Daniel weder ins Telefon, noch erzählt er ihm von traumatisierenden Ereignissen aus seinem Leben. Daniel sagt einfach: «Mann, Clemens, ist ja ewig her!»

Und Clemens kann ihn quasi vor Freude strahlen sehen.

«Alles klar, Dani?», fragt Clemens.

«Ich wollte dich auch schon anrufen!»

«Ja, echt schlimm, was die Alfie angetan haben.»

«Wie? Ist Alfie ...?»

Clemens richtet sich in seinem Sitz auf. «Das weißt du noch nicht?»

«Nee, Alter. Ich such einen neuen Job! Aber erzähl, was ist passiert?»

Mist. Bedeutet, dass es bei Daniel derzeit wohl auch nicht rosig aussieht. Clemens räuspert sich. «Er wurde ausgewechselt. Vorgestern. Eine ganz miese Tour.»

«Alter. Das ist das Letzte, was ich hören wollte.»

Daniel verfällt in Schweigen.

«Daniel ...?», fragt Clemens nach einer Weile.

«Scheiße, Alter», sagt der. «*Playtime* war so ziemlich meine letzte Hoffnung. Aber ohne Alfie ...? Habt ihr schon einen neuen Chefredakteur?»

Clemens beißt die Lippen aufeinander. «Ja.»

«Und?»

«*Playtime* ist tot», sagt Clemens. «Neue Blattlinie. Seitenweise Lifestyle-Müll. Und statt richtiger Abenteuer-Reportagen kuscheln jetzt Mandy und Cindy mit Orang-Utans.»

Daniel schweigt wieder einen Moment. Plötzlich lacht er schrill. Clemens hält den Hörer etwas vom Ohr weg.

«Was geht? Alter», sagt Daniel, als er sich beruhigt hat. «Bei uns geht's gerade ähnlich zu. Bloß wurde das hier nicht an die große Glocke gehängt. Unseren CR haben sie behalten. Der leckt die Chefetage zu gut. Ganz hinterhältig hat sich die neue Struktur aufgebaut.» Daniel senkt die Stimme, flüstert fast und atmet laut, als würde er laufen, durch einen Büroflur oder so, im Hintergrund hört Clemens Telefonläuten sowie gedämpfte Stimmen, die mal lauter werden und dann wieder verebben. «Abenteuer wurde komplett eingestanzt», flüstert Daniel aufgebracht. «Ich darf nicht mal mehr über die Bundeswehr berichten! Stattdessen haben sie mir nahegelegt – und zwar auf so 'ne ganz fiese Mafia-Tour à la ‹Wir mögen deine Pasta, Dani, aber die Soße, die ist uns zu scharf, probier doch mal eine andere Soße: süße Soße, Daddy zufrieden. Scharfe Soße, Dani weg› –, über Mode-Trends und die Geschichte der Männermode zu schreiben!»

«Besser als Gesichtscremes, Dani.»

Daniel verstummt kurz.

«Was ist bloß los in der Branche?!», flüstert er dann geradezu hysterisch. Im nächsten Moment sagt er gelassen: «Hi, Coco.»

Clemens hört eine Frauenstimme im Hintergrund Hallo sagen. Coco ist Daniels Kollegin, eine sehr gute Investigativ-Journalistin und so ziemlich die hübscheste Frau, die Clemens je gesehen hat und leider jedoch nie flachlegen konnte – Coco steht ausschließlich auf Frauen.

«Geht's denn wirklich überall so zu?», fragt Clemens Daniel.

«ÜBERALL, Clemens. Ich hör mich schon seit Wochen um.»

Das sind mal bittere Neuigkeiten.

«Grundlegend», hört Clemens jetzt Coco sprechen. «Es ist ein grundlegendes Problem, es geht weit über die Medien hinaus. Der Mann an sich, Dani, der deutsche Mann – gib mal her, Herz. Hallo Clemens.»

«Hi, Co –»

«Du willst das sinkende Schiff verlassen?»

Typisch Coco. Allen immer einen Schritt voraus. Im Wilden Westen hätte die schneller als ihr Schatten geschossen.

«Äh ... ja.»

«Wir alle. Aber ausweichen nützt nichts, Süßer. Das löst das Problem nicht.»

«Und was ...?»

«Wir haben ein großes Sterben. Männersterben.»

«Du übertreibst», hört Clemens Dani einwerfen.

Wird sogleich von Coco überrannt. «Lass mich ausreden, Herzchen – reich lieber den Zucker. Danke. Ganz richtig, Schatz, Männersterben. Männer wissen nicht mehr, wer oder was sie sind.»

«Also, ICH weiß –»

«Ja, du, Schatzi. Bist ja auch eine Ausnahme. Ich spreche vom Mann im Allgemeinen. Sieh dich doch um, im Freundeskreis, lange braucht man da nicht suchen. Genügt ja schon, die Glotze einzuschalten – eine Werbung über Rasierschaum, und schon weiß man Bescheid. Der Mann ist in der Krise. Schlimmer noch, er wird schamlos im Namen der Gleichberechtigung kastriert. Und wenn ich als Feministin und Pussy-Passionierte das sage, Schatz, dann hat das was zu bedeuten.»

Kastriert?! Clemens stellen sich sämtliche Härchen auf. Er muss husten und konzentriert sich lieber auf etwas anderes: «Pussy-Passionierte ...?»

«Ja, oder Frauen-Aficionada, soll ich dir ein Bild malen, Schätzchen? Außerdem weißt du das doch schon! Erzähl mir lieber, was du von eurer Kastration hältst.»

HAaH! Sie hat es wieder gesagt. Clemens räuspert sich. «Bitte, Coco, Feminisierung des Mannes würde ich eher ...»

«Nenn es, wie du willst, Schatz. Fakt ist, es geschieht auf tückische, hinterhältige Weise, über die Medien. Sprich: mit unserer Hilfe.»

«Aber warum?», fragt Clemens. «Ich will nicht, dass Männer zu Frauen –» Dieses Mal wird er nicht von Coco unterbrochen. Es ist der Gedanke. So was will er sich nicht vorstellen.

«Ich doch auch nicht», sagt Coco. «Deswegen müssen wir uns auflehnen.»

«Bloß wie?»

«Hör mal, Clemens, am Telefon wird das nichts. Was machst du gerade? Lust auf einen Mittagsspaziergang?»

«Äh, ich ...»

«In zehn Minuten im Tiergarten!»

Damit legt sie auf. Clemens nimmt seine Jacke vom Stuhl, steckt Notizheft und Handy ein und verlässt die Redaktion. Eine Viertelstunde später erreicht er die Parkbank, an der er sich im Sommer öfter mit Dani und Coco in der Mittagspause trifft, Falafel futtert, Kaninchen beim Rammeln zusieht und über die Branche lästert. Im Winter kommt das nie vor. Vor allem, wenn es wie heute minus zehn Grad sind. Clemens' Atem ist dunstig, und seine Nase läuft. Coco und Dani erwarten ihn bereits. Dani, klein mit blondem halblangem Haar, immer nervös, immer in Bewegung. Und Coco, wie üblich dunkel gekleidet, mit einem großen Hut und sehr hohen Absätzen, um von ihren einsneunundfünfzig abzulenken. Dani reicht Clemens zur Begrüßung einen Pappbecher mit dampfendem Kaffee, und sie spazieren los.

Es hat etwas von einer Begegnung unter Agenten. Sie gehen versetzt nebeneinanderher im kahlen grauen Park und reden, ohne einander anzusehen.

«Wir müssen die Ursache finden», sagt Coco. «Warum wird der deutsche Mann kastriert?»

Clemens überlegt einen Moment. Allein an der Werbeindustrie kann's nicht liegen. Ihm fallen viele Bereiche ein, die nichts mit Konsum zu tun haben und in denen sich Männer heute trotzdem *anders*, also, seiner Ansicht nach wie Frauen verhalten sollen. Er zuckt mit den Schultern. «Es gibt viele Ursachen, es ist komplex.»

«Könnte die Ursache Gleichberechtigung heißen?», fragt Coco.

Clemens sieht alarmiert zu Dani. Der streicht sich das Haar aus dem Gesicht und blickt mit düsterer Miene zurück. Clemens schluckt. «Äh, also, nein. Das glaube ich nicht.»

«Ganz schön brisant, was?», fragt Coco grinsend. «Sobald du den Mund aufmachst, vor allem als Mann, wirst du als Macho oder Gegner der Gleichberechtigung ausgebuht. Dabei richtet sich die Kritik überhaupt nicht gegen Gleichberechtigung oder Frauen als gleichwertige Partnerinnen.»

«Erzähl ihm vom alternativen –»

«Tu ich, Dani-Herz.» Dani, der von Coco abgewürgt wird. So viel zur Gleichberechtigung. Sie bleibt unvermittelt stehen. Hebt ein Stöckchen vom Boden und betrachtet es, streicht über die feuchte, morsche Rinde, pult daran, bis das glatte, glänzende Holz darunter zum Vorschein kommt, während sie sagt: «Es geht darum, einen anderen Weg zur Gleichberechtigung zu finden. Eine Alternative, in der ein Mann ein Mann sein kann und trotzdem auf gleicher Ebene mit der Frau ist.»

«Warum sprechen wir von einem *Kampf* um Gleichberechtigung?», fragt Dani, und sie gehen weiter, immer tiefer in den Garten hinein, geradewegs dorthin, wo er etwas Bedrohliches hat. «Weil es ein Machtkampf ist. Ein dreckiger Machtkampf, nach dessen Ausgang der Knecht, sprich die Frau, ebenso unbarmherzig herrschen wird wie zuvor der Herrscher, sprich der Mann, vielleicht sogar noch schlimmer, weil er Frustration ablassen muss. Ich sag nur Hegel.»

Clemens reißt die Augen auf, der Kiesweg vor ihm verschwimmt. *Kastration!,* schrillt eine geisterhafte Stimme in seinem Kopf. Er ist versucht, sich an den Sack zu fassen, um sicherzugehen, dass noch alles da ist.

«Wir müssen weg davon, hin zu einem aufbauenden Dialog», sagt Coco.

«Aber wie soll das gehen? Wie sollen Männer Männer bleiben dürfen, wenn wir nicht mal mehr darüber schreiben dürfen, was Männer wirklich interessiert oder wenn es die Männer, also, diesen neuen Mann, angeblich gar nicht mehr interessiert? Wie soll das gehen, solange alles, was männlich ist, negativ bewertet wird?», fragt Clemens.

«Du bist der Mann.» Achtlos wirft sie das Hölzchen fort. «Sag du's mir.»

Clemens atmet laut aus, eine dunstige Nebelwolke umhüllt ihn, und er kratzt sich ratlos am Kopf. Ganz schön kompliziert, das alles.

Sie kommen an einem Pfad vorbei, an dem eine Handvoll ziemlich dünn bekleideter Kerle verloren rumsteht und in die Gegend starrt, als würden sie auf irgendetwas warten. Schnelles Geld? Einen Ausweg? Erlösung? Sie sehen verwahrlost und unglücklich aus. Neulich hat Clemens gelesen, dass im Tiergarten Obdachlose leben, die Schwäne schlachten und grillen. Er hatte eine Reportage darüber schreiben wollen. Nachvollziehen wollen, wie sie hier gelandet waren. Tja. Die Art Reportage eben, die er jetzt nicht mehr darf. Die Typen sehen jedenfalls nicht so aus, als könnten sie einem Schwan auch nur eine Feder rupfen. Sie sehen vielmehr selbst aus wie Schwäne, die sich abschlachten lassen. Weil sie keine Wahl haben. Das Elend lauert im Herzen der Stadt. Und niemand tut etwas. Niemand hilft. Berlin verfault von innen. Weil niemand, seien es Männer oder Frauen, die Eier hat, etwas zu tun. Vielleicht fehlt es auch einfach an Motivation. Stattdessen klebt man große Werbeplakate drüber, pflastert die Misere schön zu mit Hochglanz-Bildern. *Kauft euch gegen das Elend eine Anti-Aging-Creme! Hübsche bunte Trendklamotten, mit denen ihr euch als schillernde Vögel abgrenzen könnt! Konsumiert und zeigt, wie GUT es euch geht, aber kommt bloß nicht auf die Idee, nachzudenken oder zu handeln.*

«Die Kölner Silvesternacht», sagt Coco. «2015/16. Sagt dir das noch was, Schatz?»

Sie hat sich eine Zigarette angezündet und reicht sie Clemens.

«Das Ding mit der sexuellen Belästigung?», fragt Clemens und nimmt einen Zug. «Ja.» Pafft den Rauch aus. «Frauen, die an Silvester angegrabscht wurden.»

«Genau», sagt Coco. «513 Frauen. Und was ging da ab?»

«Wusstest du, dass viele von den Ladys ihren Boyfriend dabeihatten?», fragt Dani.

«Nee. So genau hab ich das nicht mitverfolgt. Ging mir auf den Sack, dass gleich die Flüchtlinge beschuldigt wurden.»

«Ganz egal, wer die Angreifer waren», sagt Coco.

«Ja, Mann, vergiss die Angreifer», sagt Dani.

«Hier geht's um die *Boyfriends*», sagt Coco, und Dani nickt. «Weil: Schätzchen, während die Mädels, die 513 Mädels!» Sie hält inne, zieht die Brauen zusammen und blickt zu Clemens.

«Während die also von wildfremden Typen angetatscht wurden, was haben ihre Männer gemacht?»

Clemens zuckt mit den Achseln. «Versucht, dazwischenzugehen?»

«Bullshit!» Coco sieht jetzt richtig wütend aus. Sie hat eine Zornesfalte auf der Stirn. «Die Jungs haben Händchen gehalten!» Sie tritt den Kies vor sich weg.

«Bitte?» Clemens runzelt ungläubig die Stirn.

Coco nimmt ihm die Zigarette wieder ab. «Ganz richtig», sagt sie und saugt mehrfach an der Kippe. «Keiner, aber auch keiner der deutschen Männer hat sich in jener Nacht getraut, den Angreifern auf die Fresse zu geben.»

Stille. Clemens hat Mühe, das zu glauben.

«Wo ist das deutsche Testosteron hin, Schatzi?», fragt Coco.

«Wegveganisiert», sagt Dani, nimmt Coco die Zigarette ab, zieht daran, hustet und schnippt sie weg.

«Nichts gegen Veganer», sagt Coco. «Aber bei den Russen wäre so was nicht passiert. Und die fressen Fleisch.»

«Äh», sagt Clemens. «Abgesehen davon, dass es sicher auch Veganer-Russen gibt: Du glaubst, wir sollten einen aufbauenden Dialog zur Gleichberechtigung führen, indem wir uns mit Frauen an einen Tisch setzen und gemeinsam ein Rindersteak, blutig, futtern?»

«Na, zunächst einmal sollte der deutsche Mann wieder Appetit auf Rindersteak, blutig, bekommen!», sagt Dani.

Clemens zieht die Brauen nachdenklich zusammen, nickt langsam. «Und bei den Russen läuft das nicht so, oder wie?»

«Magazine über Männer-Beauty würden die verbrennen, um Wodka zu destillieren», sagt Dani.

«Lifestyle russisch, halt», sagt Coco.

«Ich weiß nicht», sagt Clemens. Sie gelangen an die Hofjägerallee. Reger Verkehr, Lärm, Beton. «Aber, hey, letztes Jahr bei der Frankfurter Buchmesse hat's doch Randale und Rangeleien gegeben? So schlimm kann's um unser Testosteron also nicht stehen.»

«Das waren Intellektuelle, Clemens!»

«Und?»

«Die sollten so was normalerweise nicht tun. *Wir* sollten so was nicht tun müssen!», ruft Coco gegen den Straßenlärm an. «Wenn Intellektuelle handgreiflich werden, dann ist das umso stärker ein Zeichen, dass es um den Mann an sich schlecht bestellt ist. Er kann sich nicht mehr allein wehren. Also greifen diejenigen, die darüber *schreiben* sollten, in ihrer Verzweiflung zu den Waffen. Es ist ein Weckruf!»

«Aber auf der Messe ging's doch überhaupt nicht um Männer. Es ging um Rechte und Linke, um Politik!», sagt Clemens.

«Weil der Normalo-Mann nicht vorher schon handgreiflich wurde. Weil kein Kerl sich wirklich auflehnt, mit seinen fucking Fäusten, sondern tatenlos zuschaut, und während ihm die Anti-Pickelmaske die Mitesser austrocknet, wird die AfD gewählt! Und dann gibt's einen rechten Stand auf der Frankfurter Buchmesse. Weil ihr Männer so vernünftig und verständnisvoll geworden seid wie wir Frauen. Das ist so wie good cop und bad cop. Zwei good cops, das funktioniert nicht! Ich will nicht, dass ihr die Fresse haltet – ich will, dass ihr auf die Fresse gebt!»

Okay. Also, wenn Clemens das hier richtig verstanden hat, sind Männer für Coco «bad cops» – die Bösen. Und wenn er sich das genau überlegt, dann will er, Clemens, kein «bad cop» sein. Coco ist ihm gerade zu krass unterwegs. Die sollte sich vielleicht erst mal von ihrer Freundin fingern lassen, um runterzukommen. Dann können sie vielleicht noch mal reden. Und Dani? Der sollte wirklich mal ein blutiges Rindersteak mit ordentlich Wodka runterspülen. Denn viel anderes, als Cocos Meinung zu sein, hat er bislang nicht getan.

«Warum grinst du?», fragt Coco.

«Ich grinse nicht», sagt Clemens.

«Doch. Hast du gerade», sagt Dani.

«Dann hab ich halt gegrinst. Und?»

Die beiden sagen nichts.

«Ich muss zurück in die Redaktion», sagt Clemens.

«Und was ist mit unserer Revolution?», fragt Dani.

«*Unsere* Revolution?», fragt Clemens. «Ich denke, Männer sind mehr als stumpfe Kerle, die gern auf die Fresse geben. Und ich glaube, dass Männer durchaus auch verständnisvoll und einfühlsam sind und es sein dürfen. Ich finde sogar, dass Männer alles sein dürfen, was sie wollen. Meinetwegen sogar Make-up tragen, also, diejenigen, die das geil finden. Was mir auf den Sack geht, ist, dass sich alle einmischen. Was mich nervt und wo ich das Kotzen kriege, ist, wenn mir Leute sagen, wie ich als Mann zu sein habe. Seien es die Medien oder … du. Coco.»

Coco sieht ihn irritiert an.

«Genau, du hast richtig gehört, Süße. Und jetzt erklär ich dir genau, wo mein Problem liegt: Wenn in Zeitschriften plötzlich nur noch eine Schiene gefahren wird, in der alles, was männlich ist, plötzlich scheiße sein soll und alles, was weiblich ist, geil, eine Schiene, in der wir Männer dazu formatiert werden, zu einem umgänglichen, unproblematischen, alles konsumierenden Wesen. Und dann soll ich auch noch dazu beitragen, indem ich brav darüber schreibe? Das ist es, wogegen ich mich auflehne. Gegen diese Bevormundung und Formatierung. Das hat nix mit Auf-die-Fresse-Geben oder nicht zu tun. Es hat mit Freiheit zu tun. Meine Freiheit als Mann, auf Fußball, Hacksteak, Adrenalinkicks, Cola, Bier, Männerabende und Ficken zu stehen.»

Dani und Coco sehen ihn mit offenen Mündern an. Clemens lässt sie so stehen, wendet sich ab und folgt der stark befahrenen Hofjägerallee entlang auf die Siegessäule zu. Grinst in sich hinein. Fühlt sich gut. Hat er von Freiheit gesprochen?

Er wird ihn befreien, den modernen Mann. Auf seine Weise. Und niemand wird ihm mehr sagen, was er zu tun oder zu lassen hat.

Und jetzt, auf der Hofjägerallee, dieser unendlichen Weite, fühlt er sich frei. Und auf unsagbare Weise von der Siegessäule angezogen. Erst als er dort ankommt, fragt er sich: Warum?

Liegt überhaupt nicht auf dem Weg in die Redaktion.

Was ist bloß schiefgelaufen, Mutti?

Der Tag hat ihm ganz schön zugesetzt. Entsprechend will Clemens auch bloß noch Mann sein, ist ja schon kompliziert genug, und nicht mehr darüber grübeln und schon gar nicht davon sprechen, als er mit einem Sixpack unterm Arm bei Alfie eintrifft.

Sie kickern eine Runde und spielen auch mit einem Retro-Flipperautomaten, den Alfie kürzlich ersteigert hat. Anschließend entzünden sie ein Feuer im Kamin, setzen sich davor, rauchen und trinken, während Alfie neue Anekdoten aus seiner verwegenen Reporterzeit preisgibt.

Wer braucht da noch Kuhstall-Massage? Besser entspannen als auf die Art kann Mann nicht. Bis auf das Feuer. Für einen Moment erinnert es ihn an die Explosion der Streichholzschachtel bei Wayra im Büro. Es tut weh, daran zu denken, wie sie anschließend in der Asche nach Glut gesucht hat, sie wollte nicht glauben, dass nichts mehr brennt – ihr Blick, als er sie davon abgehalten hat. Sie wusste, dass es eine Lüge war, die Asche. Das lässt sich nicht einfach ersticken, was er für sie empfindet.

Und wie das so ist, mit ungelösten Problemen. Ja, wie ist das eigentlich? Wie ein One-Night-Stand, der sich nach dem Sex nicht verpisst: In der Früh sind sie noch da.

Bilder von kastrierten Männern mit Gurkenmasken und Wayra, die inmitten verkohlter Streichhölzer eine Peitsche schwingt. In seinem Kopf. Mann, so was will er sich nicht vorstellen! Auch die morgendliche Dusche spült das miese Gefühl nicht fort. Aber immerhin klärt sie seinen Verstand. Er weiß, was zu tun ist.

Clemens ruft in der Redaktion an und meldet sich krank, hüstel, hüstel, fährt dann zur nächstgelegenen Autovermietung, zieht dort einen dieser üblen Instant-Coffees am Automaten und leiht sich einen Wagen, nix Weltbewegendes, Hauptsache, es fährt, und das nicht zu langsam, und damit geht's nach Dortmund.

Mutti besuchen.

Ein Desaster.

Dabei beginnt es ganz harmlos. Während Vater im Werkzeugschuppen an irgendwelchen Uhren rumschraubt und Clemens' Wäsche in der Waschküche sauber geschleudert wird, sitzt Clemens bei Mutti im Wohnzimmer auf dem beigefarbenen Sofa, alles ganz gemütlich. Wie gewohnt hat sie ihm Kaffee und Bienenstich serviert, und dann fragt sie ihn: «Erzähl, Cleeli, wie geht's dir, mein Schatz?»

Diese Frage. Das ist der Auslöser. Plötzlich ist ihm, als hätte man ihm den Boden unter den Füßen weggezogen, alles dreht sich, und mit einem Mal sinkt er in Muttis Arme.

«Cleeli!», sagt sie überrascht. «Was ...? Was ist denn passiert ...? Cleelilein.»

Sie streichelt ihm übers Haar, und Clemens beginnt zu erzählen. Von all den üblen Dingen, die in den letzten Tagen passiert sind. Wem sonst sollte er sich anvertrauen? So was geht nur mit Mutti. Bloß hat er nicht erwartet, dabei so emotional zu werden. Nun denn. Wenigstens flennt er nicht.

«Und die Russen?», fragt sie schließlich. «Die sind die letzten richtigen Männer?»

«Angeblich», sagt Clemens. Mittlerweile liegt er längs auf dem Sofa, den Kopf in Muttis Schoß, und sie streichelt ihm noch immer über den Kopf.

«Aber, du, Cleeli, du bist doch ein richtiger Kerl. Und das sag ich nicht, weil ich deine Mutti bin.»

«Hm.» Er dreht den Kopf zur Seite und blickt auf den Kuchen, der vor ihm auf dem Sofatisch steht.

«Und deine Wayra», sagt Mutti. «Die findet sicher auch, dass du ein richtiger Kerl bist.»

«Sie ist nicht *meine* Wayra», sagt Clemens. «Sie ist meine Chefin.» Mit dem Finger streicht er Sahne aus dem Bienenstich.

«Weißt du», sagt Mutti, «es ist das erste Mal, dass du mir von einer Frau erzählst.»

«Hm.» Er schließt die Augen und vergräbt den Kopf wieder in Muttis Schoß.

«Wann stellst du sie uns vor?», fragt Mutti.

Entsetzt blickt Clemens zu ihr auf, geradewegs in ihr wohlwollend lächelndes Gesicht. Geht's noch? Mutti hat hier etwas komplett falsch verstanden. Aber so was von.

Er setzt sich auf. «Nie.»

«Aber ... Cleeli, warum ...»

«Sie hat mich kastriert, Mutti! Kastriert!»

Um auf andere Gedanken zu kommen, stattet er Vater einen Besuch im Werkzeugschuppen ab, erinnert sich dann, dass sie sich ja seit geraumer Zeit nichts mehr zu sagen haben, und schweigt dort eine Weile mit ihm um die Wette. Dann gibt's Abendbrot. Und das gibt ihm den Rest.

Da Vater und er das gegenseitige Anschweigen auch bei Tisch fortführen, fühlt sich Mutti wie üblich verpflichtet, eine Unterhaltung ins Rollen zu bringen, und vermutlich schwebt ihr dabei irgendetwas Locker-Flockiges vor. Aber.

«Cleeli hat eine Frau kennengelernt», platzt sie plötzlich heraus, und Clemens traut seinen Ohren nicht. Von all den spannenden Gesprächsthemen, die es auf der Welt gibt ... Mann.

«Ach, Mutti», sagt er.

Und Vater fragt natürlich: «Eine Frau?»

«Er ist verliebt», sagt Mutti freudig und schiebt beherzt eine Gabel Wurstsalat in den Mund.

«Bin ich nicht», sagt Clemens.

«Aha», sagt Vater und starrt ihn über den Tisch hinweg an. «Echte Liebe. Wie beim BVB?»

Clemens ignoriert das und stochert lieber mal mit der Gabel im Teller rum.

Und dann sagt Mutti auch noch: «Sie ist seine Chefin.»

Clemens fasst sich an den Kopf und meidet Vaters Blick.

«Chefin», sagt der nämlich abschätzig.

Als Clemens aufblickt, sieht er, wie es in Vaters Hirnwindungen rattert, ahnt, was jetzt kommt, und stellt vorsichtshalber mal das Essen ein. Schlagartig läuft Vaters Gesicht hochrot an, und er ruft höhnisch: «Chefin! Wo gibt's denn so was? Was sind das für Zustände!» Er sieht zu Mutti und fuchtelt mit dem Messer in Clemens' Richtung. «Nur bei dem Journalistenpack kann es so etwas geben, Christel! Nur bei denen! *Chefin.*» Verächtlich schüttelt er den Kopf. «Ich verrate dir etwas, *Sohn*: Beim MPA wäre dir so etwas nicht passiert! Nie und nimmer!»

Schön. Der Appetit ist Clemens endgültig vergangen. Er schiebt den Teller von sich weg. Abgesehen von einender Fußballfreude – wann war Vater zuletzt mal nett zu ihm? Ach, als Clemens es vergeigt hatte, den Wehrdienst zu verweigern und zum Bund musste. Yay! Und jetzt darf er sich mal wieder anhören, dass Reporter kein Beruf ist und sein Leben beim MPA, sprich dem Materialprüfungsamt, wo Vater ihn gern als Diplom-Ingenieur in seinen Fußstapfen gesehen hätte, so viel geiler wäre.

Immerhin ist danach Ruhe. Sie schweigen wieder um die Wette.

«Netflix haben wir abonniert», sagt Mutti noch irgendwann.

«Flix», sagt Vater, und Mutti sieht ihn verwundert an. «Net-Flix, Herz. Das *flix* kommt aus dem Englischen. Steht für Filme.»

Hat sie doch gesagt. Aber Vater hat nicht richtig hingehört. Hört ja sowieso bloß das, was er hören will. Und Mutti, die das gewohnt ist, nickt einfach nur lächelnd.

«Aber Cleeli kennt das bestimmt, gell? Ist schön, das Netflix, da gibt's viel Auswahl.»

«Ja, Mutti», sagt Clemens und tätschelt ihre Hand.

Beglückt zieht sie die Schultern hoch, blickt von ihm zu Vater und sagt: «So schön, dass wir alle beisammen sind.»

Tja.

Als Clemens jedenfalls am frühen Morgen dann endlich das heimische Nest verlässt, fragt er sich, warum es bloß so ist, dass er dieses Bild von Heimat, Geborgenheit und Wohlfühlen mit dem Hause seiner Eltern verbindet – sobald er jedoch dort ist, trifft es nur stellenweise, meist sogar überhaupt nicht, auf die Realität zu?

Statt ihn zu beruhigen, ihm die Angst vor dem Männersterben zu nehmen, hat es ihn nur mehr aufgewühlt. Trotzdem war der Besuch die Strapazen wert. Denn während er Richtung Berlin zurückfährt, die graue Winterlandschaft an ihm vorbeizieht, weit und breit nichts als Ackerfelder und kahle Bäume, da muss er an Einöde, an Pampa, an Brandenburg denken. Brandenburg? Erleuchtung. Clemens nimmt die nächste Autobahnabfahrt, ändert die GPS-Koordinaten im Handy und fährt auf die Landstraße. Dass er nicht schon früher darauf gekommen ist! Muss wohl daran liegen, dass ihm derzeit eine andere Frau den Kopf verdreht. Aber wer sonst könnte ihm mehr über die Männerkrise verraten? Ihm Anhaltspunkte liefern, damit er weiß, wo er anfangen muss, um den modernen Mann zu retten, zu befreien – und sich selbst gleich mit? Das kann nur Esther. Die weiß alles über Männer.

Rette dein Testosteron, du Clownfisch!

Es gibt diese Orte, an die es einen bloß verschlägt, weil man strafversetzt oder dort geboren wurde, was so ziemlich aufs Gleiche hinausläuft: Arschkarte gezogen. Oder aber man landet dort, weil man sich verfahren hat. In dem Fall hat man die Option, schleunigst wieder abzuhauen. Solche Orte gibt es. Es gibt jedoch Leute, die sich verfahren und trotzdem bleiben. Freiwillig. Kommt vor. Etwa wenn man eine eigensinnige Autorin ist, die Apfelbäume und verlassene Höfe unglaublich inspirierend findet und in einer Kurzschlussreaktion dort ein verfallenes Bauernhaus ersteht. Esther etwa.

Im Grunde Clemens' einziger weiblicher Kumpel. Und auch nur weil sie damals den Sex miteinander so mies fanden, abbrachen und sich in jener Nacht lieber unterhielten. Liegt jetzt auch schon wieder fünf oder sechs Jahre zurück. Da lebte sie noch in Berlin. Esther erfindet Geschichten. Und dafür recherchiert sie bis ins Detail. Eigentlich recherchiert sie ständig. Wenn er sich's genau überlegt, kennt er sie ausschließlich im Recherche-Modus. Vermutlich war der Sex mit ihr auch deswegen so schlecht. Weil sie ihn die ganze Zeit neugierig angaffte, jede seiner Bewegungen zu analysieren schien und zudem lautlos mit dem Mund passende Worte dafür formte. Sobald er jedoch das Tempo verlangsamte und sie kritisch beäugte, täuschte sie plötzlich total schlecht einen ekstatischen Orgasmus vor, überschlug ihre Stimme dabei und hüpfte auf ihm auf und ab, als wäre er ein Rodeo-Stier. Aber die Krönung: Mitten im Akt zückte sie plötzlich Notizheft und

Stift vom Nachttisch und kritzelte irgendwas nieder. Da fasste er sie vorsichtig am Handgelenk und sagte: «Wie wär's? Lassen wir das lieber, Süße.»

Seither ist Esther also sein Kumpel, und die ruft er üblicherweise an, wenn er Frauen nicht versteht und sogar Tom ratlos ist.

Der Bauernhof sieht so abgefuckt aus wie eh und je. Esthers Wagen parkt schräg vor der Scheune. An Außenspiegeln und Kotflügeln hängen Eiszapfen, ein verlassenes Vogelnest schmückt die Motorhaube, als hätte Esther den Wagen seit Jahrzehnten nicht mehr von der Stelle bewegt. Lebt sie noch?

Immerhin funktioniert die Türklingel. Clemens horcht. Er ist geradezu erleichtert, als er einen Moment später schlurfende Geräusche näher kommen hört und die zäh knirschende, schwere Holztür sich öffnet.

«Du siehst ja scheiße aus.» Ist das Erste, was Esther sagt, als sie ihn erblickt.

«Du erst», sagt Clemens.

Sie steckt in einem alten dunkelblauen Neopren-Badeanzug, der vorne einen riesigen Reißverschluss hat, und trägt Taucherflossen sowie eine Schnorchel-Maske, die sie jetzt auf die Stirn hochschiebt.

«Ich mach ja auch gerade Recherche.»

Ihr langes tiefschwarzes Haar, das ihr fast bis zur Hüfte reicht, glänzt feucht, Wassertropfen perlen an ihren porzellanblassen zarten Armen und Beinen hinab und bilden am Boden eine Pfütze. Ist natürlich Quatsch, dass sie scheiße aussieht. Sie ist wunderhübsch.

Aber sind sie das nicht alle? Faszinierend und einzigartig, jede auf ihre Weise. Alle Frauen sind erste Liga. Bis auf Wayra. Die schwebt irgendwo in einer ganz anderen Sphäre, noch mal eins drüber. Eine Liga, von der er bislang nichts wusste und in der es auch bloß eine einzige Spielerin gibt, eine, die einfach alle plattmacht – Wayra.

Esther hustet wie ein kettenrauchender Cowboy und hat einen gelangweilten Blick. Vielleicht ist sie auch bloß müde. Oder traurig? Um Esther ist er immer besorgt, bei ihr bekommt er plötzlich so was wie einen Brutpflegetrieb. Kein Scheiß. Also, keinen Beschützerinstinkt von wegen «Komm her, Baby, ich halt dich warm» oder so. Nö. Ist eher, als müsste er sich hier kümmern – er will sie fragen: «Isst du genug?», «Hast du die Stromrechnung bezahlt?», «Soll ich für dich einkaufen?» Solche Fragen. Die stellt er aber nicht. Nicht mehr. Weil sie ihn daraufhin jedes Mal anglotzt, als wäre er ein Außerirdischer, oder irgendwas Zusammenhangloses antwortet. Außerdem ist sie kein Kind mehr. Wie alt sie genau ist, weiß er aber nicht. Bei den Unmengen an Büchern, die sie bisher geschrieben hat, muss sie entweder mit zehn Jahren angefangen haben oder Mitte vierzig sein. Aussehen tut sie wie fünfundzwanzig. Das mag an dem vielen Kaffee liegen, von dem er vermutet, dass sie sich den auch intravenös einflößt. Scheint zudem so ziemlich das Einzige zu sein, das sie zu sich nimmt. Und schon verspürt er wieder den Drang zu sagen: «Kind, ich besorg dir Müsli, vollwertig. Und O-Saft.»

«Komm rein», sagt Esther.

Der alte, unebene Steinboden im Flur ist voller Pfützen. Rechts und links stapeln sich unzählige Bücher, Zeitschriften, Papiere – von alten Comics und bunten Kinderbüchern über politische Pamphlete und griechische Tragödien bis hin zu wissenschaftlicher Fachliteratur findet sich hier alles. Ein Haus voller Geschichten und Gedanken. Trotz des Chaos ist es gemütlich, aus den abgehenden Zimmern dringt gedämpftes Licht in den Flur, und immer und überall, zu jeder Tages- und Nachtzeit, brennen

Kerzen. Irgendwann wird sie damit noch das Haus abfackeln und sich selbst gleich mit. Nein. Auch das sagt er nicht.

Es riecht gut – nach Duschgel oder so.

Als er am Badezimmer vorbeikommt, versteht er, warum. Die Wanne ist randvoll mit dampfendem schwarzblauem Wasser gefüllt. Daneben – natürlich – Kerzen sowie mehrere Notizhefte, einige davon aufgeschlagen, von Tropfen übersät, die die Tinte verwässern. Weinende Worte.

«Was recherchierst du denn gerade?»

«Ach.» Esther macht eine wegwerfende Bewegung, während sie umständlich in den Flossen weiter Richtung Wohnzimmer stakst. «Irgendwas über einen impotenten Tiefseetaucher, der einen Wal adoptieren will, Virilität und Identitätssuche.»

«Aha.»

Solche Geschichten.

Sie lässt sich aufs Sofa fallen, ein tiefrotes, geschwungenes Ding, das halb mit einem indianisch gemusterten Tuch drapiert sowie mit mehreren bunten Kissen bestückt ist. «Aber erzähl du lieber. Hat sie Schluss gemacht, und du wusstest nicht mal, dass ihr zusammen wart?»

«Ähm ... Nein. Also, ich bin nicht deswegen hier.» Clemens nimmt auf dem ledernen Clubsessel schräg gegenüber Platz, faltet die Hände mehrfach zusammen und wieder auseinander, weiß nicht, wo er anfangen soll, kramt seine Zigaretten hervor und steckt sich eine an. Auf dem niedrigen Tisch zwischen ihnen stehen nebst weiteren Büchern, Papieren und Zeitschriften eine Espressokanne und ein paar winzige Tassen. Er schenkt sich ein, trinkt einen Schluck. Ist noch heiß. Es ist merkwürdig, aber Esthers Kaffee ist immer heiß, ganz gleich wie lange der schon rumsteht. Außer einmal im letzten Sommer, als er mit Tom hier war. Die beiden konnten sich nicht ausstehen. Dabei findet Clemens, dass die einander ganz guttun würden. Aber Fehlanzeige. Während des gesamten Besuchs ist Tom wie von einer Tarantel gestochen durchs Zimmer getigert, wollte dauernd wieder fahren – schon nach fünf Minuten –, während Esther stolz wie ein Königsäffchen auf dem Sofa thronte, Tom ununterbrochen ausdruckslos anstarrte, aber redete, als sei er gar nicht anwesend. Für Tom hatte sie keine Worte. Also, nicht in der direkten Rede.

Dafür rauchten sie und Tom Clemens' gesamte Schachtel Zigaretten leer, während er an kaltem Kaffee nippte.

Später dann sagte Esther zu Clemens: «Der tut mir leid.»

«Warum?», fragte Clemens.

«Weil er glaubt, Liebe sei Unterwerfung. Dabei flieht er vor einer Beziehung auf Augenhöhe. Der Schisser.»

Okay.

Und dann Tom über Esther: «Ich will das nicht. Die macht mir Angst. Die Frau. Macht. Mir. Angst.»

«Das Fliegengewicht?», fragte Clemens lachend. «Ich überleg jedes Mal eher, ob ich ihr nicht eine Suppe kochen sollte.»

«HA! Genau das ist es ja! Ich will das nicht. Ich will ihr keine Suppe kochen.»

«Du hast daran gedacht, ihr Suppe zu kochen?», fragte Clemens interessiert, woraufhin Tom ihn anstarrte, als hätte er den Beweis für Außerirdische.

«Und nicht nur Suppe.»

«So eine Art Elterninstinkt?», wollte Clemens wissen.

«Was?? Nein. Eher so ein bekloptes Beschützen», sagte Tom und verzog das Gesicht, als würde er darüber berichten, wie es ist, lebende Maden zu essen. «In den Arm nehmen. Wärmen. Kuscheln. Vor dem Übel der Welt ... beschützen. Sie ist eine Hexe. Die Frau ist eine Hexe.»

Tja. Schade eigentlich. Aber vielleicht läuft da ja noch was in unbestimmter Zukunft. Vorerst hat Clemens andere Sorgen. Er zieht ein letztes Mal an der Zigarette, drückt sie in einer Zinnschale aus, die auf einem der Bücherstapel vor ihm liegt, und beginnt von dem Schaden zu berichten, den das moderne Weichei in seinem Leben angerichtet hat.

«Du willst wissen, was mit den Männern abgeht?», fragt Esther schließlich.

«Ich will wissen, warum denen Wellness plötzlich wichtiger ist als Adrenalinkicks. Warum die den Schwanz einziehen, statt auf die Fresse zu geben. Und warum das bei den Russen nicht so ist.»

«Woher soll ich das wissen? Ich bin eine Frau.»

Clemens sieht sie ungläubig an. «Deine Romane handeln immer von Männern.»

«Ach. Stimmt, das.»

«Allein dein letzter Roman.»

«Den hast du gelesen?»

«Ich lese alle deine Romane.»

«Auch den über den Homo, der plötzlich feststellt, dass er hetero ist?»

«Auch den.»

«Und worum ging's in meinem neuesten Roman?»

«Um den letzten *richtigen* Mann.»

Esther verzieht die Mundwinkel anerkennend. «Nicht schlecht. Du bist der erste meiner Leser, den ich treffe.»

Clemens schüttelt grinsend den Kopf. Dann beißt er sich auf die Unterlippe, trinkt einen letzten Schluck Kaffee und stellt die Tasse auf dem Tischchen vor sich ab. «Mal im Ernst, Esther, glaubst du, das ist alles ein Werbegag, damit der Mann mehr konsumiert? Oder ist da wirklich was dran, dass Männer feminisiert werden ... also ...» Er räuspert sich. «Kastriert?»

Esthers große dunkle Augen funkeln zugleich belustigt und verwundert.

«So was sprichst du aus?», fragt sie.

«Ka-ka-kastration?» Clemens schluckt. «Ich lerne es.»

Esther setzt sich auf, zieht unter einem der Kissen, auf denen sie sitzt, Notizheft und Stift hervor, und schreibt was auf. Clemens' Augen verengen sich.

«Ich bin nicht impotent», sagt er beleidigt.

Esther sieht vom Notizheft auf. «Wer sagt denn so was?»

«Du schreibst über einen *impotenten* Tiefseetaucher. Und jetzt notierst du Dinge über mich. Für deine Recherche.»

«Ach, komm.» Sie schlägt das Notizheft zu, nimmt die Tauchermaske ab und legt sie auf den kleinen Tisch. Dann greift sie nach einem seltsam geschwungenen Holzobjekt, das gleich danebenliegt und das Clemens bis jetzt gar nicht wahrgenommen hat. Sie dreht und wendet es, betrachtet es fasziniert aus verschiedenen Winkeln.

«Was ist das deiner Meinung nach?», fragt sie.

Clemens zuckt mit den Achseln.

«Ein abstrakter Penis mit Hoden?»

Ist das Einzige, was ihm dazu einfällt.

Esther grinst verschmitzt.

«Das, mein Lieber, ist eine Klitoris.»

Clemens' Augen weiten sich. Er beugt sich vor, um in dem schummerigen Licht besser zu sehen. Esther hält ihm das Objekt vor die Nase. Sein erster Impuls ist es zurückzuweichen. *Klitoris.* HuaAh! Obwohl. Fühlt sich gut an, die Klitoris. Weiches Holz. Liegt gut in der Hand. Angenehme Formen.

«Hat eine französische Wissenschaftlerin entdeckt und herstellen lassen. Entdeckt! Kannst du dir das vorstellen? Wir haben 2018! Und alle Welt dachte bislang, die Klitoris sei bloß das kleine runde Ding, das aus der Muschi rausguckt.» Esther blickt an die Decke, schüttelt den Kopf. «2018, Clemens. Und jetzt erst gibt es Aufklärung, jetzt erst akkurate, wahrheitsgetreue Abbildungen des weiblichen Lustorgans.»

Was man nicht alles erfährt in der brandenburgischen Pampa.

«Sie ist wunderschön», sagt Clemens und gibt ihr das Modell zurück.

Sanft streicht Esther mit ihren langen, dünnen Fingern über das Holz.

«Ist wie ein Penis, nur umgekehrt.» Sie lässt die Klitoris in den Schoß sinken, starrt ins Leere. Als würde sie in ferne Welten abdriften. «Mann und Frau. Das ist wie Yin und Yang.»

Klingt weit weg. Ihr Körper ist noch hier, aber der Rest verliert sich gerade in den unendlichen Weiten ihrer Gedankenwelt. Clemens ist versucht, an ihre Stirn zu klopfen. *Esther? Muss ich mir Sorgen machen? Hey … Komm mal zurück, du hast Besuch.*

Plötzlich blitzt etwas in ihren Augen auf, und sie sieht wieder zu ihm.

«Genderforschung ist so ein abgefuckter Schwachsinn.» Sie lacht in sich hinein. «Du willst wissen, was ich von der Männerkrise halte?»

Clemens beißt sich auf die Unterlippe und nickt.

Esther sinkt ins Sofa, driftet erneut mit dem Blick ab. «Männerkrise. Find ich gut.»

«Gut??»

«Die gibt's doch schon lange, seit mindestens zwanzig Jahren kann man davon immer wieder in den Zeitungen lesen. Der Mann in der Krise. Und die Frauen doch auch – die stellen sich auch jede Menge Fragen über ihre Identität. Karriere und Familie, ja, nein, wie, was, wann. Dass die Krise heute mehr Aufmerksamkeit bekommt und jetzt auch bei *dir* angekommen ist, Clemens, das ist ein gutes Zeichen.»

«Was bitte soll daran gut sein, wenn ich plötzlich über Produkte berichten soll, die normalerweise für Frauen bestimmt sind?»

«In der Tat. Das ist wirklich doof. Aber sieh's positiv: Dass dich so was stört, beweist, dass der Mann in der Krise ist.»

Clemens kneift die Augen zusammen. «Ich check dich nicht.»

«Es bedeutet, dass du dich in Frage stellst.»

«Ich will mich aber nicht in Frage stellen!»

«Warum denn nicht? Tut doch ab und zu ganz gut – Mann. Willst du jetzt meine Meinung hören oder nicht?»

Clemens atmet laut aus. «Jaaa.»

«Frauen und Männer stellen sich derzeit in Frage. Das bedeutet Umbruch, Veränderung und vor allem Dialog. Wir reden miteinander!»

«Wir haben immer miteinander geredet.»

«Nicht auf diese Weise. Wir versuchen aus unseren vergangenen Fehlern zu lernen.» Sie lächelt. «Damit es morgen besser läuft zwischen uns.»

Okay. Damit hat sie nicht ganz unrecht. Wenn er an seine Eltern denkt, an deren Verhältnis. Mutti, die sich oft von Vater bevormunden lässt – wäre doch gut, wenn sich in der Hinsicht was ändert. Andererseits wird sein Kumpel Hagen ständig von Dagmar bevormundet. Ist auch scheiße.

«Allerdings will ich morgen nicht mit einer Gurkenmaske auf der Visage aufwachen müssen», sagt Clemens.

«Lass dich nicht unterkriegen», sagt Esther. «Wir brauchen starke Männer. Wir brauchen Männlichkeit. Aber es muss weiterhin einen Dialog geben, Diskussionen, hitzige Debatten, Wortgefechte, meinetwegen Streitgespräche! Solange beide Seiten ihre Bedürfnisse geltend machen können. Wenn ihr Männer jetzt klein beigebt und die Schwänze einzieht – oh Boy, dann wird das nix mit der Gleichberechtigung.»

«Wie das?»

«Na, dann werdet ihr gnadenlos kastriert.»

Clemens stellen sich sämtliche Nackenhaare auf, und Esther fragt: «Hast du eine Zigarette?»

Er reicht ihr eine und gibt ihr Feuer. Das Gespräch wühlt ihn so sehr auf, dass er sich auch eine ansteckt.

Esther lehnt sich wieder zurück, zieht an der Zigarette und sagt: «Gleichberechtigung ist gut. Eine Verschiebung der Machtverhältnisse ist gut. Aber es darf nicht in ein Extrem kippen.»

«Genau das passiert aber gerade!»

Clemens zieht gleich mehrfach hintereinander an der Zigarette, fährt sich durchs Haar, kratzt sich am Adamsapfel.

«Vielleicht sollte man sich auch mal fragen, wer eigentlich wen ausbeutet.»

Clemens sieht sie verwundert an.

«Ooh …» Esther macht große Augen und einen Schmollmund. Das ärgert ihn, und sie grinst daraufhin schelmisch. «Zeig deinen Gegnern, dass du Testosteron in dir hast. Und dass das gut ist.» Sie streckt die Beine aus und zeichnet mit den Flossen Kreise in die Luft. «Steht derzeit nämlich auf der Abschussliste.»

«Testosteron? Wer will das abschießen?»

«Na, die gesamte verfickte Genderforschung.»

Okay. Die kann sie wohl nicht leiden, aus welchen Gründen auch immer. Sie macht eine wegwerfende Bewegung mit der Hand. Dann zieht sie nachdenklich an der Zigarette.

«Rein urtriebmäßig gesehen strebt doch alles Leben nach Arterhaltung?» Sie blickt flüchtig zu Clemens.

Er nickt.

«Die Essenz des Lebens ist Fortpflanzung», sagt Esther, als

würde ihr das erst in diesem Moment bewusst werden. «Seien es Skorpione, Tiger, Forellen oder Fruchtfliegen!»

«Und Pflanzen?»

«Keine Ahnung. Da kenn ich mich nicht so gut aus. Also, die Tiere. Wollen sich fortpflanzen. Natürlich auch der Mensch. Und um das tun zu können, muss er nach biologischem Geschlecht unterscheiden.»

«Okay.»

«Wie soll das sonst was werden mit der Fortpflanzung? Wenn man nicht weiß, wer einen Schwanz und wer eine Muschi hat? Und was bitte soll daran falsch sein? Enten! Denen sieht man auf den ersten Blick an, wer Männchen und wer Weibchen ist. Ich will jedenfalls nicht jedes Mal erst fragen müssen: ‹Hey, hör mal, wie ist das bei dir, hast du einen Schwanz? Ich hab übrigens eine Muschi.› Ha, und Nemo! Kennst du Nemo, den Clownfisch?»

«Den Zeichentrick?»

«Genau den. Wenn bei den Clownfischen die Mama stirbt, macht das stärkste Männchen eine Geschlechtsumwandlung durch und wird zur neuen Mama. Da ist auch klar, was Sache ist, wer Frau und wer Mann ist. Muss es doch auch! Es geht um die Erhaltung der Spezies! Also, fick die Genderforschung. Die gehen zu weit. Gegen Männer. Sind geradezu sexistisch. Als wollten sie den Hetero-Mann ausmerzen. Echt. Und die sollen mir ja nicht mit Seepferdchen kommen, bloß weil dort das Männchen die Kinder austrägt! Hey, aber das hat nichts mit LGBT zu tun. Lesben, Homos, Bi, Trans und was es sonst alles gibt, finde ich gut. Was mich sprachlos macht, ist, wie die Genderforschung gegen Männer vorgeht. Dort gibt's keinen Dialog. Und das ist falsch, falsch, falsch.»

Mit Gender hat sich Clemens bisher nicht befasst. Feminist war er mal. Vor ungefähr zehn Jahren, als er gecheckt hat, dass man mit der Schiene ziemlich gut Mädels ins Bett kriegt. Und das Irre daran war, dass diese Feministinnen beim Sex plötzlich nichts mehr von Gleichberechtigung hören wollten. Kein Scheiß. Die wollten, dass er zupackt. Ausgerechnet *die* Frauen wollten, dass der Mann im Bett den Ton angibt. Wie bitte geht das zusammen? Jedenfalls hat er die Masche bald sein gelassen. Als ihn eine Frau aus der Szene erst übel verdroschen und dann als Fake-Feministen bloßgestellt hat. Tja.

«Genderforschung. Gibt's das auch bei den Russen?», fragt er.

Esther sieht ihn verwundert an. «Was hast du denn mit den Russen?»

Clemens zuckt mit den Schultern. «Ich glaube, russische Männer haben keine Identitätskrise.»

«Kann sein. Recherchier's, wenn's dich glücklich macht. In der bekloppten Genderforschung gilt euer Testosteron jedenfalls als Satanssamen. Der Ursprung des Übels. Böse, böser, Testosteron. Bloß, wenn wir das verlieren, dann ... Dann gibt es keine Männer mehr.» Mit einem Mal blickt sie angsterfüllt zu ihm. «Das will ich nicht, Clemens. Ich liebe Männer. Richtige Männer. Ich will nicht, dass ihr zu verunsicherten Waschlappen werdet. Da bin ich ganz egoistisch.» Ihre Unterlippe beginnt zu zittern. «Ich will euch nicht beschützen müssen. Ich will, dass ihr euch beflügelt und stark fühlt ... so wunderbar und großartig und einzigartig, wie ihr seid ... und dass ... dass wir gemeinsam große Dinge erreichen ... Weil ... weil ...» Ihre Augen füllen sich mit Tränen. «Ich weiß doch gar nicht, wie soll das denn allein gehen ... ich kann das doch gar nicht ... wie macht man das denn ... leben.»

Mist. Jetzt bricht sie zusammen. Ihr zarter Körper bebt, große Tränen kullern ihre Wangen hinab. Sie vergräbt das Gesicht in den Händen. Clemens setzt sich zu ihr, nimmt sie vorsichtig in den Arm.

«Hey, alles gut, Süße», flüstert er. «Das mit dem Leben, also, ich glaub nicht, dass du dafür ’nen Mann brauchst. Ich finde sogar, dass du das ziemlich gut selbst hinbekommst, leben.» Okay, die Kerzen wird er jetzt nicht erwähnen. Sie schüttelt sich trotzdem, wimmert noch mehr. «Hey, hey, hey, Esther, noch ist es ja nicht vorbei mit den Männern, mit den echten Kerlen. Es gibt bestimmt eine ganze Riege Typen, die sich nichts sehnlicher wünschen, als mit dir das Leben zu erkunden, Maus. Zur Not ein Russe.»

Sie lacht kurz auf, Clemens freut sich fast, doch dann schluchzt sie umso mehr: «Ich interessier doch kein Schwein. Die ganzen Typen auf Tinder, auf Happn oder Once, die wollen doch bloß ein Loch, in dem sie sich abladen können. Wer dahintersteckt, wem das gehört, was ich tue, wer ich *bin* – das interessiert niemanden.»

Clemens streicht ihr durchs lange Haar und über die Schulter. Sie zittert und schluchzt weiter. Okay. Ratlos reibt er sich die Stirn. Rein objektiv betrachtet hat ihr Problem weniger mit Geschlechterforschung als vielmehr mit Arschlöchern zu tun. «Du solltest echt mal über den hinwegkommen.»

Ha! Sie blickt blinzelnd zwischen ihren Fingern hindurch, stellt für einen Moment das Schluchzen ein. «Bin ich längst! Längst!» Sie wirft einen Arm in die Höhe, trifft Clemens damit fast ins Auge, der gerade noch ausweicht. Eine der Kerzen in unmittelbarer Nähe zischt und erlischt. «Er sah aus wie ein Engel, hat mir ewige Liebe geschworen und konnte vögeln wie ein Gott.»

Ein narzisstisches Arschgesicht hat ihr vor vier Jahren das Herz gebrochen. Und, ganz ehrlich? Mehr Worte als «Vergiss ihn» ist der Typ nicht wert. Zuweilen hat Clemens sogar große Lust, den ordentlich zu vermöbeln. Für all die Schmerzen, die der Esther zugefügt hat, für die vielen nächtlichen Anrufe, in denen sie irgendwelchen üblen Blödsinn anstellen wollte und den Clemens ihr ausreden musste, für die Male, in denen sie wirklich Blödsinn angestellt und er rausfahren musste, um ein übles Ende zu vermeiden, und für die Wunde, die einfach nicht verheilen will. Aber manchmal fragt sich Clemens, ob Esther wirklich will, dass die verheilt. Fakt ist: Seither schreibt sie Bestseller. Bloß kennenlernen tut sie niemanden mehr.

«Geh aus», sagt Clemens. «In der echten Welt.» Er bemerkt Rotz auf seinem Ärmel. «Das ist übrigens eklig.»

«Hm?», fragt sie und schaut mit verheulten Augen zwischen ihren Händen hervor.

«Der Rotz.»

Sie blickt auf seinen Ärmel, und plötzlich muss sie kichern. Noch mehr Rotz verteilt sich auf Clemens' Ärmel.

«Mädel!», ruft er, zieht den Arm weg und wischt ihn am Sofa ab. Er schüttelt den Kopf und lächelt. «Du bist echt 'ne Nummer.»

Sie reibt sich die Augen trocken. «Kaffee.»

Randvoll schenkt sie sich ein. Irre. Der dampft noch immer. Wie macht sie das?

Sie trinkt die Tasse in einem Zug aus, schenkt sich erneut ein, trinkt, wie ein Marathon-Läufer am Ziel Wasser in sich schütten würde. Anschließend wischt sie sich über den Mund und sagt: «Wanne.» Sie schiebt seine Beine beiseite und will aufstehen. Doch dann hält sie inne, fasst ihm an den Schenkel und sagt: «Und du, hör auf, dich selbst zu verarschen.»

Clemens versteht nur Bahnhof. Esther lacht in sich hinein.

«Du hast die Lady getroffen.»

«Welche Lady?»

«Na, *die* Lady.» Sie klopft ihm auf den Schenkel und steht auf. «Ehrlich gesagt hätte ich lieber darüber gesprochen.»

Clemens kippt die Kinnlade runter. «Woher …?»

«Sieht man dir an», sagt sie, greift nach der Tauchermaske und geht an die Tür. «Wie heißt sie denn?»

Clemens fährt sich mit den Händen übers Gesicht. Ist er rot geworden? Hoffentlich nicht. «Wayra», sagt er.

Esther grinst. «Schön.»

Mit einer der Flossen zeichnet sie einen Halbkreis über den Boden. «Du bist die Hoffnung», sagt sie dabei.

«Wofür?»

«Dass es so was gibt. In echt.» Sie zuckt mit den Schultern und geht.

Clemens kneift die Augen zusammen, muss das erst mal sacken lassen, was sie gesagt hat. Ja, was hat sie eigentlich gesagt? Warum geht's gerade voll in ihm ab? Wie ein Feuerwerk, warm und prickelnd, vor allem in der Bauchgegend und auch in der Brust, es überrollt ihn. Kurzerhand greift er nach einem der Kissen, presst es sich aufs Gesicht und wirft sich ins Polster zurück. *Liebe.*

Als er sich beruhigt hat, geht er in den Flur, wo er ein Plätschern und Tropfen vernimmt, das ihn ins Badezimmer führt.

Im flackernden Licht der vielen Kerzen liegt Esther dort in der riesigen Eckwanne, einer Art Whirlpool. Sie schwebt darin, ein elfenbeinfarbener Seestern umgeben von dunklem Blau. Als sie ihn wahrnimmt, hebt sie den Kopf leicht.

«Hey, Clemens. Sehe ich aus wie ein Tiefseetaucher?»

«Eher wie … die Schauspielerin auf Heroin in diesem Larry-Flint-Film.»

Esther blickt zu ihren Flossen und bewegt die auf und ab.

«Courtney Love. Sehr gut», sagt sie. «Dann wird es keine glatte Geschichte.» Sie sieht zu ihm. «Es muss auch Abgründe geben.»

Und schwups, taucht sie ab, auf Recherche. Clemens schüttelt amüsiert den Kopf. Als er sich zum Gehen wendet, tritt er in eine Pfütze. Dabei fällt sein Blick auf die Bücherstapel, Zeitschriften und Dokumente im Flur. Ausgehen ist da nicht drin. Nicht mit dem Job. Und vielleicht muss es solche Menschen geben, Menschen wie Esther. Die sich ihrer Leidenschaft verschrieben haben, Menschen, die nicht davor zurückschrecken zu träumen. Große Träume. Und die träumen können. Tatsächlich. Menschen, die wissen, wie träumen geht und die Welt mit diesen irren, phantastischen Geschichten beliefern. Damit auch diejenigen träumen können, die das vielleicht vergessen oder verlernt haben.

Dafür geht Esthers Leben drauf. An sich schön, vielleicht romantisch. Aber ob das auf Dauer gut ist?

Plötzlich taucht sie wieder auf, Wasser schwappt über den Wannenrand, Kerzen erlöschen und Worte zerfließen. Sie schnappt nach Luft und sagt: «Ficken.»

«Wie?» Clemens kneift die Brauen zusammen.

«Also nicht *ficken ficken*, sondern ficken *mit Liebe*. Wenn das mal alle tun würden, gut Liebe machen, regelmäßig und ordentlich vögeln, ganz gleich, welcher sexuellen Gesinnung, wenn alle einfach mal richtig ficken würden – dann wäre niemand mehr frustriert. Und die Welt ein besserer Ort.»

«Sagst du und machst beim Ficken Notizen. Wenn das nicht frustrierend ist – für alle Beteiligten.»

Esther lacht. «Irgendwer muss ja drüber schreiben. Außerdem habe ich das nur mit dir gemacht.»

«Bitte?»

Sie zuckt mit den Schultern.

Clemens schüttelt grinsend den Kopf.

«Pass auf dich auf, Süße.» Er klopft an den Türrahmen. «Ach, und: Danke.»

«Aye, aye, Captain», sagt sie, dreht das Wasser auf und verschwindet wieder in den Tiefen ihres Ozeanromans.

Als Clemens in die kalte Winterluft der brandenburgischen Pampa hinaustritt, steht die Sonne bereits tief am Horizont. Er lehnt sich an den Mietwagen, zündet sich eine Zigarette an und sieht dem Feuerball beim Untergehen zu.

Männer können manchmal solche Arschlöcher sein. Aber so was von. Da schließt er sich mit ein.

Er braucht ja nur an Alla zu denken. Es war nicht in Ordnung, wie er mit ihren Gefühlen umgegangen ist. Das tut ihm leid. Er mochte sie, sehr sogar. Tja. Aber so ist das nun mal.

Vor Wayra war alles anders.

Er schnippt die Kippe weg und steigt in den Wagen.

Er will kein Arschloch sein.

RUSSISCH ROULETTE

Es liegt nicht am Kätzchen-Hashtag

Wedding by night im Februar ist kein Ort, an dem man sich gern draußen aufhält – wie eigentlich auch im Rest Berlins. Berlin im Februar. Da will man eigentlich gar nicht sein. Und schon gar nicht draußen. Clemens ist draußen. Im Wedding. By night. Steht mitten auf der Straße vor Wayras Wohnhaus und friert sich den Arsch ab. Sieht seinem dunstigen Atem nach, der in die Dunkelheit aufsteigt. Blickt auf den Strauß Blumen in seiner Hand. Und überlegt. Zählt ein weiteres Mal die Stockwerke des Gebäudes ab. Verdammt. Dort brennt Licht, im vierten Stock. Dringt zwischen den Lamellen der Jalousien hindurch. Vielleicht ist sie unter der Dusche? Oder sie hat Besuch? Vielleicht funktioniert die Klingel nicht …? Plötzlich bewegt sich eine der Jalousien. Gebannt sieht Clemens hoch, kneift die Augen zusammen in der Hoffnung, dort etwas zu erkennen – er sieht bloß einen Schatten. Spontan hebt er die Arme, winkt mit dem Blumenstrauß. Nichts. Sie reagiert nicht. Und die Jalousie bewegt sich kaum mehr. Dafür hupt ein Auto, und er muss zur Seite treten, damit es vorbeifahren kann. Als Clemens auf die Straße zurückspringt, wackelt die Jalousie erneut, und er wedelt wie blöd mit den Armen, flüstert und zischt «Wayra!» – denn: Nein. Ausrufen wird er ihren Namen definitiv nicht. Ist schließlich kein bekloptes Hollywood-Liebesdrama hier. Aber ein Steinchen hebt er vom Boden, solche Spezialeffekte dürfen sein. Er zielt und trifft die Scheibe. Und die zerspringt auch nicht wie im Film. Nö. Denn dezentes Steinchenwerfen, so was kann er. Aber etwas anderes passiert. Etwas, für das er höchstens indirekt verantwortlich gemacht werden kann. Etwas, das ihn überrascht.

Mit tosendem Lärm, dass er es bis auf die Straße hinunter hört, reißt es in Wayras Wohnung plötzlich die Jalousie herunter. Gibt den Blick frei auf eine nackte Glühbirne an der weißen Decke. Dazu ein Poltern und Klirren. Als wäre soeben sämtliches Porzellan zertrümmert worden. Okay. Unter der Dusche ist Wayra also definitiv nicht. Er hofft bloß, dass sie sich nicht verletzt hat. Clemens eilt an die Haustür und klingelt. Ist heute schon das dritte Mal.

Nichts.

Kein Surren, keine Geräusche aus der Gegensprechanlage.

Muss er sich Sorgen machen? Er wählt ihre Nummer. Nagt an seiner Unterlippe, während es läutet, und ist geradezu erleichtert, als sie endlich abhebt.

«Ja?»

«Alles in Ordnung?», fragt er.

Stille. «Ja.» Stille. Sie atmet ein, sie atmet aus. «Bitte fahr heim, Clemens.»

Klingt wie ein Morsecode. Clemens wartet einen Moment, bis die Information in seinem Gehirn angekommen ist. Dann lässt er das Handy sinken.

Sie will ihn nicht sehen.

Er glotzt ein letztes Mal auf den Blumenstrauß, hält ihn vor sich hoch. Die sehen sowieso scheiße aus, die Blumen. An der Tanke gab's nichts Besseres. Und wo soll man auch abends einen hübschen Strauß finden? Einen, der angemessen wäre. Kein Wunder, dass Frau Petersen ihm nicht die Tür öffnet. Die will kein kurzlebiges, schlappes Unkraut. Die Frau will Feuer. Seufzend lässt er den Strauß sinken und geht zum Mietwagen zurück. Setzt sich rein, wirft die Blumen auf den Beifahrersitz und fährt los.

Das mit den Blumen muss er anders angehen. Besser machen. Es muss ein großer und großartiger Strauß sein. Mit starken Blumen, die lange halten und grandios duften. Morgen. Vielleicht hat Mirja einen Tipp, wo es Wayra-würdige Pflanzen gibt. An der Ampel kurbelt er das Fenster runter, wirft den gammeligen Strauß über Bord und gibt Gas, dass die Reifen quietschen. Keine zwanzig Minuten später erreicht er die Autovermietung, wo er den Wagen zurückgibt, und fährt dann mit der S-Bahn heim.

Noch bevor er den Schlüssel ins Schloss steckt, hört Clemens Männerstimmen aus seiner Wohnung. Lachende und aufgeregte Stimmen. Ulf hat Besuch?

Ulf hat NIE Besuch.

Clemens will soeben die Tür öffnen, als ihm jemand von hinten an die Schulter fasst. Angriffsbereit dreht er sich um. Denn: um die Uhrzeit kann es sich nicht um Rentner-Nachbarin Frau Schmidt handeln.

«Alter!», ruft Clemens und atmet laut aus.

Vor ihm steht Ronnie und keucht.

«Sorry», sagt der. «Ich dachte, Ankes Fruchtblase sei geplatzt.»

Clemens, der gerade den Schlüssel wieder ins Schloss stecken wollte, macht eine halbe Drehung zu Ronnie zurück. «Ankes Fruchtblase? Und da hast du dich aus dem Staub gemacht?»

«Was? Nein.»

Ronnie stützt die Hände auf den Schenkeln ab.

«Okay. Hab's kapiert: Es war ein Fehlalarm.»

Ronnie nickt. «So was passiert. Sie ist …»

«Hochschwanger, Hasi. Ich weiß.» Clemens wendet sich wieder dem Schloss zu.

Ronnie zieht die Brauen zusammen, blickt zur Tür, dann zu Clemens. «Was machst du hier?»

Clemens legt den Kopf schräg. «Wohnen?»

«Nein. Ich meine, *vor* der Tür.»

«Äh.» Clemens blickt zur Decke. «Hasi. Wie wär's? Erklär du mir einfach, warum *du hier* bist.»

«Max hat mich angerufen.»

In der Tat, als Clemens mit Ronnie das Wohnzimmer betritt, steht Max dort vor dem Esstisch, umringt von Ulf, Tom und sogar Toffer. Kurz: die gesamte Bodylotion-Crew. Steht dort mit Bierchen und glotzt auf einen Laptop. Einen Augenblick lang fragt sich Clemens, ob die Jungs bis auf Ronnie – hochschwangere Fruchtblase *oblige* – seit Dienstag je seine Wohnung verlassen haben. Vielleicht haben die sich im Flokati eine Höhle gebaut und wurden von Ulf mit Kartoffelschalen und Wodka gefüttert?

«Warum informiert mich niemand über die Party?», fragt er.

Die Jungs drehen sich vom Laptop weg und zu ihm.

«Ich dachte, du bist eh zu Hause, Honey», sagt jemand, der lange vor den Neunzigern geboren wurde. Sprich: Tom. Der hat das Treffen also orchestriert.

«Wie war dein Tag?», fragt er jetzt.

«Ach, ich hab Esther besucht.»

Tom erstarrt. Und dann tut er so, als hätte er keinen Plan: «Wen?»

«Esther.»

Clemens hat Mühe, sich das Grinsen zu verkneifen.

Tom nickt langsam. Gibt vor, sich allmählich zu erinnern, aber so ganz allmählich. Gut, dass der kein Schauspieler geworden ist. Und dann sagt er: «Die Hexe. Und? War der Exorzismus erfolgreich? *Wayra! Verlasse diesen Körper!*»

«Mann. Du Armleuchter.» Clemens boxt ihn in die Rippen.

In dem Moment hört man die Klospülung rauschen, und dann schlurft Hagen ins Wohnzimmer. Wohlgemerkt: Hagen-ich-hab-zwei-Kinder-und-eine-Frau-die-mich-nie-ausgehen-lässt.

«Dagmar will sich scheiden lassen», sagt er mit hängenden Schultern, als er Clemens' Blick kreuzt.

«Autsch», sagt Clemens.

«Krassest!», ruft Max plötzlich, der gebannt auf den Laptop starrt. «Vierhundertneunundneunzigtausendneunhundertachtundneunzig!»

«Geile Scheiße», sagt Toffer fassungslos, wischt sich übers Gesicht und schiebt Max beiseite, um sich persönlich von dem zu überzeugen, was auch immer der Bildschirm zu dieser Zahl anzeigen mag. Auch die anderen scharen sich wieder um den Laptop. Wirken ziemlich aufgeregt. Clemens gesellt sich dazu.

Auf dem Bildschirm ist YouTube geöffnet. Und auf dem Video, das auf Pause gedrückt ist, erkennt Clemens unmissverständlich sein Wohnzimmer. Yep. Sein Sofa, von den Jungs sowie sich selbst belagert, euphorisch milchig blaue Shots schwenkend. Zu seinem Entsetzen *mit* Filter. Sprich: Alle Beteiligten tragen neonblaue Heiligenscheine und rosa fluoreszierende Flügelchen um den Kopf. Darüber in großen eckigen Lettern der Titel: *Bodylotion goes bad – wahre Schönheit kommt von innen.*

«Toffer, du Sack», sagt Clemens.

«Alter», sagt Toffer. «Scheiß auf die Filter. Die Zahlen, Mann! Guck dir die Zahlen an!»

Clemens will gucken, doch Max aktualisiert die Seite. Um Clemens herum gaffen alle auf den Monitor, als würden sie darauf hoffen, dass die Nationalelf in der neunundachtzigsten Minute im WM-Finale noch das entscheidende Tor schießt. Und tatsächlich, als die Seite komplett geladen ist, jubelt Ulf, als hätte er sich die Fußsohlen verbrannt, Tom ballt jauchzend die Faust, Toffer mimt einen Herzinfarkt, und Max beißt sich in die Finger und blickt schielend und hechelnd zur Decke. Dann fallen sie sich in die Arme, jubeln gemeinsam, reißen Clemens mit sich, ehe er protestieren kann. Im Herzen dieses Wirbelsturms grinst Tom ihn an, als hätten sie gerade was übel Lustiges angestellt.

Ronnie sagt: «Funky.»

Immerhin. Der checkt also ebenso wenig wie Clemens.

«Was geht hier?», fragt Clemens Tom, während die anderen dazu übergehen, eine Art Indianertanz aufzuführen.

«Unser Video wurde soeben 500 000-mal gesehen», sagt Tom und steckt sich eine Zigarette an, ohne sich daran zu stören, dass ihn die anderen anrempeln.

«Wie?» Clemens blickt erneut zum Bildschirm, wo gerade die Passage läuft, in der Ronnies Arschhaare sterben. Der Filter muss seine Pobacken mit Gesichtern verwechselt haben. Denn auch dort leuchten der blaue Heiligenschein und die rosa Flügelchen. Daneben schwebt ein Totenkopf-Sticker im Bild. Muss Toffer nachträglich hinzugefügt haben, um die Todesgefahr, in der sich Ronnie zu dem Zeitpunkt befand, zu unterstreichen.

«Und die Zahlen steigen jede Minute», sagt Tom. «Vor ’ner Stunde, als wir hier angekommen sind, waren’s noch 390 000.»

«Funky», sagt Ronnie wieder, und glotzt auf den Bildschirm.

Toffer klinkt sich aus dem Jubeltanz aus, klopft Clemens voller Elan auf die Schulter und sagt: «Vorher war ich happy, wenn ich’s auf 200 000 Views gebracht hab. Aber das. Alter, das ist der Durchbruch. *Das* Video.»

«Hast du als Hashtag ‹Kätzchen› angegeben?», fragt Clemens.

Toffer grinst kopfschüttelnd.

«Das geb ich doch immer an, und … spielt hier keine Rolle. Alter, kapierst du’s nicht? Es geht um den *Sinn*», sagt er, während er sein Cap auf dem Kopf zurechtrückt. «Ewig hab ich drüber gegrübelt, jetzt weiß ich es: Die Leute wollen Tiefe.» Er blickt Clemens direkt in die Augen und bohrt ihm den Zeigefinger in die Brust. «Und du. Du hast Tiefe reingebracht.»

Clemens nickt langsam. «Okay.»

«Honey», sagt Tom. «Das Video ist der Beweis. Wir sind nicht allein. Echte Kerle. Es gibt noch mehr von unserer Sorte. Und die wollen so was sehen. Die brauchen uns.»

«Vielleicht finden die Leute es auch bloß lustig», sagt Clemens. «Abgesehen davon: Gibt's Statistiken? Wie viel Typen haben sich das denn reingezogen? Vielleicht glotzen das nur Girls.»

«Girls?», fragt Ronnie besorgt. Vermutlich wegen Anke, sollte die über das Video stolpern.

Clemens nickt. «Girls, die auf deinen heißen Knackarsch stehen, Hasi.»

«Ach, komm, Honey», sagt Tom. «Und nichts gegen dich, Ronnie, aber du bist nicht Nadal ...»

«Danke», sagt Ronnie beleidigt.

«Und die Stelle dauert gerade mal zehn Sekunden», sagt Tom. «Mag sein, dass 'n paar Mädels das angeklickt haben, weil die deine Fresse auf dem Cover gesehen haben, Honey Bunny. Aber *das* hier.» Er schüttelt den Kopf. «Das wollen vor allem *Typen* sehen. Echte Kerle. Die wie wir so 'nen Hals haben auf die ganze Kosmetik- und Lifestyle-Kacke.»

«Original», sagt Toffer. «Die paar Miezen, die sich das reinziehen, um dabei zu masturbieren, kannste an der Hand abzählen.»

«Meinetwegen sollen's auch die Girls glotzen! Unbedingt sogar!», ruft Max. «Damit die kapieren, dass wir keinen Bock auf den Kosmetik-Humbug haben!»

Clemens blickt erneut auf den Bildschirm, scrollt zu den Kommentaren unter dem Video.

«Okay», sagt Tom. «Sieh dir vor allem an, was die Typen geschrieben haben. Einer schlägt eine Armee gegen die Unterdrückung der Männer vor ...»

«Eine Armee!», ruft Toffer begeistert.

Clemens sieht ihn entsetzt an.

«Ich weiß, Honey», sagt Tom. «Ist vielleicht ein bisschen extrem, aber ein anderer fragt, wie er bei uns Mitglied werden kann. Mitglied! Und den Kommentar liken 1096 Leute.»

«Und?», fragt Clemens. «Wollt ihr jetzt eine Art Fight Club für echte Kerle gründen, oder was?»

«Ich hab schon einen Stempel für die Mutprobe», sagt Ulf jetzt und grinst stolz.

«Welche Mutprobe?», fragt Clemens.

«Damit die in den Club dürfen», sagt Ulf achselzuckend.

«Außerdem war das deine Idee, Honey Bunny», sagt Tom. «Von wegen Regeln aufstellen und so.»

«Ja, Mann, ich war betrunken.»

«Ne, ne, ne, das war, *bevor* wir getrunken haben.»

«Kann sein. Aber vielleicht denke ich jetzt anders darüber.»

«Überleg mal», sagt Tom. «Ein Club, in dem wir offen über unsere Probleme reden können.»

«Unseren Frust ablassen!», ruft Hagen.

«Ohne sofort als Sexisten und Machos abgestempelt zu werden», sagt Max.

«Wo wir Spaß haben, ohne schief angeglotzt zu werden», sagt Hagen.

Jetzt versteht Clemens gar nichts mehr. «Ja? Ein Männerabend halt. Ein richtiger Männerabend.»

«Genau das ist es ja, Honey», sagt Tom. «Es gibt Typen, die diesen Luxus nicht mehr haben. Männerabend. Dürfen die gar nicht. Die dürfen nicht mal unrasiert aus dem Haus.»

«Genau», sagt Hagen leise.

«Die Gesellschaft verbietet dem Jäger zu jagen», sagt Max. «Sagt ihm, dass er als Jäger nicht mehr gebraucht wird», sagt Tom.

«Und der Jäger kann mit dem, was ihm stattdessen angeboten wird, nichts anfangen», sagt Ulf. «Er fühlt sich verloren.»

«Na, ihr seid mir auch so'n paar Jäger. Vor allem du, Ulf», sagt Clemens.

«Denk an Hagen», sagt Tom und legt den Arm um dessen Schulter. «Männer wie Hagen. Genau die brauchen uns.» Er zeigt zum Bildschirm. «Sieh dir die Kommentare an.»

Clemens seufzt. Er beugt sich vor und scrollt durch die Kommentare. Wer jetzt Mann oder Frau ist, damit hält er sich nicht auf, zumal die kreativen Benutzer-Pseudonyme selten eindeutig sind. Vor ihm tut sich ein regelrechter Kommentar-Abgrund auf, an dessen Steilwand so einige sonderbare Statements wuchern. Gleich zu Beginn etwa der Granaten-Spruch von Riesenbulette: «Affengeil. Auch damit gewixt?»

Darunter 666_M8_Beaut1: «Nie wieder zwinge ich meinen Freund, sich zu enthaaren.»

Dann Gentleman_Ich007, der einfach mal gar nix kapiert hat: «Sorry, Gents, aber eure hochwertigen Produkte gehören an andere Stellen des delikaten Männerbodys. Besucht doch mal mein Tutorial auf www.GentlemanFabriceFashionBlog.cr. See U!»

GameBrudi_05 hingegen schreibt: «Meine Fresse, bin dabei! Werd den Kosmetik-Quatsch, den mir meine Olle zu X-Mas geschenkt hat, gnadenlos entfremden! Mit Rum! LOL.»

Ha! Radical_GÖtze findet: «Zum Kotzen, wie die Werbeindustrie uns für Weiber hält!!»

HardBiskuit_3000 reagiert darauf mit: «Kann ich nur befürworten.»

Race_Boy_85: «Ich bin Homo und find Kosmetik auch voll fürn Arsch. LOL :)»

Pommes.Schranke_Mega: «Dank euch bin ich nicht mehr depri!»

FifaFieber_69: «Geiler Humor!»

Der_Frank1964: «Hatte Arschhaare, aber 0 Selbstbewusstsein. Jetzt Arschhaare UND Selbstbewusstsein.»

ColoniaBitch16: «King Toffer Rules. Bester YouTuber EVER.»

Big_WienerLOL: «Erfrischend und befreiend!»

Matthias_Schmidt_mitDT: «Puhh. Danke, Toffer. Nimmt mir enormen Druck.»

Michi_Denkt4: «Geil. Ich mach jetzt mit meina Freundin Schluss.»

Warum denn??

The_Real_MatzeHeidelberg: «Ihr sprecht mir von der Seele.»

TrueThomas: «Heutzutage traut man sich ja gar nicht mehr, MANN zu sein. DANKE.»

Phillip.Pimp.89: «Richtig so!»

Karl_sagt.wie.s.ist: «An den Männercrehms sint die Femmimisten schult. #antifemmimist.»

Interessant.

Und Strawberry.Munchis schreibt: «XOXO, ihr Hotties! ;-)»

Zuckerschnecke1999: «Zeig ich meinem Macker. Der klaut immer meine Nachtcreme. Und kauft nie Neue! Grrr. So ne Lusche.»

Und dann gibt's jedoch solche wie Miss_FAIRständlICH: «Hat der SWEETE Rothaarige (nicht der Fette! sorry Digga LOL) ne Freundin??»

Darunter direkte Antworten:

MatthewsGrrrl: «Wo findet man den auf YouTube? #eigenerKanal #roterhengst #ichwilldich??»

P1nkPr1nzess1n: «Finger weg, ist MEINER!»

Twilight2_Babe: «Sniff, sniff, so cute!»

Dazwischen der Kommentar von Uwe_Wählt_WISSEN: «Willste meinen lutschen?»

Sie_Bille2000: «Ist bestimmt vergeben. Bin trotzdem feucht.»

Bitte??? Clemens nimmt Abstand zum Bildschirm. Haben die Girls ... oder WER AUCH IMMER nichts Besseres zum Video zu sagen? Außerdem sind seine Haare nicht rot. Nicht so rot. Er scrollt weiter. Ah. Stößt auf den militanten Kommentar von FeministIn_79_Ultra: «Smart. Aber nicht bloß ihr Männer seid von Identitätsproblemen aufgrund von Werbung und Konsumindustrie betroffen. #geschlechterforschung #gleichberechtigung #stopptfrauenschminke#gegenstöckelschuhe#gegentierquälerei»

Dem stimmt Welt_weiser_Webdoc42 zu: «‹Das eigentliche Unheil des Feminismus ist die Feminisierung der Männer. Ein Kind, das männliche Orientierung sucht, entdeckt verunsicherte Schwächlinge, die über die richtige Frisur nachdenken. (...) In neunzig Prozent aller Hollywood-Filme ist der Mann der Idiot und die Frau on top.› (Tomi Ungerer)»

Na, das ist doch mal was.

Dann jedoch Hot_Chilli_Chicca, die Clemens einfach nur leid tut: «OH nein! :(((Danke Brudis! Voll dumm von mir mein Freund zum Birthday ein Antifaltenkrem z schenken BuHuuuu!! Flenn flenn Heul heul. LOL ;) Hatt nich verstandn warum der fremdgegangn iss Hab ihm 1 Woche drauf Erwischt Dachte voll es liegt an MIR Aber jetz scheck ichs!!! Hurra! Schwöre NIE WIEDER KOSMETIK FÜR MEINEM FREUND. THÄÄNKXXX!!! Love4ever»

«Hey, Redhead mit den roten Locken: CALL ME. 0179 367428 Nadescha.»

Okay, Nadescha_8080, dich werd ich ganz sicher nicht *callen*.

Und den Rest gibt ihm dann: «Ey, wollt ihr nicht vorbeischauen und die Sache anal angehen? ;)»

Tja. So viel zur Rede- und Meinungsfreiheit im World Wide Web.

«Alter?», fragt Clemens Tom, der mittlerweile auf der Sofalehne hockt und mit Max quatscht. «Was geht mit Sweet_Sunshine_MotherOfDragons?»

«Ja», sagt Tom mit dem weise betroffenen Blick eines Gandalf. «Das wüsste ich gern genauer.» Er hängt dem Gedanken einen Moment nach, dann grinst er Clemens spitzbübisch an. «Und du, *Readhead mit den roten Locken*? Bock auf Nadescha_8080?»

Clemens schüttelt fassungslos den Kopf und kehrt dem Laptop definitiv den Rücken zu. Krallt sich ein Bier aus dem Kasten, den er neben dem Sofa entdeckt, öffnet es mit einem Feuerzeug und trinkt erst mal einen Schluck. Überlegt. Blickt noch mal flüchtig Richtung Bildschirm. Was soll er davon halten? Also, von der Mehrzahl der Kommentare schon mal gar nichts. Okay. Ein paar Typen hat es tatsächlich geholfen. Klingt auch alles plausibel, was Tom und die Jungs vorhin gesagt haben, aber: ein Fight Club für echte Kerle? Und richtig freuen über die 500000 kann sich Clemens gerade auch nicht. Vielleicht weil er müde von der Woche ist? Vielleicht jedoch – und das passt ihm eigentlich gar nicht – aber vielleicht liegt's an der Abfuhr von Wayra vorhin. Von wegen Großbeleuchtung im vierten Stock, aber tote Maus spielen, und dann, und das war ja wohl oberste Kanone: «Guck mal, ich mach hier Polterabend, aber du bist nicht eingeladen.»

Er blickt zu Ronnie, der ebenfalls nicht so recht in Feierlaune zu sein scheint. Vermutlich muss der erst mal die unfreiwillige Prominenz seiner Pobacken verdauen. Hoffentlich liest er nicht die Kommentare. Mechanisch hebt er jetzt den Zeigefinger, wendet sich dem Laptop zu und klickt auf Aktualisieren. Als die Seite wieder geladen ist, hält er die Hand vor den Mund, schluckt und sieht zu Clemens.

«500044.»

Ich hatte Socken an

Als sein Bier leer ist und Hagen ihm ausführlich von Dagmars eins neunzig großem, spritzig-geistreichem Physiotherapie ausübenden Scheidungsgrund berichtet hat, zeigt der Bildschirm 500 135 an. Clemens klopft Hagen auf die Schulter, verbucht die Jungs offiziell unter ‹Ulfs Besuch› und geht schlafen.

Montag früh erwacht er schon vor dem Wecker, macht sich fertig und zieht ohne morgendlichen Sportcheck los. Im Späti um die Ecke besorgt er einen Kaffee zum Mitnehmen und fragt sich, warum er das nicht öfter gebacken kriegt. Der ist nämlich gar nicht übel, der Kaffee. Und Farid, der Inhaber, strahlt auch immer etwas derart Positives aus, dass man den Laden mit dem Gefühl verlässt, dass es ein guter Tag wird. Doch dann kriegt er sofort einen Dämpfer. Als er vor dem KaDeWe steht und feststellt, dass die erst um zehn Uhr öffnen. Verdammt noch eins. Wo soll er denn jetzt die verflixten Blumen herkriegen? Mit gesenktem Kopf geht er in die U-Bahn runter, rempelt jemanden an oder wird angerempelt, ist ihm nicht ganz klar, grummelt «Entschuldigung» und sieht der Person halb hinterher, und – ha. Sein Blick fällt auf einen kleinen Blumenladen im Zwischengeschoss. Schau an.

Er betritt den Laden, sieht sich um und verwirft die Idee eines Blumenstraußes. Als er sie sieht, ist ihm sofort klar: Die oder keine. Ist zwar etwas schwer und unhandlich. Aber, hey, Wayra steht auf groß, hat sie doch gesagt. Was man nicht alles tut. Die alte Lady, die den Laden führt, wirkt überrascht. Damit hat die wohl nicht gerechnet, dass sie die eines Tages verkauft kriegt.

Und noch überraschter wirkt sie, als Clemens fragt: «Können Sie die als Geschenk einpacken?»

Gut, dass er den Weg in die Redaktion blind finden würde, denn er sieht fast nix vor lauter Zellophan und Grün, als ihn der Fahrstuhl im siebten Stock ausspuckt. Von daher ist es heute auch sinnlos, Mirja zuzuzwinkern.

Er steuert geradewegs auf Wayras Büro zu, drückt die Klinke mit dem Ellbogen hinunter und stolpert zur Tür hinein, als die nachgibt. Tja. Und dann ist erst mal Ernüchterung.

Das Büro ist leer. Keine Wayra, die am Fenster steht und ein Kippchen raucht. Und auch keine Wayra, die im Chefsessel sitzt und mit einem Streichholz in einem Häufchen Asche rumstochert.

Die verkohlte Streichholzschachtel hingegen entdeckt er wieder. Bei seinen Feinden – den Bonsai-Bäumchen. Ha! Sieht er sofort, nachdem er sein Geschenk demonstrativ vor denen deponiert hat. Über die gesamte Erde sind Asche, verkohlte Hölzchen und Kartonstückchen verstreut. Was auch immer Wayra damit bezwecken will.

Clemens geht einen Schritt zurück und stellt zufrieden fest, dass sein Geschenk die blöden Zwerge gnadenlos überragt. Sieht sogar hübsch aus, so in Zellophan gewickelt und mit der großen rosa Schleife. Er testet verschiedene Blickwinkel und Möglichkeiten, ins Zimmer zu kommen, um sicherzugehen, dass Wayra auch wirklich nichts anderes wahrnehmen wird, sobald sie das Büro betritt. Dann wühlt er in der Bonsai-Erde. Entfernt die Asche und alles Verkohlte daraus und formt auf dem Schreibtisch ein möglichst hübsches Häufchen. In die Mitte steckt er eines der verkohlten Streichhölzchen. Dann greift er nach einem Notizzettel neben dem PC, überlegt, schreibt: «Vorsicht, heiß», und legt den neben das Häufchen.

Er wirft einen letzten Blick auf seine Inszenierung, nickt zufrieden und verlässt das Büro.

Mirja beauftragt er damit, ihm Bescheid zu geben, sobald Wayra da ist. Das sagt er natürlich ganz beiläufig und dennoch bestimmt, wie man das bei professionellen Anliegen so tun würde, klopft zudem mit der flachen Hand aufs Pult und will zügig weiter. Funktioniert nicht ganz. Als er Mirjas forschenden Blick auffängt, verlangsamt er sein Tempo.

«Was ist das für ein Ungetüm, das du in ihr Büro gebracht hast?», fragt sie.

Clemens zögert, blickt aufs Pult, entdeckt dort einen Stapel der frisch gedruckten Februar-Ausgabe der *Playtime*, krallt sich eine, blättert darin.

«Clemens ...?», fragt Mirja.

Er rollt die Zeitschrift zusammen, um sie mitzunehmen, trommelt dann mit den Fingern aufs Pult und sagt: «Klingel einfach durch, wenn sie da ist, Schätzchen, ja?»

Damit entfernt er sich eilig. Was stellt die auch so 'ne Frage?

Textchef Heiko stellt auch blöde Fragen. Weshalb Clemens seine Änderungsvorschläge für die Reportage über Berliner Basejumper nicht angenommen hat, will der wissen. Na, warum wohl? Weil er, Clemens, Alfie davon überzeugen konnte, dass Heikos Korrekturen den Spirit des Artikels verkacken würden. Sagt er ihm aber nicht. Also, nicht explizit.

Woraufhin Heiko sagt: «Gut, dass sich das jetzt ändert. Mit der Petersen wirst du so was nicht mehr durchkriegen, die Art Untergrabung von Hierarchie.»

Clemens überlegt, ob es nicht eher Autorität heißen sollte oder ob beides möglich ist, aber eigentlich ist ihm das egal. Gelassen grinst er Heiko an. «Wenn du das sagst, Heiko.»

Heiko versucht möglichst böse zu gucken, ehe er abdampft,

und nicht ohne Wiebke noch anzupflaumen: «Und du?! Glotz nicht so!»

Redaktionsalltag.

Um zehn Uhr siebzehn ruft dann endlich Mirja an: «Sie ist da.»

Clemens lässt von Maus und Tastatur ab und steht auf.

«Willst du 'nen Kaff-», will er Wiebke fragen, bricht aber ab, weil die ihn anstarrt, als würde sie ihn jeden Moment mit Laser-Strahlen abschießen. Wie üblich fragt er sich auf dem Weg hinaus, ob die ihre Tage hat, und erntet von Max an der gegenüberliegenden Schreibtisch-Insel ein Support-Grinsen.

Möglichst lässig betritt Clemens Wayras Büro, so, wie er auch in den guten alten Zeiten bei Alfie hereingeschneit wäre. Soll bloß niemand auf die Idee kommen, dass er was anderes als Reportage-Interessen hätte. Also tritt er voller Elan ein, knallt die Tür hinter sich zu und ... erstarrt.

«Was ist passiert?», fragt er.

«Nichts.»

«Nichts??»

Wayra sitzt am Schreibtisch, trägt heute ganz einfach Jeans, Sweatshirt und Blazer, nagt an einem Kuli, sieht umwerfend aus und ... auf ihrer Stirn prangt ein riesiges Pflaster. Pflaster?! Eher ein Pseudo-Pflaster, Marke Eigenbau. Unmengen an Tesafilm, blutverschmiert, das nicht kleben will – natürlich nicht! –, und aus allen Ecken schaut Watte raus.

Clemens schüttelt den Kopf, presst die Lippen aufeinander und macht sich Vorwürfe, gestern so schnell aufgegeben zu haben.

«Wenn du mir geöffnet hättest, hätte ich deine Wunde verarzten können.»

Sein Blick fällt auf das Geschenk. Ist nach wie vor in Zellophan gehüllt. Hat sie nicht mal angerührt. Er schluckt. Und die Asche?

Die liegt noch auf dem Schreibtisch. Sogar das Streichhölzchen steckt noch kerzengerade drin. Immerhin. Aber vielleicht auch bloß weil Wayra das nicht gesehen hat. Vielleicht sieht sie nichts mehr.

«Siehst du noch was?», fragt er, tritt besorgt an den Tisch, beugt sich zu ihr vor. «Kannst du mich sehen?»

Sie nimmt den Kugelschreiber aus dem Mund, lacht kurz, lächelt sogar. «Klar kann ich dich sehen. Ich weiß nur nicht, ob ich das will.» Sie steckt den Kuli wieder in den Mund, wie ein Thermometer, und senkt den Blick.

«Zeig mal her.» Clemens beugt sich weiter zu ihr vor, will das monströse Pflaster genauer betrachten und vor allem das, was darunter ist.

Sie zieht den Kopf zurück.

«Vielleicht will ich das nicht», sagt sie und lehnt sich in den Sessel, legt die Beine lässig auf den Tisch, haarscharf am Aschehäufchen vorbei. «Vielleicht will ich nicht, dass du meine Wunden verarztest?»

Clemens betrachtet sie einen Moment, presst die Lippen erneut aufeinander und kratzt sich am Kinn. Dann stützt er beide Hände auf den Tisch und fragt: «Dir ist schon klar, dass deine Aussage nicht eindeutig ist?»

Jetzt blickt sie auf ihre Fingernägel, als wären die superinteressant, stöhnt leise auf und sagt kaum hörbar: «Ja.»

Dann sieht sie zu ihm auf. «Hast du mein Memo bekommen?»

«Welches Memo?»

«Über den Männerkongress.»

Clemens lehnt sich an den Tisch, betrachtet sein verschmähtes Geschenk und fährt sich durchs Haar.

«Okay», sagt er. «Wenn du über Arbeit reden willst: Ich dachte eher daran, etwas über den russischen Mann zu machen. Hinfahren, Lage checken, sehen, wie der tickt.» Er dreht sich zu Wayra. «Denn seit der Kölner Silvest–»

«Der russische Mann?», unterbricht sie ihn.

«Genau, denn –»

«Was hat der mit Beauty & Wellness zu tun?»

«Eine Menge!», sagt Clemens und steht auf. «Es geht um das Wohlbefinden von uns Männern. Um männliche Identität. Um *Mannsein.*»

«Kriegst du. Im Komplettpaket. Auf dem Männerkongress.»

«Aber der *russische* Mann, Wayra – Seit der Kölner Silvesternacht –»

«Ist zwei Jahre her. Interessiert keine Sau.»

«Ach ja? Ich weiß, dass es über 500 000 Leute interessiert. Und ich weiß das aus sicherer Quelle.»

Sie sieht ihn unbeeindruckt an.

«Ich hab mit Mmm… mit ein paar Kumpeln – wir haben ein Video gepostet.»

«Mit Max? Was für ein Video?»

Clemens zögert einen Moment. Ins Detail gehen will er eigentlich nicht. «Ein Video für *echte Kerle*. Auf YouTube, und …»

Wayra wirft den Kuli auf den Tisch. «Bei eurem Saufgelage neulich?» Sie atmet laut aus, blickt vor sich. «Wird *Playtime* erwähnt?»

«Nein. Aber –»

«Eure Namen?»

«Auch nicht. Also, nicht die Nachnamen … soweit ich mich … erinnere.» Er legt den Kopf etwas zur Seite, versucht sein charmeoffensives Lächeln. Schlägt fehl. Wayra sieht einfach nur endgenervt aus. Und dieses Pflaster! «Wayra, bist du sicher …?»

«500 000 Klicks. Glückwunsch.»

«Echte Kerle, Wayra! Nicht bloß Klicks. Echte Typen, die –»

«Clemens.» Sie nimmt die Beine vom Tisch und stützt die Ellbogen auf. «Sind wir uns einig, dass du bei *Playtime* für Beauty & Wellness zuständig bist?»

«Äh. Ja.»

«Wie stellst du dir das dann vor, hier seriös über solche Themen zu berichten, während du dich parallel auf YouTube darüber lustig machst?»

«Genau das will ich ja ändern. Deswegen will ich hier was über den russischen …»

«500 000 Klicks.» Sie fasst sich an den Kopf, verzieht kurz schmerzvoll das Gesicht, weil sie dabei die blöde Wunde berührt hat. «Ich bitte dich, das Video so schnell wie möglich zu löschen.»

Okay. Hat keinen Sinn, hier weiter zu diskutieren.

«Machst du den Männerkongress oder nicht?», fragt sie.

Clemens reibt sich über die Stirn, überlegt, sieht zu Wayra und sieht dort nichts weiter als das monströse Pflaster. Als würde das jede Minute wachsen. Sieht immer schlimmer aus. Er atmet laut aus und fragt: «Welchen Männerkongress?»

«In den Bayerischen Alpen. Beginnt morgen. Eignet sich gut für unsere Zielgruppe und …» Ihr Blick fällt auf das Aschehäufchen. «Immerhin wäre es eine Reportage.»

Dass die überhaupt noch denken kann, mit der Verletzung! Clemens schüttelt den Kopf, richtet sich auf. In einem Impuls marschiert er aus dem Büro. Er hört noch, dass ihn Wayra zurückruft, ist ihm aber egal.

Zielstrebig betritt er die Redaktionsküche, hält sich nicht weiter damit auf, dass Timo hier gerade von Sanne in eine Ecke gedrängt wird, und geht an den Erste-Hilfe-Kasten.

«Gib's zu, du hast meinen Joghurt gegessen», sagt Sanne zu Timo.

«Quod me nutrit me destruit», sagt Timo.

«Du sexistischer Waschlappen! Du findest, dass ich fett bin?!», ruft Sanne und drückt ihn an die Wand.

«Was? Nein! Ich –»

«Ficken bitte auf'm Klo», sagt Müller, der dazukommt.

Na, der muss jetzt nicht auch noch sein. Eilig greift Clemens in den Erste-Hilfe-Kasten und nimmt einfach mal alles raus, was er findet. Verbandsmull, Schere, Desinfektionsspray, Pflaster.

«Schau an, Voss spielt heute Doktor», sagt Müller, während er sich Kaffee einschenkt.

Darauf will sich Clemens eigentlich nicht einlassen, kann sich dann aber doch nicht verkneifen: «Das Traurige ist ja, Müller: Für deine Fresse gibt's keine Rettung.»

Müller kippt die Kinnlade runter, Clemens entwendet ihm flink den Kaffee, obwohl er den eigentlich gar nicht will, und marschiert voll bepackt und ohne Umwege zu Wayra ins Büro zurück.

Als er reinkommt, steht sie rauchend am Fenster.

«Was …?» Erstaunt lässt sie die Zigarette sinken.

Clemens stellt die Kaffeetasse auf dem Schreibtisch ab und wirft das Verbandszeug dazu. Dann führt er Wayra zum Sessel. Sie wirkt noch immer verwundert, nimmt jedoch Platz. Er dreht den Sessel zu sich, schnappt sich einen Stuhl und setzt sich vor sie. Vorsichtig nimmt er ihr das Pflaster ab. Sachte, sachte. Versucht es zumindest. Wayra verzieht trotzdem das Gesicht. Die Schramme, die sich unterm Pflaster verbirgt, sieht auch wirklich übel aus. Etwa so lang wie ein halber Zeigefinger, blutverkrustet, und lauter Wattefasern kleben daran.

«Was hast du dir dabei nur gedacht?», fragt Clemens.

«Blödsinn», sagt sie, offenbar darum bemüht, sich den Schmerz nicht anmerken zu lassen. «Ich hab Blödsinn gemacht.»

Blödsinn. Clemens muss grinsen. Er hält inne. Sie lächelt. *Sie. Lächelt. Ihn. An.*

Er sprüht Desinfektionsmittel auf ein Stück Mull und tupft damit vorsichtig die Wunde ab. Versucht die Wattefasern zu lösen. Wayra verzieht das Gesicht noch mehr.

«Echt. Ich hätte es besser wissen müssen», sagt er. «Es hat bis auf die Straße gescheppert.»

«War der Karton mit Geschirr.»

«Wie ist das denn passiert?»

Sie antwortet nicht. Lässt ihn einfach weitertupfen.

«Ich hab vor allem eine Jalousie runterkommen sehen», sagt Clemens nach einer Weile. «Und ich geh mal davon aus, dass eine der Lamellen für den bösen Schnitt hier verantwortlich ist.»

«Ich hatte Socken an», sagt Wayra.

«Socken, klar. Und deswegen ist die Jalousie runtergekracht.»

«Bin damit ausgerutscht.»

Clemens hört zu tupfen auf. «Die Frage ist: Warum bist du ausgerutscht? Was wolltest du sehen? Wie ich mich da unten zum Idioten mache?»

Sie hebt das Kinn etwas, sieht ihn herausfordernd an. «Ich hatte Socken an.»

Mit einem Mal hat sie diesen Blick ... so einen Blick, der Clemens dazu veranlasst, innezuhalten und alles um sich herum zu vergessen.

«Okay. Du bist ... wegen der Socken ... ausgerutscht.»

Ihre Augen funkeln.

«Hm.» Sie beißt sich auf die Unterlippe. «Am Fenster.»

Ihm wird heiß, er muss tief durchatmen, ist versucht, sie im Sessel näher an sich zu ziehen. «Am Fenster also, ausgerutscht.» Ihre Augen. Er möchte sich darin verlieren.

«Als mir die Jalousie entgegenkam ...»

Er tut es: Mit einem Ruck zieht er ihren Sessel ganz nah zu sich. «... hast du dich an einer der Lamellen geschnitten.»

«Ich wollte an die Jalousie.»

«Du wolltest hindurchsehen.»

«Zwischen den messerscharfen Lamellen», sagt sie mit brüchiger Stimme, «wollte ich hindurchsehen ... wollte ich ...» Jetzt rückt sie näher, er spürt, wie sich ihre Beine um seine Schenkel legen. Ihre Nasenspitzen berühren sich fast.

Vorsichtig lässt er die Hände auf ihre Schenkel gleiten. Und ebenso vorsichtig fragt er: «Was wolltest du sehen?»

In ihren Augen blitzt es. Ihr Mund öffnet sich leicht, aber sie sagt nichts. Sie legt ihre Hände auf seine. Sanft berührt sie seine Nase mit ihrer Nasenspitze, und plötzlich umarmt sie ihn, vergräbt ihr Gesicht in seiner Halsbeuge. In ihm pulsiert das neue Gefühl, schießt ihm durch die Venen, beschleunigt seinen Puls, rauscht durch seinen gesamten Körper, ist wie in Tegel und dann wieder ganz anders, ist das erste und das millionste Mal, ist Zukunft und Vergangenheit, ist Raum und zugleich Zeit, ist Rausch und Schwebezustand.

«Warum hast du mir nicht geöffnet?», flüstert er nach einer Weile, streicht ihr durchs Haar, ihr zartes, duftendes Haar.

«Es war einfach und wurde kompliziert.»

«Es muss nicht kompliziert sein.»

«Ich war verletzt.»

«Ich wollte dich nicht verletzen.»

Sie lacht auf und löst sich von ihm. An ihrer Wunde kleben noch immer Wattefetzen. Sie deutet zum Geschenk: «Warum eigentlich nicht gleich eine Sequoia?»

Clemens kneift die Augen zusammen. «Du weißt, was das ist?»

Sie nickt. «Ein ...» Muss lachen. Versucht ihn dann mit ernster Miene anzusehen. «Mmmammutt...?» Sie kichert.

«Ja.» Clemens versteht nicht, was daran komisch sein soll. «Ein Mammut-Baum. Ein kalifornischer Küsten-Mammut, um genau zu sein.» Wayra lacht. «Was hast du gegen meinen Mammut-Baum?»

Sie wischt sich eine Lachträne von der Wange, räuspert sich. «Nichts.» Nickt mit großen Augen. «Er ist ... wunderschön.»

«Na, allemal besser als die Zwerge dahinten.»

Schelmisch grinsend scannt sie sein Gesicht ab und schüttelt dabei langsam den Kopf. Dann atmet sie tief durch. Ihr Blick verliert sich in seinem, in ferne Welten. Spiegelt Orte wider, die er gern mit ihr erkunden würde.

«Ich glaube, mit siebzig will ich dich auf ein Eis einladen.»

Sie stutzt. «Ein Eis? Mit siebzig?»

Er grinst. «Hm.»

Küssen möchte er sie jetzt. Tut es. Daraufhin sieht sie ihn verwundert an und blickt dann weg. Also nimmt er den Mull wieder zur Hand. Tupft weiter. Sie lässt es zu, scheint in Gedanken jetzt jedoch woanders, ohne ihn. Tupf, tupf. Als er das letzte Stückchen Watte entfernt, stöhnt Wayra schmerzvoll.

«Sorry», sagt er, legt den Mull weg, nimmt einen Schluck von Müllers Kaffee und betrachtet das Ergebnis seiner Arbeit. Gut. Die Wunde sieht jetzt weitaus harmloser aus. Fehlt bloß noch ein richtiges Pflaster.

Er will gerade auf dem Tisch danach suchen, als er spürt, wie ihn Wayra beobachtet, ihn neugierig beobachtet. Er gibt vor, sich auf das Verbandszeug zu konzentrieren. Damit sie nicht sieht, dass er sieht. Damit sie nicht aufhört. Will den Moment nicht kaputtmachen.

«Du glaubst also, es muss nicht kompliziert sein?», fragt sie.

Clemens wendet sich ihr wieder zu, sein Blick wandert von ihren Augen zur Wunde hoch. Vorsichtig streicht er ihr ein paar

Haarsträhnen weg, die sich darübergelegt hatten. «Ja.» Dann blickt er auf ihre Hände, die sie im Schoß liegen hat, berührt sie sanft, ergreift sie sachte. «Unkompliziert. Etwa dass du mir nächstes Mal einfach die Tür öffnest, statt beobachten zu wollen, wie ich mich auf der Straße zum Affen mache.» Er sieht ihr in die Augen. «Und mir erst recht öffnest, wenn du dich dabei verletzt.»

Er lässt ihre Hände los, greift nach Schere und Pflasterrolle und schneidet ein Stück ab. Vorsichtig klebt er das Pflaster über die Wunde. Plötzlich hält sie seine Hand fest. «Weshalb sollte ich dir öffnen, wenn du es bist, der mich verletzt hat?»

«Hey. Ich hab doch gesagt, dass ich das nicht wollte. Ich will nicht, dass du aus meinem Leben verschwindest, das war nicht –»

«Die Jalousie», unterbricht sie ihn.

«Äh, ja …?»

«In dieser neuen, mir noch fremden Wohnung in dieser noch fremderen Stadt habe ich der Jalousie vertraut. Vielleicht war ich zu Beginn nicht ganz ehrlich zu ihr, aber ich dachte auch, dass die Gefühle, die wir füreinander empfinden, keiner Erklärung bedurften, dass sie einfach sein konnten. Und alles andere unwesentlich ist.»

«Okay.» Clemens räuspert sich. «Worauf willst du hinaus, Wayra?»

«Ich habe mich an der Jalousie festgehalten, als mir der Boden unter den Füßen wegrutschte, als ich Halt brauchte, ich habe ihr vertraut, weil sie mir das einzig *Echte* erschien, und was hat die Jalousie getan?»

Clemens antwortet lieber nicht.

«Sie hat mich verletzt.»

Er hebt eine Braue, beißt sich auf die Lippen. «Verstehe. Also, in gewisser Weise.» Er überlegt. «Ich bin aber keine Jalousie.»

Findet sie wohl nicht gut. Genervt dreht sie den Sessel von ihm weg, zurück an den Schreibtisch. Ihr Blick bleibt am Aschehäufchen hängen.

«Männerkongress», sagt sie. «Machst du den, oder soll ich Max damit beauftragen?»

Clemens fühlt sich, als hätte man ihn soeben beim *Mensch ärgere Dich nicht* auf die Startposition zurückgesetzt.

Er seufzt.

«Worum geht's denn da?»

Wayra zuckt mit den Schultern.

«Um den modernen Mann.» Geradezu lustlos greift sie nach einer Broschüre, die neben dem Computer liegt, schlägt sie gelangweilt auf und liest daraus vor: «Psychische Fragilität. Sexismus effektiv bekämpfen. Identitätsfindung innerhalb der neuen Rolleneinteilung zwischen Mann und Frau.» Sie hält ihm die Broschüre vor die Nase. «Heiß?»

Clemens rollt innerlich mit den Augen, schluckt ein weiteres Mal und nimmt die Broschüre entgegen.

«Klar. Mach ich.» Spitzt die Lippen und nickt mehrfach, vor allem, um sich selbst zu überzeugen. «Weiß Ronnie schon Bescheid?»

Er steckt den Prospekt ein.

Sie legt den Kopf zur Seite. «Ronnie?»

«Na, keine Reportage ohne Fotos.»

Sie schüttelt den Kopf. «Die wirst du selbst schießen müssen.» Sie macht eine Pause. «Sieh's als Chance. Und gib auch du ihm eine Chance, dem modernen Mann.»

Was für eine Chance? Bekommt er dann eine Eins, oder was? Mit Herzchen? Das sagt er aber nicht. Er nickt bloß. Dabei fällt sein Blick erneut auf den Mammut-Baum. Wenn Wayra das Zellophan nicht bald entfernt, wird der noch ersticken! Er beißt die Zähne aufeinander, spürt, wie sein Puls schneller geht, und das muss er hier jetzt doch mal klarstellen. Er stützt beide Hände auf den Tisch und sagt: «Alle glauben, dass Sequoia-Bäume am Aussterben sind. Aber die Leute stehen auf Sequoias. Du stehst auf Sequoias. Und ich sag dir was: Die sterben nicht aus, die Sequoias. Weit gefehlt. Die haben noch nicht ihr letztes Wort gesprochen.»

Schwungvoll stößt er sich von der Tischplatte ab und geht.

Chance. Ernsthaft? Vielleicht sollte er sich eher fragen, ob er *ihr* noch eine Chance geben will, wenn die so bescheuert drauf ist. Von wegen er sei eine komplizierte Jalousie, und wie sie sich über seinen Mammut-Baum lustig gemacht hat. Mann. Und es tut weh, wie sie ihn hier gerade abserviert hat.

Chance! Pah.

Tja. Eins hat er jedenfalls kapiert: Wenn er die Frau zurückgewinnen möchte, gehört wohl mehr dazu, als eine große Pflanze und ein bisschen Doktor spielen.

Gib ihm 'ne Chance

Bayerische Alpen bedeutet Bayern, bedeutet Ausland. Im Ernst. Süddeutschland erscheint Clemens zuweilen exotischer als Papua Neuguinea. Und das Schlimme ist: Auf Papua Neuguinea hätte er wenigstens ein Wörterbuch und Ronnie an seiner Seite, um gemeinsam zu enträtseln, was die Leute einem so zu sagen haben. Nicht so in Bayern.

Die Landschaft ist schön.

Die Reise? Lang.

Genug Zeit, um sich in der Maschine von Berlin nach München einen Augenblick zu fragen, was Mann denn so tut, wenn Mann ohne Ronnie fliegt, den Prospekt über den Männerkongress dahingehend zu überfliegen, wie viele Cs vorkommen – eine Angewohnheit von ihm, wenn er etwas nicht lesen will –, dasselbe Vorhaben mit der Gebrauchsanweisung für den Fotoapparat, den Mirja ihm mitgegeben hat, jedoch zu verwerfen, aus weiser Vorahnung, dass die englischsprachige Anleitung nur so gespickt sein muss von Cs, was im Endeffekt auf richtiges Lesen hinauslaufen würde, worauf er de facto ja keinen Bock hat, dann entsetzt festzustellen, dass er vorhin statt Cs in Wirklichkeit nach Ws gesucht hat, das dann schnell wieder zu verdrängen, indem er während der Landung aus betreffendem bösem Männerkongress-Prospekt in minutiöser Feinarbeit einen Papierflieger bastelt, den er dann in einem Moment der Verwirrung steigen lässt, als eine Gruppe FC-Bayern-Fans grölend die Münchner S-Bahn betritt. Na, Männerkongress interessiert auch die nicht: Bis München

Hauptbahnhof muss Clemens deren schräge Gesänge ertragen, um anschließend in der geradezu stillen Regionalbahn nach Garmisch-Partenkirchen zur Entspannung zwei Folgen *Vikings* aufzuholen – aber all das bringt nichts. Von *Vikings* bekommt er so genauso wenig mit wie von der am Fenster vorbeiziehenden Berglandschaft. Eine weiß-blaue Landschaft – was sonst? Schneebedeckte Wiesen und Hügel sowie intensiv blaue Seen ziehen vorbei, und Clemens kaut an den Fingernägeln. Kaut die runter. Aber so richtig. Weil. Immer wieder kreisen seine Gedanken um Wayra, und vor allem muss er feststellen, dass dieses neue Gefühl, das die Frau in ihm auslöst, auch locker über Hunderte Kilometer Entfernung anhält. Egal wie blöd sie gestern drauf war. Das Gefühl flammt in ihm auf, einfach so, er kann nichts dagegen tun, etwa wenn der Zug durch einen hübschen Tannenwald fährt.

Am Horizont weiße Riesen, die immer imposanter werden, je weiter der Zug gen Alpen vordringt. Hat immerhin etwas Beruhigendes, diese Landschaft, diese Kolosse.

In Garmisch-Partenkirchen steigt er ein letztes Mal um, in die Zugspitz-Bahn – und das kann man sich in etwa so vorstellen wie die erste Achterbahnfahrt als Kind: Die kleine Bahn rauscht in rasantem Tempo mit pfeifender Lok über Serpentinen ein spektakuläres Bergpanorama hoch und immer höher. Also, das Spektakuläre vermutet Clemens einfach mal, denn Sonne ist nicht mehr, bloß hier und da eine erleuchtete bajuwarische Hütte. Ganz schön kurvenreich, die Strecke, und kein Radio W… Mann. Nicht dran denken. Also hofft er bloß, bald anzukommen, im auserkorenen Paradies des Männerkongresses.

Die Zugspitz-Bahn spuckt ihn am Eibsee aus. Die schwere Schneedecke, die über der Landschaft liegt, erhellt die Nacht, in der ein einziges beleuchtetes Gebäude zu sehen ist: das Hotel, in dem der ominöse Kongress stattfinden wird.

Clemens betritt die weiträumige, von Kronleuchtern erhellte Lobby. Willkommen in Stanley Kubricks *Shining*. Krasser Siebziger-Jahre-Teppich mit orangefarbenem Wabenmuster. Urig dunkle Holzverkleidung an den Wänden, rot gepolsterte Ledersofas und -sessel. Ausgestopfte Vögel zieren niedrige altmodische Holztischchen, ein imposanter Elchkopf prangt über dem Fahrstuhl. Kein Scheiß. Wären nicht hier und da ein paar Leute mit Laptops oder Smartphones beschäftigt, würde Clemens vermutlich erst mal einen Whiskey an der Bar bestellen, um sich mental darauf vorzubereiten, dass hier jeden Moment ein wahnsinnig dreinblickender, axtschwingender Jack Nicholson aufkreuzen könnte.

Schnuckelig. Hier also soll der Männerkongress stattfinden?

Anders gefragt: Haben die Organisatoren das Thema verfehlt? Oder wollen die modernen Weicheier, die sich mit diesem Kongress selbst feiern, jetzt doch ihren Fehler einsehen, den eingezogenen Schwanz wieder ausfahren, weit ausfahren, und ein fulminantes Comeback des Jägers ankündigen?

Ernsthaft, *Shining* hat doch etwas Urmännliches und aus heutiger Sicht fast Sexistisches an sich. Also, wenn er das jetzt mal ganz radikal herunterbrechen würde: Frau kocht und kümmert sich ums Kind, während Mann arbeitet und verrückt wird.

Geile Scheiße.

Was haben die denn hier mit ihnen vor auf dem Kongress? Clemens zückt sein Notizheft und notiert: Shining/Nicholson. Dann schwingt er seine Tasche über die Schulter und schlendert an die Rezeption, haut dort auf das goldene Klingelchen, einfach so, weil's Spaß macht und obwohl da eh schon eine Lady steht, die für den Check-in verantwortlich zu sein scheint. Dementsprechend guckt die ihn nach dem Klingeln böse an. Egal. Hier sein will er eh nicht. Was hat er also zu verlieren? Er grinst spitzbübisch-charmant, wie er das so draufhat. Wirkt. Die Lady lässt sich zu einem Lächeln hinreißen, rückt ihre Brille auf der Nase zurecht und beginnt in einer sanften, bayerisch singenden Stimme das Aufnahmeprozedere. Danach erhält er den Schlüssel zu seinem Zimmer. Ach, und außerdem steht neben der Lady auch Manfred. Das weiß Clemens, als er beiläufig das Wort «Männerkongress» erwähnt, woraufhin die Frau dem Kerl einen Blick über den Rand ihrer Brille zuwirft und dann seinen Namen flüstert, damit der reagiert. Manfred also. Ein dicklicher, liebenswert aussehender Kerl Anfang zwanzig.

«Willkommen», sagt der. «Ihr Name war noch?»

«Voss, Clemens.»

Manfred blättert nervös in einer Liste zwischen mehreren Seiten vor und zurück.

«Teilnehmer oder Experte?», fragt er.

«Weder noch», sagt Clemens. «Presse. *Playtime.*»

«Aaah.» Erfreut sieht Manfred von den Unterlagen auf. Schon von der kurzen Anstrengung haben sich Schweißperlen auf seiner Stirn gebildet. Er greift zu einem Tablet neben sich, scrollt gekonnt über das Display – im Digitalen liegt also seine Stärke –, und keine zehn Sekunden später verkündet er erfreut: «Da sind Sie. Kurzfristig angemeldet. Und der Kollege Niedermayer?»

Clemens zieht die Brauen verwundert zusammen. «Ist für den auch reserviert?»

«Ja. Zimmer Riffelriss.»

Clemens räuspert sich. «Also, davon weiß ich nichts. Ich bin jedenfalls allein angereist.»

«Kurzfristig?», fragt Manfred mit einem Blick, von wegen jetzt checkt er alles in Sekundenschnelle.

Clemens nickt. «Kurzfristig.» Er fährt sich durchs Haar. Fragt sich, warum Wayra Max anmelden lässt und dann doch nur ihn allein hierherschickt.

Rachegelüste? Sadismus? Nicht weiter drüber nachdenken.

Manfred drückt ihm eine Pressemappe in die Hand, erklärt, woraus die besteht – in etwa so, als wäre Clemens Analphabet und könnte das nicht selbst nachlesen –, dann gibt er ihm aber auch nützliche Infos: Wo und wann das Abendessen stattfindet.

Mit all dem neuen Wissen und dem Gepäck macht sich Clemens zu seinem Zimmer auf. Er ist versucht, Max eine SMS zu schicken: «Komm her, du Sack, lass mich nicht im Stich. Zimmer Riffelriss ist dein!»

Aber erst mal das Abendessen abwarten. Im Programm steht hierzu: *Lockerer Cocktail-Empfang und offizielle Eröffnungsrede, gefolgt von einem Buffet in gediegenem Ambiente.* Hoha.

Klingt doch nett.

Auch der Speisesaal steht den Kulissen von Kubricks *Shining* in nichts nach. Riesige Kronleuchter an den Decken, Kerzen auf runden Tischen mit weißen Tischdecken, alter Parkettboden. An einer Wand ist ein Buffet arrangiert. Messingfarbene Behälter und Platten, die mit weißen Servietten bedeckt sind. Auf der anderen Seite des Saales tummeln sich die Gäste, lehnen mit Gläsern in den Händen an Stehtischen und unterhalten sich angeregt, während im Frack gekleidete Kellner mit allerlei Getränken vollbeladene Tabletts an ihnen vorbeibalancieren. Clemens schätzt grob zweihundert Leute. Etwas zögerlich schlendert er auf die Menge zu. Na, wo ist Jack Nicholson? Auf den ersten Blick jedenfalls alles Männer. Natürlich. Obwohl. Die könnten ja auch ein paar Frauen als Expertinnen einladen. Ist hier wohl nicht der Fall. Einige sehen jedoch so aus wie Frauen. Ein Grüppchen blasser, schmaler glatzköpfiger Kerlchen etwa, die beim Reden ziemlich viel und für Clemens' Geschmack übertrieben gestikulieren. Macht so extrem nicht mal eine Frau. Kann sich Clemens jedenfalls nicht entsinnen, so was mal beobachtet zu haben.

Krasse Scheiße. Ist hier etwa schon eine Überfeminisierung des Mannes am Start?

Dann erblickt er an der Wand über den Gästen in riesigen Lettern den kuriosen Schriftzug:

NeMo Mann – Kongress 2018.

Er muss schlucken. Hat plötzlich einen ganz trockenen Hals. *Nemo.* Steht das für den Clownfisch? Werden sie sich in den kommenden drei Tagen hier einer von Jack Nicholson höchstpersönlich angeführten kollektiven, alles Männliche kastrierenden Geschlechtsumwandlung zur Mama unterziehen? Bitte nicht.

Clemens atmet tief durch. Ruhe bewahren. Bundeswehr. Friedensmission. Deeskalieren. Kein Arschloch sein.

Puh. Okay. Geht doch.

Das Herz flattert zwar noch etwas, aber er will mal nicht den Teufel an die Wand malen, greift lieber nach einem Bier vom Tablett eines vorbeischwirrenden Kellners und hält Ausschau nach anderen Journalisten oder Medienleuten. Um sich weniger einsam zu fühlen und ein wenig gemeinsam abzulästern. Schwierig. Zumindest sind keine bekannten Gesichter hier. Dafür fällt ihm auf, dass alle schick gekleidet sind, von wegen Anzug und Krawatte und so. Vielleicht hätte er seinen Sweater und die Kargohose auch gegen etwas Feineres wechseln sollen? Tja. Hat er aber nicht mal dran gedacht, so was mitzunehmen. Egal. Er scannt den Raum weiter ab. Neben den Überfemininen steht ein Grüppchen großer Kerle mit markanten Bärten, also, Bärten, nun ja, wie soll man sagen? Ein bisschen, als wäre Reinhold Messners Fellfresse nach zwei Wochen Himalaya von Edward mit den Scherenhänden bearbeitet worden. Wuchernd und doch heckenakkurat. Und irgendwie auch als wären die Bärte eigenständige Wesen, die sich auf deren Gesichtern festgepflanzt haben.

«Guck mal, ich hab ’nen Waschbären in der Visage, willste mal streicheln?», murmelt Clemens für sich.

Dann zuckt er zusammen.

«Finden Sie sich zurecht?»

Manfred steht neben ihm und will anstoßen. Das Bier kommt Clemens gleich wieder hoch. Schmeckt, als hätte man nach dem Sport das schweißnasse Shirt ausgewrungen, die Essenz dann sorgfältig mit Katzenpisse verrührt und anschließend zwei Wochen lang bei Zimmertemperatur gären lassen. Clemens würgt, hustet, wischt sich mit dem Handrücken über den Mund. Manfred grinst.

«Ist veganes alkoholfreies Biobier, lokal hergestellt.»

«Bier ist doch immer vegan.»

«Das hier ist wirklich vegan.»

Clemens versucht den widerlichen Geschmack wegzukriegen, indem er die Zunge rausstreckt und schluckt. Krallt sich ein Selters vom nächsten vorbeischwebenden Tablett. Will ansetzen, fragt dann: «Und das? Veganes Wasser?»

Er leert das Glas in einem Zug.

Manfred grinst noch breiter. «Vor zwei Jahren stand ich dem Veganismus auch noch skeptisch gegenüber. Aber dann. Es hat mein Leben verändert. Zum Positiven.»

Er zuckt mit den Schultern.

Clemens schnappt sich ein weiteres Selters, trinkt und fragt sich, wie Manfred denn so eine Kugel vor sich herschieben kann, wenn der wirklich Veganer ist. Er dachte immer, die wären total abgemagert. Na ja. Ein Vorurteil weniger. Und den schalen Geschmack im Mund ist er auch los. Erleichtert stellt er das Glas auf dem Cocktailtisch neben sich ab.

«So. Manfred.»

Manfred nickt.

«Zeig mir doch mal, wo hier meine Kollegen sind», sagt Clemens.

«Presse?», fragt Manfred. «Von denen sind Sie heute der Einzige.»

Clemens traut seinen Ohren nicht.

«Vor vier Jahren waren ein paar wie Sie durchgehend da.»

«Und wo sind die jetzt?»

Manfred blickt verschüchtert auf sein Bier. «Jetzt snubben die uns eher.» Er trinkt einen Schluck. «Morgen kommen Redakteure von den großen Tageszeitungen.»

«Aha.»

«Die können sich das erlauben, weil sie Themen vielseitig beleuchten.»

«Und *Playboy*, *GQ*, *Men's Health* ...?»

Manfred verneint.

«*Juicy Assets*?», fragt Clemens.

«Ich vermute, die sind leider nicht so Avantgarde. Nicht mehr oder noch nicht.» Manfred zuckt wieder mit den Schultern.

Schön. Dann darf Clemens also allein Avantgarde sein.

«Viele haben ja Angst, sich mit der Männerkrise zu befassen», sagt Manfred. «Vor allem seit der Sexismus-Debatte letztes Jahr.»

«Angst? Wovor denn?»

«Nun, vor Leuten?»

«Vor welchen Leuten?»

Manfred schluckt, sucht nach Worten. «Leute, die Männer nicht so gut finden ...?»

«Du musst schon expliziter werden, Manfred.»

Ängstlich sieht der Clemens an.

«Manche Leute eben, die Männer nicht so mögen. Also, diese Leute mögen Kritik auch nicht so gern», sagt Manfred schüchtern. «Und ich glaube, die Medien fürchten sich vor diesen Leuten genauso wie wir.»

«Diese Leute haben also Macht», folgert Clemens.

Wen wundert's? Ist ja heute schick, Feminist zu sein. Welches drittklassige TV-Sternchen hat sich in letzter Zeit nicht mit irgendeiner oberflächlichen Pro-Gleichberechtigungs-Floskel gebrüstet? À la: «Ich bin #femmimist.» Bloß: Seit wann wollen die Medien lieber hip sein als kritisch hinterfragend?

«Also, Manfred, heißt das im Klartext: Die Medien berichten deswegen nicht über euch, weil sie befürchten, sonst von diesen *Leuten* – wie du sagst – als sexistisch oder antifeministisch angeprangert zu werden?»

Manfred nickt verschüchtert: «Ja.» Er trinkt einen großen Schluck Bier. Clemens kratzt sich am Kopf. Schau an. So lernt man jeden Tag was dazu. Die ultrafeminisierten Männer werden also von den ultraradikalen Frauenrechtlerinnen verschmäht. Warum denn? Haben die Angst, dass die ihnen das Make-up klauen und in Stöckelschuhen besser aussehen?

«Seid ihr das denn, antifeministisch?», fragt Clemens.

Manfred schüttelt den Kopf. «Im Gegenteil. Wir wollen den Weg zu einem Miteinander finden. Dafür müsste die Öffentlichkeit aber auch endlich die Bedürfnisse von uns Männern wahrnehmen und unsere Bemühungen, aus unserer Identitätskrise zu finden.»

«Hm.» Clemens zückt sein Notizheft und notiert das.

Warum hat ihn Wayra hierhergeschickt? Klar, hier wird er den modernen Mann kennenlernen, in all seinen Facetten. Aber anders als gedacht geht's hier gar nicht darum, das moderne Weichei zu feiern oder weiter zu feminisieren, sondern viel eher darum, seine Männlichkeit zu retten. Will Wayra, dass er *das* aufdeckt? Die will das.

Geile Scheiße.

Die Frau, echt. Wird die ihn jemals *nicht* überraschen?

«Ich lasse Sie dann mal, Sie haben sicher Wichtigeres zu tun», reißt ihn Manfred aus den Gedanken.

«Ehrlich gesagt, Manfred? Nein. Und lass man das Siezen. Ich fühl mich wie Opa.»

Manfred grinst verlegen. «Gut. Du.»

«Und jetzt verrat mir erstens: Wo finde ich ein richtiges Bier? Wir sind in Bayern. Und zweitens: Erzähl mir mal, wer die ganzen Typen hier sind.»

Manfred führt ihn an die Bar, die sich hinter dem Stehbereich am Ende des Saales verbirgt. Dort bekommt Clemens gescheites Hopfen & Malz.

«Na, es gibt hier viele Teilnehmer, ohne spezielles Engagement, aber die Männer gleich neben dir», flüstert Manfred, während er am Tresen lehnt, «das sind Wissenschaftler, Professoren.»

Er deutet auf eine Gruppe älterer Männer mit furchigen Gesichtern und Geheimratsecken, wahlweise gut im Futter oder hager, einige von ihnen tragen Brillen. Abgesehen vom Berufsstand haben sie gemeinsam, dass sie bereits ziemlich viele Bierkrüge geleert haben, die vor ihnen auf dem Tresen stehen.

«Die schmalen Typen dort drüben», sagt Manfred und nickt zu der Gruppe, die Clemens vorhin als Überfeminine abgestempelt hat. «Das sind die Yoga- und Tantra-Experten.»

«Tantra?», fragt Clemens.

«Sehr entspannend», sagt Manfred.

Clemens nickt und denkt bloß: Logo. Ist vor allem Massage mit Happy Ending. Also, das ist zumindest, was er darüber weiß.

«Ein paar Schamanen sind auch darunter.»

Er zeigt auf zwei Männer, die sich in nichts von den anderen unterscheiden.

«Ich dachte, die sind immer mit Federn geschmückt und ziemlich bunt gekleidet?»

«Nur bei Ritualen.»

«Und die haben auch eine Identitätskrise, oder was?»

«Die sind hier, um zu helfen. Wir versuchen, uns der Welt zu öffnen. Das ist wichtig, um unser Inneres besser zu verstehen.»

«Aha.» Clemens notiert das.

«Wen haben wir noch?» Manfred deutet auf verschiedene Grüppchen. «Die Fraktion *Freie Roh-Veganer Deutschlands*. Die wissen alles über speziell auf männliche Gesundheit zugeschnittene Ernährung.»

Die haben seltsam birnenförmige Figuren, als hätten sie riesige Verdauungsorgane. Vor allem aber sehen sie so blass aus, dass Clemens kurz überlegt, ob Männerkosmetik speziell für die erfunden wurde. Er räuspert sich.

«Die wissen wirklich, was ein Mann braucht?»

Manfred zuckt mit den Schultern. «Ja. Nahrung, um Herzinfarkte oder andere typische Männerkrankheiten zu verhindern. Und auch wie wir unseren Testosteron-Spiegel senken können. So was.»

«Krasse Scheiße», sagt Clemens. «Ihr wollt freiwillig euer Testosteron senken?»

Manfred tut das mit einem verunsicherten Lächeln ab und fährt fort: «Dort hinten steht der BMO, *Bund Männlicher Opfer*. Betrifft vor allem häusliche Gewalt, Obdachlosigkeit und Kriminalität.»

Das findet Clemens interessant. Vielleicht können die ihm ein Statement zu den gegrillten Schwänen im Tiergarten geben? Einige sehen zumindest so aus, als könnten sie Erfahrungsberichte aus erster Hand liefern.

«Dann», sagt Manfred, «das Kollektiv *Pro-aktiv für Jungs*,

damit die Bedürfnisse von Jungen und jungenhaftes Verhalten im Schulwesen gefördert werden. Wird heutzutage nämlich unterdrückt. Gleich daneben ein paar Blogger und Männerrechtler, die unsere Botschaften übers Internet verbreiten, und dort drüben, sieht man von hier schlecht, aber dort ist der BVB …»

«Borussia?» Clemens reißt ungläubig die Augen auf. «Sind die hier?!»

Manfred sieht ihn verdattert an. «Der BVBPM.»

«PM …?»

«Der *Barbier-Verein Bärte positiver Männlichkeit.* BVBPM.»

«Schade.»

«Kennst du Movember?»

«Wenn im November plötzlich alle einen Schnauzer tragen und das aus unerfindlichen Gründen die Forschung gegen Prostatakrebs fördert?»

«Genau.»

«Der Fellfressen-Verein hilft also aus unerfindlichen Gründen gegen die Unterdrückung von Männern?»

«Nicht gegen Unterdrückung. Sondern für eine positive Wahrnehmung typisch männlicher Qualitäten.»

«Die da wären?»

«Mut, Engagement, Stärke, Selbstlosigkeit. Um jetzt nur ein paar zu nennen.»

Clemens überlegt, sieht wieder zu dem Schriftzug an der Wand hoch. «Verstehe. *NeMo* steht also nicht für den Clownfisch, sondern für *Neuer Moderner* Mann?»

Manfred glotzt verwundert und kichert dann. «Der Clownfisch? Cool. Sollten wir vielleicht als Maskottchen nehmen.»

Bitte nicht.

Eine Klingel ertönt. Dann das ohrenbetäubende Geräusch einer Mikrophon-Lautsprecher-Rückkopplung. Zeit für die Eröffnungsrede. Die Gäste werden gebeten, sich um ein Pult zu versammeln, das an der Glasfassade zum See hin aufgestellt ist. Ha. Vor lauter Männergruppen und Initiativen hatte Clemens den noch gar nicht gesehen. Hinter der Fassade beleuchten Scheinwerfer das nächtliche Blau des stillen Gletschersees. Ein fröhlich aussehender Kerl um die dreißig mit rosigen Wangen schwingt sich jetzt hinters Pult, reckt den Kopf zum dort angebrachten Mikrophon vor und kündigt an: «Meine Herren, habe die Ehre, Professor Doktor Wolf Bukowski begrüßen zu dürfen, Leiter der psychiatrischen Abteilung des Universitätsklinikums Düsseldorf und Vorsitzender der *NeMo-Mann.*»

Clemens weiß nicht, ob er lachen oder panisch werden soll. Psychiatrische Anstalt? *Shiniiiing* spukt ihm ein kleiner Finger durch den Kopf. Der kleine Finger von Nicholsons Sohn, der irgendwann auch völlig durchdreht, als betreffender Finger ein Eigenleben zu führen beginnt. Oder war's umgekehrt? Der verrückte Finger als Reaktion darauf, dass er bereits durchgedreht ist?

Die Gäste jedenfalls scheinen überhaupt nicht irritiert. Sie applaudieren, während der fröhlich aufgeregte Kerl sich schwungvoll wieder vom Pult abstößt, um dem Irrenarzt Platz zu machen. Und der wiederum sieht ziemlich elegant aus. Mitte fünfzig, schwarzer Anzug, gepflegt zurückgekämmtes grau meliertes Haar, buschige dunkle Augenbrauen, eine spitze lange Nase. Aus seiner Sakkotasche zückt er eine schwarz gerahmte Brille und setzt die auf, blickt auf die Unterlagen auf dem Pult vor sich, ordnet sie mit einer routinierten Bewegung, blickt kurz über den Rand seiner Brille ins Publikum, leckt sich über die Lippen und sagt: «Männer sind Schweine.»

In der Menge verstummt zaghaftes Gemurmel zu konsterniertem Schweigen, und um seine Mundwinkel zeichnet sich ein kaum merkliches Lächeln ab. Er blickt auf seine Unterlagen und beginnt vorzutragen: «Männer reden nicht. Männer haben kein Mitgefühl. Männer weinen nicht. Männer sind aggressiv.» Auch das rotzt der elegante Wolf gelassen in den Raum. Macht eine ebenso gelassene Pause. Blickt wieder von seiner Rede auf. Gemächlich schiebt er seine Brille am Nasenrücken hoch. «Meine Herren. Beschimpfungen wie diese sind heute alltäglich und banalisiert. Sind keine Beschimpfungen mehr, sondern Etikett. Merkmale der Männlichkeit. Merkmale, die wir uns sozial- und kulturhistorisch sicher selbst zuzuschreiben haben. Der Mann, das Schwein also. Und das Schwein dekliniert sich: der gefühllose Karrierehengst, der Schulversager, der Langzeitarbeitslose, der Macho, der Kriminelle, der Triebtäter, der alles zerstörende Eroberer, der Trottel. Beispiele dafür gibt es in der Geschichte genug. Nicht verwunderlich also, wenn ich Ihnen sage: Niemand möchte heute noch Mann sein. Aber –» Er sieht wieder einen Moment von seinen Unterlagen auf. «Um nur einige wenige zu nennen: Was wäre die heutige Welt ohne die Vermächtnisse eines Einstein, eines Newton, eines Pythagoras, ohne Nietzsche, Platon und Marco Polo? Wo würden wir heute stehen ohne die wissenschaftlichen Errungenschaften eines Darwin oder Mendel, ohne die visionäre Arbeit eines Da Vinci, ohne den Mut und die Kühnheit eines Christopher Columbus? Und möchten wir die virtuosen Werke eines Beethoven, das Genie eines Mozart, eines Goethe oder gar eines Kafka missen?»

Applaus aus dem Publikum. Der Doc wartet geduldig. Dann fährt er fort: «Es gibt ihn also auch, den anderen Mann, der für Fortschritt, Kühnheit und Tatendrang steht. Den heldenhaften Mann. Und vergessen wir nicht zuletzt auch den einfachen Mann: den selbstlosen Familienvater, den tapferen Soldaten, den hart schuftenden Arbeiter, den leidenschaftlichen Liebhaber.»

Wieder sieht er über den Rand der Brille ins Publikum. «Sie hören, der Mann ist mehr als ein Schwein. Ein ganzes Geschlecht auf das Fehlverhalten einiger kranker Individuen zu reduzieren ist also schlichtweg absurd.» Jetzt fragt der Irrenarzt ganz direkt: «Weshalb wird Männlichkeit heute dennoch als negativ angesehen? Und weshalb genügt das, was einst als positive Männlichkeit galt, den heutigen Anforderungen nicht mehr?» Plötzlich stampft er mit dem Fuß auf, sodass sogar Clemens kurz zusammenzuckt. Das Mikrophon piept, und der Doc regt sich regelrecht auf: «Weshalb trauen wir uns heute zu viel oder zu wenig zu?! Weshalb brechen wir zusammen, werden depressiv, sterben bis zu sechs Jahre früher als Frauen, erleiden Herzinfarkte, verlieren unsere Jobs, unsere Familien, unsere Identitäten?!»

Er macht eine Pause, wird wieder die Ruhe selbst, stützt beide Hände auf das Pult und blickt an die Decke. Hat was von einer Theaterperformance. Die Männer im Publikum wirken geradezu absorbiert von Psycho Bukowski. Clemens kommt es so vor, als würde Manfred neben ihm das Atmen ganz vergessen.

«Männer haben Gefühle. Männer haben Bedürfnisse. Und das, meine Herren, das ist unser verdammtes Recht!»

Wieder Jubel, zufrieden blickt der Doc von der Rede auf, wartet, bis der Applaus verebbt, und liest dann: «Warum aber tun wir uns so schwer damit? ‹Weil wir nie gelernt haben, unsere eigenen Bedürfnisse zu entdecken. Wir lernen nur, was wir zu tun haben: aufstehen, rasieren, ins Büro gehen, Karriere machen, mit Kumpeln saufen, bumsen.› So treffend hat es einst Jürgen Spengler formuliert.» Der Doc schnalzt mit der Zunge und spricht das Publikum erneut direkt an: «Der deutsche Mann ist in der Krise. Nicht erst heute. Nicht seit gestern. Seit Jahrzehnten. Heute sollen wir gleichermaßen der fürsorgliche Vater, der einfühlsame Partner, der leidenschaftliche Liebhaber und der erfolgreiche

Karrierist sein. Was ist passiert? Einst waren wir doch bloß der Jäger. Dazwischen klafft ein tiefer Abgrund. Bereits 2010 haben wir die Alarmglocken geläutet, uns mit Wissenschaftlern, Soziologen und Forschern zusammengesetzt. 2010 fand der erste *NeMo-Mann* statt. Acht Jahre sind seither vergangen, insgesamt vier Kongresse und viele Projekte sowie Studien in Gang gesetzt worden. Wir hatten den Mut, unsere Krise wahrzunehmen, vor allem aber hatten wir den Mut, sie überhaupt *anzusprechen*. Offen darüber zu reden.

Das ist ein Anfang. Um den Weg aus der Krise zu finden, uns selbst zu reflektieren, die Anforderungen einer sich ständig wandelnden Gesellschaft wahrzunehmen und zu akzeptieren – wir versuchen, uns neu zu definieren. Als Sohn, als Mann, als Vater, für ein respektvolles Zusammenleben mit der gleichgestellten Frau.

Hochgesteckte Ziele erfordern den Blick nach oben. Es ist also kein Zufall, dass wir dieses Jahr am Fuße der Zugspitze, am Tor zu den Alpen, tagen.

Ein Mann, ein Berg.

Willkommen beim vierten Männerkongress!»

Applaus. Ziemlich starker Applaus, Jubel. Tja. Reden kann der Doc jedenfalls. Manfred starrt mit leuchtenden Augen zum Pult, obwohl Irrenarzt Bukowski dort schon längst nicht mehr steht. Dafür schwingt sich der fröhliche Rotwangige wieder hinters Mikrophon, bittet zu Tisch und eröffnet «offiziell das Buffet».

Es gibt eine Sitzordnung. Und da Clemens als Einziger die Presse vertritt, hat er die Ehre, dann auch gleich neben dem Psycho-Doc zu sitzen. Mit am Tisch sind auch die Akademiker, die sich vorhin an der Bar die Kante gegeben hatten. Na, wenigstens ist auch der Rest der Orga dabei, sprich: Manfred. Mit dem geht er ans Buffet. Clemens' Magen knurrt regelrecht, er muss Essen fassen.

Oder auch nicht.

«Heute ist veganer Abend», erklärt Manfred überaus glücklich die merkwürdig riechenden und breiartig anmutenden Speisen.

«Was ist das?», fragt Clemens und deutet auf marshmallowartige weiße Brocken in einer grünen Soße.

«Seitan in Pesto.»

«Häh?»

Manfred klopft ihm auf die Schulter, schreckt dann zusammen und sagt: «Sorry. Ähm. Probier doch einfach.»

«Lieber nicht.»

Manfred nimmt ihm ungefragt den Teller ab, zwängt sich einem Tetris-Baustein gleich in diverse Lücken zwischen den anderen Gästen am Buffet und füllt den Teller in Sekundenschnelle mit allem möglichen Sonderbaren. «Soja-Bolognese, Mangold-Porridge, Kichererbsen-Curry, geschmorter Weißkohl mit Tofubällchen, Peanutbutter-Kürbis-Püree, Quinoa-Mungobohnen-Salat, Nüsse, Körner und Cranberries», präsentiert ihm Manfred stolz das Resultat.

Hmmmm. Quinoa. Weckt geradezu nostalgische Gefühle, Erinnerungen an die Dakar, als Clemens noch Reporter aka Jäger war. Autsch.

«Studentenfutter ist vegan?», fragt Clemens und deutet auf das Schälchen, das Manfred in die Mitte seines Tellers gestellt hat.

«Wieso Studentenfutter?»

«Vergiss es.»

Clemens nimmt den Teller entgegen und zieht damit an den Ehrentisch von Captain Wolf Bukowski. Die Doktoren und Professoren scheinen ihre wissenschaftliche Studie über Bier auch hier am Tisch fortzuführen, blicken nur kurz auf, als Clemens sich dazusetzt, und verfallen sofort wieder in hitzige Gespräche. Captain Psycho hingegen beäugt ihn neugierig.

«Gute Rede», sagt Clemens zu ihm. «Bin zwar nicht mit allem einverstanden ...» Er zuckt mit den Schultern. Unüberlegt schaufelt er eine Gabel Grünes in den Mund – verdorben ist der ohnehin nicht mehr vorhandene Appetit.

«Danke», sagt Captain Bukowski und legt sich die Stoffserviette um den Hemdkragen. «Sie sind also zum ersten Mal hier, Herr ...?»

Clemens, der gerade dabei war, in der Soja-Bolognese zu stochern und zu überlegen, ob er sich da wirklich noch ranwagen will, nickt und sagt: «Voss.» Greift dann kurzerhand in das Schälchen Studentenfutter. Sicher ist sicher.

«Die sind zum Drüberstreuen», flüstert Manfred ihm zu.

«Ach ja?» Clemens stopft sich unbeeindruckt eine Handvoll Körner in den Mund. «Schmeckt auch so.»

Genau. Ist sautrocken, aber das zeigt Clemens nicht.

«Mit welchen Aspekten meiner Rede waren Sie denn nicht einverstanden, Herr Voss?»

Clemens sieht kauend zum Doc und trinkt jetzt doch mal einen Schluck, sonst wird er nicht mehr als ein Krächzen hervorbringen. «Ich kann mich nicht damit identifizieren, mit den Problemen.»

«Interessant.»

Clemens zögert und sagt dann: «Also, abgesehen von dem, was Sie von diesem Spengler zitiert haben.»

«‹Aufstehen, rasieren, ins Büro gehen, Karriere machen, mit Kumpeln saufen, bumsen›?»

War ja klar. Bei dem Wort *bumsen* verstummen die Akademiker und horchen plötzlich hochinteressiert auf. Und Manfred grinst schüchtern – wie sonst?

«Genau», sagt Clemens. «Find ich gut, das alles.»

«Das entspricht dem alten Schema», sagt der Doc.

«Ich wüsste nicht, warum ich anders leben sollte. Oder was daran falsch sein soll.»

«Nun: Sie vergessen Ihre Bedürfnisse.»

Clemens kratzt sich an der Nase. «Das *sind* meine Bedürfnisse. Außer rasieren. Das sehe ich eher als Pflicht.» Wayra huscht ihm durch den Kopf. In dem irren Poncho. Er runzelt die Stirn. «Und falls neue Bedürfnisse dazukommen sollten, dann … dann kümmer ich mich drum.» Er sieht zum Doc. «Ich seh nicht, wo das Problem liegt.»

Doc Bukowski blickt belustigt in die Runde und sagt: «Meine Herren, ein Prachtexemplar.»

Die Akademiker-Kollegen lachen laut. Dann verfallen sie wieder in private Gespräche. Und Clemens fühlt sich unwohl. Als hätte man ihn soeben zum Versuchskarnickel reduziert.

«Eine Frage, Herr Voss?», fragt Doc Psycho. «Angenommen, Sie verspüren *un*männliche Bedürfnisse?»

Clemens atmet laut aus und checkt gar nichts mehr.

«Wie könnten meine Bedürfnisse je unmännlich sein? Ich bin ein Mann.»

«Jemals geweint?»

Clemens zuckt mit den Schultern. «Als Kind. Vielleicht.»

«Echt?», fragt Manfred leise, mit einem bewundernden Leuchten in den Augen.

«Ich versteh die Frage nicht», sagt Clemens zum Doc.

«Ich verstehe, dass *Sie* die Frage nicht verstehen, Herr Voss», sagt der mit so einer Überlegenheit, als ob er Clemens besser checken würde als der sich selbst.

«Was ist weinen überhaupt für ein Bedürfnis?», fragt Clemens verärgert. «Ist doch eher ein Gefühlsausdruck. Ich drücke meine Gefühle halt anders aus.»

Der Doc sagt nix. Scannt bloß auf ziemlich unangenehme Weise Clemens' Gesicht ab. Als wollte er jegliche Gefühlsregung darin ausmachen.

«Okay», sagt Clemens. «Sagen wir, jemand hat tatsächlich das *Bedürfnis* zu weinen, dann ist das eh für'n Arsch.»

Der Doc sieht ihn erstaunt an, ob wegen der Wortwahl, sei mal dahingestellt, während Manfred amüsiert die Hand vor den Mund hält.

«Ja, Mann», sagt Clemens kopfschüttelnd. «Niemand sollte weinen *wollen*. Das bedeutet nämlich nichts anderes, als dass es einem dreckig geht. Und dreckig gehen sollte es niemandem. So sieht's aus.»

Genervt langt er ein weiteres Mal zum Studentenfutter, bereut es und verzieht das Gesicht, weil das Zeug wirklich staubtrocken ist. Will es mit Bier runterspülen. Ist aber alle.

Doc Bukowski nickt nachdenklich.

«Genau darum geht es. Männer leiden heute unter enormem Druck, wissen aber nicht, wie sie mit ihren Gefühle umgehen sollen. Sie trauen sich nicht, darüber zu reden.» Er nippt an seinem Bier. Yep. Der hat noch. «So kommt es, dass heute mehr Männer denn je den Freitod wählen oder tödlich erkranken. Die Statistiken sind bedenklich.»

«Hm.» Clemens lehnt sich zurück, wippt auf zwei Stuhlbeinen und sieht unbeeindruckt zum Doc. «Umso absurder ist es zu flennen. Die Ursache liegt doch im Druck. Und die Lösung darin, sich den verfickten Druck nicht mehr bieten zu lassen.»

Provokativ lässt Clemens den Stuhl wieder auf alle viere kippen. Manfred starrt ihn auf eine Weise an, die so was Befremdliches wie Big Love auszudrücken scheint, und Clemens sieht schnell woanders hin.

«Na, ein Glück», sagt der Doc, «dass es heute noch Männer wie Sie gibt. Männer brauchen Rollenvorbilder.»

Klingt ironisch. Und Clemens spürt, wie die Verärgerung in ihm allmählich zu Wut aufkocht. Auch die beruhigende Wortkombo *Bundeswehr, Friedenseinsatz, Deeskalieren* will nicht mehr wirken. Also sieht er sich im Saal um und deutet einem vorbeilaufenden Kellner, dass er noch ein Bier möchte.

«Nicht das vegane!», ruft er ihm nach und stochert dann wieder mit der Gabel im Essen.

«Sie sehen sich also nicht als Vorbild, Herr Voss?»

Oh Mann. Vielleicht hätte er das Bier eher auf sein Zimmer bestellen sollen.

«Nee. Weit gefehlt.»

Der Doc lacht auf. «Bescheiden?»

«Da Sie so scharf drauf scheinen, Herr Professor Doktor Bukowski: Ich versuch mein Bestes zu geben, oft verbocke ich's aber.» Clemens schiebt den Teller von sich weg. «Meistens.»

Doc Bukowski nickt nachdenklich.

«Wir werden trainiert darin, gut zu sein, von klein auf. Zu funktionieren. Und die Gefühle – alles Emotionale – bleiben auf der Strecke. Irgendwann kommt dann der Zusammenbruch. Oder schick gesagt: das Burn-out.»

Okay. Clemens fasst den Plan, sich mit dem Bier zu verpissen, sobald es kommt. «Also, von einem Burn-out bin ich ebenso weit entfernt wie von den Problemen des modernen Mannes. Ganz ehrlich, Doc, ich habe andere Sorgen.»

«Das glaube ich», sagt Bukowski. «Vielleicht wird Ihnen der Kongress ja zeigen, wie sehr Ihre Probleme mit denen des modernen Mannes korrelieren.»

«Das weiß ich schon.»

«Interessant. Inwiefern?»

Endlich kommt der Kellner mit dem frischen Bier. Clemens nickt ihm dankend zu, steht auf und sagt: «Na, der moderne Mann ist dabei, mein Leben zu ruinieren.»

«Wie das?»

Kann der mal aufhören, Fragen zu stellen? Clemens trinkt einen Schluck Bier, einen großen. «Ich bin Abenteuer-Reporter.» Er deutet auf den gesamten Saal. «Jetzt bin ich hier.»

Wieder scannt der Doc sein Gesicht ab. Wieder fühlt sich Clemens wie das Versuchskarnickel vom Dienst.

«Erlauben Sie mir eine Analyse», sagt Doc Psycho.

«Ein andermal, ich muss jetzt schlafen.»

«Aber der Nachtisch», sagt Manfred, der soeben mit einem frisch gefüllten Teller an den Tisch zurückkommt. Dass der zwischendurch weg war, hat Clemens gar nicht mitgekriegt.

Und der Doc fragt: «Sie sind Einzelkind?»

Clemens sieht ihn schräg von der Seite an.

«Äh. Ja. Bin ich – was spielt das für eine Rolle?»

«Der Vater, Akademiker, selten präsent, aber wenn, dann mit einer Strenge, die den Disziplinarmaßnahmen der Bundeswehr in nichts nachsteht. Die Mutter, Hausfrau. Fürsorglich, versucht das wettzumachen, was der Vater an Liebe für den Sohnemann entbehrt. Aber sie kann nicht loslassen. Ebenso wenig können Sie es – bis heute hängen Sie an Mutterns Rockzipfel.» Clemens' Puls rast. Plötzlich hat er große Lust, Psycho-Doc Bukowski die Fresse zu polieren, und der redet einfach weiter! «Vor allem aber spüren Sie, Sie sind das lang ersehnte Kind. Umso höher die Anforderungen, die Sie meinen erfüllen zu müssen. Sie fühlen sich geradezu dazu verpflichtet, den Eltern zu beweisen, welch ein Prachtexemplar Sie sind.»

Clemens hat sich wirklich Mühe gegeben, aber genug ist genug. Er stürzt sich auf den bösen Wolf, holt mit der Faust aus, hört, wie die Akademiker um ihn herum verstummen, als ihn von hinten jemand umklammert, fest umklammert, mit einer Kraft, die er nicht erwartet hat.

Es ist Manfred.

«Der Doc meint es doch nur gut», keucht der.

Clemens wehrt sich noch einen Moment, versucht sich zu behaupten, dann lässt er es ein. Manfred löst sich von ihm, und Clemens schüttelt die Aggression ab.

«Emotional instabil und beziehungsunfähig», sagt Doc Bukowski mit dem süffisanten Lächeln des Wissenschaftlers, dem es gelungen ist, eine Theorie zu beweisen. «So lautet meine Analyse.»

Seine Kollegen wiehern laut, während er selbst die Zähne bleckend freilegt, der Wolf, und sagt: «Schlafen Sie gut, Herr Voss. Morgen ist ein langer Tag.»

Clemens wird von einer weiteren Wutwelle überrollt.

«Nur damit das klar ist: Was Sie über mich sagen, ist nicht nur beleidigend, sondern kontraproduktiv. Weit und breit bin ich hier nämlich der einzige Vertreter der Presse. Erwarten Sie im Ernst, dass ich jetzt auch nur ein positives Wort über das Event verlieren werde?»

«Nun, Herr Voss. Die Presse verachtet uns seit Jahren. Heute gibt es soziale Netzwerke.»

«Schön für Sie! Schön!!»

«Ich sehe einen Mann vor mir. Einen Mann, der Hilfe braucht.»

Spätestens jetzt ist für Clemens eine Hemmschwelle überwunden, die sogar Manfreds teutonische Kräfte außer Gefecht setzen würden. Aus den Augenwinkeln erkennt Clemens, wie der sich auch schon verängstigt bereithält, um erneut einzuschreiten. Bloß will sich Clemens nicht auf dieses Niveau herablassen. Genau das ist es doch, was Doc Psycho will. Ihn zum wahnsinnigen *Shining*-Jack-Nicholson mutieren sehen, um ihn anschließend als hirnlosen Brutalo-Urmann hinzustellen. Fehlanzeige, Doc-Arschloch. Clemens hat eine Alternativstrategie parat, bei der weder Wölfe noch wuchtige Baby-Mammut-Bubis gequält werden: Er greift nach Bukowskis Bierkrug, gießt ihn über seinen von der Serviette bedeckten Teller und bohrt ihn anschließend schön senkrecht rein. Mansch, Pansch.

Geile Scheiße. Tut das gut, die verwirrten Fressen zu sehen.

«Schönen Abend, die Herren», sagt Clemens und geht.

Manchmal werd ich noch schwach

Sein Magen knurrt, aber in seinem Zimmer gibt's keine Minibar. Ist ein mickriges Einzelzimmer mit Neunzig-Zentimeter-Bett und ohne Seeblick. Voll depri. Außerdem hat er Mühe, von der Doc-Psycho-Attacke runterzukommen. Wie unverschämt der Kerl war. Für wen hält der sich?

Clemens hat große Lust, gleich wieder abzureisen. Wäre da nicht auch der Drang, Wayra beweisen zu wollen, dass er das Thema *moderner Mann* sehr wohl ernsthaft behandeln kann. Sicher nicht positiv, aber eben seriös.

Tja. Da muss er jetzt wohl durch.

Vielleicht jedoch nicht allein. Und vielleicht auch nicht ganz so hungrig.

Er zückt sein Handy, verlässt das Zimmer und wählt Max' Nummer.

«Jaaa», sagt Max mit so einer breitgekauten Stimme, während Clemens den psychedelisch bunt tapezierten Flur entlangläuft.

Seltsame Stimme. Passt eigentlich nicht zu dem. Egal.

«Alter», sagt Clemens und geht die Treppe runter. «Bin auf dem verfickten Männerkongress. Willst du nicht vorbeikommen?»

«Hm. Schön.» Max gähnt in den Hörer. Auch neu.

«Schön?? Nichts ist hier schön! Was ist denn los mit dir?»

«Nichts. Hatte vorhin diese ... äh ... Cowshed-Massage. Geil.»

Clemens bleibt unvermittelt auf einer der Stufen stehen. «Das Kuhstall-Ding? Okay ...»

«Muss zugeben, ist echt nicht übel.» Gähnt erneut.

Clemens wippt nervös von einem Bein auf das andere. «Hör mal, Max, ich brauch dich hier.»

«Hm ... Ich kann nicht», sagt Max. «Morgen hab ich ’nen Termin in ’nem anderen Spa. Und so geht das die ganze Woche.»

Clemens ist sprachlos. Ungläubig blickt er aufs Display. Das hört sich für ihn an, als hätte Max ihm soeben erklärt, dass er sich freiwillig lobotomisieren lässt.

«Schmeiß die Termine! Allein überleb ich das hier nicht.»

«Alter. Ich weiß nicht ...»

«Beweg einfach deinen Arsch hierher. Spätestens dann wirst du dir keine Fragen mehr stellen.»

«Pfffff ... Na ja. Klingt irgendwie nicht gerade so, als sei das mit *Playtime* abgesprochen. Ich meine ... weiß die Petersen Bescheid? Steht die dahinter?»

«Die Petersen hatte ursprünglich sogar ein Zimmer für dich reserviert! Und falls *Playtime* ablehnen sollte, was ich nicht glaube, dann kriegen wir den Text anderswo verkauft.»

Max schnalzt in den Hörer, sagt: «Risky Business.»

«Und? Was ist dir lieber? Ein bisschen Muffensausen oder morgen mit ’ner Muschi zwischen den Beinen aufzuwachen?»

Max lacht. «Kommt drauf an: Meinst du meine Muschi oder die geile ... von ’ner heißen ... Lady ... die vor mir ... die Beine sprei...»

«Max!»

«Ja?»

«Du weißt genau, was ich meine.»

Max seufzt. «Okay, okay. Verlier bloß nicht deinen Humor, Voss.»

«Und du nicht deinen Biss, Niedermayer.»

Max schweigt, scheint nachzudenken, falls er dazu überhaupt noch in der Lage ist. Genervt nimmt Clemens die Treppen weiter Richtung Erdgeschoss.

«Wer übernimmt die Reisekosten?», fragt Max schließlich, endlich, als Clemens den Flur zur Lobby betritt.

«Keine Ahnung?», fragt Clemens und beißt die Zähne zusammen. «Ich??»

Max gluckst belustigt in den Hörer. «So schlimm also?»

Clemens sagt nichts, sondern sieht sich im Gang um, hält Ausschau nach nichtveganer Nahrung.

«Mandy und Cindy sind übrigens raus.»

«Wie, raus? Von den Orang-Utans auf Borneo gefressen worden?»

«Nee. Deren Materie ist eher dabei zu wachsen.»

«Wie das? Sprich mal Klartext, Max.»

«Schwanger.»

«Beide??»

«Bingo.»

«Du verarschst mich.»

Max kichert heiser. «Ist denen zufällig auf Fidschi klargeworden. Kurz bevor sie mit Haien tauchen sollten.»

Clemens' Herz setzt für einen Moment aus. «Fidschi … mit Bullenhaien.»

«Wenn du mich fragst, ist das *fake*. Mal abwarten, was ein unbestechlicher Betriebsarzt in Deutschland dazu sagt.»

«Mit Bullenhaien schwimmen.» Oh Mann. Clemens' Puls schlägt bis zum Anschlag. Wie viel lieber wäre er jetzt dort. «Ich habe gerade große Lust, mir das Leben zu nehmen, Max.»

Max seufzt. «Okay.»

Clemens horcht auf, drückt den Hörer dichter ans Ohr.

«Ficken», sagt Max. «Ja. Ich komme.»

Clemens fasst sich an die Stirn, atmet erleichtert auf. «Danke, Mann. Und bring Ronnie mit.»

Max lacht. «Dem zahlst du auch die Spesen?»

«Ja! Aber macht hinne!»

Clemens legt auf. Danach wird er sicher pleite sein. Aber wenigstens ein echter Kerl bleiben. Glücklich ballt er die Hand zur Faust, steckt das Handy weg und biegt schwungvoll in die Lobby, wo er den ersehnten Fress-Automaten findet.

Er zieht gleich fünf Schokoriegel sowie eine große Tüte Chips geläufiger Marken der Lebensmittelindustrie, die sogar ein grönländischer Inuit kennen würde. Eigentlich will er sich mit der Beute sofort wieder in seine Höhle verziehen – zu groß ist die Gefahr, dem bösen Wolf aka Doc-Psycho aka Du-bist-eine-Beleidigung-für-den-echten-Bukowski-einem-meiner-Lieblings-autoren aka Professor Fick-Dich hier versehentlich bei dessen Verdauungsspaziergang über den Weg zu laufen, als er jedoch hinter der Glasfassade zum Ausgang hin Manfred entdeckt. Der steht dort. Im Scheinwerfer der Außenbeleuchtung, mampfend, und sieht vor allem ziemlich einsam aus.

Clemens tritt hinaus in die eisige Kälte, die den winterlichen Temperaturen Berlins in nichts nachsteht. Es gibt also Gemeinsamkeiten zwischen Bayern und Preußen. Als Manfred ihn erblickt, reißt der verschreckt die Augen auf und verschließt die Faust über dem, was er wohl bis dahin gerade gefuttert hat. Dann schluckt er, und als Clemens sich nähert, öffnet er reumütig die Hand. Goldenes Plastikpapier mit roter Aufschrift.

«Manchmal werd ich noch schwach», sagt er und zuckt die Schultern.

«Kann ich verstehen», sagt Clemens.

«Ehrlich?»

«Klar.» Clemens reißt die Tüte Chips auf, greift ordentlich rein und stopft sich Chips in den Mund. «Vegane Kost ist nun mal nicht jedermanns Sache – nett formuliert.»

Er hält Manfred die Tüte hin. Der zögert erst, langt dann aber doch zu.

«Sag mal, Manfred. Was machst du eigentlich genau, also, außer Veganer zu sein, alle Männervereinigungen zu kennen und nebenbei zu versuchen, Zimmer Riffelriss an den Mann zu bringen?»

Manfred lächelt. «Ich helf hier bloß ein bisschen bei der Orga mit. Mache das ehrenamtlich.»

«Und sonst?»

«Sonst?» Er seufzt und blickt in die Ferne. «Soziologie studieren.» Er sieht zu Clemens, nimmt sich noch ein paar Chips. «Eigentlich wollte ich Arzt werden. Urologe.»

«Warum machst du das dann nicht?»

«Der Numerus clausus», sagt er kauend und blickt zu Boden.

«Scheiße. Und jetzt Soziologie, oder was?»

«Ist auch okay. Irgendwie.» Er blickt auf die Schuhspitzen seiner Sneakers.

Clemens friert sich allmählich den Arsch ab. Im Gegensatz zu Manfred trägt er bloß ein Sweatshirt.

«Wollen wir rein? Ein Bier an der Bar? Also, falls Doc-Psycho schon im Bett ist.»

Manfred grinst. «Keine Sorge. Der ist für heute weg. Und echt in Ordnung. Der meinte das vorhin nicht böse.»

«Bitte? Der Typ ist ein Sadist!»

«Er will nur helfen.»

«Scheißegal, was der will. Der kann mich mal kreuzweise.»

Wieder erntet er von Manfred einen bewundernden Blick, während sie in die Lobby zurückgehen.

An der Bar herrscht absolute Leere. Alle schon im Bett. Nur der Barmann ist da und schlägt die Zeit damit tot, Gläser zu polieren. Im Hintergrund plänkelt ruhiger Fünfziger-Jahre-Jazz.

Sie setzen sich an den Tresen und bestellen zwei Helle. Clemens hat den Eindruck, die große Verwirrung, das ganze Chaos um den modernen Mann wird ihn noch zum Alkoholiker machen.

Als Manfred die Daunenjacke ablegt, bemerkt Clemens ein Abzeichen auf dessen Ärmel.

«Was ist das?»

«Mein Verein», sagt Manfred. «Ich mach Thai-Boxen.» Er lacht und fährt sich verunsichert durchs kurze Haar.

Schau an. Manfred ist also nicht dick, sondern massig. Von der Sorte Typ, der stark ist, ohne definierte Muskeln zu haben.

«Deswegen also bist du so kräftig», sagt Clemens.

«Echt? Ich find ja eher, dass ich fett aussehe.» Er trinkt einen Schluck Bier, senkt dann den Blick. «Bin jedenfalls nicht so zufrieden mit meiner Figur. Dachte, der Veganismus könnte daran etwas ändern. Aber ich tu mich mit den Mengen schwer. Irgendwie.» Er blickt zu Clemens. «Wenn ich Kohle hab, such ich mal einen Ernährungsberater auf oder so 'nen Sportcoach.»

«Na, solange du mit Thai-Boxen ordentlich Trophäen sammelst, und das tust du hoffentlich, ist das nebensächlich.» Clemens prostet ihm zu.

«Na ja, also, Wettkämpfe mach ich eigentlich kaum. Ist mehr zum Training, zum Abreagieren.»

Clemens lacht. «Die Art Trophäen meinte ich nicht.»

«Wie das?»

Clemens hebt mehrfach die Brauen. Manfred sieht nur verwirrter aus. Clemens rollt mit den Augen und überwindet sich schließlich, eine Fellatio zu mimen. Doch auch das checkt Bubi nicht.

«Ficken. Pussy, Alter!»

«Ah.» Manfred verschüchtert das derart, dass er auf dem Barhocker vor und zurück rutscht, während er sich mehrfach durchs Haar wuschelt und kichert. Dann schluckt er, blickt vor sich auf den Tresen. «Ich bin Jungfrau.»

Clemens, der gerade einen Schluck getrunken hat, verschluckt sich fast. «Wie, du bist Jungfrau? Als Sternzeichen, oder was?»

Manfred verneint.

Clemens reißt ungläubig die Augen auf. «Ernsthaft?»

«Hat sich bisher nicht ergeben. Ist auch schwierig. Ich weiß nicht ... weiß nicht, wie ich's anpacken soll. Mä-mä-mädels ... Mädels sind so ...»

«Heiß?»

«Nein. Also, ja. Aber eben auch ...»

«Einschüchternd?»

Manfred nickt. «Sie sind so beeindruckend, intelligent, hübsch. Mädels gelingt alles. Dagegen fühle ich mich so ... so unter deren Niveau. Und seit der ganzen Sexismus-Debatte traue ich mich sowieso nicht mehr. Nicht mal 'n Kompliment.»

Clemens schiebt den Krug von sich weg. «Alter, hör auf mit dem Selbstmitleid. Ich kotz gleich.»

Manfred sieht verwundert zu ihm.

«Ja, Mann. Mach den fucking Bräuten fucking Komplimente!» Kopfschüttelnd nimmt Clemens einen großen Schluck Bier.

«Ich will aber nicht als übergriffig oder sexistisch abgestempelt werden.»

«Seit wann ist ein Kompliment übergriffig? Ist doch was Schönes. Frauen stehen drauf. Außerdem kann sich eine Braut artikulieren, und danach weißt du wenigstens, ob die Bock auf dich hat oder nicht.»

«Nicht jede Frau mag Komplimente.»

Clemens sieht ihn entsetzt an. «Und? Die Frage ist eher: Hast *du* Bock auf eine Braut, die Komplimente in den falschen Hals kriegt?»

Manfred schluckt und überlegt. «Nein?»

«Genau.» Clemens trinkt sein Bier aus. Knallt den Krug auf den Tisch. «Merk dir das, Manfred: Männer handeln. Tun. Machen.» Manfred nickt aufmerksam. «Also, mach man, wenn dir was daran liegt, noch in diesem Leben herauszufinden, zu was dein Schwanz außer pissen und in deiner Hand abspritzen sonst noch in der Lage ist.» Clemens beugt sich näher zu Manfred vor. «Kein Scheiß, Alter. Spätestens dann, nachdem du geilen Sex mit 'ner heißen Pussy hattest, und zwar nicht irgendeine Pussy, sondern 'ne Maus, die genauso auf dich abfährt wie du auf sie, ey.» Clemens schüttelt grinsend den Kopf. «Spätestens dann, Alter, brauchst du den ganzen Selbstfindungsquatsch von hier nicht mehr.»

Er klopft auf den Tresen, steht auf und geht. Lässt Manfred mit dieser neuen und sicherlich mit den Zielen des modernen Mannes nonkonformen Information zurück. Soll der Junge mal grübeln.

Clemens fühlt sich gut.

Machen, handeln, tun. Darum geht's im Leben eines Mannes! Oh. Und natürlich auch um Wayra, also, in *seinem* Leben.

Tja, und dann zensiere ich mich selbst

Einen Kater hat er am nächsten Morgen nicht. Gelobt sei das bayerische Bier. Motiviert aufzustehen und sich die volle Dröhnung dessen zu geben, was es bedeutet, Teilnehmer der *NeMo-Mann 2018* zu sein, ist er trotzdem nicht. Auch etwas traurig, dass er im riesigen Frühstückssaal nicht sagen kann: «Schau mal, Hasi, die haben hier Mini-Nutella.»

Tja. No Ronnie, no fun. Life is better with Ronnie. Oh, Ronnie, Where Art Thou?

Wenn der wüsste, wie schwer der hier vermisst wird. Aber so ist das nun mal, denkt sich Clemens, als er ein hartgekochtes Ei pellt und es über eine Buttersemmel verteilt. Außerdem müsste der ja mit Max im Laufe des Tages hier eintrudeln. Clemens beißt zu und sieht sich um. Abgesehen von wenigen kleinen Familien und einem schwer nach Honeymoon wirkenden Paar ist der Saal voll belegt mit Fellfressen und Filigranen. Heute ist deren großer Tag. Was die wohl so zu erzählen haben werden? Interessiert Clemens nicht. Sein Blick folgt dem zarten Licht, das von links durch die Glasfassade scheint. Ha. See. Wie kommt es, dass er den immer erst so spät entdeckt? Mit der Stulle in der Hand steht er auf, greift sich mit der anderen den Kaffee und steuert durch die Terrassentür nach draußen.

Geile Scheiße.

Dort schillert nicht bloß der Eibsee in verschiedensten Blau- und Smaragdtönen. Das, was sich dahinter erhebt, aufbäumt, hochzieht, den Himmel zerreißt, ist noch viel beeindruckender:

die Zugspitze. Der graue Koloss glitzert metallisch und imposant in der Morgensonne. Stoisch und schweigsam. Unzerstörbar. Sein Gipfel ist von zartem Schnee bedeckt. Clemens versucht ihn mit dem Handy zu fotografieren. Sieht scheiße aus. Bewundert ihn einfach so, während er die Semmel aufisst und den Kaffee schlürft.

«Nennt sich nicht umsonst die Malediven Bayerns», sagt jemand.

Clemens dreht sich um und blickt geradewegs auf einen Zwei-Meter-Schrank mit Vollbart. Gehört also weder zur Roh-Veganer-Fraktion noch zu den Undercover-Yoga-Schamanen.

«Der Eibsee», sagt der Kerl.

Clemens nickt, obwohl ihm der See mittlerweile schnuppe ist. Auf den Berg will er. Aber er will mal nicht so sein: «Schon mal zu einer der Inseln geschwommen?»

Der Bärtige verneint. «Bin zum ersten Mal hier. Du?»

«Auch.»

«Letzte Woche war der angeblich noch zugefroren. Ist wohl selten, den um die Jahreszeit in den Farben zu sehen.»

«Ach ja?»

Der Kerl zückt eine Schachtel Zigaretten und bietet Clemens eine an. Dazu sagt er nicht nein. Nachdem er Clemens Feuer gegeben und sich selbst auch eine angezündet hat, sagt er: «Freut mich, hier nicht der Einzige zu sein, der das Laster noch nicht aufgegeben hat.»

«Passt vermutlich nicht so ins Image.» Clemens zieht an der Zigarette. «Vom NeMo-Mann.»

Der Typ lacht. «Ich bin übrigens Weeerneeer.»

Das sagt der wirklich so. Zieht den Namen nasal total breit und kichert sich einen ab. Clemens muss auch lachen.

Der Typ fängt sich wieder und hält ihm grinsend die Pranke hin: «Kannst mich Werner nennen.»

Clemens nickt belustigt. «Alles klar, Werner. Clemens.»

«Was machst du beim Kongress?»

«Über euch schreiben?»

«Ah. Presse.» Werner lehnt sich übers Geländer.

«Und du?», fragt Clemens.

«Bärte. Für ein neues Selbstbewusstsein.»

Was du nicht sagst.

Werner zieht noch mal an der Zigarette. «Komm zum Workshop heute Nachmittag.» Dann richtet er sich auf. «Ich muss wieder. Hab noch jede Menge mit den Kollegen zu besprechen.»

Clemens nickt ihm zu.

Der Kerl war nett. Ist Clemens ein Arschloch, wenn er Bärte für ein neues Selbstbewusstsein trotzdem verschmäht? Stolz darüber, dass er sich immerhin die Frage gestellt hat, zieht er das Faltblatt mit dem Programm aus der Hosentasche.

Was steht denn überhaupt an?

Der Vormittag klingt schwer nach Brainwashing. Jede Menge Vorträge und Podiumsdiskussionen zur Lage des Mannes in diversen Lebensbereichen. Na, hoffentlich gibt's dort Fenster mit Ausblick. Und nachmittags? Tendenziell Action: verschiedenste Workshops. Aber niemand bietet einen Ausflug zur Zugspitze an. Na dann. Im Frühstückssaal füllt sich Clemens Kaffee nach und geht damit in den großen Tagungsraum rüber.

Gähnend und mit sehnsuchtsvollen Blicken auf die schneeweiße Kuppel des Kolosses übersteht er den Vormittag. Manfred ist auch da. Aber der ist schwer beschäftigt. Muss dauernd mit Kabeln und Beamer kämpfen, Wassergläser für die Redner bereitstellen, Unterlagen austeilen und so. Zudem ist er Clemens gegenüber in den Kaffeepausen distanziert. Und beim Mittagessen ist er überhaupt nicht auffindbar. Ist ihm wohl nicht so bekommen, der Pussy-Talk von gestern Nacht.

Ein Glück ist das Essen nicht mehr ausschließlich vegan. Es gibt Schweinshaxe. Hurra. Dazu in Butter geschwenkte Kartoffeln. Und da es nun keine Tischordnung mehr gibt, muss Clemens auch nicht mit Doc Psycho abhängen. Er hat neue Gesprächspartner geortet. Die Journalisten der Tageszeitungen. Auf die ist er schon während der Vorträge aufmerksam geworden. Die saßen im Gegensatz zu ihm ganz weit vorne in einer Ecke. Einer von denen prüfte nach jedem Vortrag ein Aufnahmegerät, das er auf dem Rednertisch platziert hatte, eine machte sich Notizen und ein Dritter hörte einfach nur zu. Zwischendurch steckten sie die Köpfe zusammen. Zwei Typen und eine Frau also. Wie die sich wohl fühlt, so ganz allein unter Kerlen?

Clemens nimmt seinen Mut zusammen und hockt sich mit seinem Teller zu den Journalisten an den Tisch.

«Hi! Darf ich?», fragt er, während die überaus überrascht glotzen. Dass er die Frechheit besitzt, sich einfach dazuzusetzen. «Ihr seid also auch von der Presse?»

Die Frau richtet sich auf, massiert sich den Nacken und starrt weiterhin irritiert vor sich.

«Sind wir von der Presse? *Auch?*», fragt sie ihre Kollegen.

Die Typen sehen das zum Glück lässiger, lächeln Clemens jetzt zu und stellen sich vor. Der Kerl rechts von ihm heißt Konrad, der gegenüber Matthias. Die Redakteurin stellen sie als Yvonne vor. Daraufhin lässt die sich dann auch mal zu einem – wenn auch knappen – Lächeln herab.

«Und für wen schreibst du?», fragt Matthias.

«Playtime», sagt Clemens.

«Playboy», sagt Yvonne unbeeindruckt.

«PlayTIME.»

«Hm.» Ist wohl unter ihrem Niveau. Sie ist gerade dabei, einen Löffel veganer Karottensuppe – ja, die gibt's heute auch, für

Schweinshaxe Verachtende – zum Mund zu führen, als sie innehält. «Hatten die nicht gerade einen CR-Wechsel?»

Die Frage richtet sie nicht direkt an Clemens, sondern an ihre Kollegen. Matthias und Konrad tauschen fragende Blicke und sehen dann zu Clemens.

«Hattet ihr?», fragt Konrad.

Clemens nickt. «Vor einer Woche etwa.»

«Und?», will Matthias wissen.

«Scheiße», sagt Clemens mit vollem Mund.

«Geht hart zu in der Magazin-Branche momentan», sagt Konrad.

Clemens kaut an einem Stück Schweinshaxe und fragt: «Wie sieht's denn bei euch aus? Auch nicht rosig, oder?»

«Die sozialen Netzwerke fressen uns auf», ächzt Konrad, und Matthias stimmt dem mit ernster Miene zu.

«Malt den Teufel nicht an die Wand», sagt Yvonne und rollt mit den Augen. «Die Presse wird immer überleben.»

«Kommt drauf an, welche Art Presse», sagt Clemens.

«Meine Worte», sagt Matthias und fährt sich nachdenklich durchs blonde Haar.

«Seid ihr gern hier?», fragt Clemens.

Die drei sehen einander an.

«Ist Routine», sagt Konrad achselzuckend. «Ich schreib über Gesellschaft. Da darf dann auch mal ein Männerkongress sein.»

«Ja, ist bei mir ähnlich», sagt Matthias.

Yvonne antwortet nicht. Wischt sich mit der Serviette über den Mund und schielt auf ein Stück Semmel neben Konrads Teller.

«*Ein* Männerkongress?», fragt Clemens. «Gibt's davon mehr?»

Konrad nickt mit großen Augen. «Jede Menge.»

«Den *Männerkongress*», sagt Matthias, «die *MännerLeben* und das Ding in Berlin.»

«Genau, die *Mann Sein*», sagt Konrad.

«Und was haltet ihr vom *NeMo-Mann*?», fragt Clemens.

«Könnte schlimmer sein», sagt Konrad.

«Schwierig», sagt Matthias. «Wenn man den Statistiken glaubt, scheint's ja wirklich 'ne Krise zu geben.»

«Aber könnt ihr euch mit denen identifizieren?», fragt Clemens.

«Nö», sagen Matthias und Konrad unisono.

«Wie auch? Sind bloß ein paar arme Typen, die mit Gleichberechtigung nicht klarkommen und vermutlich *so* kleine Pimmel haben.»

Okay. Yvonne kann wieder sprechen. Und das tut sie mit Krümeln um den Mund, nachdem sie sich ungefragt Konrads Semmel unter den Nagel gerissen hat.

Matthias räuspert sich. «Was denkst du denn darüber?», fragt er Clemens.

«Ehrlich gesagt? Ich weiß es nicht. Aber gegen Gleichberechtigung sind die hier ganz sicher nicht.»

Das ignoriert Yvonne, spuckt stattdessen nach und nach zerkaute Semmelstücke wieder aus. Okay. Merkwürdiges Essverhalten. Clemens sieht mit großen Augen von ihr zu den Jungs. Matthias wirft ihm einen Blick zu, von wegen: *Tja, so ist Yvonne.*

Clemens sieht zur Glasfassade raus. Die Sonne bringt den See zum Glitzern. Er trinkt einen Schluck Wasser und fragt: «Wie ist denn das, erlaubt ihr euch, so zu schreiben, wie ihr wollt?»

«Was ist denn das für eine Frage?», fragt Yvonne.

Matthias und Konrad hingegen grinsen neugierig.

«Schreibst *du* denn, wie du lustig bist?», fragt Matthias.

«Immer. Wird bloß nicht mehr gedruckt.»

Matthias lacht auf.

«Wegen der neuen Chefredaktion?», fragt er.

«Eher wegen der neuen Blattlinie», sagt Clemens. «Wir müssen jetzt den Bedürfnissen des modernen Mannes entgegenkommen.»

«Hardcore.» Matthias stützt die Ellbogen auf den Tisch und beugt sich etwas vor. «Ich schreib in gewisser Weise, was ich will, aber bei solchen Themen, wie jetzt hier, wie soll ich sagen? Wenn's um Gleichberechtigung geht, da –»

«Outest du dich jetzt als Anti-Feminist?», unterbricht ihn Yvonne mit einem bösen Blick.

«Nein.» Matthias zieht verwirrt die Brauen zusammen. «Ich glaub nur, dass bei dem Thema Vorsicht angebracht ist. Wegen der ganzen Political Correctness. Und ... und dass ich mich daher in gewisser Weise manchmal selbst zensiere.»

«Boah!» Yvonne reißt die Augen auf. «Das hast du jetzt gerade nicht ernsthaft gesagt?»

«Doch», sagt Matthias.

«Hör mal, wenn du dich in Sachen Gleichberechtigung selbst zensieren musst, dann bist du nichts weiter als ein verkappter Frauenfeind.»

Matthias starrt Yvonne einen Moment verwundert an, vielleicht auch fasziniert darüber, wie die so was sagen kann.

«Bin ich eben nicht», sagt er dann. «Aber genau dafür würde man mich halten, wenn ich das Thema ausnahmsweise mal kritisch angehen würde.»

«Warum willst du es denn überhaupt kritisch angehen?»

«Weil es wichtig ist, Dinge zu hinterfragen?»

«Gleichberechtigung ist wichtig», sagt Yvonne mit todernster Miene.

«Schön. Dann sind wir uns ja wenigstens in einer Sache einig», sagt Matthias. Nachdenklich fährt er mit dem Zeigefinger über die Tischplatte. Der hat wohl keinen Bock mehr, sich weiter rechtfertigen zu müssen.

«Matthias hat schon recht», sagt Konrad beschwichtigend. «Das ist brisant. Die kleinste kritische Stimme, und schon fühlen sich einige stark auf die Füße getreten.»

«Nett wie du das sagst: *einige*», sagt Yvonne.

«Vielleicht kannst du als Frau das nicht nachvollziehen», sagt Matthias.

«Pass auf, Matthias, pass auf. Du bewegst dich auf *ganz* dünnem Eis», faucht Yvonne.

«Worüber hast du denn vorher geschrieben?», fragt Konrad jetzt Clemens.

«Abenteuer.»

«Was machst du dann hier?», fragt Matthias erstaunt.

«Das wüsste ich auch gern.» Clemens seufzt. «Eigentlich hab ich's ja schon aufgegeben, aber: Ist bei euch noch was frei? Bereich Nervenkitzel, meinetwegen Krisengebiete. Krieg? Gefahr?»

Yvonne lacht arrogant auf. «Schau, kannst dich gleich mit Alpha-Männchen zusammentun, Matthias. Der hat sicher ähnlich frauenfeindliche Ansichten wie du.»

«Hab ich dir irgendwas getan?», fragt Clemens.

«Krieg, Krisengebiete, das sind doch alles Macho-Themen.»

«Aha. Du glaubst, so was zu lesen, daran sind nur Machos interessiert?»

«Nein.» Yvonne ist sichtlich genervt. «Ich meine die Typen, die darüber schreiben.»

Klingt nach einer schlechten Erfahrung mit einem Kollegen. Wie war das noch? Von einzelnen Individuen auf ein ganzes Geschlecht schließen. Schade, dass Yvonne bei Doc Psychos Rede nicht anwesend war. Clemens nickt langsam, schluckt und fragt in die Runde: «Und das war jetzt nicht sexistisch?»

Konrad und Matthias heben beileidsvoll die Brauen und fassen sich an die Stirn. Und Yvonne, tja, Yvonne ignoriert.

Peinliche Stille. Zumal sie mittlerweile eh aufgegessen haben. Clemens will los, den Papierkram vom Vormittag aufs Zimmer bringen, bevor die Workshops starten, als Matthias sagt: «Leider nicht. Also, nicht in meiner Redaktion.»

«Ja», sagt Konrad. «Bei uns auch nicht. Reporterposten sind heute hart umkämpft.»

Und Yvonne rülpst.

Weintherapie

Für einen Moment spielt er mit dem Gedanken, sich die Tantra-Massage zu geben, weil er sich davon eventuell spannende Neuheiten erhofft, um Wayra effektvoll erneut zu verführen. Aber da geht seine neue beste Freundin Yvonne hin. Also ist Tantra definitiv nicht mehr. Und die Sympathie, die Clemens für Matthias hegt, steht leider in einem starken Gefälle zu der Einführung in testosteronarme Kochkunst, die der besuchen will. Warum der ausgerechnet dort hinwill, versteht Clemens auch nicht. Vielleicht weil er dort am wenigsten Gefahr läuft, sich anschließend selbst zensieren zu müssen? Mit Konrad könnte er beim Rollenspiel zu antiautoritärer Jungen fördernder Erziehung des Kollektiv *Pro-aktiv für Jungs* teilnehmen. Aber Clemens' eigene Erziehung war so was von autoritär, vermutlich würde er sich dort bloß über seinen Vater aufregen. Und darüber hat er sich in seinem Leben wirklich schon genug geärgert.

Vielleicht Weintherapie? Er versteht zwar nicht, warum darunter steht: *Über die Katharsis den Weg zu sich selbst finden.* Muss man denn Alkoholiker werden, um ein moderner Mann zu sein? Vielleicht um die angeborene männliche Aversion gegen Make-up in der eigenen Visage runterzufahren, sich zudem schön besoffen beim Rasieren zu schneiden und gar nicht zu hinterfragen, warum Mann sich daraufhin eine wundheilende Gesichtsmaske für fuffzig Euro in die Fresse klatscht.

Nun denn. Wein. Zugegeben, den könnte er jetzt eigentlich gut gebrauchen. Und sollte das Mist sein, kann er ja immer noch zu

Weeerneeer flüchten und sich einen selbstbewussten Bart überstülpen. Alles andere spricht ihn eh nicht an. Und irgendwie muss er ja die Zeit totschlagen, bis Max und Ronnie endlich eintreffen.

Verwunderlich, dass zur Weintherapie auf dem Getränketisch bloß Wasserflaschen und entsprechende Gläser stehen.

Vielleicht packen die den erst nach und nach aus?

Es sind um die zwanzig Männer versammelt. Stühle gibt es in dem Raum nicht. Dafür sind jede Menge Yoga-Matten auf dem Boden ausgerollt. Hat er sich im Saal geirrt? Clemens zieht das Faltblatt mit den Workshops aus der Hosentasche, sieht nach und fragt einen schmächtigen Kerl, der neben ihm steht: «Wo sind wir hier?»

«Keine Ahnung.»

«Frillensee!», sagt ein anderer unaufgefordert.

Clemens vergleicht die Info mit dem Programm. «Sicher?»

Der Kerl nickt fröhlich. «Wo willst du denn hin?»

«Zur Weintherapie.»

«Dann bist du hier richtig.»

Gut. Clemens steckt das Programm wieder weg.

Hinten schließt jemand die Tür, und vorne, auf der Seite mit dem geilen Seeblick, stellt sich ein Typ Mitte dreißig vor die Gruppe. Sieht eher unscheinbar aus, mittellanges, glattes braunes Haar, Drei-Tage-Bart, weites Hemd und weite Hosen, die von einem breiten Gürtel zusammengehalten werden. Das Hemd ist so weit aufgeknöpft, dass Brusthaare sowie mehrere Halsketten zu sehen sind.

«Willkommen zur Weintherapie», sagt er. «Ich bin Ole.»

Ein paar Männer sagen verhalten Hallo, der Rest schweigt und platziert sich wie Ole auf einer der Yoga-Matten. Clemens checkt nicht sofort, dass auch er sich eine Matte suchen soll. Wird ihm erst klar, als der Kerl von vorhin, der auch keinen Plan hatte, wo sie sind, ihm einen Blick von der Seite zuwirft, von wegen *Verpiss dich mal von meiner Matte.* Blöd ist, dass die letzte freie Matte ganz vorne in der ersten Reihe liegt. Clemens zögert, ob er sich nicht eher verziehen sollte. Denn, da braucht er sich nichts vorzumachen, so viel ist nun auch ihm klar: Eine Weinverkostung wird das hier definitiv nicht. Und sollte es wider Erwarten doch Wein geben, dann wird das sicher eine ganz miese Nummer und der Wein nie und nimmer getrunken, sondern irgendwas Schlimmes, Böses, Fieses werden die damit tun. Will er sich das erstens wirklich geben? Und zweitens auch noch ganz vorne? Hau ab!, rät ihm seine innere Stimme, als Ole sagt: «Hier vorne», und explizit auf die freie Matte zeigt.

«Ich ... äh ... ich ...» Clemens deutet mit dem Daumen zur Tür.

«Keine Angst, ich beiß nicht», sagt Ole und tippt mit dem Fuß auf die Matte.

Clemens rollt mit den Augen. Mann, ey. Als Pussy will er jetzt auch nicht abgestempelt werden. Also schlendert er vor und nimmt bei Ole Platz. Wenigstens hat er von dort aus einen besseren Ausblick auf die rettende Zugspitze.

«Schön», sagt Ole. «Warst du schon mal bei einer Weintherapie?»

Wer ist *du*?

Drei, vier Kerle heben die Hand.

«Gut.» Ole reibt sich die Hände und stellt die Füße parallel und schulterbreit auf die Matte, steht jetzt da wie ein Fels in der Brandung. «Das erste Mal ist *Zulassen* das Stichwort. Ich bitte dich, neugierig zu sein und dich zu öffnen. Fragen?»

Niemand fragt was.

Ole nickt und setzt sich. Die Männer tun es ihm gleich.

Na dann.

«Leg dich auf den Rücken, Beine und Arme parallel», sagt Ole, und die Typen tun das sogleich.

Clemens wirft der Zugspitze einen letzten Blick zu und legt sich dann auch hin.

«Schließ die Augen. Atme tief ein, spüre, wie die Luft durch deinen Körper strömt, ihn mit frischer Energie versorgt ...»

Clemens spürt vor allem das Gluckern im Magen, der wohl dabei ist, die Schweinshaxe zu verdauen.

Er öffnet die Augen, starrt zur Decke. Hätten die da nicht ein Foto von der Zugspitze anbringen können? Oder so eine geile Glaskuppel mit direktem Panoramablick nach oben?

«Äuglein zu.» Mist. Ole hat ihn beim Schummeln erwischt. Glotzt ihm geradewegs ins Gesicht.

«Bei jedem Atemzug entspannst du dich ein wenig mehr», sagt Ole und entfernt sich von ihm, was Clemens durch ein Blinzeln erleichtert feststellt. «Bei jedem Ausatmen befreist du all die schlechte Energie und Toxine aus deinem Körper ... einatmen, frische Energie ... ausatmen, schlechte Energie ... Gut. Atme vom Kopf bis in die Fußspitzen ... tiefe und immer tiefere Atemzüge ...»

Clemens hört ein paar Typen laut seufzen. Er selbst hat eher das Gefühl zu hyperventilieren. Überhaupt, wie soll das gehen, in die Fußspitzen atmen??

«... Dein Körper wird leichter und immer leichter ... geradezu schwerelos. Spüre, wie du dich allmählich vom Boden löst und im Raum schwebst.»

Das also ist Weintherapie: Der Typ hat sich vorab ordentlich die Kante gegeben, um jetzt hier ein paar armen Schweinen mit größter Überzeugung übelsten Schwachsinn zu verzapfen. Clemens ist jedenfalls weit davon entfernt, so was wie Schwerelosigkeit auch nur zu erahnen. Seine achtzig Kilo plus gehorchen unwiderruflich den Gesetzen der Schwerkraft, drücken Dellen in den Schaumstoff der Matte. Und sollte er überhaupt etwas *spüren*, dann sind das Schmerzen am Steißbein und dass sein linker Fuß einschlafen will.

«Jetzt kommst du an einen schönen Ort. Stelle dir einen Ort vor, an dem du dich wohlfühlst, geborgen und in Sicherheit ... Das kann hier auf dem Berg sein oder am Meer, ein Plätzchen am Kamin oder ganz einfach in einem gemütlichen Bett. Wie sieht es dort aus? Wonach duftet es? Ist es warm, oder weht eine erfrischende Brise ...?»

Ob da eine Brise weht? Clemens ist allein mit der Auswahl überfordert. Zuerst findet er den Strand geil, weil er dabei sofort an Wayra denken muss, dann wiederum erscheint ihm die Zugspitze geeigneter, weil die auf dem Kongress das Einzige ist, was ihn beruhigt, aber vielleicht sollte er sich das Sofa in Muttis Wohnzimmer vorstellen? Denn damit verbindet er doch Geborgenheit. Irgendwie schafft er es schließlich, sich Muttis Sofa auf der Zugspitze mit Meerblick vorzustellen. Das hat so lang gedauert, dass er den Rest von Oles Anweisungen verpasst hat. Auch wurscht. Denn der redet sowieso immer noch.

«Beobachte dich an diesem wunderbaren, angenehmen Ort ... Wie sitzt oder stehst du dort? Welchen Ausdruck hat dein Gesicht ... In welcher Stimmung ...»

Ein Typ gibt plötzlich abgehackte Grunzgeräusche von sich.

Meine Fresse. Der flennt.

Clemens öffnet die Augen, versucht unauffällig, den Kerl zu orten. Ole jedoch, der einen sechsten Sinn haben muss, nähert sich ihm augenblicklich wie ein Raubtier. Also stellt er sich lieber schnell wieder tot.

«... Sieh in dein Gesicht und tauche in dich selbst ein, in deinen Körper, erfülle und *erfühle* ihn gänzlich ...»

Geile Scheiße. Wie viel Liter Wein muss man eigentlich saufen, um so was ernsthaft sagen zu können? Clemens fühlt vor allem, dass sein linker Fuß mittlerweile wirklich taub ist und sein unterer Rücken auch. Außerdem fühlt er den starken Drang, sich ganz schnell von hier zu verpissen.

Ha! Wieder ein merkwürdiges Grunzen. Dieses Mal aus einer anderen Ecke.

«... Sieh dich um ...», sagt Ole.

Das würde ich ja gern, Ole, aber du lässt mich nicht!

«... Lass es zu ... Was siehst du? Gedanken, Träume oder Wünsche? Vielleicht aber auch ... verpasste Chancen ...? Verdrängte Gefühle ...? Frustrierende Momente ...?»

Jetzt jault jemand direkt neben Clemens. Und ein weiterer wimmert hinter ihm. Was ist denn hier los?

«Begrüße sie ... Begrüße deine Emotionen, sie gehören dir und nur dir allein, niemand darf sie dir nehmen ...»

Mit einem Mal rollt eine ganze Welle an Schluchz- und Grunzgeräuschen durch Saal Frillensee. Aus allen Ecken weint und wimmert und winselt es, arhythmisch und einfach nur erbärmlich. Dazwischen Ole in sülzendem Tenor: «... gut ... Lass es zu ... Lass es raus ... Befreie dich von deinen Zwängen, von deinen Ängsten und Sorgen ... gut ... sehr gut machst du das ...»

Liebend gerne würde Clemens jetzt Fotos schießen. Sonst glaubt ihm das doch niemand. Plötzlich schreckt er auf. Jemand hat ihn an den Schultern gepackt. Clemens reißt die Augen auf und blickt geradewegs in Oles Visage. «Wie heißt du?», flüstert der ihm zu. Skeptisch wirft Clemens einen seitlichen Blick auf Oles Hand an seiner Schulter, zögert und nuschelt dann: «Clemens?»

«Gut, Clemens», flüstert Ole und packt ihn noch fester. «Lass es zu, Clemens, öffne dich ...»

Clemens ist derart mit der Situation überfordert, überrumpelt, irritiert – er verfällt in Schockstarre. Zu seinem Entsetzen beugt sich Ole jetzt noch näher zu ihm vor und nimmt ihn in die Arme, drückt ihn fest an sich. «Alles gut … öffne dich, Clemens, lass es zu … alles ist gut …» Um ihn herum wird das Geflenne und Geheule lauter, eindringlicher, geradezu verzweifelt. Betäubt und festgefroren in Oles Armen, nimmt Clemens aus den Augenwinkeln wahr, dass hier außer ihm einfach ALLE flennen. Benommen sieht er dicke Bäuche, die auf und ab zucken, dürre Beinchen, die ängstlich zittern, Köpfe, die sich schütteln. Ole liegt ihm weiterhin sülzend in den Ohren, wenn auch weit entfernt, verzerrt, in Zeitlupe. Plötzlich wird Clemens von Panik gepackt. Keine Luft, keine Luft mehr, kann nicht mehr atmen, alles schnürt sich in ihm zu, er ist am Ersticken, sein Brustkorb presst sich zusammen, der Druck ist groß, wird immer größer, unerträglich – er explodiert. Mit einem wütenden Urschrei stößt er Ole mit aller Kraft von sich, reißt sich los, springt auf, stolpert über die Matte, fängt sich gerade noch und rennt los, raus, raus hier, ohne zurückzublicken, flieht zwischen den Inseln an wimmernden Kerlen, den weinenden Visagen, streift mit den Füßen fremde Schultern, Arme und Beine, bahnt sich einen Weg frei zwischen den kaputten Körpern zerrütteter Männerseelen und stürmt zur rettenden Tür hinaus.

Erst als er sich in sicherer Entfernung wähnt, sinkt er an einer Wand zu Boden. Fasst sich schwer atmend an Stirn und Brust, versucht runterzukommen. Und auch irgendwie zu begreifen: Was ist dadrinnen eigentlich gerade abgegangen?

Dann hat sein verficktes Scheißhandy geklingelt

Die frische Luft tut gut. Und jeder Meter, den er sich von der *Shining*-Tagung entfernt, sowieso. Wäre er bloß zu Werner und den selbstbewussten Bärten gegangen. Nur gut, dass Ronnie und Max bald kommen.

Die zuversichtspendende Zugspitze begleitet ihn durch Wald und Schneegestöber. Steht einfach über allem drüber. Gut so. Clemens verlässt den Weg und stapft durch den knirschenden Schnee, hangelt sich an schneebedeckten Büschen und Bäumen vorbei über Felsen bis ans Seeufer hinunter. Das Wasser liegt bewegungslos und undurchdringlich vor ihm wie eine träge Masse. Wird der Eibsee doch wieder zufrieren? Er wühlt im Schnee, legt einen Stein frei und wirft den in den stummen See. Wird sogleich verschluckt. Er sucht noch ein paar weitere Steine und wirft die hinterher. Sieht zu, wie die nacheinander im mysteriös milchigen Blau versinken.

Sein Handy klingelt. Das Display zeigt Max.

«Und, gut gelandet?», fragt Clemens.

«Äh …»

«Seid ihr schon in Garmisch?»

Max antwortet zögerlich: «Nein.»

«Wo steckt ihr denn?»

Wenn die Jungs tatsächlich in der Früh los sind, müssten sie rein rechnerisch zumindest schon in der Regionalbahn sein.

«Ich will's mal so formulieren», sagt Max jetzt. «Wäre schön gewesen, überhaupt zu starten.»

Clemens spürt, wie sein Herz schneller schlägt.

«Wie das? Habt ihr den Flug verpasst?»

«Nein.»

«Ist er gecancelt worden?»

«So könnte man es eventuell sehen ...»

«Könnte man?» Clemens regt das auf, er klettert über die Felsen wieder zum Gehweg hoch. «Werd mal konkreter, Max!»

«Wir saßen im Flieger ...!»

«Ihr wart im Flieger?» Clemens versteht nur Bahnhof. «Warum ist der dann nicht gestartet?»

«Na, der Flieger ist bestimmt gestartet, irgendwann mal.»

«Aber ihr?!»

«Wir sind nicht mal abgehoben», sagt Max.

Clemens verschlägt es für einen Moment die Sprache.

«Okay. Und jetzt seid ihr also noch immer in Berlin.»

Verärgert klopft Clemens die schneefeuchte Hand an der Hose ab und geht zügig los. Anders will er Max' nervenaufreibende Informationen nicht aufnehmen.

«Es gab Komplikationen», sagt der.

«Was denn für Komplikationen?» Plötzlich tanzt ein wohlbekanntes flugverängstigtes Gesicht vor Clemens' innerem Auge. «Wegen Ronnie?»

«Bingo.» Er hört Max geräuschvoll in den Hörer atmen. «Ich habe Ronnie durch die Sicherheitskontrolle gebracht, den Zoll überzeugt, dass er kein Attentäter ist, und Ronnie verklickert, dass er auch ohne sein Druckluftspray leben kann und es so was bestimmt auch im ausländischen München gibt, ihm dann seine Angstpillen verabreicht, ihn im Flieger ans Fenster gesetzt, Ronnie war dann auch halbwegs ruhig, hat brav in sein Tütchen geatmet, der Flieger rollte gemächlich gen Startbahn, alles paletti, und dann hat sein verficktes Scheißhandy geklingelt!»

«Okay …?»

«Und er hatte die verfickte Scheißidee ranzugehen!!»

«Ich sehe das Problem nicht ganz.»

«Das Problem?! Das Problem war, dass der Anruf von seiner Frau kam, deren Wehen eingesetzt hatten, und sie ins Krankenhaus unterwegs war, um zu entbinden! Das war das verfickte Scheißproblem!»

«Aber der Flieger war doch schon am Abheben.»

«Wir fuhren gerade zur Startbahn. Ronnie ist hektisch über mich geklettert, hat dadurch Panik in der gesamten Maschine verursacht, die Stewardessen haben sich auf ihn gestürzt und er sich auf sie, unentwegt rief er: ‹Halten Sie die Maschine an! Ich muss raus!› Eine der Stewardessen schrie ‹Hilfe!›, eine andere ‹Sexuelle Aggression!›. Ich hab versucht, dazwischenzugehen und zu erklären, dass Ronnie Vater wird, was aber niemanden interessierte und letztlich in einem einzigen Durcheinander an Gerangel und wirren Wortwechseln endete.» Max seufzt in den Hörer.

«Und dann?»

«Dann ist der Flieger stehen geblieben, die Maschine wurde vom Bundesgrenzschutz gestürmt, und die haben uns abgeführt.»

«Scheiße.» Mehr fällt Clemens dazu nicht ein.

«Große Scheiße!» Max schnaubt in den Hörer, dann wird er ruhiger. «Ja. Das kann man wohl laut sagen. Die haben uns verhört, als wären wir Terroristen oder Drogenkuriere. Die haben uns gefilzt. Überall. ÜBERALL, Clemens.»

Clemens will sich das nicht vorstellen. Er blickt auf seine Schuhe, scharrt im Schnee. «Und jetzt?»

«Jetzt haben wir Flugverbot bei Lufthansa, ein deftiges Bußgeld am Arsch, die nächsten Flüge nach München sind scheißteuer, und, ganz ehrlich, meine Motivation ist dahin. Tja. Abgesehen davon: Bis ich da wäre, ist der Kongress eh gelaufen. Der geht doch nur bis morgen, oder?»

Clemens nickt langsam. Seine Nasenspitze fühlt sich ganz kalt an, und er muss den Rotz hochziehen. «Du kommst also nicht mehr.»

Sein Puls schlägt jetzt noch stärker, wärmende Wut wallt durch seinen Körper, und er versucht, das zu unterdrücken.

Max bleibt stumm.

«Und Ronnie?», fragt Clemens.

«Na, kannst du dir denken: Als die uns endlich gehen ließen, ist der natürlich sofort zu seiner Anke. Schätze, den kannst du fürs Erste auch vergessen. Sorry, Clemens.»

Clemens schluckt die Wut runter. «Schon okay.»

Für einen Moment herrscht Schweigen. Zwei Mann weniger in seinem Kampf, und einen davon hat er vielleicht auf immer verloren, weil dem jetzt ein Hagen-ähnliches Schicksal droht.

«Junge oder Mädchen?», fragt Clemens.

«Keine Ahnung», sagt Max. «Spielt das eine Rolle?»

Clemens sagt nichts.

«Hey, aber … Halt die Ohren steif», sagt Max.

Enttäuscht lässt Clemens das Handy sinken.

Vor ihm liegt der See zu großen Teilen im Schatten. Die tiefstehende Nachmittagssonne dringt nur partiell durch die Bäume hindurch, und mit einem Mal sackt das ganze Adrenalin und die Wut in ihm ab. Clemens friert am ganzen Körper, zittert vor Kälte. Er bläst warme Luft in die Fäuste, hüpft mehrmals auf und ab, aber irgendwann muss er es tun: Er marschiert Richtung Hotel zurück. Wie bekloppt ist das denn? Er beeilt sich, ausgerechnet dort anzukommen, wo es ihn am wenigsten auf der Welt hinzieht, aber es ist nun mal das Einzige, was ihm übrigbleibt bei der Kälte.

Handeln, Manfred, darum geht's

Als er endlich die warme Lobby betritt, sie zügig durchschreiten will, um sich in seiner sicheren Höhle zu verschanzen, überlegt er, ob er nicht einfach alles hinschmeißen und nach Russland auswandern soll. Derart aufgebracht und aufgewühlt ist er von dem gesamten Tag. Russland, ja, vielleicht ist das die Lösung, die einzige Option, die ihm noch bleibt. Ob Wayra da mitmachen würde? Seine innere Stimme sagt ihm: *Vergiss die Frau, die will dich nicht!* Und das wühlt ihn nur mehr auf. Er beschleunigt das Tempo, zieht vorbei an den fragilen Männern des Kongresses – da muss wohl gerade Käffchenpause sein –, die sich in der Lobby nebst skifreudigen Kleinfamilien aufhalten, als jemand seinen Namen ruft.

Freudestrahlend und mit rosigen Wangen kommt Manfred auf ihn zu.

«Ich habe nachgedacht» ist das Erste, was er zu Clemens sagt, als er ihn erreicht. Glotzt ihn jetzt erwartungsvoll an. Aber was genau erwartet er denn von ihm?

«Schön», sagt Clemens einfach mal. Kann nicht schaden. Schon gar nicht bei einem komplexbeladenen jungen Kerl wie Manfred. Den muss man eigentlich geradezu mit Positivem bombardieren.

«Hast du einen Moment Zeit?», fragt Manfred.

Clemens sieht sich in der Lobby um. Weder Doc Psycho noch ein weinwütiger Ole in Sicht. «Okay.»

Sie setzen sich auf eines der roten Sofas.

«Du hast recht», sagt Manfred freudig. «Mut ist genauso wichtig, wie sensibel zu sein und Gefühle zu zeigen.»

Clemens kratzt sich am Kinn. Versucht zu verstehen, welches Interesse Manfred daran haben könnte, sensibel sein zu *wollen*, und entscheidet sich für eine Manfred-fördernde, identitätskonfliktvermeidende Antwort: «Super.»

Sicher ist sicher.

Manfred nickt entschlossen und sieht vor sich, in eine Zukunft, die ihm wohl aufregend und faszinierend erscheint. «Ich werd mich trauen.» Er leckt sich über die Lippen, nickt ein weiteres Mal. «Ich mach jetzt Komplimente. Dazu steh ich jetzt.»

«Geil», sagt Clemens. Er ist völlig durch. Die Hitze nach der Kälte verstärkt seinen angeschlagenen Zustand, benebelt ihn.

Und dann, tja, dann sieht er ihn. Wie der mit Wollmütze und Lammfelljacke und mildem Lächeln die Lobby betritt. Von wegen ‹die Welt ist hart, aber wir sind softe Gummibärchen und haben uns alle ganz doll lieb›. Clemens' Puls beginnt augenblicklich zu rasen. Ihm wird noch heißer, als ihm ohnehin schon ist, er spürt, wie ihm das Blut durch die Adern schießt, Wut in ihm hochkocht.

«Clemens?», fragt Manfred besorgt, aber das kriegt Clemens nur noch halb mit.

Er steuert geradewegs auf ihn zu, holt aus, noch ehe der ihn wahrnehmen kann, und als er ihn wahrnimmt, schlägt Clemens zu. Haut ihm schön eine aufs Maul. Aber so richtig. Blut spritzt ihm aus der Nase. Er glotzt blöd, fasst sich schmerzvoll ins Gesicht und schreckt zurück, als er das Rot an den Fingern entdeckt.

«Lass es raus», sagt Clemens. «Lass es zu, Ole.»

Er lockert die Faust, schüttelt den Schmerz aus der Hand.

«Wow.» Manfred steht neben ihm. «Hast du das gerade wirklich getan?»

Clemens sieht ihn an, während er die Hand ein letztes Mal ausschüttelt. «Denk nicht so viel nach, Manfred. Handeln, darum geht's.»

Eigentlich sagt Clemens das vor allem zu sich selbst. Denn genau das muss er tun. Handeln. Aufhören, der passive Teilnehmer dieses erbärmlichen männlichkeitstötenden Kongresses zu sein. Geht doch nicht an, dass die hier alle – bis auf den verlorenen und zutiefst verunsicherten Manfred – am Rad drehen und damit sein Leben ruinieren! Geht doch nicht an, dass Mann nichts mehr von Mut, Adrenalin, Kraft und vor allem Abenteuer wissen will! Dass die sich lieber eine Sojawurst reinziehen und einander heulend in den Armen liegen, statt auf Jagd zu gehen und die Welt zu erkunden! Geht's noch?!

Entsprechend geht Clemens auch bloß kurz auf sein Zimmer, um Jacke und Mütze abzulegen. Danach geht's direkt wieder runter. Auf in den Kampf. Lage checken. Strategien erwägen. Schlachtplan austüfteln. Munition laden.

Die Lobby ist weitgehend leer. Die Männer müssen in der zweiten Runde der Workshops sein. Clemens geht an die Bar und bestellt einen doppelten Espresso. Zückt das Faltblatt mit dem Programm sowie sein Notizheft. Heckt aus, was er anstellen kann. Wie er offensiv gegen den Irrsinn hier vorgehen kann, um seinen Arsch zu retten.

Zufrieden blickt er schließlich auf viele Wörter und Pfeile und Ausrufezeichen in seinem Heft.

«Wo finde ich die Küche?», fragt er dann den Barmann.

In der Küche freundet er sich mit Andrej an, einem kroatischen Küchenangestellten, der ihm das Menü für den Abend in allen Details erklärt. Absolviert bei dem einen Crashkurs zu veganer und testosteronsenkender Ernährung. Andrej, da braucht man nicht lange drum herumzureden, ist von der Sorte Ichsteh-auf-Rindersteak-blutig und macht den ganzen Gemüse-Humbug auch bloß mit, weil es der NeMo-Mann ausdrücklich so verlangt hat.

«So oan Schmarrn», stimmt der Chefkoch zu, während er ein großes Stück Kalbfleisch ordentlich platt klopft.

Und Andrej sagt: «Veganern geht's ja oft gegen die Ausbeutung der Tiere. Aber Pflanzen haben auch Gefühle. Gibt's Studien zu. Was bleibt denn dann noch zum Essen? Fallobst?»

«Geile Scheiße», sagt Clemens.

Solche Dinge weiß Andrej von seiner Affäre, die Biologie-Professorin in München ist, verheiratet und einmal im Monat zum Eibsee an seine breiten Schultern flieht. Abgesehen von derartigen Insights in Andrejs Liebesleben erfährt Clemens Erstaunliches über Gemüse: Etwa dass Brokkoli und Blumenkohl Testosteron-Booster sind und dass es davon heute reichlich geben wird. So viel zur testosteronsenkenden Bereitschaft der Küche. Da Clemens dem Gemüse jedoch nicht ganz traut, vergewissert er sich, ob es auch Fleisch geben wird.

«Logo!», ruft der Chefkoch und wirft Clemens einen Landjäger zu. Dann bittet Clemens noch um ein paar Küchenutensilien, die er in eine Stoffserviette packt, und erkundigt sich, wann das Buffet denn aufgebaut wird.

«Jetzt», sagt Andrej.

Und der Chefkoch ruft messerschwenkend: «Bub! Aber kein Unfug anstellen, ja?»

Clemens räuspert sich, verschränkt die Arme hinterm Rücken und sagt: «Logo, Chef.»

Es ist bereits kurz vor achtzehn Uhr, als das Personal mit dem Anrichten fertig und die Luft rein ist. Viel Zeit bleibt Clemens nicht. Genau genommen hat er fünf Minuten, um alles nach seinem Geschmack zu arrangieren. Zufrieden blickt er auf das Resultat, als die Klingel auch schon das Ende der Workshops einläutet.

Clemens verzieht sich in eine Ecke an die Bar, bittet den Barmann, die gefüllte Stoffserviette für ihn zurückzulegen, und beobachtet bei einem Bier, wie allmählich die ersten Typen in den Saal trudeln. Hängende Schultern, gesenkte Köpfe, verunsicherte Schritte. Manche haben rot gefleckte Gesichter, einige schlurfen Arm in Arm, andere wischen sich Tränen aus dem Gesicht. Sieht schwer nach Opfern des Workshops *Gefühle ansprechen* aus, da hat Clemens vorhin allein schon vom Lesen im Programm Ausschlag bekommen. Dann folgen Kerle, die zwar grinsen, sich dafür aber die Hände an den Rücken halten, seltsam breitbeinig gehen oder ihre Nacken mit schmerzverzerrten Gesichtern massieren. Okay, das war *Yoga für Anfänger.* Ihnen folgen die blassen Männer mit den birnenförmigen Figuren: die Rohkost-Veganer. Dann die selbstbewussten Bärte, an denen jedoch ausschließlich der Bart stark aussieht, und alles andere, jeglicher Blick, Kleidung oder auch Körperteile, seien sie noch so muskelbepackt, einfach nur nach Verunsicherung aussieht. Die Journalisten entdeckt er leider nicht mehr. Sind wohl schon abgereist. Schade, denn Matthias und Konrad hätte er gern in seine Pläne eingeweiht. Andererseits wäre die Gefahr groß gewesen, dass Yvonne ihn zu sabotieren versucht.

Clemens beobachtet, wie die NeMo-Männer sich auf den Raum verteilen, brav eine Schlange bilden und sich nach und nach vom Buffet auftun. Hm, was haben wir denn da? Seitan-Curry, hm, Soja-Würstchen, lecker, Zucchini-Avocado-Lasagne ... Aufgeregt und freudig trinkt Clemens sein Bier, während er dabei zusieht, wie sich Teller um Teller füllt.

Als die Mehrzahl sich bedient und Platz genommen hat, geht auch Clemens ans Buffet und trägt sich reichlich auf von den auf den Kärtchen angepriesenen veganen Speisen, langt beherzt zu, haut ordentlich rein und setzt sich mit dem vollbeladenen Teller zu den blassen Rohkost-Veganern an den Tisch. Die sind schon fleißig am Futtern, und innerlich freut sich Clemens wie Schnitzel.

«Na, wie gefällt euch der Kongress bisher?», fragt er in die Runde.

«Solange das Essen gut ist, halt ich's überall aus», sagt einer mit Halbglatze und vollem Mund.

Clemens schaufelt sich auch eine große Gabel rein. Es ist *so* lecker.

«Es schmeckt dir hier also?», fragt er die Halbglatze.

Dem Kerl rinnt jetzt Soße am Mundwinkel hinab, er sieht Clemens humorlos an und sagt: «Soll das ein Witz sein? Allein das Rohkost-Chili schmeckt wie echtes.»

«Ja ...?», fragt Clemens unsicher.

«Glaubst du, die haben sich vertan?», fragt einer, voller Schrecken auf den Teller blickend.

Die Halbglatze nimmt einen weiteren Bissen, schmeckt dem nach. «Nö. Aber geil. Dass das so schmeckt. So echt.»

«Göttlich», sagt ein anderer.

Geiler Scheiß. Clemens freut sich tierisch.

«Vor allem heute», sagt ein anderer mit aschblondem Haar. «Heute Abend hat sich die Küche selbst übertroffen.»

Hundertfach geiler Scheiß.

«Normal», sagt ein Dritter schmatzend und mit Riesenloch im Ohrläppchen, von diesen seltsamen Ohrringen, die das weiten. «Die wussten, dass wir nach dem harten Tag etwas besonders Liebevolles brauchen. So viele Emotionen!»

Und ein vierter Veganer, so einer mit Dreadlocks, sagt: «Ja, die Köche hier sind wirklich sehr menschlich, sehr, sehr menschlich.»

Clemens nickt kauend. Wenn die wüssten.

«Und du?», fragt ihn die Halbglatze. «Rohköstler oder einfach Veganer?»

Clemens schluckt. «Nö.»

Der Aschblonde fragt: «Flexitarier?»

«Häh?»

«Na, so on & off?»

Clemens kneift die Augen zusammen. On & off? Das kennt er eigentlich nur aus dem Bereich «sexuelle Affären».

«Kommt vor», sagt er also. Er blickt auf seinen bereits leergeputzten Teller. «Warum esst ihr eigentlich testosteronarm?»

Der Aschblonde sagt: «Um aggressives Verhalten und Gewaltbereitschaft zu verhindern.»

«Heißt das», fragt Clemens, «wenn ihr normal esst …»

«Normal», sagt der Aschblonde abschätzig.

«Na, Fleisch. Oder irgendwas Gekochtes. Wenn ihr das esst, wollt ihr dann alle Welt verprügeln, oder was?»

«Nee. Also, ich war nie gewalttätig», sagt die Halbglatze. «Auch nicht als ich noch Karnivor war.»

«Karni…?»

«Fleischfresser.»

«Ich auch nicht», sagt der Aschblonde. «Aber aufgekratzt, verärgert irgendwie.»

«Genau», stimmt ihm die Halbglatze zu.

«Testosteronarme Kost ist ja auch eher eine vorbeugende Maßnahme», sagt der Kerl mit dem Loch im Ohrläppchen. Er beugt sich näher zu Clemens. «Zum Beispiel hab ich, seit ich Rohköstler bin, nicht mehr so den Drang.»

«Auf die Fresse zu geben?», fragt Clemens und rückt ein Stück von dem Typen weg. Irgendwie ist ihm das zu viel Nähe für seinen Geschmack.

«Nein», sagt der mit dem Loch im Ohr und rückt schon wieder näher. «Den *Drang.*»

«Versteh ich nicht», sagt Clemens.

Die anderen um ihn herum kichern.

«Na –» Der Typ hebt vielsagend eine Braue.

«Ficken?», fragt Clemens.

Der Typ nickt, die anderen kichern noch mehr. Aber endlich lehnt der sich wieder im Stuhl zurück und damit von Clemens weg.

«Ich muss nicht mehr so oft», sagt der Kerl und faltet die Arme hinterm Kopf. «Dadurch hab ich mehr Zeit für andere Dinge.»

Mehr Zeit *für was* denn? Um das Gemüse für den roh-veganen Gazpacho zu schälen? Na toll, wenn er das geiler findet als Sex.

«Hast du eine Freundin?», fragt Clemens.

«Hab ich keine.»

Was du nicht sagst. Clemens wendet sich dem aschblonden Veganer zu. «Als Fleischfresser hast du dich verärgert gefühlt?»

Der Aschblonde nickt. «Hibbelig, unausgeglichen.»

«Unzufrieden», sagt die Halbglatze, und die anderen stimmen dem zu.

Clemens spitzt die Lippen, tippt mit der Gabel auf den leeren Teller. «Aber ist es denn nicht gut, das zu empfinden? Das signalisiert doch, dass etwas nicht stimmt und man handeln sollte.»

«Haben wir ja», sagt der Aschblonde einfach mal für alle. «Indem wir Rohköstler wurden. Also, testosteronarm essende Rohkost-Veganer. Denn da gibt's noch ganz andere.»

«Oh ja», stimmt der mit dem Loch im Ohr zu. «Und die haben noch den Drang. Und wie.»

«Aber es war doch nicht das Fleisch, das euch verärgert hat?», fragt Clemens.

Die Kerle überlegen.

«Nö», sagt die Halbglatze.

«Wenn ich das richtig verstanden habe», sagt Clemens, «gab's Dinge, also, *andere* Dinge, die nichts mit Essen zu tun hatten und die euch verärgert haben?»

Die Typen nicken, und die Halbglatze sagt: «So ungefähr.»

«Und statt das Problem zu lösen», sagt Clemens, «betäubt ihr euch mit testosteronarmem Essen?»

Darauf haben die Typen keine Antwort. Sie blicken einander unsicher an.

Clemens setzt sich auf. «Tja. Manche werden Alkis, andere Veganer. So seh ich das.»

«Ich mache das aus ideologischen Gründen», sagt jetzt der mit den Dreadlocks. «Für die Tiere.»

Stimmt. Die gibt's auch. Daran hat er irgendwie gar nicht mehr gedacht. Aber wie war das noch?

«Also, wer keine Tiere quälen will, sollte auch so konsequent sein, keine Pflanzen zu quälen. Oder ist das Leben einer Karotte weniger wert, bloß weil die weder grunzen noch muhen kann?»

«Häh?», fragt der Dreadlock.

Clemens setzt eine todernste Miene auf. «Ja, glaubst du denn, eine Karotte hat nicht gelitten, während sie auf engstem Raum mit anderen dahinvegetierte, glaubst du, die hat nicht Lunte gerochen, dass sie Opfer einer Massenproduktion ist? Und wie erging es ihr erst, als man sie lieblos maschinell aus der Erde rupfte? Kaltherzig zu Hunderten in eine Kiste warf? Und ganz, ganz übel: der Moment, als sie wehrlos in Wasser ersäuft und dann klein gerieben wurde. Für *deinen* Rohkostteller.» Um dem Ganzen Drama zu verleihen, mimt Clemens das alles. Wirkt. Nachdenklich nimmt der Kerl einen Dreadlock in den Mund und kaut darauf herum. «Anscheinend ist manches Leben weniger wert als anderes.» Clemens seufzt, blickt mit großen Augen auf den saubergeschleckten Teller und dann zu dem Kerl. «Wie dem auch sei: Tut mir leid.»

«Wegen der Karotte?», fragt der.

Clemens verneint flüchtig, atmet durch und sieht mit ernster Miene in die Runde. «Ihr habt gerade gewaltige Mengen an Testosteron zu euch genommen.»

Den Kerlen kippen die Kinnladen runter. Einer würgt, speit in seine Serviette. Ein anderer hält sich den Bauch. Aber zu viel mehr sind die nicht fähig. Wird wohl etwas dauern, bis das reinkickt, das Testosteron. Doch genau das liegt Clemens am Herzen: *Testosteron für alle!*

Wie sonst soll er die Kerle wachrütteln? Die sollen mal die Verdauungsorgane abstellen und ihre Schwänze aktivieren. Die sollen mal alle angeln gehen! Nun denn. Clemens steht auf, verbeugt sich leicht und sagt: «Die Herren.»

Dann zieht er weiter, holt die geladene Stoffserviette an der Bar ab und geht damit an den nächsten Tisch.

Weeerneeer dürfte es wenig ausmachen, dass Clemens auf dreiste Weise Kärtchen und Speisen vertauscht hat. Dass Geschnetzeltes zu Seitan-Curry, Fleisch-Buletten zu Falafel-Bällchen oder Carbonara zu Rohkost-Pasta wurden. Deswegen erwähnt Clemens am Tisch der selbstbewussten Bärte das Detail auch gar nicht erst. Hier ist ein anderer Kampf angesagt.

«Cleeemeeens», freut sich Werner, als er sich dazusetzt.

«Wie lief euer Workshop?», fragt Clemens.

«Gut, sehr gut. Schade, dass du nicht da warst!»

Das findet Clemens in gewisser Weise auch. Könnte er die Zeit zurückdrehen, nie und nimmer hätte er Saal Frillensee auch nur betreten.

Werner trägt seinen Bart festlich zu drei Zöpfen geflochten. Auch die anderen Bärtigen haben sich skurrile Frisuren gemacht.

Schnurrbärte, die auf wundersame Weise hochgezwirbelt sind, schneckenförmige Dutts auf den Wangen, steife Riesenbärte, die zum Schoß hin spitz zulaufen.

Wie viel Zeit für so was wohl draufgeht? Kein Wunder, dass niemand mehr dazu kommt, die Welt zu retten! Für den NeMo-Mann fängt der Tag mit Bartpflege an und hört mit Gemüseschälen auf, zwischendurch ein bisschen Anti-Aging-Maske und meditieren. Krasse Scheiße.

«Ich will gar nicht lange drum herumreden, Werner», sagt Clemens. «Was wärst du ohne Bart?»

«Nackt.»

Clemens legt die Serviette vor sich auf den Tisch und enthüllt den Inhalt: eine Küchenschere und ein Messer. Ein scharfes Messer.

Verwundert sieht Werner ihn an, die anderen Bärtigen schlucken. Einer fasst sich sogar schützend an die Fellmatte.

«Warum versteckst du das, was hinter dem Fell liegt? Wovor hast du Angst, Werner?», fragt Clemens.

Werner zuckt mit den Schultern.

«Anders gefragt», sagt Clemens, «ist der Bart alles, was von deiner Männlichkeit übrig ist?»

Auch darauf hat Werner keine Antwort. Streichelt sich nachdenklich die Zöpfchen.

«Ich denke nicht», sagt Clemens. «Du bist ein cooler Kerl.» Er sieht zu den anderen. «Euch kenn ich nicht.»

Als Clemens nun die Schere in die Hand nimmt, fassen sich plötzlich alle verängstigt an die Bärte und lehnen sich weit zurück. Clemens lacht auf.

«Keine Sorge», sagt er. «Das müsst ihr schon selbst entscheiden.»

Er steht auf.

«Man kann doch einen Bart haben und trotzdem ein Mann sein», sagt einer von den Typen.

Clemens überlegt. «Ja. Kann man. Wart ihr auch sicher mal. Bevor ihr Werbeschilder für Fellfrisuren geworden seid. Oder bevor der Bart wichtiger wurde als das, was in euch liegt.» Er will los, hält dann inne und fügt hinzu: «Glaubt ihr, Da Vinci hätte so viel erfinden können, wenn der jeden Tag drei Stunden damit verbracht hätte, die Fellmatte zu frisieren? Einen Bart hatte der bestimmt bloß, weil er seine Zeit für Wichtigeres als fürs Rasieren verwendet hat. Und heute erinnert man sich an Da Vinci als den Kerl, der coole Sachen erfunden hat. Wie wollt ihr der Welt in Erinnerung bleiben?»

Damit zieht er sich in seine Höhle zurück. Für heute ist es genug. Als er aufs Bett fällt, schläft er sofort ein, das Programm und sein Notizheft mit dem Masterplan voller Pfeile und Ausrufezeichen in den Händen – und dann ist da auch so eine Sehnsucht, eine Sehnsucht nach Wayra, die ihn in seinen Träumen begleitet.

Der Berg ruft, und keine Sau interessiert's

Am nächsten Morgen ist er überpünktlich beim Frühstück, sammelt dort Kräfte für den bevorstehenden Kampf dank Rührei, Bacon, Brezeln und Kaffee. Draußen ist es grau und diesig. Es schneit, und der See ist zugefroren.

«Warst du joggen?» Manfred steht vor seinem Tisch.

Clemens sieht an seinem Trainingsanzug herunter. «Nö.»

Tja, wenn Manfred wüsste, warum er den heute trägt.

«In welche Workshops gehst du heute?», fragt Manfred.

«Alle.»

Manfred nickt beeindruckt und kratzt sich am Kopf. «Weil du darüber schreibst?»

«Genau.» Stimmt zwar nicht ganz, aber damit muss er Manfred jetzt nicht verwirren. «In welchen gehst du denn?»

«Zehn Tipps, um bei einer Frau zu landen», sagt der.

«Gut.» Clemens grinst. «Dann sehen wir uns später.»

Er steht auf und zieht los, in den Saal Zugspitze. Allein der Name kann nur Gutes bedeuten.

Clemens ist der Erste im Saal. Klar, er ist eine Viertelstunde vor Beginn da. Wie gestern im Saal Frillensee liegen auch hier jede Menge Yoga-Matten im Raum. Anders als gestern ist das wenig überraschend. Schließlich soll hier gleich Yoga stattfinden.

Clemens stellt sich an die Chef-Matte bei der Fensterfront. Ein älterer, schmaler Kerl in Leinenhemd und Wickelhose kommt herein. Alles an dem schreit nach Zen-Attitüde. Muss wohl Meister Yogi sein.

«Namaste», sagt der auch passend, mit einem seligen Lächeln auf den Lippen, und stellt sich neben Clemens.

Kurz darauf treffen weitere Männer ein. Um Punkt neun entfernt sich Meister Yogi ein Stück Richtung Raummitte, um mit zartem Stimmchen einen der Männer bei der Tür zu bitten, die zu schließen. Clemens nutzt die Gelegenheit, um die Matte zu erobern. Breitbeinig stellt er sich darauf, wie ein Fels in der Brandung. Wirkt. Erwartungsvoll sehen die Männer zu ihm.

«Wie geht's dir?»

Geiler Scheiß. Die Typen glotzen verwirrt, sind aber ganz Ohr. *Danke, Ole, du Arschloch.*

Meister Yogi will etwas einwenden: «Äh, entsch–»

Also nichts wie weiterquatschen, schleunigst weiter.

«Willkommen bei … Karate-Yoga.» Erfindet Clemens jetzt einfach mal. «Du hast Stress? Du fühlst dich scheiße?» Ein paar Männer nicken. «Dann bist du hier richtig.»

«Aber –» Wieder Meister Yogi.

«Dann ist heute der Moment, dich abzureagieren. Und zwar so richtig.»

Meister Yogi hebt jetzt die Hand, Clemens nutzt das, um ihn als Partner zu sich auf die Matte zu ziehen.

«Stellt euch paarweise gegenüber.» Clemens wendet sich dem Yogi zu und sagt: «Schlag zu. Hau mir eine runter.»

Meister Yogis Augen weiten sich entsetzt. «Aber –»

«Nichts aber. Hau zu.»

Dem Yogi verschlägt es die Sprache. Und trauen tut er sich eh nicht.

«Na los!», schreit Clemens. «Tu's! Trau dich!»

Um ihn herum verstummen alle. Aber immerhin sieht Meister Yogi jetzt verärgert aus.

«Das ist mein Workshop», knurrt er leise.

Clemens schlägt zu.

Direkt in die Magengrube. Die Männer halten den Atem an, der Yogi krümmt sich, wirft Clemens einen hasserfüllten Blick zu, und plötzlich schlägt er zurück, stürzt sich auf Clemens und pflanzt ihm die Faust mitten ins Gesicht. Clemens wankt ein Stück nach hinten, fasst sich an die Nase, fühlt, wie der Schmerz sich ausbreitet, verzieht die Gesichtsmuskeln und schüttelt die Verkrampfung ab. Geile Scheiße.

«Wie war das für dich?», fragt er den Yogi.

Dessen Gesichtszüge entspannen sich, er wirkt erstaunt und sagt: «Äh … Gut?»

Clemens grinst und nickt ihm dankbar zu.

«Seht ihr?», sagt er zu den Männern. «So einfach geht das. Jetzt seid ihr dran.»

Zögerlich platzieren sich die Typen paarweise, tun sich schwer zu entscheiden, wer anfangen soll, ein paar Fäuste werden probeweise in die Luft gestoßen, manche schubsen einander zunächst sachte, einige kichern verunsichert. Aber dann, wie ein zäher Dieselmotor, kommt die Sache ins Rollen. Die ersten richtigen Schläge werden ausgeteilt. Klatschende Geräusche und unterdrücktes Aufschreien. Kerle, die sich mit schmerzverzerrten Gesichtern an die Wange fassen oder den Schmerz aus der Faust schütteln. Der Rhythmus wird schneller, nach und nach beginnen sie alle zu boxen, zu stöhnen, zu schreien und auch zu lachen.

Zufrieden verlässt Clemens den Saal. Dann sieht er bei den anderen Workshops vorbei. Abgesehen vom Schamanen-Workshop *Mein innerstes Ich* – ja, gibt es denn innerer als innen? Außerdem ist der Raum so vollgeräuchert, allein durch den zaghaft geöffneten Türspalt kommen ihm Rauchschwaden entgegen. Riecht stark nach einer hundertfach potenzierten Ole-Nummer. Nein danke. Also geht's erst zu Manfred, der mit dreißig anderen Typen dabei ist, gierig aufzusaugen, wie NeMo-Mann die NeMo-Frau in NeMo-Zeiten klarmacht. Dann zu den Workshops *Fürsorgliche Daddys*, *Mode-Tipps für jede Figur*, *Besser zuhören* und zuletzt: *Nicht immer der Beste sein wollen – kardiovaskuläre Risiken vermeiden.*

Doch Clemens schreitet nicht mehr ein. War cool, Verwirrung zu stiften, aber er fühlt sich auch etwas blöd dabei. Als würde er sich über die Kerle stellen, um denen zu sagen, wo's langgeht. Dabei hat er doch auch keinen blassen Schimmer, was die wirklich brauchen. Und bevormunden will er sie schon gar nicht.

Er will bloß seinen Arsch retten.

Entsprechend ist Clemens wenig gesprächig, als er mit Manfred zu Mittag isst, und überlässt ihm die Unterhaltung. Der erzählt von all den großartigen Tipps, die er im Workshop *Frauen verführen* erhalten hat, und Clemens nickt bloß, während er lustlos an einem halben Händl und Semmelknödeln in Schwammerlrahmsoße kaut.

Um vierzehn Uhr versammeln sich dann alle für die große Abschlussrede – natürlich von seinem liebsten Feind: Doc Bukowski.

Der sitzt mit ein paar anderen Wissenschaftlern auf dem Podium. Nacheinander kommt jeder von denen zu Wort, gibt ein eher positives Fazit für sein jeweiliges Spezialgebiet ab, die da wären: männliche Gesundheit, häusliche Gewalt und Kriminalität, Suchtverhalten, männliche Prekarität, positive Diskriminierung und weiß der Kuckuck was. Natürlich finden alle, dass die Ziele zu einer Verbesserung der Lage des NeMo-Mannes bei weitem nicht erreicht und ein herausfordernder, anstrengender Weg noch vor ihnen liegt. Und Doc Psycho, wie soll es anders sein, ergreift zuletzt das Wort für eine düstere, aber von zarten Hoffnungsschimmern durchzogene Zukunftsvision.

Während nun alle quatschen und sich wichtigtun, wird Clemens zunehmend aufgebrachter, rutscht unruhig auf dem Stuhl hin und her, fühlt Verärgerung über jedes Wort in sich aufsteigen sowie Angst, große Angst, dass er morgen nach Berlin zurückkehren muss, um wie Max von heimtückischen Kuhstall-Massagen lobotomisiert zu werden.

Und dann starren alle Clemens an.

«Die Eröffnungsrede fand ich gut», sagt er.

Im Saal herrscht absolute Stille. Wie er von seinem Sitz auf die Bühne gekommen ist und das Mikro an sich gerissen hat, ist Clemens nicht mehr ganz klar. Zu viele Worte schießen ihm durch den Kopf, Worte, die er ausspucken muss.

«Und auch cool, dass wir hier an der Zugspitze sind. Aber seitdem ...» Clemens schüttelt enttäuscht den Kopf. «Seitdem ging's nur berg*ab*! Statt euch zu bestärken, euch gegenseitig auf die Schulter zu klopfen und nach vorn zu sehen, wie Doc Psycho das so nett ausgedrückt hat – stattdessen suhlt ihr euch in Selbstmitleid und lasst euch noch mehr verweichlichen, als ihr es eh schon wart. Mit dubiosen Aktivitäten wie Yoga, spirituellen Esoterik-Meditationen, testosteronsenkender Nahrung und stundenlanger Bartpflege, als wär's der neue Schwanz! Sollte es nicht eher darum gehen, uns Männern den Druck zu nehmen? Die neuen Anforderungen, die alltäglichen Belastungen? Uns davon zu befreien? Sollte es nicht eher darum gehen? Aber alles, was ich sehe, sind bloß weitere Zwänge, die uns auferlegt werden, noch mehr Druck, noch mehr Last auf den ohnehin schon hängenden Schultern, noch mehr Belastung!» Fassungslos darüber zuckt Clemens zusammen, um sogleich in die Höhe zu springen. «Was geht?! Sind die Fellmatten zu schwer, um nach oben zu blicken? Wo ist denn die Freiheit? Wo die Befreiung?!»

Er senkt das Mikro, beruhigt sich etwas und schüttelt langsam den Kopf. Im Saal halten alle die Luft an. «Ich hab's satt, nach unten zu blicken. Satt, mich von euch runterziehen und in meiner Männlichkeit beschneiden zu lassen! *Ich* muss über euren verweichlichten Sumpf berichten! Aber ich will das nicht! Nicht weil ich besser wäre als ihr – weit gefehlt. Bin ich nicht. Aber weder will ich ein Clownfisch werden noch ein Arschloch sein!» Er tritt in eine der Lautsprecherboxen vor sich, das Mikro piept. Er sieht zum Fenster hinaus, holt tief Luft und blickt dann wieder ins Publikum. «Da draußen steht ein *Berg.*» Den sieht man zwar nicht, weil alles vernebelt ist, aber: egal. Clemens wendet sich dem Doc zu, der neben ihm steht und ihn mit der neugierigen Aufmerksamkeit eines Wissenschaftlers bei einem Experiment zu beobachten scheint. Auch das ist Clemens egal. «Ein Mann, ein Berg, Captain Bukowski», sagt er. «Das hast du doch gesagt?»

Bukowski nickt leicht, ein feines Lächeln auf den Lippen, und Clemens wendet sich wieder an die Männer. «Na also! Schaut auf! Hebt endlich euer bartbelastetes Kinn und seht nach oben! Dort oben!» Seine Stimme überschlägt sich fast, und sein Herz rast, als würde es jeden Moment explodieren, als er nach draußen zeigt. «Da wollen wir hin!»

Absolute Stille.

Und dann fragt Manfred zaghaft: «Du willst auf die Zugspitze?»

Clemens hält inne. Will er das? Kann man das überhaupt, einfach so da hochspazieren? Eigentlich war das ja eher symbolisch gemeint. Aber warum nicht?

«Ja, Manfred! JA! Auf die Zugspitze!» Er nickt mehrfach, um das zu bestätigen. «Ich geh da rauf. Kein Scheiß. Morgen früh verlass ich den fucking Sumpf hier und wandere die fucking Zugspitze hoch! Ich. Steh. Meinen. Mann. Ich lass mir nix mehr bieten! Und wenn ihr das auch so seht, wenn ihr *Männer* seid, dann steht auch ihr euren Mann!! Arschlecken, rasieren, dreifuffzich.»

Konsterniertes Schweigen. Wankend lässt Clemens das Mikro sinken.

«Dreifuffzich?», fragt Manfred.

«Ja», sagt Clemens, drückt irgendwem das Mikro in die Hand, taumelt vom Podium und vorbei an den stumm glotzenden Visagen zur Tür hinaus.

Draußen wischt er sich mit den Händen übers Gesicht, setzt sich auf den Boden und steckt sich eine Zigarette an.

«Du rauchst hier?» Manfred – wer sonst – ist ihm gefolgt.

Clemens zieht stumm an der Zigarette.

«Darf ich auch eine?», fragt Manfred.

Clemens hält ihm das Päckchen hin.

«Coole Rede», sagt Manfred, nachdem ihm Clemens Feuer gegeben hat. «Wie fühlst du dich?»

Clemens wirft ihm einen schrägen Blick zu, nach dem Motto: *Ich will jetzt nicht reden.*

Manfred zieht an der Zigarette, unterdrückt ein Hüsteln und sagt: «Ich komme mit morgen.»

Es wird grandios

Als Clemens am Nachmittag mit Manfred im Dorf die Touristeninformation aufsucht, um sich wegen der Wanderung zu erkundigen, rät ihnen eine rundliche Frau im Dirndl sogleich dringend davon ab. Für die Winterbesteigung der Zugspitze braucht man nicht bloß eine Kletterausrüstung, sondern auch Klettererfahrung im Eis. Ach, und die meisten Wege sind sowieso gesperrt, wie etwa die wunderbare Höllentalklamm. Weil Winter, weil glatt, weil Schneesturz, weil *gefährlich.* Trotzdem ist die Frau so nett, eine Wanderkarte rauszurücken.

«Man darf ja träumen», sagt sie herzlich. «Und dann kommens' einfach zum Frühjahr wieder.»

Süße. Im Frühjahr bin ich entweder zu 'nem weiblichen Clownfisch mutiert oder ersuche Asyl in Russland, denkt Clemens, als er die Karte einsteckt. Weil abkratzen an der Zugspitze also eindeutig die coolere Option ist, sucht er mit Manfred anschließend ohne Umwege das Wandergeschäft auf, wo sie sich mit Rucksäcken, Stirnleuchten und Kletterkram eindecken. Auf ihrem Streifzug durchs Dorf begegnen sie immer wieder Männern vom Kongress. Einige fahren im örtlichen Bus an ihnen vorbei, andere spazieren in kleinen Gruppen auf der gegenüberliegenden Straßenseite entlang. Eigentlich nicht verwunderlich, denn die haben ja jetzt auch frei. Und vermutlich wollen sie sich vor der Heimreise noch mit Berghonig, Lavendelöl und Rheumakissen eindecken. Seltsam ist jedoch, dass die Kerle weder in Geschäfte gehen noch auf ein Eis zum Italiener. Ein paar Bärtige etwa steigen direkt vor ihm aus einem Wagen und klingeln an einem Privathaus. Werfen Clemens auf dem Weg durchs Gartentörchen todernste Blicke zu. Noch sonderbarer sind eigentlich nur die paar Rohköstler, die vor der Metzgerei rumlungern.

Versteh einer den NeMo-Mann.

Am frühen Abend kehrt Clemens mit Manfred ins Hotel zurück. Das gemeinsame Abschiedsessen lässt er ausfallen. Das Sahnehäubchen muss nun wirklich nicht sein. Lieber ein Clubsandwich aufs Zimmer bestellen. Schließlich wollen sie morgen schon um fünf Uhr früh los.

Einschlafen kann er trotzdem nicht. Wälzt sich im Bett herum. Die Zugspitze. Ein wenig aufgeregt ist er schon. Okay, ziemlich aufgeregt. Vor allem aber huscht Wayra immer wieder durch seine Gedanken. Er greift nach dem Handy und wählt ihre Nummer. Lange läutet es, doch sie hebt nicht ab. Zu spät?

«Ich liebe dich», sagt er ins dunkle Zimmer hinein. Spricht es einfach mal aus. «Wayra. Ich liebe dich.»

Krass. Fühlt sich gut an.

Bergauf

Die Nacht war kurz. Richtig wach ist Clemens jedenfalls nicht, als er in der Früh das Zimmer verlässt und dabei in Manfred reinläuft, der direkt vor der Tür steht. Der hingegen sieht aus wie Reinhold Messners bartloser Sohn. Er strahlt eine Entschiedenheit aus, als sei er bereit, es mit dem Mount Everest aufzunehmen.

«Was ist denn mit dir passiert?», fragt Clemens.

Manfred sagt bloß: «Es ist schon fünf nach fünf.»

«Genau: *scheißfrüh.*»

«Aber ... wir hatten doch gesagt ...»

«Alles gut, Manni.»

Clemens klopft ihm auf die Schulter, und sie ziehen los.

In der Lobby muss er mehrfach blinzeln: An die hundert Ne-Mo-Männer erwarten sie hier. Ist das denn möglich? Wollen die Luschen jetzt doch mit auf den Berg? Stumm machen sie ihm und Manfred den Weg zum Ausgang frei. Dort steht Doc Bukowski, in kompletter Wandermontur.

«Ein Mann, ein Berg, Clemens», sagt der Doc. «Deine Rede hat uns wachgerüttelt.»

Geiler Scheiß. Per Du mit Doc Psycho?

«Aha», sagt Clemens. «Und jetzt wollt ihr alle mit, oder was?»

Der Doc verneint.

«Nennen wir es eine symbolische Auswahl.»

Er tritt zur Seite, und jetzt erblickt Clemens fünf weitere Männer in Wanderausrüstung: den Rohköstler mit dem Loch im Ohr,

Heulsuse Ole mit dicker Nase, Meister Yogi, einen Typen mit vernarbtem Gesicht, den er nicht kennt, und dann auch Werner, mit stark gestutztem Bart – also, der reicht ihm jetzt bloß noch bis zum Adamsapfel. Erfreut zwinkert er Clemens zu.

«Die Tour ist gefährlich», sagt der Doc. «Ich kenne die Gegend gut, bin hier aufgewachsen, und die Zugspitze im Winter, nun, das ist …» Er hält inne. «Es ist das Männlichste, was Mann tun kann.»

Meint er damit nun Leichtsinnigkeit oder Mut?

«Abgesehen davon war es schwierig, kurzfristig so viel Ausrüstung aufzutreiben», sagt der Doc.

Das erklärt also den gestrigen Streifzug der NeMo-Männer durchs Dorf.

Clemens nickt.

«Okay.» Er blickt in die stumme Menge, die erwartungsvoll zurückstarrt. Wollen die jetzt etwa eine weitere Rede? Er räuspert sich. «Ähm. Dann wollen wir mal los, auf den Berg.»

Er zuckt mit den Schultern und will sich zur Tür drehen, losmarschieren, als die Lobby plötzlich von tosendem Jubel und Grölen durchdrungen wird. So stark, dass Boden und Wände vibrieren.

«Berg! Berg! Berg!!!», rufen die Männer frenetisch, und «Clemens! Clemens! Clemens!!», klatschen und stampfen dabei mit den Füßen auf, als wär's die Südkurve bei einem BVB-Tor.

Clemens weiß nicht, wie er damit umgehen soll, kratzt sich verwundert am Kopf. Dann klopft ihm Doc Psycho auch noch auf die Schulter. Schnell setzt Clemens also seine Mütze auf und geht hinaus in die sternenklare kalte Winternacht. Die sieben Wanderzwerge folgen ihm.

In Autos geht's zur Ehrwalder Alm. Clemens fährt wie vorgesehen in Manfreds Studentenkiste mit.

«Cool, dass der Doc dabei ist», sagt Manfred, während sie die stille Landstraße entlangfahren. Zu beiden Seiten türmt sich der fortgekehrte Schnee, und im Radio wird ein Tag mit stark wechselnden Wetterbedingungen angekündigt.

«Ich weiß nicht», sagt Clemens. «Kann man dem wirklich über den Weg trauen?»

Manfred gluckst belustigt, während der Moderator in ärgstem Bayerisch irgendwas von Sturmböen erzählt.

«Glaubst du etwa, der Doc wird uns auf dem Berg alle abmurksen?», fragt Manfred.

«Wer weiß.» Clemens hebt die Brauen, sieht zu, wie die schneebeladenen Tannen am Straßenrand an ihm vorbeiziehen und dazwischen plötzlich ein Augenpaar von den Autoscheinwerfern blau reflektiert wird. Ein Fuchs oder ein Wolf?

«Achtsamkeit, Manfred, lass uns achtsam sein.»

«Willkommen in Österreich», sagt Doc Bukowski, als sie kurze Zeit später auf dem Parkplatz aus den Wagen steigen und wieder aufeinandertreffen.

«Same same, but different», sagt Werner und schiebt sich eine Handvoll Schnee in den Mund, der in Bröckchen an seinem neuen Minibart hängen bleibt.

In der Tat: die gleichen Latschenkiefern, die gleiche beißende Kälte, derselbe Sternenhimmel.

Schweigend setzen sie die Stirnleuchten auf und ziehen Schneeschuhe an. Auf dem ersten Teil der Strecke durch den Wald zur Alm und entlang der Skipiste übernimmt Doc Psycho, ganz lokaler Wanderexperte, die Führung. Soll Clemens nur recht sein. Ist ihm noch zu früh, um sich über den richtigen Weg Gedanken zu machen. Ist im Übrigen scheißanstrengend, in Schneeschuhen bergauf durch den dichten Schnee zu stapfen, und ständig muss er den Rotz in der Nase hochziehen. Manfred bleibt dicht bei ihm. Hinter ihnen laufen Werner, dann der Typ mit den Narben, gefolgt von Ole und dem Yogi. Und als Schlusslicht hechelt sich der Rohköstler einen ab.

«Achtsamkeit hin oder her, wir haben echt Glück, den Doc dabeizuhaben», sagt Manfred irgendwann. «Sonst hätten wir uns bestimmt schon verlaufen.»

Clemens sieht ihn schräg von der Seite an. «Sag mal, Manni, hast du hier irgendwo 'ne Abzweigung gesehen? Schneeverwischte Pfade? Verwirrende Spuren?»

«Äh ... nein?»

«Die meiste Zeit laufen wir ja auch an 'ner verfickten Skipiste entlang.»

Er deutet auf die fetten Liftmasten, die in der Dämmerung unübersehbar ihren Weg säumen. Entgegen der bajuwarischen Sturmwarnung aus dem Radio vorhin kündigt sich ein klarer, wolkenfreier Tag an, und bei Sonnenaufgang erreichen sie eine kleine schneebedeckte Hütte, die sich laut Plan «Pestkapelle» nennt. Erschöpft stützt der Rohköstler die Hände auf die Schenkel.

«Jetzt geht's doch erst richtig los, Kai», sagt Doc Bukowski und hält ihm eine Metallflasche vor die Nase.

Schwer atmend und mit von Kälte geröteten Wangen blickt Kai zu ihm. Er nickt mehrfach, rafft sich auf und nimmt dankend die Flasche entgegen.

Clemens setzt sich abseits an einen Felsen am Wegrand, trinkt Wasser und isst ein Landjäger-Brötchen. Auch die anderen machen sich über ihren Proviant her. Schweigend blicken sie auf den Bergpanorama-Striptease, wie sich die umliegenden Schneetitten ihres nächtlichen Schleiers entledigen. Also, so sieht Clemens das jedenfalls. Und wäre an und für sich geil, so zu frühstücken, ja, fast romantisch, wenn damit nicht plötzlich auch ein schneidend eisiger Wind blasen würde. Und wenn Ole dabei nicht auch noch in Hörweite flennen würde. Nun denn. Man kann eben nicht alles haben.

Als sie kurze Zeit später weiterziehen, wird Clemens klar: Was auf der Karte nach einer läppischen Elf-Kilometer-Tour aussah, entpuppt sich dank Tiefschnee als hochanstrengende Herausforderung. Der Weg hat's in sich, es wird immer steiler. Außerdem peitscht ihm der Wind ins Gesicht, jeder Schritt ist mühsam, er kommt nur zäh voran. Um ihn herum keuchen die Männer, beißen die Zähne aufeinander und nicken ihm ermutigend zu, wann immer er ihren Blicken begegnet. Krasse Scheiße. Die Wanderung nimmt geradezu darwinistische Züge an. Doch dann: Ernüchterung. Clemens kommen die ersten Skifahrer entgegen, und weggeweht ist jegliche Assoziation mit romantisch-viriler Bergeroberung oder dem Kampf ums pure Überleben in einer gnadenlos rauen Natur. Mit einem Mal fühlt Clemens sich vielmehr wie ein Vollidiot, der mühsam bergauf wandert, statt wie alle anderen die fucking Seilbahn zu nehmen und Schuss zu fahren.

«Haaalt!», ruft Werner plötzlich. Er steht etwa zehn Meter weiter hinter Clemens und hat den Rohköstler in den Armen hängen.

«Kai kann nicht mehr», sagt Werner, als Clemens ihn erreicht.

«Ich geb auf», keucht Kai.

«Na, besser jetzt als später», sagt der Doc, der nun auch dazukommt. «Von hier kann er leicht zum Skilift.»

«Soll ich dich begleiten?», bietet Manfred an. Aber Kai lehnt mit Tränen in den Augen ab.

«Macht weiter. Für mich», schluchzt er.

Auch das könnte in Nahaufnahme durchaus als dramatisches Überlebensabenteuer am Mount Everest durchgehen. Könnte.

Würde in dem Moment nicht eine Bande grölender und kichernder Zehnjähriger auf Skiern an Clemens vorbeibrettern und ihm dabei eine fette Ladung Schnee ins Gesicht schmettern.

«AaaRGH.»

Wütend speit Clemens Schneebrocken aus. Und Doc Psycho, lässig auf seine Wanderstöcke gestützt, sagt süffisant grinsend: «Weiter geht's, mein Supaburschi.»

Mit dem Handrücken wischt Clemens sich Schneereste aus dem Gesicht, winkt Kai zum Abschied, spuckt ein letztes Mal und nimmt dann zügig Doc Psychos Verfolgung auf. Der soll hier bloß nicht denken, er wäre der Einzige, der was aushält.

Weiter geht es unter strahlend blauem Himmel und miesen Windböen bergauf. Clemens hofft bloß, dass sie bald mal die Skipisten verlassen, seien es rote, blaue oder schwarze. Wie soll denn hier auch nur eine Sekunde Abenteuergefühl aufkommen, wenn direkt neben ihm die Skigaudi U16 tobt? Kurz vor der obersten Skistation Issentalkopf erreichen sie eine Pistenkreuzung. Der Doc hält an, dreht sich zu Clemens und wartet, bis auch der Rest der Truppe aufgeholt hat.

«Jetzt wird's gefährlich», sagt der Doc und hebt die buschigen Brauen mehrfach. «Vielleicht ist das der gefährlichste Teil der Wanderung.»

«Wie das?», fragt Clemens.

Mit dem Wanderstock deutet der Doc auf die Kreuzung. «Wir müssen die schwarze Piste überqueren, ohne über den Haufen gefahren zu werden.»

Clemens kneift die Augen zusammen und checkt die Lage. In der Tat geht's hier ziemlich ab. Am laufenden Band springen Ski-Lemminge vom Lift und stürzen sich sogleich fullspeed die steilen Hänge hinab.

«Wenn das bedeutet, dass wir anschließend endlich ein wenig

Ruhe haben, dann setze ich dafür gern mein Leben aufs Spiel», sagt Clemens.

«Eine andere Antwort habe ich von dir auch nicht erwartet», sagt Doc Psycho. «Na dann, nach dir, Prachtexemplar.»

Der Doc lässt ihm den Vortritt. Knurrend zieht Clemens an ihm vorbei und übernimmt für die Überquerung die Führung. Wenn der Doc glaubt, Clemens würde sie nun ins Verderben stürzen oder gar selbst überfahren werden, hat er sich geschnitten.

«Schon mal in Vietnam gewesen, Doc?», ruft Clemens ihm über die Schulter zu, und schreitet dabei lässig Schritt für Schritt voran. Messerscharf zischen Fahrer im Schuss an ihm vorbei.

«Vietnam?», fragt der Doc. «Weshalb?»

Clemens schweigt und grinst sich einen ab. Wayra wüsste auch, wie man die schwarze Piste gefahrlos überquert. Würde sie locker meistern und dabei auch noch supersexy aussehen. Losgehen, ohne zu zögern, stur rüber und dabei den Blickkontakt mit den Skifahrern halten, die auf einen zurasen – wie die Scooter-Schwärme in Hanoi.

«Du warst schon in Vietnam?», fragt Manfred, der schwer atmend zu ihm aufschließt.

«Sieh nicht mich an, Manfred», sagt Clemens. «Die Fahrer, schau zu den Fahrern.»

«Ah.» Manfreds Kulleraugen bemühen sich, allen Fahrern tief in die Augen zu blicken, was allein schon wegen der Skibrillen nicht geht, und er erinnert ein wenig an das Krümelmonster.

«Aaahraraajjaaggrhr!» Der Schmerzensschrei kommt von hinten.

Und dann wieder Werners röhrende Stimme: «Haaalt!»

Mitten auf der Piste? Clemens dreht sich um und will ihm den Vogel zeigen, doch als er sieht, was passiert ist, stapft er sofort auf ihn zu. Neben Werner liegen der vernarbte Kerl und ein Skifahrer ineinander verschlungen. Der Vernarbte hat zudem eine fiese Schnittwinde im Gesicht.

«Scheiße.» Clemens atmet laut aus.

Wenigstens bildet die Truppe jetzt eine gut sichtbare Traube, sodass sie vorerst keine weiteren Unfälle befürchten müssen. Manfred und Meister Yogi helfen den beiden vorsichtig auf.

«Tut mir leid», stammelt der Skifahrer.

«Schon okay», sagt der Vernarbte, kippt jedoch sogleich wieder in den Schnee, als er das Blut erblickt.

«Ich bring dich runter», sagt der Skifahrer. «Zur Krankenstation.»

«In der Tat. Das muss genäht werden», sagt Doc Bukowski.

«Nein! Nein! Nein!», schreit der Vernarbte und haut mit den Fäusten in den Schnee.

Ole beugt sich zu ihm runter und nimmt ihn in den Arm. «Alles wird gut, lass es raus, lass es zu.»

Clemens rollt mit den Augen.

Aber immerhin zieht Oles Nummer. Der Vernarbte bedankt sich kurz darauf, steht auf und winkt ihnen zum Abschied, während er mit dem Skifahrer zum Lift humpelt.

«Wer war das überhaupt?», fragt Clemens Werner.

«Xavier. Vom Bund männlicher Opfer.»

Clemens muss schlucken und nickt betroffen. «Arme Sau.»

Dann wendet er sich an die gesamte Truppe. «Leute, Blickkontakt zu den Lemmingen. Sonst wird das nix.»

Die Kerle nicken. Ohne weitere Vorfälle gelangen sie ans Ende der Piste. Endlich verlassen sie die Zivilisation. Mit Kompass müssen sie durch ein zugeschneites Latschenfeld im Tiefschnee.

«*Das* ist Abenteuer, Manfred», sagt Clemens, während er voller Verzückung auf seinen Kompass blickt. «Das ist geil!»

Manfred zieht bloß den Rotz in der Nase hoch und nickt

stumm. Wirkt nicht ganz überzeugt davon, das hier cool zu finden. Denn hier endet auch jeglicher Pfad, es gibt keine Spuren mehr, und abwechselnd muss einer von ihnen die anstrengende Aufgabe übernehmen, den Weg durch den Tiefschnee frei zu pflügen. Das alles an einem «meeegasteilen Hang», wie Werner treffend bemerkt. Auch der Wind lässt nicht nach, und zudem knallt die Sonne ganz schön. Clemens vermummt sein Gesicht mit dem Schal. Irgendwann passieren sie das Feldernjöchl, eine Felseinschartung, an der es ebenfalls ziemlich steil bergab geht. Sie müssen die Schneeschuhe ausziehen, und schwindelanfällig sollte man hier erst recht nicht sein.

«Zwei Mann haben wir bereits verloren», sagt Manfred zu Clemens, während sie sich hintereinander am Hang vorantasten und dabei, so gut es geht, den Blick in den Abgrund meiden. «Bestimmt werden wir früher oder später alle aufgeben. Weil wir keine echten Männer sind. Bis auf dich.»

«So ein Quatsch», sagt Clemens und vergräbt das Gesicht tiefer im Schal. «Denk nicht so viel nach.»

Doch dann passiert es. Gegen Mittag. Auf 2024 Höhenmetern. An der deutsch-österreichischen Grenze. Genau in dem Moment, als Clemens sich einredet, einen Sonnenbrand zu haben, die böse Sonne mit dem Blick abschießen will und daher mal hochguckt, über die Bergketten, und dabei bemerkt, dass da eine ganz schön fette Wolkenfront aufzieht, die in der nächsten Sekunde dann auch tatsächlich den Himmel verdunkelt. Yep. Genau dann, als sie das Gatterl erreichen, den Grenzübergang nach Bayern, da macht Ole schlapp.

«So viele Mühen, um heimzukehren», ächzt der, gerät ins Wanken und kotzt einen ordentlichen Fladen in den unschuldig weißen Schnee.

Tja. Ist wohl nicht jeder schwindelfrei.

«Nicht verwunderlich», sagt der Doc und blickt auf seine Uhr, so ein Hightech-Ding mit tausend Ziffern. «Wir haben mittlerweile 800 Höhenmeter überwunden.»

«Was nun?», fragt Manfred.

Clemens sieht zu der Felsrinne, die sie gerade passiert haben, dem stark abschüssigen Weg dahinter und dann zur Wolkenfront, die bedrohlich näher kommt. «Allein kann er jedenfalls nicht zurück.»

«Von hier ist es nicht mehr weit zur Hütte», sagt Doc Bukowski. Mit dem Wanderstock deutet er in die weiße Ferne. «Gleich da drüben. Und jetzt geht's sogar erst mal bergab.»

Clemens traut seinen Ohren nicht. Was der Doc für eine Scheiße verzapfen kann. Erstens: Die Hütte ist sauweit weg. Von hier aus so klein wie eine Stecknadel. Zweitens: In der Tat, es geht bergab, bloß wie? Supersteil. Senkrechtsteil.

«Wenn er höhenkrank ist, wird das auf der Hütte nicht besser werden», sagt Clemens. «Die liegt ja fast auf gleicher Höhe.»

«Was hilft denn dagegen?», fragt Manfred.

Clemens zuckt mit den Schultern. «Vom Berg runter, viel Wasser und Aspirin.»

«Ich hab welches da», sagt Werner.

Er kramt die Tabletten aus dem Rucksack und reicht sie Clemens, der die Ehre hat, sie mit Wasser an Ole zu verfüttern. Dass ausgerechnet er sich hier plötzlich kümmern soll, versteht Clemens nicht, und dann ärgert ihn, wie ihn der Doc dabei mal wieder mit diesem neugierigen Wissenschaftlerlächeln studiert. Echt. Allmählich gehen die ihm alle auf den Sack. Sogar der Yogi. Total überflüssig, der Typ. Während sie sich hier 'nen Kopf machen, was aus Ole werden soll, steht der meditierend auf einem Bein am quietschenden Weidengatter, nach dem der Grenzübergang benannt ist, und summt.

Clemens bereut, heute früh nicht einfach allein losgewandert zu sein.

Nachdem Ole verarztet wurde und wieder halbwegs stehen kann, sagt Clemens: «Sollte es ihm morgen nicht bessergehen, muss jemand mit ihm zurück.»

Die Männer nicken, der Yogi löst sich aus seiner Position, und sie packen Proviant fürs Mittagessen aus. Keine Frage, für den bevorstehenden Weg zur Hütte müssen sie Kräfte sammeln. Hier gibt es kein Grün mehr. Dafür eine atemberaubende Sicht auf die Zugspitze. Sie sind umgeben von Gletschern, von Eis, Schnee und Felsen, und der Steig ist bergab anstrengender und gefährlicher als die gesamte bisher zurückgelegte Strecke. Die über ihnen aufziehenden Wolken sorgen zudem für eine bedrückende Stimmung. Allzu lang halten sie sich also nicht mit der Pause auf und ziehen bald schon weiter. Manfred nimmt Ole unter seine Fittiche. Das Tal vor ihnen liegt im Schatten, der Schnee unter Clemens' Schneeschuhen ist rutschig, und der raueste Wind pfeift ihm um die Ohren.

«Vielleicht müssen wir morgen alle abbrechen», ruft ihm Doc Bukowski mit Blick auf die düsteren Wolken zu.

In dem Moment rutscht Werner an Clemens vorbei, krallt sich an seinem Bein fest und reißt ihn mit sich. Einer von Clemens' Schneeschuhen löst sich, ineinander verhakt schlittern sie ein paar Meter weiter, bis sie an einem Eishöcker hängen bleiben. Ein Glück. Denn was Clemens darunter erblickt, sieht stark nach einem langen Fall mit üblem Ausgang aus.

«Alles okay?», ruft Manfred von oben, Clemens' Schneeschuh in den Händen.

«Aye, aye!», ruft Clemens zurück.

«Nee», keucht Werner, als er sich von ihm löst. «Nee, nee, neee.» Tränen schießen ihm in die Augen.

«Was'n los?», fragt Clemens, während er sich aufrichtet.

«Mein Knöchel», sagt Werner mit schmerzverzerrtem Gesicht.

«Lass mal sehen.»

«Nicht hier. Sonst friert mir der Fuß ab.»

«Okay. Aber kannst du noch gehen?»

Werner nickt knapp. Der mittlerweile vereiste Bart steht seltsam schräg von seinem Gesicht weg. «Muss ja.»

«Stütz dich an mir ab.»

Mit Werner im Schlepptau hangelt sich Clemens vorsichtig zu den anderen zurück. Es dämmert bereits, als sie ihr Nachtquartier erreichen, die am Hang liegende, völlig zugeschneite Knorrhütte.

«Wird im Winter oft von Lawinen überrollt», sagt der Doc.

«Aha», sagt Clemens. Wird ja immer besser.

In der Hütte liegt Holz bereit, und Clemens macht erst mal ein Feuer. Manfred kümmert sich darum, Pasta mit Tomatensoße zu kochen, während der Doc Werners Knöchel inspiziert. Sieht übel aus: dick geschwollen und violett. Ole markiert das Revier, indem er sich wahlweise übergibt oder flennt. Zunächst draußen, und als es dann zu stürmen beginnt, setzt er das drinnen mit einem Eimer fort. Ach, und der Yogi macht Yoga.

«Vielleicht hätte ich das vorhin nicht sagen sollen», sagt Manfred zu Clemens, während er Schneewasser im Topf umrührt.

«Was sagen?»

«Dass alle aufgeben.»

«So leid es mir tut, Manfred, aber du bist nicht Gott», sagt Clemens und legt ihre feuchten Handschuhe und Schals zum Trocknen an den Ofen.

«Häh?»

«Du kannst sagen, was du willst. Es wird das Schicksal anderer nicht beeinflussen.»

«Okay.»

«Für den Knöchel müssen wir die Bergwacht rufen», sagt Doc Bukowski.

«So schlimm?», fragt Clemens.

Der Doc nickt.

«Tja», sagt Clemens. «Dann können die Ole auch gleich mitnehmen.»

Der Doc blickt zum Fenster, hinter dem Weißes wild durch die Dunkelheit wirbelt. «Falls der Helikopter überhaupt hier hochkann. Falls ja, dann sollten wir alle mit runter. Denn morgen auf die Zugspitze, das wäre Selbstmord.»

«Ach was, das legt sich doch bestimmt über Nacht.»

Draußen pfeift es, der Fensterrahmen vibriert, und der Doc schüttelt mit ernster Miene den Kopf.

«Manchmal ist es ein Zeichen von Stärke, seine Machtlosigkeit einzusehen», sagt er.

«Aha», sagt Clemens. «Hör mal, Papa, ich hab niemanden gezwungen mitzukommen. Zwing du uns nicht aufzugeben.»

«Für wann soll ich denn den Wecker stellen?», fragt jetzt Manfred, der sich mit einem Kochlöffel in der Hand zu ihnen stellt.

«Um sechs», sagt Doc Bukowski, ohne Clemens' Blick auszuweichen. «Da rufen wir zuerst die Bergwacht, und dann warten wir *gemeinsam* ab, wie die Wetterbedingungen sind, bevor wir entscheiden, ob es für uns zum Gipfel oder heimwärts geht.»

«Aber ...», sagt Manfred.

«Nichts aber, Manfred», unterbricht ihn der Doc, und Manfred geht stumm an den Ofen zurück und rührt dort im Wassertopf weiter.

War ja eigentlich klar, dass der Doc irgendwann das Alpha-Tier und den Beschützer raushängen lassen muss. Und das geht nicht nur Manfred, sondern auch Clemens gegen den Strich. Und zwar gehörig. *Meuterei!*, schreit es in ihm. Und bei dem tobenden Sturm kann er nicht mal raus, um zur Beruhigung eine Fluppe zu rauchen. Also setzt er sich zu Weerneer ans Bett.

«Kein Empfang?», fragt Clemens ihn, weil er sein Handy akrobatisch in alle Richtungen hält.

«Verflixt», sagt Werner. «Geht den ganzen Tag schon so. Muss meiner Frau aber mal Bescheid geben. Hab ich ihr versprochen, der Eeemeeelie.»

Clemens könnte jetzt fragen: «Geil, du hast 'ne Frau? Und die heißt Eeemeeelie?» Stattdessen denkt er: Wayra.

Hektisch kramt er sein eigenes Handy aus der Hosentasche. Hat natürlich auch kein Netz. Mist. Dann wird er sich wohl erst nach der Expedition bei ihr melden können. Ist vielleicht auch besser so. Sonst würde sie sich sicher nur Sorgen machen.

«Pasta ist fertig», sagt Manfred.

Clemens steckt das Handy wieder weg, klopft Werner aufmunternd aufs Bein, der daraufhin jedoch aufjault, und Clemens sagt: «Sorry.»

Nach dem Essen legen sie sich sofort schlafen. Geil. Alle schnarchen. Draußen tobt der Sturm. Trotzdem stellt Clemens seinen Wecker auf fünf Uhr. Im Heli an der Zugspitze, das ist nicht wie auf der Dakar. Hier ist das was für Luschen. Von daher: Arschlecken.

Er ist so scharf darauf, die Zugspitze zu erklimmen, dass er sogar vor dem Wecker wach wird. Umso besser. Dann wird ihn auch wirklich niemand aufhalten können.

Draußen pfeift noch der Wind, aber der Sturm scheint sich gelegt zu haben. Perfekt. Gewieft wie ein Geheimagent frühstückt Clemens aufs leiseste einen Apfel und eine Salami-Butterstulle. Spült die lautlos mit 'ner Capri-Sonne runter, was ihm viel abverlangt, weil er das Schlürfen am Ende so mag. Dann packt er leise seine Sachen, schultert den Rucksack und setzt die Stirnleuchte auf. Er wirft einen letzten Blick auf die schnarchenden Männer. Ist da wirklich keiner wach geworden? Um Manfred tut es ihm leid. Aber vielleicht kommt der ja noch nach, sollte die Bergrettung ihn nicht einkassieren.

Kein Stern am Himmel und gefühlt minus zwanzig Grad. Clemens blickt auf seinen Kompass, checkt die Wanderkarte und will los.

«Du Arschloch.»

Manfred tritt aus der Tür.

«Was bleibt mir übrig?», fragt Clemens. «Kann ich was dafür, wenn die höhenkrank werden, sich verletzen oder Schiss kriegen?»

«Super. Können *die* denn was dafür?»

Clemens überlegt. «Kommt drauf an ...»

«Können sie nicht!» Wütend stapft Manfred mit dem Fuß auf. Krasse Scheiße. «Sind halt nicht so stark wie du. Aber deswegen brauchst du nicht so herablassend zu sein.»

«Herablassend? Ich?»

«Ja. Du tust so überlegen. Machst hier einen auf Einzelkämpfer. Das finde ich scheiße.»

Oha. Ist Manfred dabei, sich abzunabeln? Selbständig zu werden? Ein echter Kerl zu werden?

«Tut mir leid, Manfred, wenn das so rübergekommen ist. Aber ich kenne die Typen doch gar nicht. Warum also sollte ich mir von denen die Tour vermasseln lassen?»

«Wenn du keine Verantwortung übernehmen kannst, bist du nicht besser als die Schwächlinge, über die du dich lustig machst.»

Clemens lässt sich das durch den Kopf gehen. «Aha.»

«Ich dachte, du bist cool, Clemens. Aber jetzt bin ich einfach nur enttäuscht von dir.»

Er kommt einen Schritt auf ihn zu, und Clemens erkennt, dass er einen Rucksack trägt.

«Willst du mit?», fragt Clemens.

«Ich will auf die Zugspitze. Ohne dich.»

«Schön. Sehr verantwortungsvoll von dir.»

«Ich bin einundzwanzig.»

Geile Ausrede.

Entschlossen stapft Manfred los.

«Was'n los, Manfred? Zur Zugspitze geht's hier lang.» Clemens deutet in die entgegengesetzte Richtung.

Manfred rotzt in den Schnee. «Lass das mal meine Sorge sein.»

Clemens kratzt sich an der Mütze. Bei dieser Arschkälte ist nun wirklich nicht der Moment für lange Diskussionen.

«Okay, Mann. Ja, ich bin ein Arschloch. Aber ich versuch mich zu bessern. Ich arbeite dran.»

Mürrisch scharrt Manfred mit dem Fuß im Schnee und blickt dann zu ihm, wobei er ihn mit der Stirnleuchte blendet. Schützend hält sich Clemens eine Hand vors Gesicht.

«Komm, Manfred, komm mit mir. Das wird super.»

«Ich weiß nicht.»

«Eine sternenklare Nacht.» Genau. Und sie werden den Gipfel so leicht erklimmen wie junge Gazellen im Frühjahr. «Hey, wenn die Sonne aufgeht, das wird 'ne traumhafte Aussicht dort oben.»

Manfred schweigt.

«Na schön. Mach's gut, Manfred.» Clemens wendet sich zum Gehen. Rutscht auf den Kufen seiner Schuhe voran, durch den vereisten Schnee.

Keine Minute später hört er ein Keuchen hinter sich.

«Warte auf mich, Arschloch.»

Clemens muss lachen. «Freut mich.»

«Halt die Fresse.»

Bergab

Zurück in der Zivilisation!, müsste die Devise lauten, wenn das Wetter nicht dermaßen beschissen trüb wäre, dass man keine fünf Meter voraus-, geschweige denn hochsehen kann. Laut Plan sollten sie sich nun auf einer Skipiste befinden. Genau genommen hätten sie bei Sonnenaufgang sogar schon eine heiße Schokolade im Restaurant am Skilift des Sonnalpin schlürfen müssen. Um sich für das letzte Stück gen Gipfel aufzuwärmen. Nix da heiße Schokolade. Die Sonne ist schon längst feige hinter der grauen Wolkenfront aufgegangen, aber am Firmament ist kein noch so zaghaftes Anzeichen eines soliden Stahlseils zu erkennen, noch sprießen massive Masten, die auf Skilift und richtige Richtung hinweisen könnten, aus der von Puderzucker verwehten Marshmallow-Landschaft. Ob horizontal oder vertikal: Sehen kann man nicht weiter als drei Meter. Wo sind sie?

«Wo sind wir?», fragt Manfred und wahlweise auch: «Wann kommen wir an?»

Der Wind – im Gegensatz zur blöden Sonne ganz treuer Gefährte auf dieser Expedition – pfeift Clemens um die Ohren und hindert ihn daran, die Karte genau betrachten zu können.

«Vielleicht spinnt mein Kompass», sagt er. «Was sagt denn deiner?»

Sie vergleichen die Angaben, schirmen gemeinsam die Karte gegen den Wind ab, prüfen und drehen sie. Mehrmals sieht Clemens von der Karte auf die umliegende Eislandschaft. Versucht, irgendein Detail, einen Felsen als Anhaltspunkt ausfindig zu machen. Sie sind umgeben von rauestem Weiß und Grau, von Schneeböen verweht, alles ist diesig, vernebelt, surreal.

«Wir haben uns verlaufen», sagt Clemens.

«Ich bin erst einundzwanzig», sagt Manfred.

Clemens klopft ihm gegen die Brust. «Und du wirst auch zweiundzwanzig werden. Mein Wort, Manfred.»

In dem Moment weht eine starke Böe die Karte fort. Sofort stürzt Clemens ihr nach. Die darf jetzt echt nicht verschwinden. Keuchend strampelt er durch den dichten Schnee. Die Karte fällt ein Stück weiter zu Boden, flattert dort herausfordernd, um dann sogleich wieder ein paar Meter weiterzufliegen. Clemens gibt nicht auf, stapft und stakst, so schnell es ihm möglich ist, stolpert mit den Schneeschuhen und wirft sich schließlich mit aller Kraft auf die Karte. Schwer atmend umschließt er sie wie einen Schmetterling, den er soeben gefangen hat. Der Wind nimmt zu, und plötzlich wird er von Schneeböen torpediert. Er hat das Gefühl, der Schnee kommt von allen Seiten, rieselt ihm am Nacken zwischen Schal und Kragen hindurch unter die Jacke, beißt in seine Wangen, zerfetzt ihm die Lippen, schneidet ihm durch die Kleidung in die Haut. Clemens kauert sich zusammen, zieht die Beine an und schützt sein Gesicht mit den Armen. Zwischendrin hebt er leicht den Kopf an und ruft: «Manfred? Manfred! Alles klar?!»

Immer wieder ruft er nach Manfred, aus voller Kehle. Aber es kommt keine Antwort. Der Wind pfeift und saust ihm um die Ohren, prügelt weiterhin hartnäckig auf ihn ein. Geht's noch? Er darf sich hier nicht fertigmachen lassen. Und Manfred! Ist doch erst einundzwanzig, der Bub, die arme Sau.

«MAnfREEEEED!!!»

Clemens löst sich aus der Embryohaltung, stemmt sich auf die Knie, hält schützend beide Arme überm Kopf, blickt um sich, kneift die Augen zusammen. Aus dem weißen Wirbelsturm erscheint eine schwarze Silhouette, die langsam auf ihn zukommt.

«Manfred …?»

Der Kerl kommt näher. Und je näher er kommt, desto klarer wird erstens: Das ist nicht Manfred. Zweitens: Der Typ ist ein Koloss. Drittens: Warum trägt er einen Pelz und den Kopf eines Keilers inklusive Stoßzähnen auf dem Haupt?

«Wo ist Manfred?», fragt Clemens.

«Komm mit», sagt der Typ mit stoischer Ruhe und todernster Miene.

«Äh … Wohin?», fragt Clemens.

«Nach Russland.»

Clemens wischt sich Schneeflocken aus den Augen. Hätte der Typ gesagt: «Auf eine heiße Schokolade ins Gletscherrestaurant», dann würde sich Clemens vermutlich keine weiteren Fragen stellen. Aber so? Russland? Im Ernst? Clemens schürzt die Lippen, spürt, wie sein Puls schneller geht, hart gegen die Halsschlagader pocht. Steht da wirklich jemand? Immerhin spendet der Typ ihm etwas Windschutz.

«Wo ist Manfred?», fragt Clemens erneut.

Der Koloss stemmt die Hände in die Hüften und schiebt dabei den Pelz zur Seite. Ein toter Fisch hängt an seinem Gürtel.

«Geiler Scheiß.»

«Komm mit.»

«Nach Russland?»

«Da darfst du so sein, wie du bist.»

«Und du bist …?»

«Unterwegs nach Russland. Auf die harte Tour.»

Stoisch blickt der Typ in die Ferne. Kein Schneekorn trübt seinen Blick, geschweige denn bringt ihn zum Blinzeln.

Hardcore.

«Aber Manfred …»

«Komm mit.»

Clemens seufzt. «Okay. Meinetwegen, vergessen wir Manfred einen Moment. Was ist mit Wayra?»

«Wie Wayra?»

«Na, angenommen, ich komm mit. Ich geh nicht ohne Wayra.»

«Wayra ist schneller als der Wind.»

«Ja, genau …» Clemens kneift die Augen enger zusammen, nickt und blickt trotzdem nicht durch. «Ist sie etwa schon in … Russland?»

«Wayra?»

«Ja. Wayra, Mann.»

Der Koloss überlegt. «Nein.»

«Okay.» Clemens atmet tief durch. «Und Manfred?»

«Komm mit.»

Der Kerl scheint wirklich ein Problem mit Manfred zu haben. Ach was, nicht bloß mit Manfred. Jedenfalls kehrt er Clemens nun den Rücken zu und murmelt: «Nach Russland … Komm mit … Auf die harte Tour … Komm …» Sein Pelz bläht sich im Wind, während er Schritt für Schritt davonschreitet. «… mit … nach Russland … komm …»

Und Clemens glaubt, aus der Ferne den Gesang eines russischen Männerchors zu vernehmen, während der Koloss zusehends vom weißen Wirbelsturm vertilgt wird. Bis er einfach weg ist. Einfach verschwunden.

Alles weiß. Und dann, alles schwarz.

A Watschn, wie der Urbayer sagen würde. Noch a Watschn. Und noch eine. Links a Watschn, rechts a Watschn. Watsch, watsch.

Clemens spürt Feuer in den Wangen. Reißt die Augen auf.

Sieht, wie eine Pranke zur nächsten Watschn ausholt. In *sein* Gesicht.

«Geht's noch?!», möchte er schreien, bringt es aber bloß zu einem schwachen «Hey …».

Immerhin. Die Hand hält inne. Und Clemens' Blick wandert von ihr hoch, am dazugehörigen Arm entlang, der in einer dicken Daunenjacke steckt, bis hinauf zum halb vermummten, schneeverwehten Gesicht von: «Manfred …»

Der atmet schwer, hat rosige Wangen, ist umgeben von Weiß und Windrauschen und packt ihn nun mit beiden Händen am Kopf, dann am Oberkörper, bis Clemens aufrecht sitzt.

Der Wind ist sanfter geworden. Im Vergleich zu vorhin geradezu mild, falls man das bei minus zwanzig Grad sagen kann.

Manfred zaubert eine Thermoskanne in Clemens' Blickfeld, schraubt die Tasse ab und füllt sie. Dann führt er die dampfende Tasse an Clemens' Mund. Clemens verzieht das Gesicht, das Gesöff ist so heiß, es verbrennt ihm den Mund. Oder vielleicht ist er auch einfach so unterkühlt, dass ihm das zu heiß vorkommt.

Manfred jedenfalls lässt nicht locker, zwingt ihm den Tee regelrecht auf. Erst als Clemens ausgetrunken hat, gibt er sich zufrieden, nickt knapp, schenkt sich selbst ein und trinkt.

«Wie geht's dir?», fragt er, als er die Tasse wieder auf die Thermoskanne zurückschraubt.

«Gut …»

«Bullshit.» Grimmig sieht Manfred ihn an. «Sag: Mir geht's scheiße. Ich fühl mich schwach.»

Was will der denn? War schon anstrengend genug, «Gut» zu sagen.

«Sag es!», brüllt Manfred.

Okay, Mann.

«Mir … geht scheiße … Ich fühl … mischwach.»

«Und? War das so schwer? *Das* zuzugeben?»

«Häh …? Ffass …?»

Clemens sinkt in den Schnee zurück. Herrlich weich. Besser als jedes Federbett. Ist ihm zu anstrengend, die Unterhaltung. Lieber ein bisschen schlafen. Vielleicht ist Manfred in einer halben Stunde ja wieder ansprechbar … Aber Manfred lässt nicht locker. Zieht ruckartig an ihm, bis er wieder aufrecht sitzt. Echt ruppig, der Kerl.

«Jetzt weiß ich», knurrt Manfred, «dass es dir scheiße geht, und ich teile meinen Kamillentee mit dir.»

Er hält ihm die Thermoskanne vor die Nase.

«Nö.» Den hat er ihm doch gerade erst reingewürgt.

«Doch! Der wärmt dich! Und dann kratzt du nicht ab!»

Klingt super aggro, der Manfred. Und damit flößt er ihm eine weitere Tasse ein.

Clemens prustet, würgt und spuckt, aber schließlich muss er ihm recht geben. Allmählich zeigt der Tee tatsächlich Wirkung. Nach und nach sickert Wärme in seinen Körper zurück. Wenn er bloß nicht so müde wäre. Er muss jetzt erst mal ein Nickerchen machen. Danach können sie gern noch ein Tässchen Tee schlürfen und sich gegenseitig angiften, wenn Manfred so viel daran liegt. Doch nix da Nickerchen. Manfred packt ihn grob unter den Achseln, und dieses Mal lässt er nicht nach, bis Clemens auf beiden Beinen steht. Und die fühlen sich wie Pudding an. Außerdem: Warum ist es so beschissen kalt?

«Mann …», sagt Clemens mürrisch.

«Weiter! Los!», brüllt ihn Manfred an.

Clemens ist so erstaunt über diesen *neuen* Manfred, diesen Aggro-Manfred, dass ihm die Kinnlade runterkippt und er mehrfach blinzeln muss. Und Manfred, der Sack, nutzt die Gelegenheit, ihm flink etwas Braunes, Pappsüßes in den Mund zu schieben. Hmmm, ein Schokoriegel, bemerkt Clemens, während er langsam darauf kaut.

«Besser?!», schreit Manfred.

Clemens kommt nicht umhin zu grinsen. Was ist denn in den gefahren?

Fast spuckt er den Riegel wieder aus, weil Manfred ihm nun hart auf den Rücken schlägt, ihn antreibt wie so ein Maultier, endlich mal loszugehen.

Na schön. Der wird keine Ruhe geben, ehe Clemens nicht wenigstens einen Schritt vorwärts macht. Also tut Clemens das. Setzt vorsichtig einen Fuß vor den anderen. Scheiße, ist das anstrengend. Aber okay, noch einen Schritt. Und noch einen. Yay.

«Weiter!!»

Kameltreiber Manfred bringt es fertig, ihn wieder auf die richtige Piste zu lotsen und entlang riesiger Liftmasten bis zur Skistation Sonnalpin hochzuscheuchen. Dort zwingt er Clemens vom Nebel in das harte Licht des Gletscherrestaurants.

Krass, wie das in Gesicht und Augen brennt, als Clemens das Lokal betritt. Zivilisation. Faszination Zugspitze. Winterwunderland. Bommelmützen und bunte Daunenjacken tummeln sich hier. Clemens hat Mühe, das zu glauben: Hey, es gibt Menschen auf der Zugspitze. Es gibt Skifun auf der Zugspitze. Es gibt auf der Zugspitze überheizte Orte mit rustikaler Holzverkleidung und blau-weiß karierten Tischdecken.

«Alles okay?» Manfred klopft ihm auf den Rücken und reißt ihn damit aus der Trance.

«Was tun wir hier?», fragt Clemens.

«Na, uns aufwärmen.»

«Ich will ans Gipfelkreuz.»

«Ist mir scheißegal, was du willst. Wir essen erst mal was Warmes, und dann nehmen wir die Gletscherbahn rauf.»

Gletscherbahn??

«Kommt nicht in Frage.»

Manfred schüttelt fassungslos den Kopf, schubst ihn, sodass er ins Wanken gerät.

«Du kannst nicht mal richtig stehen, Mann. Dass du's überhaupt bis hierher geschafft hast.»

«Liegt an dir, du Domina.»

«Eben», sagt Manfred. «Ich hab die Schnauze voll.»

Er zieht seine Mütze ab, wischt sich damit über die Nase und geht auf einen freien Tisch zu. Clemens zögert einen Moment, folgt ihm dann aber. Was soll's. Auf eine Heiße-Schoki-Länge. Die Zeit, die es brauchen wird, Manfred zu überreden, zu Fuß hochzuwandern.

«Wir sind so weit gekommen», sagt Clemens kurze Zeit später bei Kaiserschmarrn und Heißgetränk. «Liebster Manfred, Manni-Schatzi, meine auserkorene Domina, du ewiger Vogel Jugend ...»

«Was, Mann?!»

Clemens schiebt den Kaiserschmarrn ein Stück von sich.

«Lass uns die Sache ehrenvoll zu Ende bringen. Auf die harte Tour. Bergauf. *By foot.*»

Manfred wischt sich mit einer Serviette übern Mund und sieht ihn todernst an. «Hast du gespürt, wie viel Pulverschnee allein schon auf der Piste hierher lag? Gespürt, wie anstrengend das war?»

Clemens nickt.

«Hast du gesehen, wie wenig man überhaupt sehen konnte? Dass alles immer nur weiß war.»

Clemens nickt erneut.

Manfred beugt sich näher zu ihm. «Könntest du dir dann einen Moment nehmen, dir auch nur ansatzweise auszumalen, wie krass das dann erst auf dem letzten Stück Weg sein muss, der nicht nur höher liegt, sondern auch um einiges steiler ist?»

Clemens spitzt die Lippen, pickt mit der Gabel eine Rosine und schiebt sie sich in den Mund, überlegt.

«Ist mir schnuppe», sagt er. «Und wenn ich draufgehe. Ich halte mein Wort.»

«Ha!» Genervt wirft Manfred die Serviette auf den Tisch. Ein Kellner kommt vorbei, und Manfred fragt ihn: «Wie komm ich zu Fuß zum Gipfel?»

Der Kellner sieht ihn erstaunt an.

«Gar net?», fragt er zurück. «Na, zu Fuaß, da kommt's ihr heuer net rauf. Ihr müsst's schoa die Gletscherbahn nehmn.»

Manfred wirft Clemens einen genervten Siehst-du?-Blick zu.

«Nicht zu-Fuß-zu-Fuß», sagt Clemens zum Kellner. «Schneeschuh-zu-Fuß.»

«Mei, seid's ihr deppert?» Der Kellner wischt mehrfach mit der Hand vorm Gesicht und beugt sich dann zu Clemens runter. «Nach dem Stuarm heut Nacht? Wo san ma denn hiar? Bei dene Samaritern? Die Bergrettung hat grad erst 'n paar Verunglückte an der Knorrhüttn aufgsammelt.» Grimmig blickt er Clemens an. «Und wenn du Saupreiße jetzt da nauffe wüllst, dann sorg I eigenhändig dafüar, dass dnet mehr weißt, woas auffe- un woas nuntergeht. Des kann I düar versprechn.» Böse reckt er den Zeigefinger in die Höhe, tut so, als würde er sich damit die Kehle durchschneiden, dann geht er.

Na super. Hätte sich Clemens doch bloß mit dem Russen aus dem Staub gemacht. Vor seinem inneren Auge sieht er das schadenfrohe Grinsen vom Doc, eine enttäuschte, wütende Wayra, Ronnie und seine Kumpel mit Schnullern im Mund, die in einem Kuhstall zu Tode massiert werden. Clemens fährt sich mit den Händen übers Gesicht und beginnt heiser zu lachen, erst leise, röchelnd, dann immer lauter, kann sich gar nicht mehr einkriegen, wird geradezu hysterisch, bis er Tränen in den Augen spürt. Er hält inne, wischt die schnell weg.

Er atmet durch, stützt die Ellbogen auf den Tisch und sagt zu Manfred: «Ich nehm die ...» *Gletscherbahn*, das Wort kann er nicht aussprechen. «Du weißt schon.» Er schluckt. «Aber von dort aus: Ich will – nein, ich *muss* zum Gipfelkreuz, Manfred. Ob mit oder ohne dich. Ich MUSS!»

Manfred lehnt sich zurück, starrt ihn forschend an. Schließlich nickt er. «Okay.» Nickt noch mals. «Okay.»

Er winkt den Kellner zurück, sie zahlen und verlassen das Restaurant. Dann nehmen sie die verfickte Gletscherbahn hoch, und dort wagt sich Clemens mit Manfred an das letzte Stück zum Gipfelkreuz.

Das mit dem Eis meine ich ernst

Geil. Das Wetter ist so schlecht. Niemand will da heute rauf, auf den Gipfel. Also, abgesehen von zwei Senioren. Die wolkenverhangene Aussicht ist denen wurscht. Vielmehr dürften die Herren die Frage, ob in diesem Leben für sie noch mal «Zugspitze bei Schönwetter» drin ist, mit Nein beantwortet haben. Und daher nehmen sie wohl auch die nötige Kraft für den letzten Aufstieg. Galant lässt Clemens ihnen den Vortritt. Ach was. Da braucht er sich nichts vorzumachen: Top-Kondition, Höchstform, vor Energie strotzend – von alldem ist er so weit entfernt wie eine Tiefseemoräne von einem Sonnenbrand. Entsprechend ziehen sich die letzten Höhenmeter. Zunächst über die hart zu erklimmende Leiter hoch, staks, staks, und dann entlang eines Stahlseils, hangel, hangel. Schritt für Schritt für Schritt.

An einer Stelle verschwindet das Seil unter einer Schneedecke. Hier machen die Senioren dann doch kehrt, zwängen sich umständlich an Clemens und Manfred vorbei. Clemens nimmt tief Luft, holt aus und überwindet kraxelnd die ungesicherte Stelle, so langsam und zäh wie eine verdurstende Schnecke. Hinter sich hört er Manfred keuchen, und das treibt ihn an.

Jetzt bloß nicht aufgeben.

Es ist ein schmaler Grat zwischen Himmel und Hölle, zwischen Leben und Tod, zwischen dem güldenen Gipfelkreuz und ihm. In dieser düsteren Endzeit-Landschaft strahlt das Gold eine Härte aus, grandios. Den Umständen angemessen. Darunter, nur einen Ausrutscher entfernt, das schwindelerregend tiefe

Höllental, durch das sich einer weißen Schlange gleich dicke Nebelschwaden ziehen. Spitze Zacken, die ab und an zwischen den schweren, trägen Wolken aufblitzen. Mit letzter Kraft greift Clemens nach dem Gold, umfasst es, sinkt auf die Knie und dann der Länge nach in den vereisten Schnee.

«Geschafft», ächzt Manfred und fällt ihm in die Arme, rüttelt an ihm, rubbelt ihm über Mütze und Wangen. «Geschafft!!»

Schwach rubbelt Clemens zurück. Dann lässt er los. Sein Gesicht zuckt, seine Lippen beben, es erschüttert seinen gesamten Körper, ist nicht mehr unter Kontrolle zu kriegen. Flut in den Augen, Feuer auf den wetterzerfurchten Wangen, Salz im Mund, Nebel im Hirn.

«Du weinst?», fragt Manfred. Klingt erstaunt.

Und wie er weint. Flennt sich die Seele aus dem Leib. Heult Rotz und Wasser. Winselt wie ein Hund. Fühlt sich wie ein Häufchen Elend.

«Du weinst!», ruft Manfred euphorisch und fällt ihm erneut um den Hals.

Clemens spürt, dass auch Manfreds mächtiger Körper zittert und bebt. Dass auch Manfred zu weinen und wimmern beginnt.

«Ich dachte, du ... da draußen, ich dachte, du kratzt ab ...», schluchzt Manfred, und Clemens streichelt ihm über den Rücken.

Irgendwann löst sich Manfred von ihm, und eine dick vermummte Gestalt mit großer Pelzchapka taucht vor Clemens auf und hockt sich zu ihm.

«Schlimmer als die Touristen am Bromo», sagt sie.

«Bromo ...»

«Ja, die Typen, die dort in den Krater stürzen, weil sie ein Selfie machen wollten.»

«Der Vulkan ...» Clemens traut sich kaum, zu ihr zu sehen,

und doch zieht es ihn in ihren magnetischen Sog. Ihre Augen leuchten intensiver als alle Smaragde des Amazonas, bohren sich scharf durch seine verschwommene Wahrnehmung. «Was machst du hier?»

Er fasst nach ihr, will sie an sich ziehen, sie küssen. Doch dafür ist er zu schwach. Eine warme Welle durchfährt ihn, als nun ihr Gesicht sich seinem nähert, ein Blitz elektrisiert ihn, als sie den Schal beiseiteschiebt, sie ihre sanften Lippen auf seine legt.

«Ich hab geweint», flüstert er.

«Du weinst noch immer», flüstert sie. Zart streicht sie ihm eine Träne von der Wange.

«Ich bin eher ein Ozean-Typ», sagt Clemens.

Ihr Blick folgt einer Träne, die in seinem Schal versickert.

«Was wolltest du damit nur beweisen? Dass du der coolste Hecht im Karpfenteich bist?»

«Woher wusstest du, dass ich hier bin?»

«Hat mir eine aufgebrachte Clownfisch-Sekte im Hotel verraten.»

Clemens lacht auf, es zieht in der Brust.

Sie schüttelt den Kopf und seufzt. «Du machst es einem nicht leicht, dich zu lieben, Clemens Voss.»

Clemens muss husten, es schmerzt in den Lungen.

«Alles okay?», fragt Wayra.

«Wie bist du hier raufgekommen?», fragt er.

«Mit der Seilbahn.»

«Eindeutig die smartere Wahl», sagt er, zieht die Handschuhe aus und wischt sich über das Gesicht.

«Ist das Wayra?», fragt Manfred jetzt.

«Äh, ja», sagt Clemens. «Woher …?»

«Du hast ständig ihren Namen genannt.»

«Hab ich?»

«Erinnerst du dich nicht? Als du halbtot im Schnee lagst.»

«Nein, Manfred, ich erinnere mich nicht daran, als ich *halbtot* im Schnee lag.»

Manfred blickt zu Wayra. «Hat er wirklich. Ständig deinen Namen gesagt, ununterbrochen. Ich bin übrigens Manfred.»

Wayra reicht ihm die Hand. Dann streicht sie sich nachdenklich über die Chapka und sieht zu Clemens.

«Halbtot im Schnee?», fragt sie.

Clemens weicht ihrem Blick aus. Manfred steht auf und klopft sich die Hose ab.

«Ich, äh, geh schon mal vor und warte im Restaurant auf euch.» Er hält inne. «Also, schafft ihr das allein, wieder runter?»

Clemens spürt, wie ihn Wayra anstarrt.

«Schaffst du das, Clemens?», fragt sie.

«Klar.» Er unterdrückt ein weiteres Husten.

«Sicher?», fragt Manfred.

«Ja, Mann.»

«Okay. Bis gleich.»

Manfred schultert seinen Rucksack und stapft davon.

«Wir sollten mit ihm runter, Clemens.»

«Bist du sauer?»

«Sauer? Nein», sagt sie trocken, während sie ihre Handschuhe auszieht, ein Taschentuch hervorholt und sich damit über die Nase wischt. «Wütend bin ich. Über deinen Leichtsinn.»

«Warum hast du mich ins Beauty-&-Wellness-Ressort verdammt?»

Sie hält inne und starrt ihn an. «Ernsthaft, Clemens? Das Gespräch jetzt? Hier?»

Er nickt, trotz der Schmerzen in der Brust, richtet sich etwas auf und fällt an ihre Schulter. Seufzend nimmt sie ihn in die Arme.

«Es war seltsam», sagt sie.

«Was war seltsam?», fragt er und dreht den Kopf zu ihr.

Sie zögert und sagt dann: «Als mich *Playtime* kontaktiert hat. Ich war gerade in Nordkalifornien und –»

«Zu Beginn deiner Weltreise?»

«Genau.»

«Bei den Hippies ...», sagt Clemens grinsend.

Wayra lächelt. «Eher in einer einsamen Hütte an den Klippen.»

«Gab's Sequoias?»

«Auch. Vor allem aber gab's schlechtes WLAN. Ich konnte kaum etwas googeln. Bis auf ein Video.» Sie blickt zu ihm. «Mit dir.»

«*Inside Dakar ...*?»

Wayra nickt. Sie blickt vor sich, atmet tief ein und sagt dann: «Bestimmt war es irrational, aber ... in dieser surrealen Dünenlandschaft stand dieser selbstbewusste Kerl, ein Typ, dem nichts Angst zu machen scheint, einer, der sich sofort in jedes Abenteuer stürzt, die Sonne brannte dir ins Gesicht, du hast irgendwas von Roadmaps erzählt, und es war mir egal, du hättest über Molekularforschung reden können, alles, was ich in dem Moment dachte, war: Ich will nicht, dass dir das Gleiche passiert wie Chris.» Sie senkt den Blick. Einen Moment lang ist es still. Der Wind wirbelt Schneeflocken auf. «Ich wollte dich beschützen», sagt sie leise, «vielleicht auch ändern.»

Clemens sinkt mit dem Kopf in Wayras Schoß, fasst nach ihrem Gesicht, möchte ihr über die Wange streicheln.

«Ich habe gekündigt», sagt sie heiser und küsst seine Hand.

Clemens hebt den Kopf etwas an und sieht ihr in die Augen. Mit der wenigen Kraft, die ihm bleibt, stemmt er sich auf und küsst ihre Stirn. Wayra lächelt, und eine wärmende Welle durchfährt seinen Körper.

«Jetzt komm, du Abenteurer, lass uns von hier verschwinden.»

Sie will aufstehen, aber Clemens hält sie zurück.

«Gekündigt, ehrlich?» Er küsst ihr eine Schneeflocke von der Wange, und das bringt sie zum Lachen.

«Ach, Clemens, was mach ich nur mit dir?»

Sie zieht ihm die Mütze übers Gesicht.

«Deine Reportage über die Dakar ist klasse.»

«Ach ja?» Clemens schiebt die Mütze aus den Augen und sieht verwundert zu ihr.

Wayra nickt.

«Ein Magazin aus den roten Zahlen holen, darin bin ich gut. Bloß, wer ist dieser moderne Mann?» Sie zuckt mit den Schultern und sieht zu ihm. «Du hast recht. Mit dem Mammut-Baum, mit dem YouTube-Video ... mit deiner Männlichkeit.» Sie fährt sich mit dem Finger über den Mund. «Der moderne Mann, das Bild in den Medien, das gefällt mir nicht. Ich will einen Kerl auf Augenhöhe. Einen neugierigen Typen voller Tatendrang, der hinauszieht, die Welt zu erkunden.» Sie seufzt. «Können wir jetzt gehen?»

Aber Clemens schmiegt sich nur mehr an Wayra, und sie streichelt ihm über den Rücken. Es tut gut, mit ihr hier zu sein, in ihren Armen zu liegen.

«Also bist du mit Thieme und Saalbeck auf 'nen Shrimpcocktail?», fragt er.

Sie nickt.

«Was haben die gesagt?»

«Sie haben gesagt: Aber der ist doch so schön, unser moderner Mann.»

Clemens gluckst belustigt. «Und du?»

«Ich hab gesagt: Schön ist er, aber kein Mann.»

«Zu Thieme und Saalbeck?»

Wayra lacht auf. «Ja.»

«Und dann?»

«Dann habe ich meine Sachen gepackt und bin fort.»

«Und der Mammut …?»

«Grünt in meiner Wohnung, keine Sorge. Sprießt, während wir hier reden, vermutlich schon zur Decke raus. – Bitte, Clemens, lass uns gehen.» Zärtlich streicht sie ihm über den Kopf.

Wieder muss er husten, unterdrückt es jedoch sofort. «Clemens?»

Mit einem Mal ist es auch ziemlich kalt, kälter als zuvor.

«Wayra, das mit dem Eis … mit siebzig …» Er sinkt an ihre Brust, vergräbt den Kopf in ihrer Halsbeuge. «Das meine ich ernst.» Er muss erneut husten, stärker als zuvor, es brennt brutal, und er verzieht das Gesicht.

«Hast du Fieber?» Wayra fasst ihm an die Stirn. «Du musst hier runter, Clemens. Schleunigst irgendwo rein, wo's warm ist.» Sie versucht ihn aufzurichten. «Bitte, Clemens.»

Aber Clemens will nicht runter. Er will sich nicht von ihr lösen, hängt in ihren Armen und sieht zu ihr auf. «Ich möchte der Kerl sein, der dir die Jalousien ordentlich anbringt.» Er hustet. «Der Typ, der dich davor bewahrt, in Kristall zu stürzen. Ich möchte der Mann sein, der dich jeden Morgen wach küsst …»

«Gut», unterbricht sie ihn. «Der Kerl willst du sein?»

«Hm.»

«Dann lass uns von hier verschwinden.» Sie schluckt. «Und zwar sofort.»

Clemens wird warm. Sie sieht so hübsch aus mit der Pelzchapka, den rosigen Wangen. In ihren Augen spiegelt sich die wunderbarste Zukunft. Darin liegt so vieles. So vieles! «Ich möchte da sein für dich, um deine Wunden zu verarzten, Wayra, dir Tee kochen, wenn du Schnupfen hast …»

«Und ich möchte, dass du aufstehst.» Sie boxt ihn gegen die Schulter. «Clemens!»

Clemens grinst. So wohlig warm ist es in ihren Armen. «… mit dir Schlangenherz in Vietnam essen und mit dir durch die Anden fahren, Radio Wayra hören und schräg mitsingen, an einem schwarz-weißen Strand dich in den Armen halten …»

«Clemens …!»

Jetzt hat sie Tränen in den Augen, das wollte er nicht, aber er muss ihr das doch sagen, das ist wichtig. «… und wieder und wieder möchte ich dir die Haarsträhnen aus dem Gesicht streichen, mich im strahlenden Grün deiner Augen verlieren, immerzu deinen Duft einatmen und mich von dir verzaubern lassen. Denn das tust du …» Wieder muss er husten.

«Steh auf, verdammt! Clemens, bitte …»

Sie umfasst sein Gesicht, reibt ihm über den Rücken.

«Du verzauberst mich, Wayra. Seit ich dich kenne, jeden verdammten Tag.»

Wütend sieht sie ihn an. Ihre Tränen tropfen ihm ins Gesicht. «Damit das klar ist, du mieser Hecht, du Scheiß-Bromo-Tourist.» Sie schluchzt auf. «Falls du das noch nicht geblickt hast: Ich bin ziemlich scharf auf dein verficktes Eis mit siebzig.»

«Cool.»

«Jetzt steh auf! Los!!»

«Auch dann noch, wenn ich ein Gebiss hab und mehr Haare auf der Brust als auf dem Kopf?»

Weinend lacht Wayra auf und schlägt mit der Faust in den Schnee. «Aaargh!» Sie reibt sich eine Handvoll ins Gesicht, atmet dann tief durch und sieht erschöpft zu ihm. Plötzlich blickt sie zu seinem Rucksack, greift nach dem Schlafsack, der daran hängt, und breitet den über Clemens aus. Sie legt sich mit darunter, drückt sich fest an ihn, sodass ihre Stirn seine berührt.

«Du Mistkerl wirst nie eine Glatze haben», flüstert sie.

«Nicht?»

«Nein.» Sie ringt mit den Worten. «Ist ja fast schon Fell, was auf deinem Kopf wächst.»

Clemens küsst ihr eine Träne weg. So schön, hier mit ihr.

«Willst du sehen, wie es grau wird?», fragt er.

«Willst du erleben, wie ich fett werde?»

Warum weint sie eigentlich?

«Mit Cellulite, Falten und so?», fragt er.

«Ja. Und umgeben von kleinen Menschen, die auch so ein Fell auf dem Kopf haben wie du.»

«Haben die kleinen Menschen deine Augen?»

«Haben sie.»

«Geil. Falten, Fett und Cellulite plus kleine Fellmenschen mit strahlend grünen Augen? Ist das ein All-inclusive-Angebot?»

Sie seufzt. «Genau.»

Clemens wird warm ums Herz. «Nehm ich.»

«Gut.» Sie presst ihren Körper noch fester an seinen, wischt sich Tränen von den Wangen, umfasst mit beiden Händen sein Gesicht und sieht ihm tief in die Augen. «Alles, was du dafür tun musst, Clemens –»

«Ja?»

«Ist, *jetzt aufzustehen.*»

«Okay.»

«Kannst du mir das versprechen?»

«Versprochen.»

ENDE

Ich danke Euch,
Alexander Simon, Du echter Kerl, für Inspiration und Unterstützung.
Allen von der Literarischen Agentur Simon, Ihr seid klasse!
Rowohlt für das Vertrauen und die Begleitung auf dem Weg der Veröffentlichung, insbesondere Sünje Redies, Katharina Rottenbacher und Barbara Laugwitz.
Friederike Güssefeld für motivierende Worte, wichtige Gespräche und den entscheidenden Highball-Abend.
Tilla Fuchs, wie immer meine erste Leserin, danke für Deine Neugier und dafür, dass Du mich immer wieder motivierst.
Prof. Dr. Walter Hollstein und Prof. Dr. Norbert Bolz für wissenschaftliche Texte und Gespräche über die Männerkrise und die Entwicklung des Mannes.
Dr. Laurent Vabre für Gespräche über den Geschlechterkampf und Hegel.
Florence Manlik, Nunzio Soricaro, Fabien Labeyrie und Heidi Müller für Gespräche über Männer, Gleichberechtigung und Feminismus.
Tim Gutke für Einblicke in den Redaktionsalltag eines *Playboy*-Reporters und Ansichten zur Entwicklung der deutschen Männermagazine.
Irene Casado, Loup Espargilière, Donatien Huet – Journalisten der Zeitung *Mediapart* – für die Einladung in die Redaktion und den Einblick in Euren journalistischen Alltag.
Katharina Theresia Schürf für Infos zum Aufbau und Alltag einer Zeitschriften-Redaktion.
Jérôme Chobeaux und Samuel Boivin für Einblicke in Leben und Arbeit eines freiberuflichen Fotoreporters.
Claus Mühlberger (*Auto Motor Sport*-Redakteur) für kostbare Infos und Anekdoten zur Dakar-Rallye als Reporter on- and offroad.
Jean-Francois «Keke» Kerckaert (stellv. Chefredakteur, *france tv sport*) für den spontanen Helikopterflug und Einblick in Deinen Rallye-Alltag.
Ebenso Sébastien Keller (Reporter, *DNA*) und Antoine Grenapin (Sportjournalist, *Le Point*).
Ellen Lohr und Jörg Sand aka Indiana Jones (*Sand-Medien*) für unvergessliche Fahrten und Momente auf der Dakar-Rallye.
Laura Cueto, Aude Raynaut, Clément Duriez, Thida Vuillaume und das ASO-Team dafür, mich zur Dakar eingeladen zu haben!
Dirk von Zitzewitz für Einblicke in das Leben eines Rallye-Piloten.
Florian Laußer für Anekdoten vom Salar de Uyuni und Gespräche über die Männersituation in Deutschland.
Stefan Kurt für Fotos und Infos zum Salar de Uyuni.
Ulysse Gautier für Deine Backpacker-Anekdoten aus Vietnam.
Reiner Schmelz dafür, mir von der Besteigung der Zugspitze im Winter dringend abgeraten zu haben (inklusive der Gründe, weshalb ich es nicht tun sollte).
Don Rothtauscher und Sascha Kugel für alles über Playstation und FIFA-Zocken.
Lexi von Stumberg McCaffrey für Deine Begeisterung und Dein Engagement.
Und auch Anne-France Hubau, Lydia Heller, Türkan Benal und Victoria Seidl.
Mamali und Sami.
Und nicht zuletzt Marlene Belilos dafür, mir die Zweifel zu nehmen.